Louise Jensen
Die gestohlenen Schwestern

AF214656

Das Buch

Zwanzig Jahre ist es her, dass die dreizehnjährige Carly Sinclair und ihre Schwestern Marie und Leah auf offener Straße entführt wurden – damals ein Medienereignis und bis heute ein schreckliches Trauma, das die Schwestern nicht überwunden haben. Marie versucht, die Erinnerungen in Alkohol zu ertränken, Leah kämpft mit Zwangsneurosen, Carly plagen Schuldgefühle. Als ein Fernsehsender den drei Frauen viel Geld bietet für einen »neuen Blick« auf die Ereignisse von damals, werden alte Wunden aufgerissen. Mit tödlichen Folgen …

Die Autorin

Louise Jensen ist weltweite Bestsellerautorin der psychologischen Thriller »The Sister«, »The Gift«, »The Surrogate« und »The Date«. Sie hat über eine Million englischsprachige Bücher verkauft und wurde in über 20 Sprachen übersetzt. Louise lebt mit ihrem Mann, ihren Kindern, einem verrückten Hund und einer ziemlich frechen Katze in Northamptonshire. Sie liebt es, von Lesern und Autoren zu hören, und ist unter www.louisejensen.co.uk zu finden, wo sie regelmäßig Flash Fiction und Schreibtipps bloggt.

LOUISE JENSEN

DIE GESTOHLENEN SCHWESTERN

Thriller

Aus dem Englischen von Katja Rudnik

Die englische Ausgabe erschien 2020 unter dem Titel »The Stolen Sisters«
bei HQ, London.

Deutsche Erstveröffentlichung bei
Edition M, Amazon Media EU S.à r.l.
38, avenue John F. Kennedy, L-1855 Luxembourg
September 2021
Copyright © der Originalausgabe 2020
By Louise Jensen
All rights reserved.
Copyright © der deutschsprachigen Ausgabe 2021
By Katja Rudnik

Die Übersetzung dieses Buches wurde durch Amazon Crossing ermöglicht.

Umschlaggestaltung: zero-media.net, München
Umschlagmotiv: © Karina Vegas / ArcAngel; © Picsfive / Shutterstock;
© Ensuper / Shutterstock
Lektorat und Korrektorat: VLG Verlag & Agentur, Haar bei München,
www.vlg.de
Gedruckt durch:
Amazon Distribution GmbH, Amazonstraße 1, 04347 Leipzig /
Canon Deutschland Business Services GmbH, Ferdinand-Jühlke-Str. 7,
99095 Erfurt /
CPI books GmbH, Birkstraße 10, 25917 Leck

ISBN: 978-2-49670-797-7

www.edition-m-verlag.de

Für Finley Duffy,
der immer die besten Ideen hat …

TEIL 1

Kapitel 1

Carly – Damals

Wenn Carly auf jenen Tag zurückblickte, erschien die Erinnerung in Grautönen. Das Trauma hatte das Blau vom Himmel und das Grün aus dem frisch gemähten Rasen gesaugt. Sie saß auf der Schwelle der Hintertür, die Kälte des Betons durchdrang den Rock ihrer Schuluniform, und die Sonne des Spätnachmittags wärmte ihre nackten Arme. Carly erinnert sich jetzt an das Schwarz des Käfers, der den Weg entlangtippelte, bevor er in der Erde unter dem Rosenbusch verschwand. Und an das schlichte Weiß der Strümpfe der Zwillinge, die sich unterhalb der Knie zusammenschoben.

Unwichtige Details, die die Polizisten später in ihre Notizbücher schreiben würden, als wäre Carly eine große Hilfe, aber sie wusste, dass das nicht stimmte, und noch schlimmer, sie wusste, dass es ganz allein ihre Schuld war.

Es war alles so frustrierend normal gewesen. Leah und Marie schrien und taten so, als würden sie sich ekeln, als Bruno, ihr Boxer, sabbernd auf sie zugesprungen kam. Doch aus ihren damaligen Schreien klang unterschwellig noch Freude. Nicht wie später, als ihre Schreie voller Angst waren und sie nirgendwo hinlaufen konnten.

Das sind die Dinge, die Carly in Erinnerung geblieben sind:

Wie ihre Finger das sperrige Nokia umklammerten, als würde sie ein Geheimnis hüten. Ihr Unmut, als sie das Display anwinkelte, damit es nicht blendete, nicht ahnend, dass sie sich schon bald nach Tageslicht sehnen würde.

Nach frischer Luft.

Nach Platz.

Das Hämmern in ihrem Kopf, das sich verstärkte, als die Zwillinge sich auf der Terrasse einen Tennisball zuwarfen. Wie sie die beiden anschnauzte, als wäre es ihre Schuld, dass Dean Malden ihr keine Nachricht geschickt hatte. Von all den Dingen, für die sie sich schuldig fühlen konnte und sollte, hatte sie sich nie verziehen, dass die letzten Worte, die sie zu ihren Schwestern sagte, bevor sie alle unabänderlichen Schaden erlitten, von Zorn und nicht von Herzlichkeit geprägt waren.

Obwohl sie sich in Wahrheit nichts davon verziehen hatte.

»Haltet die Klappe!« Sie schrie ihre Enttäuschung heraus, dass der erste Junge, den sie liebte, ihr dreizehnjähriges Herz gebrochen hatte. Schon verrückt, wenn man sich jetzt daran erinnerte, dass eine ausbleibende SMS das Ende der Welt für sie bedeutet hatte. Es gab Schlimmeres. Viel schlimmere Menschen als einen Jungen mit strähnigen blonden Haaren, der sie im Stich gelassen hatte.

Ihre jüngeren Schwestern drehten sich mit weit aufgerissenen, identisch grünen Augen zu ihr um. Maries Blick war auf Carly gerichtet, als sie Bruno den Ball zuwarf. Carlys Gereiztheit wuchs, als sie sah, wie er über den Zaun flog.

»Himmelherrgott!« Sie stand auf und wischte den Staub von ihrem empfindlichen Faltenrock. »Es ist Zeit reinzugehen.«

»Aber das ist ungerecht.« Marie sah betroffen aus, als ihr Blick zum Zaun huschte.

»Das Leben ist ungerecht«, sagte Carly und spürte einen brodelnden Unmut, dass es die Zwillinge mit ihren acht Jahren so leicht hatten.

»Kannst du unseren Ball holen, Carly?«, bat Marie.

»Hol ihn selbst«, fauchte Carly.

»Du weißt doch, dass wir den Garten erst allein verlassen dürfen, wenn wir zehn sind«, hielt Marie dagegen.

»Ja, aber heute habe ich das Sagen, und ich sage, dass du das kannst. Wir leben schließlich nicht in einer Großstadt. In diesem Kaff passiert doch nie was.« Carly hatte es satt, in so einem kleinen Ort zu wohnen, wo jeder von jedem alles wusste. Wo morgen alle wissen würden, dass Dean Malden sie verschmäht hatte. »Beeil dich, und mach das Gartentürchen *richtig* zu.«

Sie drehte sich um, stieß die Hintertür auf und betrat die riesige Küche, in der es nie nach Kuchen oder Brot roch. Eigentlich roch es nie nach etwas, außer nach frisch geröstetem Kaffee. Carly warf ihr Handy auf die Marmorkücheninsel und riss die Kühlschranktür auf. Die Fächer, in denen einst Stiltonkäse und Steaks gelegen und die unter dem Gewicht von frischem Obst und Gemüse geächzt hatten, waren jetzt beklagenswert leer. Nur eine verschrumpelte Gurke und abgelaufener Hummus lagen darin. Für ihre Mutter und ihren Stiefvater, die heute Abend wieder einmal auf einer Firmenveranstaltung waren, war das in Ordnung. Mittlerweile verbrachten sie mehr Zeit mit dem Geschäft als mit ihren Kindern, obwohl Mum Carly versichert hatte, dass das nicht mehr lange der Fall sein würde. Schon bald wäre sie mehr zu Hause, aber in der Zwischenzeit blieb es Carly überlassen, fürs Abendessen zu sorgen. Sie liebte ihre Halbschwestern seit dem Tag ihrer Geburt heiß und innig, obwohl sie sich manchmal wünschte, Mum würde die pensionierte Dame am Ende der Straße immer noch fürs Babysitten bezahlen. Doch seitdem Carly dreizehn geworden war, hatte ihre Mutter das Gefühl, sie sei jetzt verantwortungsbewusst genug.

Carly seufzte, als sie die Küche durchquerte und den Deckel von der Teekanne auf dem Regal über dem Herd nahm. Darin lag ein Zehnpfundschein. Pommes zum Abendessen. Sie fragte sich, ob das Geld auch noch für drei Bratwürste reichte oder ob sie sich ein paniertes Fischfilet teilen sollten.

Minuten später purzelten die Zwillinge in die Küche.

»Igitt.« Leah ließ den mit Speichel überzogenen Tennisball in den Weidenkorb fallen, in dem Brunos Spielzeug aufbewahrt wurde.

»Wasch dir die Hände.« Erneut überprüfte Carly ihr Handy. Nichts.

Was hatte sie falsch gemacht? Sie hatte gedacht, Dean würde sie mögen.

Marie saß auf dem Hocker an der Frühstückstheke, baumelte mit den Beinen und stieß mit den Schuhspitzen an die Sockelblende. Wie sollte Carly bei dem Krach den Klingelton einer eingehenden SMS hören? Marie hatte ihr Kinn auf die Hände gestützt und ließ die Mundwinkel hängen. Sie hasste es, in Schwierigkeiten zu stecken. Carly sah, wie ihre Lippe vor Wut zitterte, aber das hielt sie nicht davon ab, noch einmal zu schreien.

»Hör auf!«

Marie rutschte vom Hocker. »Ich … ich hab meine Fleecejacke im Garten vergessen.«

Carly machte eine ruckartige Bewegung mit dem Kopf in Richtung Tür. Geh und hol sie, sollte das heißen. Dann schaltete sie das Radio ein. Der Gesang der Gruppe Steps flutete den Raum. Marie hielt inne, und für einen Moment zerrte die schwesterliche Verbundenheit an ihnen allen. »5, 6, 7, 8« war einer ihrer Lieblingssongs. Normalerweise hätten sie sich in einer Reihe aufgestellt und synchron getanzt.

»Los geht's!« Marie warf ihre roten Haare über die Schulter und stemmte die Hände in die Hüften.

»Das ist kindisch«, blaffte Carly, obwohl ihre Zehen in den Schuhen wippten.

»Nur wenn wir *alle* mitmachen, funktioniert es.« Maries Stimme überschlug sich. »Wir *müssen* das zusammen machen.«

Carly schob das Haargummi, das sie wie ein Armband getragen hatte, vom Handgelenk, strich ihre glatten langen Haare zurück und nahm sie zu einem Pferdeschwanz zusammen. Die Zwillinge stellten sich in Position. Warteten. Carly griff nach ihrem Handy und versuchte, den Anflug von Gemeinheit zu ignorieren, der sie durchzuckte, als das Lächeln aus Leahs Gesicht verschwand. Marie ließ die schmalen Schultern hängen und ging wieder nach draußen.

Minuten später kam sie zurück in die Küche gerannt. Ihre bestrumpften Füße schlitterten über den Fliesenboden, und Tränen liefen ihr über die sommersprossigen Wangen. »Bruno ist abgehauen. Das Gartentürchen stand offen.«

»Herrgott noch mal!« Carly spürte die kalte, erbarmungslose Wut in ihrer Brust. Es war eines der letzten Male, dass sie sich erlaubte, wirkliche Gefühle zu haben. »Wer hat das Türchen zugemacht?«

Marie biss sich auf die Unterlippe.

»Das war ich«, sagte Leah und zog sich wieder die Schuhe an.

»Du sollst sie doch zuschlagen, bis sie einklinkt, du Schwachkopf! Du weißt, dass sie kaputt ist. Dreimal. Du musst sie dreimal zuschlagen.«

Die Mädchen rannten in den Garten und riefen den Namen des Hundes.

Marie zögerte am Gartentürchen. »Vielleicht sollten wir warten …« Sie sah blass aus unter ihren Sommersprossen. Gestern hatte sie Bauchschmerzen gehabt und war nicht in der Schule gewesen, und obwohl sie heute wieder hingegangen war, sah sie nicht gut aus. Carly wusste, sie hätte sie fragen sollen, ob es ihr gut ging, doch stattdessen schob sie sie barsch auf die

Straße. »Du bist schuld, Marie. Such in dieser Richtung.« Sie deutete die von Buchen gesäumte Allee entlang.

Marie griff nach Leahs Hand.

»Nein!«, fauchte Carly. »Leah kommt mit mir.« Die Zwillinge waren manchmal ziemlich albern, wenn sie zusammen waren, und Carly hatte genug Ärger, ohne dass die beiden in Schwierigkeiten gerieten.

»Aber ich will …«, begann Marie.

»Mir ist egal, was du willst. Beweg dich.« Carly griff nach Leahs Arm und zog sie in die entgegengesetzte Richtung, hin zur Verbindungsstraße neben ihrem Haus, die zum Park führte.

Es passierte alles so schnell, dass Carly sich hinterher nicht mehr daran erinnern konnte, in welcher Reihenfolge es abgelaufen war. Das mit einer Sturmhaube verhüllte Gesicht, das sich ihrem näherte. Der Unterarm um ihren Hals, die behandschuhte Hand, die ihr den Mund zuhielt. Der Anblick von Leah, die gegen Arme kämpfte, die sie bändigten. Das kratzende Geräusch ihrer Schuhe, als sie zum Lieferwagen am Ende der Allee gezerrt wurde. Der fast verschwommene Anblick von Marie, die auf den zweiten, ebenfalls schwarz gekleideten Mann zustürmte, der ihre Zwillingsschwester festhielt, und mit ihren kleinen Fäusten auf ihn einprügelte.

»Aufhören! Sie dürfen das nicht! Lassen Sie sie los! Sie dürfen sie nicht mitnehmen!«

Das weiche Fleisch, das auf hartem Knochen zusammengepresst wurde, als Carly mit aller Kraft in die Finger biss, die ihr den Mund zuhielten.

»Lauf weg!«, schrie sie Marie an, als der Mann, der Leah festhielt, herumtastete, um irgendetwas von Marie zu fassen zu bekommen, und nach ihrem Kragen und ihren roten Zöpfen griff, während sie ihm auswich.

»Lauf!«

Kapitel 2

Leah – Jetzt

Große Angst überkommt mich. Es ist unmöglich, dem Drang zu widerstehen, ins Zimmer zurückzurennen. Ich stoße die Tür auf und trete ein. Die Küche ist genau, wie ich sie verlassen habe, was nicht verwunderlich ist, denn ich bin die Einzige, die zu Hause ist. Trotzdem drehe ich den Schalter am Herd dreimal, um sicher zu sein, dass er aus ist, obwohl ich weiß, dass ich heute nichts gekocht habe.

Sicher.

Ich muss dafür sorgen, dass wir alle sicher sind.

Meine Zwänge werden wieder schlimmer. Wenn ich nett zu mir selbst wäre, würde ich denken, dass es nicht verwunderlich ist angesichts dessen, was ich durchgemacht habe und was mir in der nächsten Woche noch bevorsteht.

Ich bin selten nett zu mir.

Dennoch erinnere ich mich daran, was passierte, als das letzte Mal alles aus dem Ruder lief. Der Anstieg des Drucks. Der Verlust der Kontrolle. Trotz der prüfenden Blicke, denen ich in den nächsten Tagen ausgesetzt sein werde, muss ich mich dieses Mal zusammenreißen. Wenn nicht für mich, dann für George und Archie.

Die in einem Silberrahmen steckenden Gesichter von uns dreien im Drayton Manor Park strahlen mich von der Kommode her an. Archie ist eine Mischung aus uns beiden. Er hat meine feuerroten Haare geerbt, aber nicht glatt, sondern lockig wie Georges dunkler Wuschelkopf wäre, wenn er seine Haare nicht so kurz tragen würde. Anders als Georges Haare riechen Archies immer nach dem Apfelshampoo, mit dem ich sie jeden Abend wasche. Als ich mich an den vertrauten Duft erinnere, erlaube ich mir für einen Moment, mich zu entspannen, bis eine eingehende SMS mein Handy aufleuchten lässt.

Ich brauche dich.

Ich sage mir, dass ich einfach mit Nein antworten kann, aber die Angst überkommt mich so schnell, wie Archie weint, wenn er übermüdet ist.

Beruhige dich.

Ich zwinge mich, meinen Blick im Zimmer herumwandern zu lassen und drei Dinge zu nennen, die mich erden.

Archies Plüsch-Labrador, der zusammengerollt mit einem Plastikknochen zwischen den Pfoten in seinem Weidenkorb liegt. Archie bettelt schon ewig um einen Welpen, aber ich komme mit dem Gedanken an einen echten Hund nicht zurecht.

Georges Lammfellhandschuhe auf der Mikrowelle; er vergisst immer, wo er sie hingelegt hat.

Ein Leinwanddruck mit drei Mädchen darauf, die sich an einem goldenen Strand an den Händen halten. Ich weiß nicht, wer sie sind, aber als ich das Bild im Schaufenster einer hiesigen Galerie hängen sah, stand ich lange davor und wusste nicht, ob es mich glücklich oder traurig machte. Seit drei Jahren hängt es an meiner Wand, und ich spüre stets eine Flut von Emotionen, wenn mein Blick daraufffällt. Allerdings weiß ich immer noch nicht, welche das sind.

Beruhige dich.

Eine zweite SMS trifft summend ein.

Es ist wichtig.

Ich kann einfach Nein sagen.

Doch das werde ich nicht.

Ich kann es nicht mehr aufschieben. Also ziehe ich meine Einweghandschuhe aus und ein neues Paar an. Dann nehme ich meine Schlüssel und das Handy. Auf der Fußmatte liegt die Visitenkarte eines Reporters, auf die gekritzelt ist:

Rufen Sie mich an.

Das werde ich nicht.

In Zeiten wie diesen frage ich mich, weshalb ich nie aus dieser Kleinstadt weggezogen bin, in der ich aufwuchs und in der jeder mich kennt und weiß, was mir passiert ist. Ich glaube, teilweise hängt es damit zusammen, dass es kein Entkommen gibt. Wenn man einmal in den internationalen Nachrichten vorkam, dann kann man nicht mehr in die Anonymität abtauchen. Es reicht schon, wenn ein Einziger ein Bild auf Twitter oder Facebook postet, und schon ist dein Gesicht wieder überall. Die Öffentlichkeit mag Versteckspiele, obwohl ich keine Lust darauf habe. Außerdem ist es ein Trost, wenn ich von bekannten Gesichtern umgeben bin. Fremde jagen mir immer noch Angst ein. Wenn ich allerdings ehrlich sein soll, dann ist der Hauptgrund, weshalb ich so nah an dem Ort bleibe, an dem es passiert ist, eine Form der Bestrafung, und tief im Innern fühlen wir uns alle in gewisser Weise verantwortlich.

Wir geben uns immer noch die Schuld.

Obwohl ich spät dran bin, habe ich es nicht eilig. Teilweise kann ich mir denken, worüber sie reden will, und glaube kaum, dass ich es verkrafte.

Ich fahre vorsichtig. Die Scheinwerfer durchschneiden die Dunkelheit. Der düstere Himmel vermittelt ein Gefühl von frühem Abend, obwohl es erst Vormittag ist. Der Herbst hat kaum begonnen, und schon hat man das Gefühl, es sei Winter. Ich achte auf den Verkehr, schaue angestrengt in Autos, frage mich, wer darinsitzt und wohin die Leute unterwegs sind.

Ob sie glücklich sind.

Jeder in der Stadt war nach unserer Entführung wachsamer. Die Gemeinde zog am gleichen Strang des Grauens, aber mit der Zeit vergaßen die Leute zwar nicht, machten aber mit ihrem Leben weiter. Oder versuchten es. Blicke, die mich einst mitleidig angeschaut hatten, waren voller Verärgerung, wenn ein weiterer Jahrestag eine neue Ladung True-Crime-Fans auf den Plan rief, die auf das Haus zeigten, in dem wir aufgewachsen waren. Unsere alte Schule. Die Schaukeln auf dem Spielplatz, auf denen uns unsere Eltern angeschubst hatten – höher-höher-höher. Dorthin gehe ich jetzt mit Archie.

Ich habe fast die Hälfte der Strecke hinter mich gebracht, als mir auffällt, dass der Tank nahezu leer ist. Innerlich fluche ich. George sollte gestern Abend mit meinem Auto tanken fahren. Er weiß, dass das schwierig für mich ist, weil ich den Geruch der Abgase nicht ertrage. Ich war mir sicher, dass er tanken gefahren war, während ich Archie gebadet und ihm eine Geschichte vorgelesen hatte, doch ich muss mich geirrt haben. Wahrscheinlich wurde er wieder einmal von einem längeren geschäftlichen Telefonat aufgehalten. Zurzeit arbeitet er wahnsinnig viel, aber ich bin froh, dass er so hart für unsere Zukunft ackert, auch wenn wir nicht immer das Gleiche wollen.

Es ist verlockend, wieder nach Hause zu fahren, aber ich müsste trotzdem tanken, bevor ich Archie aus dem Kindergarten abhole. Also blinke ich links und biege in die BP-Tankstelle ein. Sobald ich das Auto verlasse, steigt mir der Geruch von Benzin in die Nase, und ich kämpfe gegen die aufsteigende Übelkeit an.

Meine Hand zittert, als ich den Zapfhahn einhänge und bezahlen gehe.

Der Kassierer ist mit einem anderen Kunden beschäftigt, und ich nehme spontan ein KitKat für Archie und ein Twix für George mit. Ich nasche nicht zwischendurch, sondern bevorzuge richtiges Essen. Die Kreditkarte habe ich schon in der Hand, bin bereit, sie an das Bezahlterminal zu halten, aber ich habe das Limit beim kontaktlosen Zahlen überschritten und stecke deshalb die Karte in die Maschine. Aus dem Augenwinkel sehe ich, wie ein weißer Transporter neben meinem Auto hält. Nervös tippe ich zweimal die falsche PIN-Nummer ein, bevor ich mich an die richtige erinnere.

Ein Mann mit schwarzen Haaren und Igelfrisur steigt aus dem Transporter. Ich habe ihn noch nie gesehen. Er ist jung. Jünger als ich. Und er sieht glücklich aus. Doch das bedeutet nicht, dass er ungefährlich ist, oder? Wir alle verstellen uns manchmal, nicht wahr? Ich mache das auch. Die ruhige Mutter, sorglose Ehefrau. Das ist ungerecht. Ich bin wieder hart gegen mich selbst. Ich hatte Phasen von mehreren Monaten – Jahren sogar –, in denen ich zwar nicht vergaß, was mir passiert war, aber mich dennoch fast damit arrangierte. Ich nehme an, ich lernte, damit zu leben wie mit den Ekzemen, die meine Haut verschorften, wenn ich gestresst war. Merkwürdigerweise ist meine Haut ekzemfrei, seitdem mich meine Rituale völlig vereinnahmen. Mit meiner psychischen Gesundheit ging es bergab, aber meine körperlichen Probleme verschwanden fast über Nacht.

»Sie können Ihre Karte rausnehmen.« Der scharfe Ton des Kassierers sagt mir, dass er mich nicht zum ersten Mal auffordert. Ich murmele »Danke« in seine Richtung und eine

Entschuldigung an den Fahrer des Transporters, der hinter mir steht und dessen Blick ich ausweiche. Schnell gehe ich nach draußen.

Ich gehe gerade am Transporter vorbei, als ich darin ein dumpfes Geräusch höre. Ich zögere, spitze die Ohren. Es ist nichts mehr zu hören außer das stetige Rauschen des Verkehrs von der Hauptstraße, aber trotzdem schirme ich mit den Händen die Augen ab und blicke prüfend durch das Fenster auf der Fahrerseite.

»He!«

Ich mache vor Schreck einen Satz und versuche, mich nicht zu ducken, als der Fahrer zu mir herübergeeilt kommt. »Was machen Sie da?« Sein Verhalten ist so stachelig wie seine Frisur.

»Ist da noch jemand im Wagen?«, frage ich.

»Was geht Sie das an?«

Ich schaue ihn unverwandt an und warte ab.

»Nein. Nur ich.« Er schiebt den Schlüssel ins Schloss, aber bevor er einsteigt, hören wir es beide. Das Scharren, das aus seinem Wagen kommt.

»Ich bin DC Ross«, lüge ich. »Dürfte ich bitte einen Blick in Ihr Auto werfen, Sir?« Mit großen Schritten gehe ich zur Rückseite des Transporters und heuchele ein Selbstbewusstsein, das ich nicht spüre.

»Ich habe Ihnen doch gesagt, dass da keiner …«

»Dann macht es Ihnen doch sicher nichts aus, wenn ich einen Blick hineinwerfe, oder?«

Mit einem missbilligenden »Ts-ts« schließt er die hinteren Türen auf. Mein Herz rast, als er sie aufreißt. Ich achte darauf, Abstand zu halten. Ein freudiges Kläffen ertönt, als ein weißer Staffordshire Terrier mit einem dunklen Ring um ein Auge auf seinen Besitzer zuspringt.

Es ist nur ein Hund.

Ich trete den Rückzug an und spüre den Blick des Mannes auf mir. Verlegen steige ich in mein Auto, starte den Motor, und das Getriebe knirscht, als ich schwer atmend zurück auf die Straße fahre. Ich nähere mich langsam der Einmündung und warte darauf, links abbiegen zu können, als ich kurz das Profil des Fahrers sehe, der in einem schwarzen Auto an mir vorbeirauscht und rechts blinkt.

Es ist er.

Der Mann, der mich fast gebrochen hat.

Ich bin in meinem Sitz erstarrt. Mit steifem Hals will ich, dass meine Augen einen zweiten Blick auf ihn werfen.

Ich erwische ihn erneut, als sich sein Auto in den Verkehr einfädelt, und bin mir nicht mehr so sicher wie noch vor ein paar Sekunden, dass er es ist. Die Kieferpartie passt nicht. Eine Hupe ertönt hinter mir, und in meiner Hektik würge ich das Auto ab. Ich zittere, als ich den Zündschlüssel drehe, um den Motor wieder zum Leben zu erwecken.

Er *kann* es nicht gewesen sein.

Das ist unmöglich.

Als ich wieder anfahre, stelle ich ihn mir in seiner Zelle vor. Die dicken Eisenstäbe, die ihn in Schach halten.

Ich weiß, dass es der Jahrestag ist, der mich so ängstlich macht. Zwanzig Jahre. Es ist fast zwanzig Jahre her.

Ich bin mit den Nerven fertig, als ich vor Maries Wohnung anhalte. Dass Carlys Auto schon dort steht, beruhigt mich nicht.

Gleich sind wir alle in einem Raum.

Drei Schwestern.

Es ist nicht gut, wenn wir alle zusammen sind.

Ich kann einfach Nein sagen.

Über mir brechen die grauen Wolken auf, und Regen prasselt auf die Windschutzscheibe.

Es fühlt sich an wie ein Omen. Als stünde ein drohendes Unheil bevor.

Kapitel 3

Carly – Damals

Es fühlte sich wie Schicksal an, dass etwas Furchtbares passierte, weil sie sich so gehässig benommen hatte. Carly hatte ein saures Gefühl im Rachen und schluckte ihre Übelkeit hinunter. Sie musste um der Zwillinge willen stark sein. Sie würden entsetzliche Angst haben.

Sie hatte entsetzliche Angst.

Alles war so schnell gegangen. Sie spürte noch immer den Arm um ihren Hals, einen weiteren um ihre Taille, als sie zum Transporter gezerrt wurde und sich freizukämpfen versuchte. Wie der Türriegel über ihre Wange schrammte, die Haut aufriss. Der Schrei, der ihrer Kehle entwich, als sie den zweiten Mann folgen sah, der die Mädchen schleppte.

»Lauft weg!«, hatte Carly geschrien, während sie wieder um sich trat, aber sie wusste, dass sie nicht beide freikämen, auch wenn sich eine von ihnen würde loswinden können.

Die Arme, die Carly bändigten, hievten sie hoch und stießen sie grob in den Transporter.

»Hilfe!« Carlys Stimme wurde heiser.

Und in dem Moment sah sie etwas Silbernes aufblitzen. Eine scharfe Spitze wurde ihr gegen den Hals gedrückt.

Augenblicklich zog es ihr den Boden unter den Füßen weg, und ihr Körper erschlaffte. Sie musste für ihre Schwestern am Leben bleiben. Carly zwang sich, einen apathischen Eindruck zu machen, als ihr die Hände auf den Rücken gezerrt wurden. Sie zitterte so heftig, dass das um ihre Handgelenke geschlungene Seil die Haut aufschrammte. Klebeband verschloss ihren Mund, von dem sie noch vor einer Stunde gedacht hatte, er würde von Dean Malden geküsst werden. Sie leistete keine Gegenwehr, als ihre Knöchel zusammengebunden wurden. Eine Augenbinde nahm ihr den letzten Blick auf die Sonne. Sie war erstaunt, dass so etwas am helllichten Tag passieren konnte. An ihrem Arm spürte sie ein Rütteln. Hörte den dumpfen Aufprall der Zwillinge, die neben sie gestoßen wurden, und vernahm hilflos, wie Leah weinte und Marie flehte.

»Das ist doch ein Spiel, oder? Bitte. Es ist nicht echt«, piepste sie mit heller Stimme.

Doch die echten Spiele wurden nur ein paar Meter entfernt im Park gespielt. Der Jubel über ein Tor schallte durch die Hecke, und Carly wusste, dass das hier, was immer es auch sein mochte, sehr, sehr ernst war.

Aber immer noch dachte sie, dass jemand sie gehört haben musste, herbeigestürzt kam und sie in letzter Minute rettete. All ihre Geschichtenbücher endeten gut, und es war ihr noch nie in den Sinn gekommen, dass es kein Happy End geben könnte. Das geschah erst, als die Tür zugeschlagen wurde, der Motor aufheulte und sie beim Anfahren des Transporters auf die Seite fiel.

Der Gestank von Benzin zusammen mit dem strengen Geruch von Körperausdünstungen war auf so kleinem Raum übermächtig. Zuerst dachte Carly, er müsse von den Männern kommen, bis sie merkte, dass ihr die Bluse schweißdurchtränkt am Rücken klebte und sie selbst den Geruch ausströmte. Den Geruch ihrer eigenen Angst.

Es war heiß. Holprig. Sie schwankte, war nicht in der Lage, sich mit ihren zusammengebundenen Händen abzustützen. Also versuchte sie, tief ein- und auszuatmen, um sich zu beruhigen, aber jedes Mal, wenn sie einatmete, verhinderte das Klebeband auf ihrem Mund, dass genug Luft in die Lunge gelangte. In ihrer Brust brannte es schmerzhaft. Die Nasenlöcher blähten sich auf, als sie kurze, scharfe Atemzüge nahm, bis ihr schwindlig wurde. Der Knoten der Augenbinde drückte sich in ihren Hinterkopf.

Einer der Zwillinge wimmerte, der andere war beängstigend still, und es war die Stille, die Carly am meisten Angst einjagte. Seitdem sie geboren waren, machten die beiden ununterbrochen Krach. Lachten, heulten, spielten. Plapperten los in ihrer Zwillingssprache, die niemand verstand. Carly stemmte die Fersen auf den Boden, wobei die Fußknöchel unangenehm aneinanderrieben, und zog ihr Hinterteil langsam und ungleichmäßig nach – wie eine Spinne, der Beine fehlten –, bis ihre Füße an etwas stießen, was ein Körper sein konnte. Sie rutschte und tastete herum, bis ihre Finger eine andere Hand fanden. Ein furchterregender Schrei und dann lange Finger, die nach ihren griffen. Klavierspielerfinger. Carly nahm an, es mussten Leahs sein.

Sie rutschte weiter, tastete herum, bis sie Marie fand. Sie war still. Zu still. Besorgt drückte Carly auf ihr Handgelenk, wollte, dass der Puls unter ihren Fingern zuckte. Sie blinzelte Tränen der Dankbarkeit fort, als sie das langsame und stetige Pochen spürte. Sie würde es sich nicht erlauben zu weinen.

Sie hatte mit den Zwillingen den Garten verlassen und sie in diese Situation hineinmanövriert.

Sie *musste* sie wieder hinausmanövrieren.

Gedanken rangelten in ihrem Kopf um Aufmerksamkeit, als Carly zu verarbeiten versuchte, was passiert war. Wer hatte sie entführt und weshalb – aber nichts ergab einen Sinn. Ein Teil von ihr klammerte sich verzweifelt an die vage Hoffnung, dass es sich um einen Streich handelte. Ihre Eltern schauten gern die Sendung, in der ahnungslose Bürger zum Narren gehalten wurden, doch das Blut, das aus einer klaffenden Wunde in ihrer Wange strömte, sagte ihr, dass es kein Scherz war. Im Fernsehen waren die Streiche unerwartet und lustig. Niemals grausam.

Carly rieb ihr Gesicht an der Wand des Transporters, um ihre Augenbinde zu lösen. Jedes Mal, wenn sie über eine Unebenheit fuhren, schlug ihr Kopf schmerzhaft gegen das harte Metall, doch sie gab nicht auf, bis sie endlich spürte, wie der Stoff verrutschte.

Vom Druck der Binde auf ihre Augen sah sie zunächst etwas verschwommen, und so wartete sie, bis die Sicht klarer wurde.

Im Innern des Transporters war es eng und dunkel. Nur wenig Licht drang durch ein schmutziges, trübes Fenster zur Fahrerkabine. Dort saßen zwei schattenhafte Gestalten. Nur zwei. Carly spürte einen Hoffnungsschimmer. Obwohl die Zwillinge klein waren, waren sie den Männern zusammen zahlenmäßig überlegen. Sie hätten eine reelle Chance gehabt, wenn Carly nur gewusst hätte, was für sie geplant war. Wohin sie fuhren.

Sie verlagerte ihr Gewicht. Wenn sie nahe genug an die Trennwand kam, ohne entdeckt zu werden, konnte sie vielleicht trotz des brummenden Motors hören, worüber sie sprachen.

Man muss immer einen Plan haben, war das Motto ihres Vaters.

Sie mochte erst dreizehn sein, aber sie sollten sie nicht unterschätzen.

Es ging nur langsam voran, als sie sich schaukelnd auf die Knie hievte. Mit den Zehen hielt sie die Balance, spreizte die Beine und bewegte sich watschelnd vorwärts, versuchte, nicht zu fallen, als ein Rad in ein Schlagloch geriet. Mit zunehmender Geschwindigkeit wurde der Motor lauter. Sie hatten sicher die Stadt verlassen. In Carlys Hals bildete sich ein Kloß, als sie daran dachte, wie weit sie sich von ihrem Haus entfernt haben mussten. Von ihrem pinkfarben geblümten Zimmer, wegen dessen Renovierung sie ihrer Mutter in den Ohren lag, weil sie jetzt ein Teenager war. Von ihrem Baldachin über dem Bett, den sie geliebt hatte, als sie sechs gewesen war, aber den sie jetzt peinlich fand. Vom Meerjungfrauenzimmer der Zwillinge, das sie sich unerklärlicherweise unbedingt teilen wollten, obwohl das Haus groß genug war, dass jede ein eigenes Zimmer hätte haben können. Von ihren Stofftieren, die in einer Reihe auf dem Bett saßen. Carlys Bären waren unten in ihren Kleiderschrank gestopft worden. Immer noch ein Teil von ihr, aber nicht ganz.

Konzentrier dich.

Sie zwang gerade wieder ihr linkes Knie nach vorne, als der Transporter über eine Unebenheit fuhr. Carly fiel um und schlug mit dem Gesicht auf den Boden. Benommen drehte sie sich auf die Seite. Das Band, mit dem ihr Mund zugeklebt worden war, hatte sich gelöst. Sie spuckte Blut und einen Zahn aus. Ihre Nase brannte vor Schmerzen. Wahrscheinlich war sie gebrochen.

Sie zog die Knie an die Brust und lag da wie ein Komma. Kein Punkt. Nicht das Ende.

Ihre Uhr tick-tick-tickte.

Zehn Minuten? Eine Stunde? Sie hatte jegliches Zeitgefühl verloren. Jegliches Gefühl für sich selbst. Sie war eine Masse aus Schmerz und Blut und Angst. Ihre Zellen schwirrten im Körper herum, während Adrenalin ihren Organismus flutete.

Kampf oder Flucht. Darüber hatte sie etwas in der Schule gelernt.

Entschlossen hievte sie sich noch einmal auf die Knie.

Ein weiteres Taumeln. Räder, die durch Schlaglöcher fuhren. Sie landete wieder auf der Seite, als der Wagen über unwegsames Gelände ruckelte.

Langsamer wurde.

Das Knirschen der Handbremse.

Augenblickliche Stille, als der Motor abgestellt wurde.

Carly mobilisierte all ihre Kraft und zog die Knie an, bevor sie mit beiden Füßen so fest sie konnte immer wieder gegen die Wand des Transporters trat und um Hilfe schrie, bis ihr die Kehle brannte.

Irgendjemand würde sie hören.

Musste sie hören.

Sie kniff vor der Helligkeit die Augen zusammen, als die Tür aufgerissen und sie an den Haaren hinausgezerrt wurde.

»Du bist aber eine Temperamentvolle«, sagte eine Stimme, die allerdings nicht verärgert, sondern eher amüsiert klang. Ihre Augenbinde wurde wieder fixiert. Zu fest. »Das ist besser. Drei blinde Mäuse, drei blinde Mäuse«, sang er.

Carly spürte einen Blick auf sich. Sie kniff angestrengt die Lippen zusammen, als er ein weiteres Band über ihren Mund klebte. Sie würde nicht weinen.

Die Luft wurde ihr aus dem Körper gepresst, als sie über eine Schulter geworfen wurde, als wöge sie nichts.

Sie atmete ein. Lauschte. Prägte sich ein, was sie konnte, damit sie später in der Lage war, der Polizei, ihren Eltern alles zu erzählen, was sie wusste, denn sie musste daran glauben, dass es ein Später gab.

Der Geruch von Erde. Ein Bauernhof? Ein raschelndes Geräusch. Laub?

Belanglose Details, die nie wiedergutmachen würden, dass sie die Zwillinge in Gefahr gebracht hatte.

Es war alles ihre Schuld.

Der Mann setzte sich mit der gekrümmten Carly auf der Schulter in Bewegung. Wieder ein Komma, und dieser Gedanke gab ihr Kraft. Kein Punkt.

Es war nicht das Ende.

Kapitel 4

Leah – Jetzt

Es rauscht, als ich mit dem Finger auf die Gegensprechanlage drücke, und bevor ich sprechen kann, wird mit einem Klicken die Eingangstür entriegelt. Ich hatte nicht auf Maries SMS geantwortet, aber sie hat nicht gefragt, wer vor der Tür steht. Das braucht sie nicht – sie wusste, dass ich kommen würde. Die Tür klemmt. Ich stoße sie mit der Schulter auf, und der Briefkasten verrutscht. Er sieht aus wie ein entglittenes Lächeln. Ich versuche, ihn wieder geradezurücken, aber es fehlt eine Schraube.

Im Treppenhaus riecht es wie immer nach Urin. Ich steige die spiralförmige Treppe in den dritten Stock hinauf. Wohnung Nummer neun. Ich erinnere mich daran, dass ihre Türklingel nicht funktioniert, hebe den Türklopfer, der rotbraun und rostig ist, und lasse ihn fallen, um donnernd meine Ankunft anzukündigen. Die Erschütterung lässt schwarze Farbe abblättern und zu Boden segeln. Sofort wird die Tür aufgerissen, und Marie wirft mir die Arme um den Hals. Ich bin eingehüllt in eine Wolke des Parfüms, das sie immer benutzt. Irgendetwas Holziges. Anders als der blumige Duft, der unsere Mutter stets umgab oder vielleicht noch umgibt. Ich weiß es nicht, da ich sie lange nicht gesehen habe. Ich erwidere Maries Umarmung, spüre an ihren vorstehenden Knochen, wie dünn sie ist. Sie hat so viel abgenommen. Wirkt so zerbrechlich. Sie tritt zurück und umklammert meine Schultern, während sie mich genau betrachtet. Die Armreife, die an ihrem Handgelenk glitzern, klimpern, als sie mich hin und her dreht.

»Du siehst gut aus.«

»Du auch. Geht's dir gut?« Was ich eigentlich fragen möchte, ist: *Trinkst du noch?* Doch das tue ich nicht. Das Weiße in ihren Augen hat eine rötliche Färbung, aber das könnte auch von den Tränen kommen, die wir alle jedes Jahr um diese Zeit vergießen. Ich rieche an ihr keinen Alkohol, und das ist ein gutes Zeichen. Es hat eine Zeit gegeben, da mussten wir uns nicht fragen, wie es uns ging. Sie wusste genau, was ich dachte. Sie fühlte, was ich fühlte, aber über die Jahre ist sie eine Fremde für mich geworden … jedenfalls fast. Was wir durchgemacht haben, hat uns alle zusammengeschweißt und dann auseinandergerissen.

»Carly ist da.« Sie winkt mich hinein, und als ich mich an ihr vorbeidränge, fällt mir auf, dass sie meine Frage nicht beantwortet hat. Geht es ihr gut? Geht es irgendeiner von uns gut?

Ich gehe in die winzige Küche, in der es leicht faulig riecht, als müsste der Abfalleimer geleert werden.

Carly lehnt am altmodischen Gasherd, und ihre Finger fliegen über die Tastatur ihres Handys. Sobald sie mich sieht, wirft sie es auf die Arbeitsfläche und zieht mich an sich. Kurz verliere ich mich in ihrer Umarmung, als hätte ich sie nicht erst vor ein paar Tagen gesehen. Carly ist diejenige, die mir jetzt nähersteht. Sie ist diejenige, die geblieben ist, während Marie durchs Land reiste und zugige Theater einem richtigen Zuhause vorzog. Sich in verschiedene Charaktere verwandelte, die alle so schön und so lädiert waren wie sie selbst. In den düsteren Produktionen, in denen sie mitspielt, gibt es kein Happy End.

Ich ziehe meine Jacke aus und wickele den Schal ab. Beides lege ich auf Carlys Jeansjacke.

»Ich mache uns Tee.« Marie füllt den Wasserkocher, als wäre das hier nur ein weiterer Höflichkeitsbesuch. Mein Blick fällt auf Carly, und sie hebt die Augenbrauen.

»Ich habe meine eigene Tasse mitgebracht.« Ich hole eine in Plastikfolie gewickelte Tasse aus der Tasche und gebe sie ihr. Bin bereit, mich zu verteidigen, aber sie fragt nicht, was dieses Mal meine Kontaminationszwangsstörung ausgelöst hat (obwohl es wahrscheinlich offensichtlich ist), oder wie lange sie schon andauert, und ich bin froh darüber. Ich bin nicht hier, damit über mich geurteilt wird.

Ein Handy klingelt. Das Geräusch kommt von oben auf dem Kühlschrank.

»Soll ich es holen?« Ich stehe am nächsten dran.

»Nein!« Marie greift nach ihrem Handy und schaltet es aus.

»Das musst du aber nicht. Vielleicht war es ein Jobangebot.«

»War es nicht. Irgendwo müssen noch Kekse sein, Leah. Kannst du mal gucken?«

Ich krame auf der Arbeitsfläche herum und suche nach Gebäck, das ich nicht essen werde.

Maries Wohnung ist so chaotisch und unaufgeräumt wie ihr Leben. Schmutziges Geschirr stapelt sich in der Spüle. Auf jeder Oberfläche herrscht ein Durcheinander. Tuben mit halb benutztem Make-up vermüllen den kleinen Tisch in der Küche, wo sie ihre Mahlzeiten für eine Person isst. Eine Packung L'Oreal-Haarfärbemittel ragt aus dem überquellenden Abfalleimer. Das ist das komplette Gegenteil meines Minimalismus. Es hat eine Zeit gegeben, da haben meine Zwillingsschwester und ich alles geteilt, aber jetzt sehen wir uns nicht einmal mehr ähnlich, glaube ich und betrachte ihre frisch gebleichten raspelkurzen Haare. Ich trage meine immer noch lang. Obwohl ich erst achtundzwanzig bin, durchziehen graue Strähnen meine von

Natur aus roten Haare, doch ich bin entschlossen, sie nicht zu färben. Alle paar Minuten fährt sich Marie mit der Hand über den Nacken, als würde sie sich versichern, dass ihre Zöpfe nicht mehr da sind. Dass niemand danach greifen kann. Es ist, als wünschte sie sich, jemand anders zu sein, und ich verstehe das. Ich wollte das auch. Aber wir können nicht vor uns selbst davonlaufen, oder? Vor dem, was wir getan haben. Jahre der Therapie haben mich das gelehrt.

»Geht's Archie gut?« Carly strahlt, als sie ihren Neffen erwähnt. Es ist so schade, dass sie nie jemanden an sich herangelassen hat. Sie hat keine eigene Familie. »Das ist zu viel Verantwortung«, war einmal die Antwort auf meine Frage gewesen, ob sie Kinder haben wolle.

Es hatte lange gedauert, bis sie auf Archie aufpassen konnte. »Ich kann das nicht«, sagte sie, als wir das erste Mal über die Möglichkeit sprachen, dass ich wieder arbeiten ging. Ich nahm ihre Hände in meine.

»Ich vertraue dir.«

Sie schüttelte den Kopf. »Das solltest du nicht.«

»Tue ich aber. Wir beide tun das, George und ich und … Carly, ich könnte keiner anderen trauen.« Niemals hätte ich Archie bei einer Fremden gelassen.

»Was wäre, wenn …« Fest kniff sie die Augen zu.

»Wir können uns in unserem Leben nicht ständig Was-wäre-wenn-Fragen stellen.«

Sie schaute mich damals mit einem äußerst ungläubigen Gesichtsausdruck an.

»Gut«, räumte ich ein. »Ich sehe die Ironie darin, aber ich versuche es. Versuch es mit mir. Du bist doch ganz vernarrt in Archie.« Von der Sekunde an, als sie ihn im Krankenhaus das erste Mal in den Armen gehalten und er mit seinen winzigen Fingern ihren Daumen umklammert hatte, war sie Opfer von Gefühlen geworden, gegen die sie nicht ankam.

»Eben *weil* ich ihn liebe, kann ich das nicht.«

»Und eben *weil* du ihn liebst, kannst du das.«

Jetzt holt Carly Archie ab, wenn ich in der Versicherungsfirma in der Stadt arbeite und Policen für Ängste bearbeite, die die Leute nachts wach halten – Diebstahl, Tod, Krankheit –, aber ich weiß, dass das nicht das Schlimmste ist, was passieren kann. Bei Weitem nicht.

»Archie geht's gut«, sage ich über das Geräusch des Wasserkochers hinweg. »Es war mir vorhin allerdings peinlich, denn alle anderen Kinder saßen schon im Kreis, als wir in den Kindergarten kamen. ›Entschuldigung, dass wir zu spät kommen‹, rief er. ›Mummy konnte nicht ins verdammte Badezimmer, weil Daddy ein großes Aa machen musste.‹ Dieses Kind!« Ich schüttele den Kopf, als wäre ich verzweifelt, aber wir alle wissen, dass ich das nicht bin. Archie ist das Licht meines Lebens. »Du musst ihn mal wieder besuchen kommen, Marie.« Ich versuche, nicht zu anklagend zu klingen, weil wir sie so selten sehen.

»Ja. Tut mir leid, ich war beschäftigt.«

»Womit?«, fragt Carly. Marie ist aus ihrer letzten Rolle gefeuert worden, weil sie erst fünf Minuten vor ihrem Auftritt betrunken erschienen war. Das ist vor sechs Monaten gewesen, und seitdem hat sie nicht mehr gearbeitet. Sie sagte, das sei der Anstoß gewesen, den sie gebraucht habe, um mit dem Trinken aufzuhören und sich auf ihre Zukunft zu konzentrieren.

»Mit diesem und jenem«, antwortet sie vage. Sie reißt den Mund auf und gähnt. Unter ihren Augen sind dunkle Ringe zu sehen. Auch sie schläft nicht gut.

»Hält dich nachts etwas wach? Oder jemand?«, fragt Carly.

Marie antwortet nicht, aber ihr Hals wird rot. Sie hält etwas vor uns geheim.

»Marie, triffst du dich mit jemandem?«

Sie streitet es nicht ab, beschäftigt sich aber damit, Milch in Becher zu gießen und Teebeutel mit einem Löffel herauszufischen. Ich wiederhole meine Frage nicht. Wenn Marie uns darüber nichts erzählen will, dann tut sie es auch nicht. Sie führt uns ins Wohnzimmer und fegt Stapel von Zeitschriften vom Sofa auf den abgewetzten Teppich. Aus einem Räucherstäbchen in einem Ständer auf der Fensterbank wabert Rauch. Es duftet süßlich. Augenblicklich kommt mir der Gedanke, sie könnte versuchen, damit den Geruch von Alkohol zu überdecken. Verstohlen schaue ich mich im Zimmer um, suche nach leeren Flaschen, die in Ecken gestopft sind, nach Gläsern, an denen Lippenstift klebt, aber ich finde nichts. Mein Blick trifft auf Carlys, die mit den Schultern zuckt. Ich weiß, dass sie das Gleiche denkt wie ich. Ich stelle den angeschlagenen Teller, auf dem sich Vollkornkekse von Tesco stapeln, auf den Tisch.

»Also …« Marie strahlt, aber ihr Lächeln erreicht nicht den Rest ihres Gesichts. Ihr Lippenstift hat einen roten Fleck auf den nikotingelben Zähnen hinterlassen.

»Ich kann das dieses Jahr nicht«, fällt Carly ihr ins Wort. »Ich kann es einfach nicht.«

Die bereits frostige Atmosphäre wird noch angespannter. Ich nehme einen Schluck von meinem Tee und versuche, mich daran zu erinnern, ob Marie den Teelöffel vom Abtropfgitter genommen hat, bevor sie damit nach meinem Teebeutel fischte.

»Ich weiß, dass es in diesem Jahr schwierig ist …« Maries Knie zuckt. Sie zieht die Ärmel ihres Pullovers über die Hände.

»Es ist jedes verdammte Jahr schwierig.« Carly streicht sich die Haare aus dem Gesicht. Ihr Ärmel rutscht hoch, und man sieht das Komma, das sie sich aufs Handgelenk hat tätowieren lassen.

Sie hat recht.

Jedes Jahr um den Jahrestag unserer Entführung herum will Marie unbedingt das Ganze wieder ausgraben. Ist nicht gewillt, die verlöschende Glut unserer Traumata zu Asche zerfallen zu lassen.

Es war doch nicht so schlimm, wie wir dachten, oder?

Es hat uns zu den Menschen gemacht, die wir heute sind.

Es ist, als wollte sie es zu etwas anderem machen.

Doch das kann sie nicht.

Ich weiß nicht, warum, vielleicht ist es für sie die einzige Möglichkeit, damit fertigzuwerden. Wir alle bewältigen es, so gut wir können. Carly erlaubt sich nicht, sich neu zu verlieben, und ich habe meine Rituale.

»Aber ...«, fährt Marie fort, als hätte Carly nichts gesagt. »Es ist zwanzig Jahre her, und an mich ist eine Journalistin herangetreten ...«

»An uns alle sind in den letzten Monaten Journalisten herangetreten.« Das war klar. »DIE SINCLAIR-SCHWESTERN – WO SIND SIE JETZT?« Mir gefällt die Richtung nicht, in die das Gespräch geht.

»Sie will, dass wir anlässlich des Zwanzigjährigen einen Fernsehauftritt haben. Es wäre natürlich live, und somit hätten wir nur ein paar Tage für die Vor...«

»Auf keinen Fall«, sagt Carly bestimmt.

»Ich weiß, dass du nicht gerne im Rampenlicht stehst, aber ich werde das Reden übernehmen. Du brauchst nicht viel zu sagen, solange du nur da bist«, meint Marie nüchtern. Es wäre ihre Hauptrolle, und wir würden die Nebendarsteller verkörpern. »Leah?«

»Ich kann mir nichts Schlimmeres vorstellen, als das alles noch einmal durchzumachen.«

Ich kann einfach Nein sagen.

»Letztes Mal hast du zugestimmt«, erinnert mich Marie.

Ich rutsche unbehaglich auf meinem Platz herum. Um den zehnten Jahrestag wurde uns ein Buchvertrag angeboten. Carly und ich waren nicht daran interessiert, aber Marie bettelte, sagte, die Publikation werde wahrscheinlich ihre Karriere ankurbeln, und wir wollten so sehr, dass sie Erfolg hatte. Meine damalige Therapeutin meinte, es werde uns vielleicht guttun, unsere Geschichte mit anderen zu teilen. Uns von Stigma und Scham befreien, die wir fühlten, oder die *ich* zumindest fühlte. Sie dachte, wenn wir ausschließlich mit einer Person darüber sprachen, würde es die Geier davon abhalten, im Rest unserer Leben herumzustochern, und wir könnten endlich alles hinter uns lassen. Der Verlag stellte den Kontakt zu einem Ghostwriter her. Wir mussten uns nur ein paarmal mit ihm treffen, und er nahm unsere Geschichten auf ein Diktafon auf. Das war alles. Sechs Riesen für jede von uns. Von uns wurde nicht erwartet, dass wir auch nur ein einziges Wort schrieben.

»Der Buchvertrag ist schon Jahre her«, sage ich zu Marie. »Die Dinge haben sich geändert. Ich muss jetzt an Archie denken.«

Archie kommt im nächsten September in die Grundschule, und ich will nicht noch mehr Gegenstand von Schulhoftratsch sein, als ich es ohnehin sein werde. Der Rektor ist derselbe, den Marie und ich hatten, als wir entführt wurden. Einige der anderen Eltern werden früher mit mir das Klassenzimmer geteilt haben. Doch es ist ein Vorteil, Archie auf dieselbe Schule zu schicken, auf der ich war, denn ich kenne die Raumaufteilung und die Gepflogenheiten. Wenn ich schnell bei Archie sein müsste, wäre das kein Problem.

»Ich möchte keine schlechten Gefühle erzeugen«, sagt Carly, »und dass die Gemeinde denkt, wir geben ihr die Schuld, nicht wachsam gewesen zu sein.«

»Ich bin Carlys Meinung.« Die Einheimischen kümmern sich um ihre eigenen Angelegenheiten. Mir gefällt der Gedanke nicht, dass sie mich im Fernsehen sehen. Ich werde mein Leben nicht wieder zu einem Medienzirkus machen. Dafür gibt es keinen Grund. »Und außerdem, wieder alles durchzukauen …«

»Es ist nicht nur das«, drängt Marie weiter. »Das Fernsehen möchte auch wissen, welche Langzeitwirkungen das Ganze auf uns gehabt hat.«

»Keine. Uns geht's gut. Jetzt.« Carly fährt leicht mit dem Finger über ihre Tätowierung, während ihr die Stimme vor Emotionen versagt. Ich sitze da, mit feuchten Händen in den Handschuhen.

»Mir geht's nicht gut«, sagt Marie leise. »Meine Karriere ist … na ja, im Moment mache ich eine Pause, und um ehrlich zu sein, könnte ich das Geld gut gebrauchen. Ihr nicht?«

Damit hat sie recht. Mein Bankkonto könnte auch einen Schub vertragen. Ich hatte keinen Penny unseres Buchvorschusses ausgegeben, bis ich George kennenlernte. Ich zahlte für unser Haus, aber dafür bestand er darauf, dass die Eigentumsurkunden auf meinen Namen liefen. Er wollte nicht, dass die Leute dachten, er sei wegen meines Geldes hinter mir her gewesen. Ich nahm eine zweite Hypothek auf, um ihm sein eigenes Architekturbüro zu ermöglichen, und dann noch eine, weil sein Einkommen nicht so hoch ist wie erwartet – niemand baut bei der derzeitigen Wirtschaftslage.

»Ich habe mein Auskommen«, sagt Carly. Mit dem Vorschuss vom Verlag hätte sie sich in unserer Gegend ein kleines Haus erlauben können, aber sie kaufte stattdessen eine Wohnung ohne Garten. Mit dem restlichen Geld durchkämmte sie die Secondhandläden auf der Suche nach Schnäppchen, die sie später auf eBay weiterverkaufte. So kommt sie zurecht. Damit und mit dem kleinen Gehalt, das ich ihr für die Kinderbetreuung zahle.

»Schön für dich. Ich habe alles in die Finanzierung der Tournee des überirdischen Stücks gesteckt.« Marie hatte große Hoffnungen gehabt, aber niemand hatte die Handlung verstanden. »Die Leute vom Fernsehen haben uns eine unglaubliche

Summe geboten, wenn wir ihnen etwas erzählen können, was nicht im Buch steht.«

»Wir können ihnen nichts erzählen, was sie nicht bereits wissen.«

»Können wir doch.« Marie schluckt schwer. »Wir können ihnen die Wahrheit sagen.«

KAPITEL 5

Carly – Damals

Sag mir, wer du bist, schrie eine Stimme in Carlys Kopf, aber der Mann, der sie über der Schulter trug, konnte sie nicht hören. Mit entschlossenen, zielstrebigen Schritten ging er weiter. Carly versuchte, ihre Umgebung anhand der Geräusche zu identifizieren, die seine Schritte machten.

Knirschen.

Knacken.

Carly war sich sicher, dass sie über trockenes Gras gingen. Zweige. Wald? Sie hörte das Rauschen von Blättern. Das Knarren von Ästen. Aber nicht genug für einen Wald. Doch sie schienen in einer Gegend zu sein, die überwuchert war. Der leichte Wind war angenehm auf ihrer klebrigen Haut, aber sie wünschte, sie hätte kein Klebeband auf dem Mund gehabt, um ein bisschen tiefer einatmen zu können. Sie konnte nicht hören, dass der zweite Mann ihnen folgte, und ihre große Angst, von den Zwillingen getrennt worden zu sein, in Kombination mit dem Ruckeln – bei jeder winzigen Bewegung stieß sie mit dem nach unten hängenden Kopf gegen den Rücken des Mannes – verursachten ihr Übelkeit. Carly schluckte schwer. Sie hoffte, sie werde sich nicht übergeben müssen, denn sie konnte nichts ausspucken. Die Angst zu ersticken drängte jedes andere Gefühl in den Hintergrund. Ihre Haut war wieder schweißbedeckt, und ihr Herz raste so sehr, dass die Welt sich drehte. Wenn der Mann sie abrupt absetzte, würde sie sich nicht auf den Beinen halten können.

Beruhige dich.

Carly dachte an Leah und Marie. Sie musste einen klaren Kopf bewahren. Bei der ersten sich bietenden Gelegenheit musste sie davonlaufen. Ein Haus suchen, ein Auto anhalten, einen Erwachsenen finden, der ihnen half. Es war der Gedanke, dass ein Erwachsener die Verantwortung übernehmen würde, der Carly die Tränen in die Augen trieb. Sie war doch nur ein Kind. Dreizehn. Sie wusste nicht, was sie tun sollte. Wie sollte sie einen erwachsenen Mann überwältigen, aber sie musste es tun. Im Augenblick war sie alles, was die Zwillinge hatten.

Sie atmete langsamer ein. Tiefer. Der Geruch von Nikotin hing in der Jacke des Mannes – und noch etwas? Etwas Erdiges.

Sie mussten immer noch in hellem Sonnenlicht unterwegs sein, denn Carlys Augenbinde war durchflutet von rotem Licht. Der Farbe, die man sah, wenn man zu lange in die Sonne schaute.

Der Farbe von Blut.

Der Mann wurde langsamer. Blieb stehen. Die Hand, die Carlys Waden umklammert hatte, ließ los, aber sie spürte noch immer den Druck seiner Finger. Sie brauchte eine Sekunde, bis sie merkte, dass sie ihre Beine bewegen konnte. Sie beugte die Knie und zog die Fersen bis hoch an den Po, bevor sie die Füße vorwärts stieß und ihre Zehen gegen seine Brust schlugen. Sie machte sich darauf gefasst zu fallen. Bereitete sich darauf vor, auf die Füße zu springen und vorwärts zu stolpern. Zu rennen, egal, ob sie sehen konnte, wohin sie lief.

Der Mann bewegte sich kaum, als sie ihn immer wieder trat.

Er schrie nicht vor Schmerz, aber Carly hatte in sich genug Schreie, die für sie beide reichten und darum kämpften, ausgestoßen zu werden.

Ein Rasseln.

Ein Klicken.

Ein Knarren.

Eine Hand fasste wieder nach ihren Waden, und sie gingen weiter, aber diesmal fühlte es sich anders an. Statt eines Knirschens war da ein Stampf-Stampf-Stampfen. Das Geräusch von Stiefeln auf einer harten Oberfläche. Die Brise, die ihre Haut geküsst hatte, ließ nach.

Sie waren drinnen. Es roch alt. Muffig. Unbenutzt und ungeliebt.

Carlys Angst nahm zu. Sie konnte nicht genau sagen, wovor sie Angst hatte, aber sie wusste, dass der Mann mit ihr machen konnte, was er wollte, wenn nicht die Möglichkeit bestand, dass ihnen jemand über den Weg lief und half.

Drinnen war die Luft stickig und abgestanden. Irgendwie wusste sie, dass sie allein in diesem Gebäude waren.

Egal, wie viel Krach sie machte, es würde sie niemand hören.

Wieder zögerte der Mann. Schreckliche Angst überkam Carly, als sie sich vorstellte, dass sie der nächste Schritt hinab in einen Keller führen konnte. Sie hatte eine unnatürliche Furcht vor unterirdischen Räumen, seitdem sie im letzten Jahr mit ihrem Vater »Psycho« gesehen und vorgegeben hatte, wie er darüber zu lachen, dass der Film so altmodisch war.

Aber Carlys Herz hatte wild geschlagen. Sie wusste, dass sich die Angst in den grauen Bereichen zwischen dem Schwarz und dem Weiß verstärkte.

Die Finger des Mannes klammerten sich am Rücken von Carlys Pullover fest. Sie wurde von seiner Schulter gezogen, die sich jetzt plötzlich und unerklärlicherweise warm und sicher anfühlte und etwas war, wo sie bleiben wollte. Ihre Beine baumelten hilflos herum, bis sie auf einer weichen Oberfläche abgesetzt wurde. Keine Treppe.

Eine Matratze?

Wieder hatte sie das Gefühl, sich übergeben zu müssen.

Sie schluckte einmal, zweimal, war unfähig, den schmerzenden Kloß in ihrem Hals zu verdrängen, und biss stattdessen die Zähne so fest zusammen, dass ihre Schläfen pochten.

Fass mich nicht an – Fass mich nicht an – Fass mich nicht an.

Sie hatte es in den Nachrichten gesehen und wusste, was Mädchen manchmal passierte.

Carly fing an, am ganzen Körper zu zittern, und sagte sich, dass es nur das war. Ein Körper. Eine Hülle. Nicht der Kern ihres wahren Ichs, der irgendwo unerreichbar verborgen lag. Wenn jemandem wehgetan werden musste, dann lieber ihr als Leah oder Marie. Sie waren erst acht. Noch Babys. Grundschülerinnen. Sie war älter. Sie konnte damit fertigwerden.

Auch wenn sie wusste, dass sie es nicht konnte. Schon jetzt bekam etwas in ihr Risse und brach auseinander.

Fass mich nicht an.

Er tat es nicht.

Carly brauchte ein wenig, bis sie seine sich entfernenden Schritte von ihrem Herzschlag unterscheiden konnte.

Stocksteif lag sie da, atmete kaum, spitzte die Ohren.

Nichts.

Das Geräusch einer sich schließenden Tür war nicht zu hören gewesen, und doch spürte Carly, dass er gegangen war.

Sie warf sich auf die Seite. Die Matratze stank nach Urin, aber sie rieb ihre Wange daran, bis sie die Ecke fand. Immer wieder – wie eine Katze, die ihren Kopf an einer Hand reibt, sich sehnlichst Zuneigung wünscht – wetzte Carly ihr Gesicht an der harten Naht, bis ihre Haut wund war. Mit ermüdender Langsamkeit begann ihre Augenbinde zu rutschen.

Schließlich schob sich der Stofffetzen von den Augen über die Nase. Jetzt waren Carlys Nasenlöcher verdeckt, ihr Mund immer noch zugeklebt. Sie konnte nicht atmen, schüttelte verzweifelt den Kopf, bis die Augenbinde einen Zentimeter weiterrutschte.

Sie konnte sehen.

Ihr Blick huschte über den mit Staub und Schutt bedeckten Betonboden und die mit Graffiti besprühten Wände. Irgendetwas knackte hinter ihr. Sie riss den Kopf so schnell herum, dass sie sich den Nacken verrenkte. Fast erwartete sie, Norman Bates' Mutter in ihrem Schaukelstuhl zu sehen, doch es war ein Baum vor dem vergitterten Fenster, der sich im Wind neigte. Der Raum war nicht leer, aber Carly nahm ihre Umgebung kaum wahr. Berge von Müll, ein Pappkarton. Sie sah nicht nach, ob es etwas gab, das sie zu einer Flucht benutzen konnte.

Das brauchte sie nicht.

Die Tür stand weit offen.

Ähnlich wie im Transporter schob sie ihren Körper vorwärts – eine Schlange, die sich häutete –, bis sie die Wand erreichte. Carly hievte sich auf die Knie, dann auf die Fußballen, und schließlich stand sie. Ihre Beine fühlten sich an wie der Zitronenwackelpudding, den die Zwillinge so liebten. Es war der Gedanke an ihre Familie, die am Tisch saß und das Dessert aß, der ihr Kraft gab. Fast glaubte sie, Zitronen zu riechen und nicht den Gestank von Feuchtigkeit und Verwahrlosung. Carly begann zu hüpfen – Sackhüpfen ohne Sack. Kontinuierlich, entschlossen, für einen Moment nach jeder Bewegung innehaltend, um ihr Gleichgewicht wiederzufinden. Sie verfiel in einen Rhythmus.

Hüpf.

Bum.

Hüpf.

Bum.

In einen Flur mit mehreren Räumen rechts und links und Türen davor, die jämmerlich in rostenden Scharnieren hingen. Am Ende des Flurs eine Treppe mit einer behelfsmäßigen Rampe, die an die Stufen gelehnt war. Ein ramponiertes Skateboard daneben, an dem ein Rad fehlte. Ein kalter Luftzug traf auf Carlys Nacken. Sie drehte sich um. Die Eingangstür schwang auf.

Auf!

Hektisch und so schnell sie konnte, hüpfte sie darauf zu.

Schweiß bedeckte ihre Haut. Vielleicht konnte sie ihre Hände von den Fesseln befreien, wenn sie versuchte, sie herauszuwinden, aber erst, wenn sie draußen war.

Jetzt war es nicht mehr weit.

Ihre Muskeln zitterten vor Anstrengung. Sie bewegte sich langsamer, kam nicht mehr so schnell voran wie noch Augenblicke zuvor.

Los, Carly!

Die bei Sportfesten ihren Namen schreienden Zwillinge. Das Zielband in Sicht.

Hüpf.

Es war so schwer zu atmen. Sie sehnte sich danach, das Klebeband abzureißen, den Mund weit zu öffnen und Luft einzusaugen. Bald. Bald würde sie frei sein. Zu Hause. Auf dem Sofa mit Bruno und Leah und Marie kuschelnd.

Hüpf.

Das Geräusch trockenen Grases unter ihren Füßen, als sie aufkam. Sie hatte es geschafft.

Sie war draußen, benommen vor Anstrengung. Benommen vor Erleichterung.

Sie hörte zwei Stimmen. Ihr benebelter Kopf konnte allerdings nicht herausfinden, aus welcher Richtung sie kamen. Sie drehte ihn nach links; ein weiteres Gebäude, eingeschlagene Fensterscheiben, Sprühfarbe auf den Ziegelsteinen. Auf seinem Flachdach ein Pylon. Rechts eine Ansammlung von Büschen.

Welche Richtung sollte sie einschlagen?

Sie musste sich bewegen.

Jetzt.

KAPITEL 6

Leah – Jetzt

»Was meinst du damit? *Die Wahrheit sagen.*« Mich durchzuckt es wie ein Blitz. »Meinst du über mich?« Ich kann nicht glauben, dass Marie mich verraten würde. Ihre Augen, das gleiche Grün wie meine, schauen überallhin, nur mich nicht an.

»Du willst mich wohl auf den Arm nehmen!« Die dröhnende Wut in Carlys Stimme füllt den Raum. »Allen zu erzählen, dass Leah das Gartentürchen offen gelassen hat, wird niemandem helfen.«

»Immerhin habe ich es offen gelassen.« In einer Art stiller Übereinkunft hatten wir hinterher alle behauptet, wir würden uns nicht daran erinnern, wer die Gartenpforte geschlossen hatte, und dass der Wind sie aufgedrückt haben musste.

»Und? Das ist doch egal …«, sagt Carly.

»Ist es nicht.« Das ist etwas, was mich nie losgelassen hat. »Wenn ich nicht …«

»Wenn, wenn, *wenn*. Wir sind alle mit einer Million Wenns konfrontiert, und keines davon macht einen Unterschied.« Carly lässt den Kopf in die Hände sinken.

»Ich wollte doch gar nicht die Wahrheit über das Gartentürchen erzählen«, sagt Marie, aber das tröstet mich nicht.

Das Gartentürchen ist wirklich nur die Spitze des Eisbergs von allem, was ich falsch gemacht habe. Missverstanden habe. Unter der Oberfläche lauern viel dunklere Geheimnisse. So ungern ich auch im Fernsehen auftreten möchte, kommt mir dennoch in den Sinn, dass es andere Journalisten davon abhalten könnte, in der Vergangenheit zu wühlen und ihre eigenen Geschichten zusammenzureimen, wenn wir unsere Sichtweise erzählen würden. Sollte irgendjemand aufdecken, was ich vor ein paar Jahren getan habe, könnte ich verklagt werden. Archie verlieren. Panik erfasst mich. Ich klopfe mit den Fingern dreimal gegen mein Knie und versuche, tief durchzuatmen.

»Leah?« Carly rutscht übers Sofa neben mich und legt mir einen Arm um die Schultern. »Alles ist gut. Du bist sicher.«

»Ich meinte nicht …« Marie hockt vor mir und legt mir die Hände auf die Knie.

»Was meintest du *dann*? Die Wahrheit worüber?« Ich will es unbedingt wissen. Wenn sie nicht mich meinte, was dann?

»Wir machen das nicht, Marie.« Carly drückt meine Schultern. »Ich will es nicht, und Leah … Na ja, schau sie dir an«, sagt sie, allerdings nicht unfreundlich. Wieder einmal bin ich die Jüngste, diejenige, die sie beschützen müssen. Wenn sie bloß wüssten, wozu ich wirklich fähig war. Wieder stockt mir der Atem. Schweiß tropft von meiner Oberlippe, und ich schmecke das Salz.

»Es tut mir leid, Leah.« Marie legt den Kopf auf meinen Schoß. Ich streiche ihr übers Haar, wie ich es bei Archie täte. Das Gefühl beruhigt mich.

Stille legt sich über uns. Wir sind alle in unsere Gedanken versunken. Zwanzig Jahre danach ist ein bedeutender Meilenstein, und die Zeit unmittelbar vor dem Jahrestag ist schlimmer als sonst. Ich habe meine Handynummer unzählige Male geändert, doch Journalisten rufen immer noch zu jeder Tages- und Nachtzeit an. Mitteilungen werden durch den Briefschlitz geschoben, weil ich mich weigere, die Tür zu öffnen, wenn ich niemanden erwarte. Visitenkarten – »Rufen Sie mich an« auf die Rückseite gekritzelt – werden unter die Scheibenwischer meines Autos geklemmt. Es ist schrecklich, ich weiß, und ich schäme mich, es mir selbst einzugestehen, aber ich sehne mich danach, dass etwas passiert, was die Aufmerksamkeit von uns ablenkt, bis die nächste Woche vorüber ist. Ein Sturz der Regierung, der Tod eines Prominenten. Ich weiß, das ist entsetzlich, aber es ist ein Monat ohne nennenswerte Nachrichten, und die Zeitungen müssen Seiten füllen. Wie tief werden sie wühlen?

»Was meintest du *dann*?«, wiederhole ich meine Frage.

»Das weiß ich nicht so recht. Nur ein anderer Blickwinkel.« Sie drückt sich hoch und stampft mit den Füßen auf. »Eingeschlafen. Wie auch immer, tut mir leid, dass ich dich aus der Fassung gebracht habe, Leah. Euch beide. Ich wollte nur …«

»Das Geld?«, fragt Carly trocken.

»Es geht nicht nur darum. Ich habe letztens mit unserem Verlag gesprochen, und die Buchverkäufe haben in diesem Jahr zugenommen. Das Interesse ist wieder groß. Unsere Tantiemenabrechnungen werden dieses Mal ziemlich beträchtlich sein. Ich wollte nur … einen Abschluss. Vergebung.«

»Wofür brauchst du Vergebung?«

Sie zuckt mit den Schultern. Ich achte genau auf die Emotionen, die über ihr Gesicht huschen. Es war schon immer schwer, sie zu durchschauen.

»Marie?«

Sie fängt an zu weinen. »Es ist immer meine Schuld gewesen.« Hektisch wischt sie sich mit dem Ärmel über die Augen.

»Ist es nicht!« Ich stehe auf und stelle mich ihr gegenüber. »Schau mich an.« Ich lege ihr meine Fingerspitzen auf die Wangen. Die Nässe ihrer Tränen durchdringt meine Baumwollhandschuhe. Noch nie hatte ich gehört, dass sie sich offen die Schuld gab. Ich wusste, dass sie es noch mit sich herumtrug – das merkte man an ihrem Whiskyatem, der leuchtend roten Färbung ihrer Haut –, aber ich dachte, es sei das Trauma. Der Schock. Keine Schuld.

»Es lag an mir.« Sie atmet lange und zittrig ein.

»Ich ertrage es nicht, wenn du dir die Schuld gibst.« Ich spüre, wie sich jetzt auch Tränen in meinen Augen sammeln. »Ich hasse es, dass uns das alles auseinandergerissen hat. Ich brauche dich, Marie.« Ich lehne meine Stirn an ihre. »Manchmal habe ich das Gefühl, dich verloren zu haben«, flüstere ich.

»Du wirst mich nie verlieren«, sagt sie. »Aber ich war es, die Brunos Ball über den Zaun geworfen hat. Wäre das nicht gewesen …«

»Genug. Genau aus diesem Grund sollten wir kein Interview geben«, meint Carly. »Jede von uns glaubt, Schuld zu haben, und vielleicht ist es an der Zeit, es loszulassen. *Alles*.«

Carly hat recht. Wir geben uns alle die Schuld. Zwanzig Jahre sind vergangen, und wir geben uns *noch immer* die Schuld. Marie, weil sie den Ball über den Zaun geworfen hat, ich, weil ich das Gartentürchen nicht richtig zugemacht habe, und Carly, weil sie uns mitgenommen hat, um nach Bruno zu suchen. Wir haben eine Million Mal gehört, dass es nicht unsere Schuld war. Unsere Eltern wiederholten es unaufhörlich, als wir nach Hause kamen. Ebenso die Polizisten und die Therapeuten, die wir über die Jahre verschlissen haben. Aber etwas zu hören ist anders, als es zu fühlen. Schuld ist zerstörerisch. Sie frisst einen von innen auf. Wir malen uns ein Lächeln ins Gesicht, und es sieht aus, als würden wir zurechtkommen, doch das tun wir nicht. Nicht wirklich. Ich glaube, das werden wir nie. Zwei Jahre, zwanzig Jahre. Es fühlt sich immer noch gleich an. Ich weiß, dass wir nicht die ersten Kinder waren, die entführt wurden, und wir werden nicht die letzten sein, aber das *Warum* – ich finde keine Erklärung für das Warum. Wie anders wäre unser Leben verlaufen, wenn wir nicht entführt worden wären. Doch ich kann mir nicht erlauben, so zu denken. Hätte ich ein anderes Leben gehabt, hätte ich vielleicht George und Archie nicht.

»Es *ist* an der Zeit loszulassen. Zwanzig Jahre zu leiden sind zwanzig Jahre zu viel. Deshalb dachte ich, es könnte helfen, sich zu öffnen. Es ging nicht nur ums Geld«, sagt Marie. »Obwohl ich es weiß Gott gebrauchen könnte.« Sie gestikuliert in ihrer winzigen Wohnung herum. »Aber es ist eine Menge, was wir tragen müssen, oder? Manchmal habe ich das Gefühl, ich breche unter dem Gewicht zusammen. Ich weiß nicht, wie ihr beide damit klarkommt. Ihr lebt die ganze Zeit in derselben Stadt. Wenigstens darf ich ab und zu hier raus, gehe auf Tournee.«

»Aber du kommst immer wieder zurück«, sage ich leise.

»Ich komme wegen euch beiden zurück«, entgegnet Marie. »Und es ist schwer. Jedes Mal, wenn ich an dieser verdammten Stelle vorbeifahre. Wie haltet ihr das aus?«

»Ich glaube, es ist einfacher, wenn man bleibt. Jeder kennt uns und weiß, was wir durchgemacht haben, aber deshalb schützt uns auch jeder – oder versucht es zumindest.«

Als wir endlich gefunden wurden, veränderte sich etwas in der Stadt. Die Straßen, die einst voller Kinder gewesen waren, die Fußball spielten und auf ihren Fahrrädern herumrasten, waren leer. In Supermärkten hielten Mütter die Hände ihrer Kinder fest umklammert. Um die Grundschule herum verstopften Autos die Straßen. Keiner ließ seine Kinder allein irgendwohin gehen. Für die Kinder bedeutete das eine drastische Einschränkung ihrer Unabhängigkeit. Für die Eltern eine drastische Zunahme ihrer Angst. Und Schuld. Nachbarschaftswachen formierten sich, und Mum erzählte, dass es in diesen Trupps hieß: »Wären wir bloß wachsamer gewesen und es hätte auch uns erwischen können.«

Das hat sich natürlich alles wieder geändert, aber keiner hat es wirklich vergessen. Und weil die Gemeinde das Gefühl hat, sie habe uns im Stich gelassen, halten sie alle zusammen, wenn Reporter auf der Suche nach Klatschgeschichten sind und wissen wollen: »Wie sind die Sinclair-Schwestern wirklich?« Auch wenn wir wegzögen, würden die Leute herausfinden, wer wir sind, und wir würden uns nicht so ... sicher fühlen, nehme ich an, obwohl ich glaube, dass sich keine von uns jemals völlig sicher gefühlt hat, seitdem wir entführt wurden. Es war nicht nur unser körperliches Selbst, das uns genommen wurde, sondern auch unsere Arglosigkeit und unser angeborenes, naives Vertrauen, dass die Menschen gut waren und man Erwachsenen trauen konnte.

»Hier weiß ich zumindest, dass mich keiner ausfragen wird«, sagt Carly.

»Ich wünschte, du würdest jemanden kennenlernen«, entgegne ich. Carly verdient es mehr als jede andere, glücklich zu sein.

»Ich kann verstehen, dass du keine Kinder willst«, sagt Marie. »Aber ... du musst doch einsam sein.«

»Nicht wirklich. Ich habe doch euch beide. Und Archie, und das reicht mir. Stellt euch vor, man verguckt sich in jemanden, und der stellt sich dann als ... ungut heraus. Man weiß nie, wem man trauen kann, oder?«

Ich weiß, was sie meint. Unter uns gibt es Monster, und manchmal sehen die aus wie du.

Und manchmal wie ich.

Das Gespräch kommt wieder ins Stocken. Carly wischt Tränen weg, die ihr über die Wangen laufen. Ich möchte ihr sagen, dass das Beste, was mir je passiert ist, die Tatsache ist, dass ich George in mein Leben gelassen habe. Dass auch sie lernen kann, jemanden an sich heranzulassen – aber ich denke an die Geheimnisse, die ich innerhalb und außerhalb meiner Ehe mit mir herumtrage, und ich weiß, dass mich das zu einer

Heuchlerin machen würde. Wer bin ich, dass ich Lebensberatung gebe, wenn ich mein eigenes Leben dermaßen verpfuscht habe?

»Ihr solltet mit jemandem reden, ihr beide.« Ich hatte versucht, sie dazu zu bringen, einen Termin mit meiner letzten Therapeutin Francesca zu vereinbaren. Zu ihr hatte ich eine Verbindung aufgebaut, wie es mir bei den anderen vor ihr nicht gelungen war. Sie schien sich wirklich zu kümmern, verbrachte mehr Zeit mit mir, als sie musste, und achtete darauf, dass sie unsere Familiendynamik verstand. Sie half mir sogar dabei, George zu erklären, was vor ein paar Jahren psychisch mit mir geschehen war, und deshalb gab er auch sein Bestes, mich bei der Therapie zu unterstützen. Mich durch sie hindurch zu lieben. Natürlich habe ich Francesca nicht alles erzählt. Keinem habe ich *alles* erzählt. Ich habe mich seit Monaten nicht mehr mit ihr getroffen, aber ich weiß, welchen Rat sie uns jetzt geben würde. »Francesca sagt …«

»Nichts für ungut, Leah«, meint Carly. »Aber wir sind drinnen, und du trägst Handschuhe. Ich liebe dich, aber du bist diejenige, die von uns allen am meisten aus der Spur geraten ist.«

»Ich will euch nicht wehtun, keiner von euch«, sagt Marie. »Ich dachte nur, es könnte helfen. Wirklich. Nicht nur zu schildern, was passiert ist, sondern auch zu erzählen, wie wir uns seitdem fühlen.«

»Das können wir auch ohne Publikum«, räume ich ein.

»Kann sein. Ich dachte nur, dass wir bei jemandem, der uns interviewt, unsere Gefühle … besser unter Kontrolle haben.«

»Gefühle. Jeder ist besessen von Gefühlen«, erwidert Carly. »Letzte Woche kam ich aus dem Tesco, als mir ein Journalist ein Foto des Grabes zeigte und mich fragte, was ich jetzt dabei fühlen würde. ›Nichts‹, habe ich gesagt. ›Gar nichts.‹ Jetzt wünschte ich, ich hätte zu ihm gesagt, dass ich dankbar bin.«

Ich erzähle Carly, dass mir dasselbe Foto gezeigt worden ist. Vom Friedhof, auf dem einer unserer Entführer zur letzten

Ruhe gebettet ist. Seine Grabstelle ein Gewirr aus Unkraut. Ungepflegt und ungeliebt. Keine Blumen, kein Hinweis darauf, dass das Grab je von jemandem besucht wird, was wahrscheinlich auch nicht der Fall ist. Ich sage nicht, dass ich im Gegensatz zu Carly etwas fühlte, als ich es sah. Tatsächlich fühlte ich alles: Traurigkeit, Reue, Wut, Bedauern und Erleichterung. Ich fühlte mich erleichtert, weil zumindest er niemandem mehr wehtun kann. Aber er hat nicht allein gehandelt.

Unsere seltene Offenheit von vor ein paar Augenblicken verschwindet. Die Atmosphäre wird kühler, und ich weiß, dass wir alle dasselbe denken.

»Er wird nächstes Jahr aus dem Gefängnis entlassen.« Carly spricht seinen Namen nicht aus. Keine von uns tut das. Ich habe es versucht, aber die Buchstaben verdrehen und verheddern sich und bilden einen Kloß in meinem Hals.

Er.

Es wird kühler.

»Lasst uns von etwas anderem reden.« Carly hebt ihre Tasse und nimmt einen Schluck Kaffee, der kalt sein muss. »Erzähl uns, wie Archie sich in seiner ersten Schwimmstunde gemacht hat, Leah.«

»O Gott.« Beim Gedanken daran werde ich rot. »Der Schwimmlehrer hat sie erst einmal hinsetzen lassen, bevor sie überhaupt nass waren, und hat sie gefragt, worüber die Leute sich Sorgen machen, wenn sie schwimmen gehen, damit er sie beruhigen konnte. Ein kleines Mädchen sagte, sie habe Angst, Wasser zu schlucken. Ein anderes, dass das Becken zu tief sei und sie nicht mit den Füßen auf den Boden komme. Archie sagte ... nein, Archie *rief*: ›Meine Mummy hat Angst, einen Badeanzug zu tragen, weil ihr Po wabbelig ist und ihre Beine aussehen wie Apfelsinenschale.‹ Also wirklich ...« Ich stoße Carly an. »Halt bloß den Mund. Das war nicht lustig. Jeder hat mich angestarrt.«

»Ooh, wollte der Schwimmlehrer als Beweis dein Hinterteil sehen? War er attraktiv?« Marie wackelt mit den Augenbrauen.

»Ich dachte, du hast einen neuen Mann, Marie«, stichelt Carly.

»Es ist noch zu früh, und es ist kompliziert.«

»Der Schwimmlehrer war eigentlich nicht schlecht«, gebe ich zu.

»Lass das nicht George hören!« Carly lacht. »Sonst ruinierst du deine perfekte Ehe.«

»Nichts ist perfekt«, sagt Marie, und die Atmosphäre, die noch vor ein paar Augenblicken entspannt war, wird wieder kühler.

Nichts ist perfekt. Meine Ehe am allerwenigsten.

Ich zucke zusammen, als ich die Uhrzeit auf meinem Handy sehe. Es ist fast Zeit, Archie abzuholen. Ein E-Mail-Alarm sagt mir, dass mein Paket geliefert worden ist. Ich springe auf.

»Ich muss gehen. George wird ...« *... zu Hause sein, um meine Geheimnisse zu entdecken.* Ich beende den Satz in meinem Kopf. Er ist wirklich der Letzte, den ich nach gestern Abend sehen möchte, aber ich kann ihm kaum aus dem Weg gehen.

»Was wird George?«, fragt Marie.

»Ich muss einfach gehen, das ist alles.« Mein Ton ist schärfer als beabsichtigt, aber andererseits hat Angst die Fähigkeit zu verhärten. Ein weicher Magen voller Knoten, Beklemmungen in der Brust, angespannte, harte Muskeln.

Verkrampfte Kiefer.

Geballte Fäuste.

KAPITEL 7

Carly – Damals

Carlys Faust hielt oft ein baumelndes Spielzeug über den Kopf des Boxers Bruno, bis er sich mit der Absicht auf sie stürzte, es zu schnappen. Sein Körper prallte gegen ihren und war überraschend schwer und fest. So fühlte sie sich jetzt, als sie Kraft sammelte, um wieder zu hüpfen.

Schwer.

Fest.

Als wäre ihr Blut entfernt und durch Steine ersetzt worden. Sie war so müde, dass es fast unmöglich war, sich zu bewegen, aber sie hatte es bis nach draußen geschafft. Sie *musste* weitermachen.

Fast hatte sie die Ecke des Gebäudes erreicht. Strähnen ihrer blonden Haare hatten sich aus ihrem Zopfband gelöst und hingen ihr vor den Augen. Das Klebeband über ihrem Mund hinderte sie daran, sie wegzupusten. Wieder wünschte sie sich, ihre Hände wären frei.

Stimmen.

Jetzt lauter.

Carly machte zwei schnelle Sprünge und hielt inne, war durch die Seite des Gebäudes abgeschirmt. Sie spähte um die

Ecke. Die Männer gingen auf die Eingangstür zu, und jeder trug einen Zwilling über der Schulter, als würden sie nichts wiegen. Als wären sie nichts. Die goldenen Kreuze, die die Mädchen um den Hals trugen, baumelten kopfüber wie ein Zeichen des Teufels. Nicht, dass ihre Familie religiös gewesen wäre, aber die Zwillinge hatten die frühe Madonna entdeckt.

»Ich weiß nicht, weshalb ihr so fasziniert von ihr seid«, hatte Carly erst vor ein paar Wochen gesagt, als ihre Schwestern Kaugummi gekaut und ihre Handgelenke mit Armreifen behängt hatten. »Die gibt es doch schon ewig.«

»Bei Marilyn Monroe war das auch so, als du deine Wände mit ihren Postern tapeziert hast«, hatte sie ihr Stiefvater freundlich erinnert. Das stimmte, und deshalb lachte sie die Zwillinge nicht mehr aus, sondern half ihnen, dicke schwarze Striche unter ihre Augen zu malen und ihre Haare zu ondulieren, wenn sie Verkleiden spielten.

Jetzt waren Leahs Hände – über die schwarze Spitzenhandschuhe gezogen gewesen waren – zu Fäusten geballt, als sie sich freizukämpfen versuchte.

Marie war apathisch. Hing schlaff über der Schulter.

Carly zauderte. Ihr Kopf drängte sie, sich zu bewegen, ihr Körper schrie nach einer Pause, und ihr Herz? Das wollte, dass sie zu den Zwillingen zurückhüpfte und ihnen versicherte, dass alles gut werden würde, doch das wäre eine Lüge gewesen.

Schon damals wusste sie, dass keine von ihnen je wieder die Alte sein würde.

Denk nach.

Die Männer waren im Gebäude verschwunden. Es würde nur Sekunden dauern, bis sie bemerkten, dass sie nicht mehr da war. Sie würden wissen, dass sie mit immer noch gefesselten Füßen und Händen nicht weit gekommen war. Und sie gingen davon aus, dass sie noch die Augenbinde trug.

Carly musste sich bewegen, doch wohin sollte sie hüpfen?

Ihr Blick suchte die Gegend ab. Sie sah einen Panzer, der mit aufgesprühten Blumen in Lila, Pink und Gelb verziert war und dessen Geschützrohr zu Boden zeigte, als ließe der Panzer beschämt den Kopf hängen. Habe die Hoffnung aufgegeben. Ein Wasserturm ragte in den Himmel auf. Zu Carlys Rechter stand ein größeres Gebäude, an deren bröckelnden Steinsäulen, die den Eingang flankierten, sich verzweifelt Efeu festklammerte. Ein Schild, das einst gerade und stolz gehangen hatte – »NORWOOD ARMY CAMP« –, baumelte vertikal von einer einzelnen verrosteten Kette. Jetzt wusste Carly, wo sie war. Auf einem verlassenen Truppenübungsplatz ein paar Meilen von der Stadt entfernt. Sie erinnerte sich an Mr Webster, ihren Lehrer, der Fotos von seinem Laptop an das Whiteboard projiziert hatte, auf denen zu sehen gewesen war, wie der Stützpunkt ausgesehen hatte, bevor er zu Staub zerfallen war, während auf die Baugenehmigung für eine Wohnsiedlung gewartet wurde, die nie zu kommen schien.

Einmal, bei einer Übernachtung in Nicola Morgans Haus, hatte ihr Bruder mit einer Taschenlampe unter sein Kinn geleuchtet und den verängstigten Mädchen erzählt, wie er eines Abends mit seinen Freunden dort eingebrochen war. Er sagte, sie hätten mit eigenen Augen die weinenden blutüberströmten Offiziere gesehen – Soldaten, denen Gliedmaßen fehlten –, die das Lager heimsuchten. Erst als Leanne Patterson anfing zu weinen, machte er einen Rückzieher und gab zu, dass es, wenn man es erst einmal hinter die hohen Stacheldrahtzäune geschafft hatte, eigentlich nichts gab, wofür es sich lohnte zurückzukommen.

Kein Grund für irgendjemanden hierherzukommen.

Carly nahm den Anblick des kleinen Betongebäudes gegenüber in sich auf und stellte fest, dass der fenster- und türlose Bau einem Gesicht mit leeren Augenhöhlen und einem Mund glich, der einen nie enden wollenden Schrei ausstieß. Sie sah, wie ein Sonnenstrahl, der vom Stahltor in der Ferne reflektiert wurde, feurig orangefarben glühte. Und sie hörte zwei Vögel eine Unterhaltung zwitschern, die nur sie verstanden. Wie Leah und Marie in ihrer Zwillingssprache.

Unwichtige Details.

Erst als Carly eine Hand auf ihrer Schulter und warmen Atem im Genick spürte, merkte sie, dass sie zu lange gezögert hatte.

Sie war nicht geflohen.

Sie fragte sich, ob sie unterbewusst gar nicht hatte fliehen wollen.

Der Mann hob Carly hoch, doch dieses Mal behutsam. Kein hektisches Zupacken und Zerren wie zuvor. Sie ließ sich von ihm zurück zu ihren Schwestern tragen und beobachtete das Auf und Ab seiner Dr.-Martens-Stiefel.

Dieses Mal kniete er sich allerdings auf den dreckigen Boden neben Carly, nachdem er sie auf der fleckigen Doppelmatratze abgesetzt hatte, und begann, die Knoten des Bandes um ihre Handgelenke zu lösen.

»Was soll das denn?«, knurrte der zweite Mann. Durch den Schlitz seiner Sturmhaube konnte Carly die dicken Haare eines schwarzen Schnauzbartes erkennen, der an seinen blassrosa Lippen kitzelte.

Der erste Mann, Doc, wie Carly ihn insgeheim wegen seiner Dr.-Martens-Stiefel nannte, antwortete nicht, machte sich aber weiter an der Fessel zu schaffen, bis sie sich lockerte. Die Finger kribbelten, als Carly sie bewegte. Ihr Blick traf durch den Schlitz in seiner Sturmhaube auf den von Doc, und für den Bruchteil einer Sekunde spürte sie, wie eine unausgesprochene Botschaft zwischen ihnen ausgetauscht wurde, aber sie konnte sie nicht ganz entziffern. Dennoch sagte ihr ein sechster Sinn, nicht gegen ihn anzugehen. Sie wollte nicht riskieren, wieder von den Zwillingen getrennt zu werden. Stattdessen wusste sie, dass sie warten sollte. Dass er ihr nicht wehtun würde.

Aber der zweite Mann? Schnauzbart. Bei ihm war sie sich nicht so sicher.

Doc stand auf und wischte sich grauen Staub von den Knien, und diese kleine Handlung gab ihr Hoffnung. Wenn ihm Dreck etwas ausmachte, dann würde er sie nicht hier in diesem schmutzigen Zimmer lassen. Die Sonne drang kaum durch die dicken Gitterstäbe am Fenster. Abgestandene Luft verstopfte Carlys Nasenlöcher und verursachte ihr einen Geschmack von Pipi im Mund. Doch Doc verließ den Raum, dicht gefolgt von Schnauzbart. Als Schnauzbart auf die Tür zuging, kratzte er sich im Genick. Seine Sturmhaube rutschte hoch, und Carly sah eine Tätowierung in Form eines Auges. Sie schauderte. Auch wenn er ihr nicht gegenüberstand, beobachtete er sie.

Zum zweiten Mal an diesem Tag fand sie sich in diesem Raum wieder, aber diesmal wurde die Tür zugeschlagen, obwohl die Männer noch da waren und davorstanden. Carly konnte ihre Stimmen hören. Eine laut und wütend, die andere leiser und ruhiger.

Voller Angst suchte sie den Raum ab. Es gab keine anderen Ausgänge. Keinen anderen Weg nach draußen.

Sie *mussten* hier raus.

Carly riss das über ihrem Mund klebende Band ab, und bevor sie die Fessel um ihre Knöchel löste, streckte sie die Hände nach ihren Schwestern aus.

»Ich werde euch beide losbinden«, flüsterte sie, und ihr Blick huschte ängstlich zur Tür. Auf die Rückseite hatte jemand ein Clownsgesicht aufs Holz gesprüht. Ein Schopf orangefarbener Haare und eine knallrote Nase, der Mund zu einem makabren Grinsen verzogen. Carly löste vorsichtig Millimeter für Millimeter das Klebeband von Maries Mund, denn sie wollte ihr nicht wehtun.

58

»Nun zu deiner Augenbinde. Leah, ich bin gleich bei dir. Marie, geht's dir gut? Sag etwas«, flüsterte sie, aber Maries Lippen blieben zusammengepresst. Sie hatte zu viel Angst, ein Geräusch zu machen.

Nachdem sie Marie die Augenbinde abgenommen hatte, sah Carly, dass deren Augen vor Schreck ganz glasig waren. »Schon gut. Wir werden bald wieder zu Hause sein.« Carly machte sich an den Stricken zu schaffen, mit denen Maries Hände zusammengebunden waren, aber ihre zitternden Finger bekamen sie nicht auf.

»Mist!« Sie beugte sich vor und versuchte, die Knoten mit den Zähnen zu lösen. Das Seil schmeckte bitter, und Fasersträge klebten auf ihrer Zunge. Sie machte es nur schlimmer. Frustriert versuchte sie, das Seil auseinanderzureißen. Sie stöhnte vor Anstrengung, und schließlich gab es nach.

»Schnell. Zieh deine Hände raus.«

Marie schüttelte ängstlich den Kopf.

»Marie. Schnell.« Carly war so vorsichtig wie möglich, musste das Seil jedoch über Maries Hände zerren, um sie zu befreien. Sie zuckte zusammen, als sie die roten Striemen sah, die das Seil hinterlassen hatte. Jetzt wandte Carly ihre Aufmerksamkeit Leah zu. »Schhh.« Carly zog ihr das Klebeband vom Mund. »Alles wird gut. Ich verspreche es.«

Schon bald waren sie alle von den Fesseln befreit.

Frei, aber doch nicht.

Vom Flur ertönte ein letzter wütender Ruf und dann das Geräusch von Riegeln, die zugeschoben wurden.

Eins.

Zwei.

Drei.

Drei Riegel für drei Schwestern.

Und dann begann das Schreien.

KAPITEL 8

Leah – Jetzt

Als ich meine Jacke aus Maries Küche hole, nehme ich Carlys Jeansjacke mit. Ich weiß, dass sie ohne mich nicht hierbleiben wird. Wenn wir alle zusammen sind, herrscht oft peinliche Stille, und die kann ohrenbetäubend sein.

»Tut mir leid, dass ich losmuss«, sage ich zu Marie. »Und tut mir leid wegen der Fernsehsache. Brauchst du Geld?«

Das ist ein aufrichtiges Angebot, obwohl ich keine Ahnung habe, was ich tun werde, wenn sie mich beim Wort nimmt. An jedem Monatsende suchen wir praktisch die Ritzen des Sofas ab, um zusammen mit Archies Legosteinen und Süßigkeitenpapier ein paar magere Münzen zutage zu fördern, damit wir uns Milch leisten können. Georges Architekturbüro dümpelt vor sich hin, und mein Teilzeitjob ist auch nicht besonders gut bezahlt. Er dient mehr meiner psychischen Gesundheit und bringt mich aus dem Haus. Er gibt mir das Gefühl, unter Erwachsenen normal funktionieren zu können. Ich zögere, meine Stunden aufzustocken, weil ich nicht will, dass jemand anderer Archie jeden Tag von der Kita abholt, auch wenn es Carly ist. Ich denke, Mutter zu sein ist der wichtigste Job von allen, aber ich merke auch, dass ich mehr tun sollte, um finanziell zu helfen. Wenn

Archie nächstes Jahr in die Schule kommt, werde ich zwischen neun und fünfzehn Uhr arbeiten können, was George den Druck nehmen wird.

»Danke, aber ich komme zurecht. Die Theater machen nach Weihnachten die Quartalspläne für ihre Vorstellungen, und ich bin mir sicher, dass sich irgendetwas ergibt. Ich werde nicht verhungern.«

»In der Zwischenzeit lass dich von dem neuen Mann in deinem Leben zum Essen einladen.« Von Carly ertönt ein hohles Lachen. Sie bietet nicht an, Marie Geld zu leihen. In der Vergangenheit haben wir ihr schon zu oft Geldscheine in die Hand gedrückt und gewusst, dass sie sie vertrinken würde. Gewusst, dass wir das Geld nie wiedersehen würden.

»Carly, möchtest du noch bleiben und einen Happen essen?« Marie legt Carly eine Hand auf den Arm. Ihre Armreife klimpern. Sie scheint bei dem Gedanken, allein zu sein, nervös zu werden. »Ich habe heute Abend nichts vor. Viel habe ich zwar nicht da, aber ...«

»Tut mir leid, ich muss gehen.« Carly verzieht das Gesicht, umarmt Marie schnell und geht. Ich bleibe mit meiner Zwillingsschwester zurück. Unsere Beziehung ist angespannt, aber trotzdem zerreißt es mich, sie zu verlassen. So ist es immer. »Ich habe meine Tasse vergessen«, sage ich.

»Ich hole sie ...«

»Nein, lass mal. Du kannst sie mir ein anderes Mal zurückgeben. Aber lass uns nicht zu lange warten. Besuch doch mal Archie.«

»Gerne. Wäre schön zu erfahren, wie er mit den Proben für sein erstes Krippenspiel vorankommt. Vielleicht könnte ich ihm ein paar Tipps geben.«

Ich könnte mich dafür ohrfeigen, nichts von Archies Hauptrolle in seiner Kindergartenaufführung erwähnt zu haben. Carly muss etwas darüber erzählt haben, bevor ich eintraf. Es war etwas, was er mit seiner Tante gemein hatte, und vielleicht wäre damit das Gespräch ein bisschen einfacher verlaufen. »Das würde ihm gefallen. Und George würde sich auch freuen, dich zu sehen.«

»Ich … ich …« Marie wird rot. »Vielleicht könnten wir mit Archie in den Park gehen. Du und ich.«

»Klar, aber …« Ich zögere, bin mir nicht sicher, ob ich Maries letztes Zusammentreffen mit George erwähnen soll. Sie war spät in der Nacht vor unserer Tür aufgetaucht – sturzbetrunken und faselnd, dass alle Männer Schweine seien –, aber ich muss es. Es scheint ihr offensichtlich immer noch im Kopf herumzuspuken. »Das ist alles vergessen, weißt du?« Das Letzte, was ich möchte, ist, sie in Verlegenheit bringen. Deshalb umarme ich sie und drücke sie fest an mich. Ihre spröden blonden Haare kratzen an meiner Wange entlang. »Ich liebe dich«, flüstere ich in sie hinein.

»Ich liebe dich auch«, sagt sie. »Ich komme bald bei euch vorbei. Versprochen.« Sie hält mir ihren kleinen Finger hin. »Ehrenwort.«

Ich ertappe mich dabei, wie ich lächele und meinen kleinen Finger in ihren einhake. Durch die Schichten ihres dunklen Make-ups sehe ich bis auf die Sommersprossen, die ihre blasse Haut sprenkeln. Hautenge Jeans mögen schon lange die weißen Kniestrümpfe ersetzt haben, die immer bis zu den Knöcheln hinuntergerutscht waren, aber ich sehe das Kind, das immer noch in ihr steckt. Und dann bin ich wieder das achtjährige Mädchen, und wir rufen im Chor:

> *»Versprochen ist versprochen*
> *und wird nicht gebrochen.*
> *Und tust du es doch,*
> *fällst du in ein Loch.*
> *Drum gelobe ich dir eilig,*
> *mein Versprechen ist mir heilig.«*

Carly verdreht die Augen – »Ihr beide seid so doof« – und fällt in ihre Große-Schwester-Rolle zurück. Zum ersten Mal seit langer Zeit fühlen wir uns wieder vereint, schlüpfen nahtlos in unsere Identitäten. Ich fühle, als ich Marie verlasse, dass es nicht für lange sein wird. Als ich bei meinem Auto ankomme, drehe ich mich um, um ihr zu winken, und sie formt mit den Lippen, dass wir uns bald wiedersehen werden.

Und ich glaube, dass sie es ernst meint.

Archie wirft sich in meine Arme – man könnte meinen, er habe mich vier Wochen nicht gesehen und nicht nur vier Stunden –, aber ich habe nichts dagegen. Mir geht es ganz genauso. Jedes Mal, wenn ich mich von jemandem verabschiede, spüre ich in meinem Magen eine Reihe winziger Zuckungen, wie die hüpfenden Bohnen, die Marie und ich früher in unseren Händen hielten. Dieses Gefühl verschwindet erst, wenn ich den- oder diejenige wiedersehe. Vom Kopf her weiß ich, dass Archie im Kindergarten sicher ist. Dass ich ihn immer um ein Uhr abhole, es sei denn, ich arbeite, und dann ist Carly da, aber trotzdem mache ich mir Sorgen.

Ich ziehe den Reißverschluss seiner Jacke hoch und verdecke die auf seinem Thomas-die-kleine-Lokomotive-Pullover klebenden Überreste der morgendlichen Cornflakes, die mein umherschweifender Verstand an diesem Morgen übersehen hat.

»Lass uns nach Hause fahren, kleiner Mann.«

»Ist Daddy da? Er hat gesagt, er würde heute mit mir essen.«

»Ich weiß. Dann sollte er da sein.« Dass George zum Essen mit Archie nach Hause kommt, bedeutet, dass er heute Abend wahrscheinlich länger arbeiten wird. Ich verziehe das Gesicht zu einem Lächeln, als ich Archie im Auto anschnalle, und versuche, mir keine Gedanken darüber zu machen, was mich erwarten könnte, wenn George zu Hause ist.

Während der Fahrt redet Archie unaufhörlich. Ein Schwall von Wörtern ergießt sich aus ihm. »Mum, heute hat uns ein Polizist besucht.«

»Warum?«, frage ich scharf und befürchte das Schlimmste, während ich das Steuer umklammere. Ein Kind ist verschwunden. Ein Fremder hat vor dem Tor des Kindergartens herumgelungert. Das ist im letzten Jahr passiert, und ich habe Archie eine Woche lang zu Hause behalten. George sagt, ich müsse ihn loslassen, wenn er älter wird, aber ich finde nichts dabei, wenn ich versuche, ihn zu beschützen. Vor meinem geistigen Auge taucht das Bild meiner Mutter auf dem Polizeirevier auf, als wir endlich wiedervereint waren. »Ich werde nie aufhören, mir die Schuld zu geben.« Sie hatte die Tränen von ihren Wangen gewischt. Ein Kind zu haben ist eine große Verantwortung, nicht wahr? Es ist entzückend, sie aufwachsen zu sehen, aber auch gleichermaßen Furcht einflößend.

»Der Polizist hat uns beigebracht, wie wir sicher eine Straße überqueren«, erzählt Archie. »Wir müssen die Hand der Erwachsenen festhalten. Also deine oder Daddys. Und dann nach links und nach rechts gucken und nicht vom Bürgersteig treten, bis uns der grüne Mann sagt, dass es okay ist. Aber ich habe gesagt, dass ich noch nie einen grünen Mann gesehen habe, und der Polizist hat gesagt, dass es eigentlich auch gar kein Mann ist. Dann ist es doch blöd, dass er so genannt wird, oder, Mummy?«

»Ja.« Ich nehme eine Hand vom Lenkrad und benutze meinen Handschuh, um mir über die feuchte Stirn zu wischen. Ein Routinebesuch im Kindergarten. Das ist alles. Nichts ist passiert.

»Und wir dürfen die Straße nur überqueren, wenn sie gerade ist, und nicht in einer Kurve, weil wir klein sind und die Autos uns nicht sehen können. Aber, Mummy, Autos können uns nicht sehen, weil sie keine Augen haben. Ich glaube, der

Polizist war ein bisschen plemplem, oder?« Archie bricht in lautes Gelächter aus.

Ich glaube, Polizisten sind eine Menge: mutig, einfallsreich und manchmal auch quälend langsam. Sie müssen Vorgehensweisen befolgen, Regeln beachten. Ich verstehe das, aber manchmal kann das Warten auf Gerechtigkeit endlos sein, und manchmal muss man die Sache selbst in die Hand nehmen. Mir ist schlecht, als ich Archies unschuldigen Blick im Rückspiegel auffange.

Wir fahren am Friedhof vorbei. Ich schaue nicht hin. Kann es nicht.

Georges Auto steht bereits in der Einfahrt. Der Knoten in meinem Magen zieht sich zusammen, und ich spüre einen Druck auf der Brust.

Ich hebe einen sich windenden Archie aus dem Kindersitz und trage ihn vor mir wie einen Schutzschild. Er strampelt, will heruntergelassen werden und selbst laufen.

»Hallo!«, rufe ich den Flur entlang, auf dem es dank des Lufterfrischers auf der Fensterbank nach Erdbeeren duftet. »Wir sind zu Hause.« Meine Schultern sind starr, aber ich gebe meiner Stimme einen hellen, unbeschwerten Klang. Ich bin mir nicht sicher, ob George es mitbekommen hat, und deshalb gebe ich mich unverfroren.

»Ich mache uns etwas zum Mittagessen …« Ich verstumme allmählich, als ich die Küche betrete. Den braunen Karton auf der Arbeitsfläche sehe.

Den offenen braunen Karton auf der Arbeitsfläche.

George steht daneben und hat ein Messer in der Hand. Ich kann an seinem verkrampften Kiefer sehen, dass er wütend ist.

Er ist wieder wütend.

KAPITEL 9

George – Jetzt

George ist wütend auf sich selbst. Er weiß, dass es Schuldgefühle sind, die ihn mittags nach Hause treiben, und auch der Wunsch, Archie zu sehen. Er behandelt seine Frau nicht gut, und jedes Mal, wenn er sie sieht, nagt das an seinem Gewissen. Doch wenn er Zeit mit ihr verbringt, kann er es nicht lassen, sie anzuschnauzen, als wäre sie an allem schuld, nur sie allein. Und so vieles ist nicht in Ordnung. Es erscheint unmöglich zu glauben, dass er es je wiedergutmachen kann. Will er das überhaupt? Er liebt seinen Sohn, das tut er wirklich. Und seine Frau? Er glaubt, dass er das noch tun muss – deshalb hat er auch noch keine endgültige Entscheidung getroffen –, aber es ist eine Frage, die er sich unaufhörlich stellt.

George ist früher zu Hause als sonst. Auf der Straße steht ein Auto, von dem er weiß, dass es einem Reporter gehört. Er geht zu ihm und fordert ihn auf zu verschwinden, bevor er die Polizei ruft.

»Hallo«, ruft er, als er durch die Haustür tritt, obwohl er weiß, dass niemand antworten wird, und nicht nur, weil Leahs Auto nicht in der Einfahrt steht – es herrscht eine andere Atmosphäre, wenn Archie nicht da ist. Sogar wenn er schläft, ist die Stimmung lockerer. Glücklicher.

George ist schon lange nicht mehr glücklich. Er hofft, dass er und Leah später in Ruhe reden können. Er hat gestern Abend so sehr versucht, seine Wut zu unterdrücken, aber sie war trotzdem nicht bezähmbar gewesen. Er muss sich entschuldigen. Es hat den Anschein, als würde er sich ihre ganze Ehe hindurch entschuldigen. Heute ist Leahs freier Tag, aber er kann sich nicht daran erinnern, ob sie gesagt hat, sie habe etwas vor. Sie hören einander nicht mehr richtig zu. Hören nur, was sie hören wollen.

Er wirft seine Schlüssel auf die Arbeitsfläche und schaut sich in der Küche um. Sie ist aufgeräumt. Sauber. Auf den ersten Blick würde man nicht vermuten, dass hier ein lebhafter Vierjähriger wohnt. Auf dem Boden liegen keine Legosteine, und am Kühlschrank sind keine Strichmännchenbilder mit Magneten aufgehängt. George runzelt die Stirn. Er ist sich sicher, dass Archies Kunstwerke noch vor ein paar Wochen am babyblauen Kühlschrank hingen. Der einzige Grund, weshalb Leah sie abgenommen haben könnte, wäre, dass sich der Kühlschrank dann leichter reinigen ließ, und bei dem Gedanken fährt es ihm in den Magen.

Er kann das alles nicht noch einmal durchmachen.

George legt eine Cappuccinokapsel in die Tassimo-Maschine, und während der Kaffee in die Tasse blubbert, starrt er auf das Foto von ihnen allen im Freizeitpark Drayton Manor. Er erinnert sich gut daran. Das war vor ein paar Jahren, und Leah hatte eine gute Phase, was bedeutete, dass sie *alle* eine gute Phase hatten. Nach dem Vorfall, über den sie nie sprachen – unmittelbar bevor sie mit Archie schwanger wurde –, hatte er geglaubt, sie würden nie mehr so etwas wie Normalität haben. Dass die Frau, in die er sich verliebt hatte, für immer verschwunden war. Doch dann war sie zu Francesca gegangen, und alles änderte sich. Sie war schon bei vielen Therapeuten gewesen, aber Francesca war anders. Sie hatte Leah und ihn nicht mitleidig angeschaut. Oder mit Entsetzen, wie er es zuvor schon gesehen hatte, wenn Leah die Geschichte ihrer Kindheit auspackte. Doch Francesca hatte gesagt, sie wolle sich auf die Zukunft konzentrieren. Ihnen allen helfen, als Familie voranzukommen. Und das hatte sie getan. Eine Zeit lang.

Beim Klicken des Kaffeeautomaten reißt er seinen Blick vom Foto los, aber das Bild hat sich für immer in seinen Verstand eingeprägt. Sie drei dicht gedrängt im winzigen Wagen einer Raupenachterbahn für Kinder. Archie hat die Arme hochgerissen, George seinen Arm um die Schultern seiner Frau und seines Sohns gelegt. Doch an Leahs Hände erinnert er sich am meisten. Nackte Haut auf dem Sicherheitsbügel, der auf ihren Schoß heruntergeklappt ist. Ihr Blick klar und strahlend. Kein Anflug von Besorgnis wegen der Keime. Keine Angst, die Stelle zu berühren, die andere Hände berührt hatten. Er erinnert sich daran, wie stolz er gewesen war, dass sie nicht eines der antibakteriellen Tücher herausgeholt hatte, die sie in ihrer Tasche mit sich herumtrug, und das Metall damit abgewischt hatte. Er erinnert sich daran, wie sehr er sie damals geliebt hat, und jetzt? Sein Herz ist zerrissen.

George ist nicht stolz auf sich. Nie hätte er gedacht, dass er einmal *so* ein Mann sein würde. Der angeblich eine von vieren, der Affären hat. Aber sie hatte ihn in einer verletzlichen Phase erwischt. Leah hatte ihn einmal zu oft abgewiesen; ihre Angst, schwanger zu werden, war ungeheuer groß. Archie war ein Unfall, obwohl letztendlich ein glücklicher, aber Leah verbrachte die Schwangerschaft in einem Zustand ständiger Angst, in einem Krankenhaus zu entbinden. Die Keime. Das Risiko von Infektionen. Obwohl sie ein Gebärbecken geliehen und es im Wohnzimmer aufgestellt hatten, wusste Leah, dass es das Risiko notwendigen medizinischen Eingreifens gab, und sie hatte recht. Archie war eine Beckenendlage. Der Hebamme gefiel nicht, wie Leahs Wehen voranschritten. George musste sie ins Krankenhaus fahren, und Leah schluchzte die ganze Zeit. Als sie die Station betraten, schrie sie, weil er das Täschchen nicht mitgebracht hatte, in dem sich ihr antibakterielles Spray und das Handdesinfektionsmittel befanden. Ihre Handschuhe. Leah brauchte Monate, bis sie sich von dem Trauma erholt hatte. Sie hielt Archie wegen des Risikos von Krankheiten von Krabbelgruppen fern und verzweifelte dermaßen, als George ihn trotzdem hinbrachte, dass er es nie wieder versuchte. Nach und nach wuchs sie jedoch in ihre Rolle hinein.

Mutter zu sein fällt ihr nicht leicht. Das weiß er. Es sind nicht nur die Keime, es ist die ständige Angst, dass Archie etwas zustoßen könnte. Etwas Schlimmes. Als Vater spürt er das selbst. Die quälende Angst, dass die Welt da draußen zu groß, zu rau ist für seinen kostbaren Jungen. Er glaubt, dass das wahrscheinlich für die meisten Eltern gilt, aber für Leah ist wegen dem, was sie durchgemacht hat, alles noch viel schlimmer. Trotzdem hatte er gehofft, als Francesca ihr allmählich etwas von der schweren Last der Angst nehmen konnte, dass bei Leah der Wunsch nach einem weiteren Baby aufkommen könnte – George hatte immer davon geträumt, eine große Familie zu haben –, aber sie blieb dabei, dass sie so etwas nie wieder durchmachen könne. Ihr Herz verkraftete es nicht, und folglich war sein Herz halb leer.

War.

George zieht sein Handy aus der Tasche und ruft Marie an. Es klingelt und klingelt, und er stellt sie sich in ihrer chaotischen Wohnung vor, wie sie auf der Suche nach ihrem Handy Gerümpel hin- und herschiebt. Sich mit den Fingern durch die Haare fährt, während sie sich daran zu erinnern versucht, wo sie es zuletzt hatte. Haare, die, wie Leah sagt, einst ausgesehen haben wie ihre, aber Marie wechselt ständig die Farbe. Vor diesen grünen Augen kann man sich allerdings nicht verstecken, und manchmal, wenn Marie ihn anschaut, ist es, als würde er Leah anschauen, und dann stellen sich die Schuldgefühle ein. Sie ist seiner Frau so ähnlich und doch ganz anders. Ihr Anrufbeantworter schaltet sich ein, und er legt auf. Versucht es noch einmal, aber sie geht nicht ans Telefon.

Die Schwestern haben so viel durchgemacht, und er will sich nicht zwischen sie stellen. Es ist erdrückend, darüber nachzudenken, dass mit ihm ihre Beziehung stehen oder fallen kann. Dass sein Handeln solch eine tiefgreifende Wirkung auf die Zukunft von allen haben wird.

Während einer Therapiesitzung hatte Francesca zu ihm gesagt, er habe ein Helfersyndrom. Ein Bedürfnis, gebraucht zu werden. Den Wunsch, zu retten, und er glaubt, dass das stimmt. Er erinnert sich an das erste Mal, als er Leah traf. Sie hatte etwas an sich, was seinen Beschützerinstinkt weckte. Eine Zerbrechlichkeit, die dazu führte, dass er sich sofort in sie verliebte. Es vergingen Wochen behutsamen Werbens, bevor sie sich ihm öffnete. Zunächst zögernd, doch dann sprudelte ihre Geschichte aus ihr heraus, als hätte sie sie keine weitere Sekunde für sich behalten können. Sie weinte, als er ihren zitternden Körper an seinen drückte, aber was sie nicht wusste, war, dass auch er weinte. Wegen allem, was sie so kaputtgemacht hatte. Doch damals glaubte er, derjenige zu sein, der sie heilen konnte. Und er war der Meinung, dass ihm das gelungen war. Doch seit der furchtbaren Zeit bei der Polizei vor ein paar Jahren und den Fragen und dem Vorschlag, Leah vielleicht zu ihrer eigenen Sicherheit – zur Sicherheit *aller* – zwangseinweisen zu lassen, fühlt es sich so kurzzeitig an. Die guten Phasen mögen dank Francescas Hilfe länger werden, aber er sitzt immer auf einem Pulverfass. Wartet darauf, dass Leah wieder zerbricht. Fragt sich, ob er die Kraft hat, sie wieder aufzufangen.

Es klingelt an der Haustür. Ein Paket wird George in die Arme gedrückt. Er trägt es in die Küche und schlitzt das braune Klebeband auf. Mit verkrampften Schultern starrt er auf den Inhalt. Es wird alles wieder losgehen, wenn Leah nach Hause kommt. Er kann nicht vorgeben, *das hier* nicht gesehen zu haben. Der Gedanke an einen weiteren Streit ist fast nicht zu ertragen.

Sie haben gestern Abend gestritten. Er denkt *gestritten*, aber es hat keine erhobenen Stimmen gegeben. Er wollte nicht, dass Archie hörte, wie seine Eltern sich in den Haaren hatten, und schrie nie, weil Leah schreckhaft und leicht einzuschüchtern war, doch seine Körpersprache hatte alles gesagt. Wie er die Fäuste ballte und wieder löste, obwohl er wusste, dass er sie niemals gebrauchen würde. Seine angespannte Kiefermuskulatur.

Seine Wut.

»Zeig's mir!«, verlangte er.

Leah spielte mit dem Bündchen ihrer Handschuhe. »Es ist zu wund.«

»Du lügst.« Er wusste, sie trug wieder Handschuhe, weil sie einen Rückfall hatte, und nicht wegen eines nicht existierenden Ekzems. Warum konnte sie nicht einfach … die Worte »normal sein« kamen ihm in den Sinn. Sofort schämte George sich, wurde dann wieder wütend und schließlich hilflos.

Warum war er nicht genug für sie? Warum war alles hier nicht genug für sie? Ein eigenes Haus. Eine Familie.

Ihre Vergangenheit war furchtbar und verworren und schrecklich, aber sie hatte sie überstanden, und doch war sie immer noch bei ihr. In jedem vorsichtigen Lächeln. In jedem einzelnen der blöden Rituale.

Er hatte gewusst, dass es unvermeidbar war, als der erste Journalist vor einigen Wochen an sie herangetreten war.

Der Jahrestag.

Der verdammte Jahrestag.

Er würde froh sein, wenn er vorbei war und sie alle mit ihrem Leben weitermachen konnten.

Ein Neubeginn.

George nahm sein Handy und rief noch einmal Marie an.

Diesmal nahm sie das Gespräch entgegen.

KAPITEL 10

Leah – Jetzt

George legt das Messer auf die Arbeitsfläche neben den Karton und breitet in dem Moment die Arme aus, als Archie sich hineinwirft. »Hattest du Spaß im Kindergarten?«

»Ja! Ich habe mit einem *echten* Polizisten gesprochen!«

George hebt die Augenbrauen, und ich schüttele kaum merklich den Kopf. Die Polizei hatte nichts mit mir zu tun. Dieses Mal nicht.

»Hast du schon mal einen echten Polizisten getroffen, Daddy?«

Nach einer kurzen Pause sagt George: »Ja.« Aber anders als bei Archie klingt aus seiner Stimme keine Begeisterung, nur eine unterschwellige Traurigkeit und ein Bedauern. Und wieder denke ich an alles, was ich ihm seit unserer Hochzeit zugemutet habe. Die endlosen Interviews. Die Kripobeamten. Die Psychiater. Das Getuschel, dass ich zwangseingewiesen werden sollte, obwohl ich darauf beharrte, dass ich wusste, was ich gesehen hatte. Was ich miterlebt hatte.

Die ganze Zeit war er an meiner Seite, hielt meine Hand. Versprach mir, dass sie mich nicht mitnehmen würden. Dass er auf mich aufpassen konnte.

Er glaubte mir. Er glaubte *an* mich.

Die Lügen kamen später.

Meine Lügen.

Seine.

Letzte Woche fand ich unsere Kontoauszüge, und es ist alles schlimmer, als ich befürchtet habe.

»*Uns geht's* gut. Wir kommen zurecht«, hatte George gesagt. »Ich arbeite wie ein Verrückter, um uns wieder in die Spur zu bringen.« Das stimmte zumindest. Er ist ständig dabei, sein Netzwerk auszubauen, und versucht, neue Aufträge an Land zu ziehen. Es ist nicht gerecht, dass er die Last trägt. Besonders, wenn ich ihm nicht die eine Sache geben kann, die er haben möchte.

Noch ein Kind.

Er war immer derjenige, der unbedingt ein Geschwisterchen für Archie wollte. Ich bin davor zurückgeschreckt. Um die Wahrheit zu sagen, war ich entsetzt, als ich herausfand, dass ich mit Archie schwanger war, denn ich war so vorsichtig gewesen. George hat aufgehört, mich um ein weiteres Baby zu bitten. Ich hoffe, es ist, weil wir uns im Moment keines leisten können, denn den Gedanken, dass er immer noch eine große Familie haben möchte – jedoch nicht mit mir –, ertrage ich kaum.

Ich schaue ihn an, wie er in der Küche steht. Mein gut aussehender Mann mit den dicken dunklen Haaren und blauen Augen, die immer besorgt schauen. Er entgleitet mir. Für den Bruchteil einer Sekunde frage ich mich, wie viel Geld der Journalist Marie geboten hat. Was wir sagen müssten, um genug Interesse zu wecken, damit unser Bankkonto keine roten, sondern schwarze Zahlen schreibt, aber ich verwerfe den Gedanken sofort wieder.

Es gibt Dinge, die werde ich niemals erzählen, egal, wie hoch der Einsatz ist.

»Wie war dein Morgen?«, frage ich George, während ich den Karton von der Arbeitsfläche hebe. Er setzt Archie ab.

»Geh nach oben und wasch deine Hände, während Mummy und ich das Mittagessen vorbereiten.«

»Okay, Daddy. Ich fliege.« Archie breitet die Arme wie Flügel aus und rast zweimal in der Küche im Kreis herum, bevor er nach oben poltert.

George nimmt mir den Karton aus der Hand und stellt ihn wieder hin. »Was zum Teufel soll das, Leah?«

Ich schlucke schwer. »Du hättest nicht ...«

»Ich *wusste*, dass du nicht klarkommst.« George hebt eine Seite des Kartons an und Flasche für Flasche antibakterielles Reinigungsmittel, Handwaschgel, Desinfektionstücher und Einweghandschuhe fallen heraus.

»Ich ... ich komme ...« Ich komme wegen des Inhalts des Kartons klar, nicht trotz ihm.

»Du kommst nicht klar. Du hast überhaupt keine Ekzeme, oder?«

Ich schaue niedergeschlagen auf meine behandschuhten Hände. »Nein.«

»Du brauchst Hilfe.«

»Es ist wegen des Jahrestags.«

»Ich weiß«, sagt er leise und mit verzweifeltem Gesichtsausdruck. »Ich weiß, wie schwer das für dich ist. Für euch alle. Aber weißt du noch, wie es beim letzten Mal war? Ich stehe das nicht noch einmal durch, Leah. Ich setze Archie dem nicht aus. Wenn du irgendwohin musst ...«

»In ein psychiatrisches Krankenhaus? Ich bin *nicht* verrückt.«

»Das behaupte ich doch gar nicht, aber du brauchst spezielle ...«

»Ich werde Francesca anrufen. Einen Termin vereinbaren.«

Sie hat mir schon einmal geholfen. Sie ist diejenige, die zum Polizeirevier gekommen ist und sich für mich eingesetzt hat, als sie mich nicht gehen lassen wollten. Sie erzählte die Wahrheit, egal, wie unwahrscheinlich sie auch klang. Mein Puls beschleunigt sich, als ich mich an die Ungläubigkeit im Gesicht der Polizisten erinnere. Das Misstrauen. Es gelang ihr, sie davon zu überzeugen, dass ich unschuldig war.

Damals war ich unschuldig.

»George, ich sagte, ich werde Francesca anrufen.«

»Gut.« Aus diesem einen Wort klingt so viel Verdrossenheit. Ihm folgt nicht »Wann?« oder »Ruf sie jetzt an!«, und ich weiß, was er denkt.

»Ich weiß, dass sie teuer ist, aber Marie sagt, wir bekommen demnächst eine Menge Tantiemen. Ich kann das bezahlen. Bald ist der Jahrestag vorbei, und alles wird wieder normal. Ich verspreche es.«

»Für psychische Gesundheit kann man keinen Preis festsetzen«, erklärt er. »Möchtest du, dass ich mitkomme?«

»Danke. Ich warte, was sie vorschlägt.« Ich schenke ihm ein Lächeln, das er nicht erwidert.

Nach einem schweigsamen Sandwich-Mittagessen – sogar Archie ist zurückhaltend und bemerkt unsere Anspannung – verschwindet George in seinem Arbeitszimmer.

»Womit sollen wir spielen, Archie?«, frage ich.

»Sind deine Hände zu schlimm, um mit der Eisenbahn zu spielen, Mummy?« Eingehend betrachtet er mein Gesicht.

In meinem Hals bildet sich ein Kloß, als er mich besorgt anschaut. »Mir geht es nie so schlecht, dass ich nicht mit dir spielen kann, Archie.« Das ist keine direkte Lüge, aber auch nicht die Wahrheit.

Archie flitzt nach oben und kommt Minuten später mit seinen dicken Winterhandschuhen an den Händen wieder nach unten.

»Jetzt sind wir gleich.«

Ich blinzele die Tränen weg, als ich sehe, wie er sich abmüht, die Waggons auf den Schienen entlangzuschieben, hasse mich und liebe ihn umso mehr.

Nur Archie und ich essen zu Abend. George muss noch einmal weg. Nachdem wir gegessen haben, fragt Archie mich, ob er George dabei zusehen darf, wie er sich fertig macht. Es gefällt ihm, wenn George Rasierschaum auf sein Kinn schmiert. Ein Weihnachtsmannbart.

Ich lasse mich vor dem Fernseher nieder, zappe von einem Kanal zum nächsten und versuche, etwas Fröhliches zu finden – es gibt viel zu viele Krimiserien. Auf Channel 4 läuft eine Episode von »Das perfekte Dinner«, die bereits zur Hälfte vorbei ist, aber ich schaue sie trotzdem.

Mein Handy macht sich mit dem altmodischen Telefonklingeln bemerkbar. Mir bleibt vor Angst die Luft weg, als ich sehe, von wem der Anruf kommt.

Weshalb ruft er mich an? Aber ich weiß, warum.

Kurz denke ich darüber nach, das Gespräch nicht anzunehmen, doch ich weiß, dass er es immer wieder versuchen wird. Jedes Mal wenn sich meine Nummer ändert, informiere ich ihn mit einer SMS darüber, aber er hat selten Grund, mich anzurufen. Jetzt muss er etwas Wichtiges mitzuteilen haben, und er wird entschlossen sein, es loszuwerden.

Ich will es nicht hören.

Meine Zehen krümmen sich in den Hausschuhen.

Ich will es nicht hören.

Der Drang davonzurennen ist unermesslich.

Ich will es nicht hören.

Ich zwinge mich dazu, an Archie im ersten Stock zu denken.

Beruhige dich.

Ich suche das Zimmer nach drei Dingen ab, die mich erden.

Schokobraunes Kissen mit orangefarbenen Blumen.

Grünlilie auf der Fensterbank.

Tischlampe mit warmem gelbem Schein.

Ruhe.

Mein Handy hört auf zu klingeln. Ich starre auf das Display, warte, dass das Voicemail-Symbol erscheint.

Aber das tut es nicht.

Wieder ertönt das Aufmerksamkeit fordernde Klingeln. Ich schalte den Ton vom Fernseher aus und streife einen meiner Handschuhe ab, damit ich das Gespräch mit einem Wischen über das Display annehmen kann. Anstatt mir Keime vorzustellen, sind es seine Worte, die ich bereits kriechend auf meiner Haut spüre, obwohl er noch gar nichts gesagt hat.

»Ja?« Ich halte mich nicht mit einem »Hallo« auf. Das hier ist kein Höflichkeitsanruf.

»Ich bin's. Graham.« Sein schottischer Akzent ist breit, obwohl er schon seit Jahren nicht mehr in Schottland lebt.

»Ich weiß.« *Graham* ist für mich immer noch zu vertraulich. Chief Inspector McDonald ist der Name, der auf meinem Handy aufleuchtet. Er ist jetzt pensioniert, aber ich kann ihn trotzdem nicht mit seinem Vornamen anreden. Wann immer ich seine Stimme höre, bin ich wieder das achtjährige Mädchen. Erschrocken und verwirrt. In der Helligkeit des Polizeireviers kauernd. Das Licht und die Geräusche ein krasser Gegensatz zur Stille und Dunkelheit, aus denen ich befreit worden war. Meine Arme um den Hals meines Vaters geschlungen – ich auf der einen Hüfte, Marie auf der anderen, während Chief Inspector McDonald – Graham – uns versprach, die Mistkerle zu finden, die das getan hatten, und meine Mutter in ein Taschentuch schluchzte. Eine verwirrte Carly drückte sich an sie.

»Wie geht es Ihnen?«, fragt er, obwohl er weiß, wie es mir geht.

»Gut«, antworte ich, obwohl wir beide wissen, dass das nicht stimmt.

Wir sind so furchtbar britisch, dass leeres Gerede über das Wetter folgt.

»Es ist eiskalt hier draußen. Ich spüre meine Hände nicht mehr«, sagt er.

»Ich weiß. Ich konnte heute Morgen nicht die Butter auf Archies Toast streichen, weil sie so hart war.«

Wir spielen noch ein paar Minuten das Bei-uns-ist-es-kälter-Spielchen.

»Leah.« Ich weiß, was kommt, noch bevor er bestätigt, dass ich recht habe. Es gibt keinen anderen Grund, weshalb er mich anruft. Ein Teil von mir denkt, dass ich es zuerst sagen sollte, um ein wenig die Kontrolle zu übernehmen, aber mein Mund ist staubtrocken, und die Worte kleben mir auf der Zunge. Sein Atmen dringt in mein Ohr.

Bitte sag's mir nicht.

Das Geräusch eines Stuhlbeins, das über den Boden schrammt.

Bitte sag's mir nicht.

Das Betätigen eines Feuerzeugs. Das Ziehen an einer Zigarette.

Bitte sag's mir nicht.

Doch dann tut er es. Er *muss* es.

»Er ist draußen. Er wurde gestern entlassen.«

Weiter sagt er nichts, und ich denke, es ist wegen meines Schreiens, aber dann merke ich, dass das Geräusch nur in meinem Kopf ist, weil ich Archie rufen höre: »Tschüs, Daddy«, gefolgt vom Zuschlagen der Haustür.

Graham wartet einen Moment, bis sich das Gesagte bei mir gesetzt hat, und fährt dann fort: »Vorzeitige Entlassung wegen guter Führung.« Er gibt einen Laut von sich, der ein Lachen oder ein Schnauben oder irgendetwas dazwischen sein kann, denn wir beide wissen, dass an seinem Verhalten nie etwas Gutes gewesen ist, aber trotzdem ist er entlassen worden.

Er ist draußen.

Ich umklammere das Handy so fest, dass meine Knöchel weiß hervortreten und mir die Finger wehtun.

Er ist draußen.

Das letzte Mal, als er entlassen wurde, verstieß er gegen die Auflage seiner Bewährung, Marie, Carly oder mir nicht nahe zu kommen. Es war so eine Erleichterung, als er wieder inhaftiert wurde, nachdem die Polizei aufgedeckt hatte, was er während seiner wiedererlangten Freiheit noch getan hatte. Seitdem war er jahrelang in Haft gewesen, und obwohl ich wusste, dass er dort nicht ewig bleiben würde, fühlt es sich an wie ein Schlag ins Gesicht, beweist aber auch, dass ich recht hatte. Ich *habe* ihn heute Morgen gesehen, als ich aus der Tankstelle fuhr.

Zwanzig Jahre.

Alles Gute zum Jahrestag.

Ohne darüber nachzudenken, wie unhöflich ich bin, beende ich das Telefonat. Meine Finger schweben über den Kontakten in meiner Favoritenliste. Zuerst rufe ich Carly an.

»Hallo, Leah. Was gibt's?« Ihre Stimme klingt tränenerstickt. Es ist für uns alle ein harter Tag in Maries Wohnung gewesen. Kurz zögere ich, möchte nicht, dass sie sich noch schlechter fühlt.

»Er ist draußen.« Mehr brauche ich nicht zu sagen.

Scharf saugt sie die Luft ein.

»Wer hat es dir gesagt?«, fragt sie.

»Graham.«

»Nicht Mum?«

»Natürlich nicht.« Unsere Beziehung zu unserer Mutter ist nicht einfach. »Glaubst du, sie weiß es?« Wäre die Polizei verpflichtet, es ihr mitzuteilen?

»Weiß nicht. Soll ich sie anrufen?«

»Willst du das?«

»Nicht wirklich, nein.«

»Dann tu es nicht. Sie kann sowieso nichts machen, und wir müssen es auch zuerst Marie sagen. Wir sprechen uns später.«

Ich lege auf, will nicht hören, was sie über seine Entlassung denkt. Ihre Reaktion wird die gleiche sein wie meine: Empörung, Traurigkeit, Angst.

Maries Telefon klingelt endlos. Ich will, dass sie sich beeilt. Ihr Anrufbeantworter schaltet sich ein. Ich lege auf und versuche es erneut. Ohne Erfolg.

Sie hat doch gesagt, sie habe am Abend nichts vor und sei zu Hause.

Nachdem ich Archie gebadet habe und bevor ich ihn ins Bett bringe, versuche ich es noch einmal.

Sie nimmt immer noch nicht ab.

Ich mache mir Sorgen. Als ich klein war, erkrankte ich an einer Mandelentzündung, ohne dass Marie es wusste, und sie verlor plötzlich ihre Stimme, obwohl sie sich nicht krank fühlte.

Zwillingsinstinkt nannte Mum das immer.

Meine Gedanken schweifen zurück zu jenem Raum – unserem Gefängnis –, als ich dachte, sie würde sterben. Ich wusste es damals, und ich weiß es jetzt.

Irgendetwas stimmt nicht.

Stimmt ganz und gar nicht.

KAPITEL 11

Carly – Damals

Leah entfuhr ein weiterer markerschütternder Schrei, und bevor Carly reagieren konnte, stürzte sie hinüber zur Tür und rüttelte mit beiden Händen an der Klinke.

»Kommen Sie zurück! Lassen Sie uns raus!«

»Hör auf, Leah! Du verärgerst sie«, schrie Marie.

Leah wandte sich mit großen, ungläubigen Augen an Carly.

»Sie ... sie haben uns hier zurückgelassen.«

»Schon gut.« Carly rang sich eine Lüge ab. »Ich werde uns hier rausbringen.«

»Wie denn?« Leah wartete auf eine Antwort, und als sie keine bekam, drehte sie sich wieder zur Tür und hämmerte mit ihren kleinen Fäusten dagegen. »Hilfe!«

»Schh.« Carly griff nach ihren Handgelenken. »Hör auf. Lass mich kurz nachdenken.«

Panik überkam Carly und zwang sie, tiefere Atemzüge zu nehmen. Der faulige Geruch war unerträglich. Während sie im Raum herummarschierte, bedeckte sie mit dem Ärmel ihre Nase.

Der Raum war klein.

Erdrückend.

Graffiti an den Wänden.

Zehn hektische Schritte lang und sechs breit.

Eine verschlossene Tür.

Ein vergittertes Fenster. Der Baum draußen klopf-klopf-klopfte gegen die Metallstäbe, wie der Schmerz hinter Carlys Augen poch-poch-pochte. Sie fragte sich, ob sie sich eine Gehirnerschütterung zugezogen hatte, als sie mit dem Kopf gegen die Wand des Transporters geschlagen war. Sie hatte das schon einmal bei »Casualty« gesehen.

Was würde mit den Zwillingen geschehen, wenn sie nicht hier war, um sie zu beschützen?

Carly rüttelte an den Metallstäben, so fest sie konnte, aber sie waren einbetoniert. Merkwürdigerweise waren sie weder verwittert noch rostig, sondern glänzend und neu. Entsetzt wurde ihr bewusst, dass sie erst vor Kurzem angebracht worden waren. Entweder für sie oder für jemanden, der hier vorher eingesperrt war.

Es war keine Willkür, sondern geplant gewesen.

Warum?

Waren sie wegen eines Lösegeldes entführt worden? Ihr Stiefvater erschien aufgrund seines Geschäftes immer wieder in der Zeitung und in Zeitschriften. Er und Mum waren wegen der Arbeit oft auf Veranstaltungen – »netzwerken« nannte er das. Die Werbetrommel rühren. Sie verstand nicht so ganz, was er tat, obwohl er es immer wieder geduldig erklärte. Seine Kunden waren Firmen mit Geld, die ihn dafür bezahlten, Online-Kampagnen zu entwickeln, die die Öffentlichkeit dazu bringen sollten, zur Finanzierung der Herstellung neuer Produkte beizutragen. Das erschien verrückt.

»Warum können die Firmen nicht einfach für ihr eigenes Zeug bezahlen?«, fragte Carly.

»Warum das eigene Geld riskieren, wenn jemand anderes bereit ist zu zahlen? Außerdem können es sich einige dieser großen Namen bei der Wirtschaftslage wirklich nicht leisten, in die Entwicklung zu investieren, aber sie können auch nicht zugeben, dass sie rote Zahlen schreiben. Wenn die Verbraucher von dem Risiko wüssten, dass die Firma dichtmachen könnte, würden sie sie meiden wie die Pest. Zu groß wäre die Sorge, dass ihre Garantien nichtig werden oder sie ihre Geschenkgutscheine nicht einlösen können.«

»Sie werden also ausgetrickst.«

»Nicht ausgetrickst, nein. Begeisterung hervorzurufen ist eine Win-win-Situation für jeden. Die Hersteller bringen ihr Produkt mit minimalem Risiko auf den Markt, und die Verbraucher fühlen sich als wichtiger Teil von etwas. Jeder zieht einen Nutzen daraus.«

Es war verwirrend, wurde aber gut bezahlt. Ihr Haus war das schönste in der Straße. Wenn die Männer Geld verlangten, würden ihre Eltern es bezahlen, das wusste Carly. So musste es doch sein, oder? Aber was, wenn nicht?

Die Mädchen waren aus einem bestimmten Grund hierhergebracht worden.

Carly wusste nur nicht, aus welchem.

Sie schloss die Augen.

Sie wollte es nicht wissen.

Denk nach.

Klopf-klopf-klopf, sagte der Baum.

Beeilung-Beeilung-Beeilung.

Carly lief zurück zur Tür. Drückte auf die Klinke.

»Es ist immer noch abgeschlossen«, sagte Leah.

»Das weiß ich.« Was Carly allerdings nicht wusste, war, was sie drei tun sollten. Oder sie als große Schwester. Voller Panik fuhr sie auf der Suche nach der Delle der Scharniere mit den Fingern an der Seite der Tür entlang. Konnte sie sie irgendwie abschrauben und die Tür aushängen? Sichtbare Schrauben schien es nicht zu geben, und Carly fragte sich, ob die nur zu sehen waren, wenn man die Tür öffnete. Wieder rüttelte sie an der Türklinke.

Denk nach.

Verzweifelt schaute sie sich im Raum um. Die Matratze nahm den meisten Platz ein. Glasscherben lagen auf dem dreckigen grauen Boden; die Neonröhren waren von der Decke gerissen und auf dem Boden zertrümmert worden. Ein Haufen Müll sah aus wie das Lagerfeuer, das ihr Stiefvater letztes Jahr im Garten aufgetürmt hatte. Carly erinnerte sich an das Zünden des Streichholzes und an die Flammen, die immer höher schlugen, bis die Puppe, die die Mädchen gebastelt hatten, in Flammen stand. Ihre Beine, ihr Rumpf, ihr Gesicht.

Hatten die Männer das für sie geplant?

Es verschlug ihr den Atem. Der Gedanke … Der Gedanke, in diesem Raum gefangen zu sein, in dem giftiger Rauch die Luft füllte, ihre Lunge füllte. Die erbarmungslose Hitze.

Sie würden verbrennen.

Ersticken.

Sterben.

Carly stolperte hinüber zum Fenster, als würde bereits Rauch in ihre Lunge dringen. Sie griff nach den Metallstäben, die glücklicherweise kalt und nicht glühend heiß waren. Zerrte daran, bis sich ihre Füße vom Boden hoben.

Komm schon.

Sie war nicht schwer genug, um die Stäbe aus dem Fenster zu reißen.

»Mädchen. Kommt und helft mir.«

Leah schlang die Arme um Carlys Taille, hing an ihr wie ein kleiner Affe. Carlys Schultergelenke schrien vor Schmerzen, und ihre feuchten Hände rutschten ab. Die Schwestern fielen auf den harten Betonboden, in eine Pfütze abgestandenen Wassers, die sich unter dem Fenster gebildet hatte. Es stank.

»Ich will nach Hause.« Leah klammerte sich an Carly, und ihre Fingerspitzen drückten sich in Carlys bereits geprellten Arm.

»Da werden wir auch bald sein.« Carly stand auf und zog Leah hoch. Ihre Röcke waren durchnässt. »Warum hast du uns nicht geholfen, Marie?«

»Wir kommen hier nicht raus«, sagte Marie, und das war die einfache Wahrheit.

Leah begann zu weinen.

»Aber das ist okay.« Marie strich ihrer Zwillingsschwester übers Haar, wie sie Bruno beruhigt hatte, als eines Abends hinter ihrem Garten ein Feuerwerk losgegangen war. »Es ist ein Spiel. Nicht wahr?«

Maries Blick traf auf Carlys. Fragend und voller Angst.

»Ja«, sagte Carly schließlich. Marie hatte die richtige Idee. Leah war nur zwölf Minuten nach Marie geboren worden, aber sie hatte immer einen viel jüngeren Eindruck gemacht und war mit ihren endlosen Sorgen diejenige, die sie schützen mussten. Es war besser, zu lügen und sie zu beruhigen. »Es ist ein Spiel.«

»Aber ich will nicht spielen.« Leah schluchzte lauter.

»Wenn wir nicht alle mitspielen, können wir auch nicht alle beieinanderbleiben«, sagte Marie.

»Was meinst du damit?« Leah wischte sich mit dem Handrücken die Nase ab.

»Ich meine ...« Marie zögerte. Nicht zu deutende Emotionen huschten über ihr Gesicht – sie war immer schwer zu durchschauen gewesen –, bevor sie sie hinter dem halbherzigen Versuch eines Lächelns verbarg. Immer die Furchtlose. Immer darauf bedacht, dass sich ihre Zwillingsschwester besser fühlte. »Wir müssen brav sein. Tapfer. Wir sind zusammen. Das ist die Hauptsache.«

»Können sie uns auseinanderreißen? Wer sind sie? Lass nicht zu, dass sie mich mitnehmen.«

»Das werde ich nicht«, sagte Marie bestimmt. »Ehrenwort.«
Aber Leah sah immer noch verängstigt aus, bis Marie ihren kleinen Finger bog und ihn ihrer Zwillingsschwester hinhielt.

> *»Versprochen ist versprochen*
> *und wird nicht gebrochen.*
> *Und tust du es doch,*
> *fällst du in ein Loch.*
> *Drum gelobe ich dir eilig,*
> *mein Versprechen ist mir heilig.«*

»Siehst du? Alles wird gut!« Carly holte tief Luft, um ihre
Stimme zu festigen. »Marie hat recht.« Sie warf Marie einen
Blick zu. »Wir betrachten es als Spiel. Ein Rätsel. Wir sind doch
gut im Lösen von Rätseln, oder?« Vor nicht allzu langer Zeit hatten sie unsichtbare Tinte hergestellt. Hätte ihnen Zitronensaft
jetzt nur helfen können! »Lasst uns einen Plan machen.« Sie
ging über die knirschenden Scherben und setzte sich auf die
Matratze. Die war zwar schmutzig, aber sicherer als der Boden.
Dann klopfte sie links und rechts neben sich. Die Zwillinge
drängten sich an sie. »So. Ich weiß nicht, weshalb sie uns mitgenommen haben oder warum, aber es sind zwei. Doc …«

»Ein Doktor?«, fragte Leah.

»Nein, aber ich nenne ihn so wegen seiner Stiefel, und
Schnauzbart ist der andere. Sie haben uns noch nicht wehgetan, und ich glaube auch nicht, dass sie das tun werden.« Carly
kreuzte hinter ihrem Rücken die Finger.

»Schau mal.« Leah deutete mit einem zitternden Finger auf
etwas, was in schwarzer Farbe an die Wand gesprüht war: »Ihr
werdet sterben.«

»Damit sind nicht wir gemeint«, sagte Carly. »Schau doch,
wie viel anderes da noch steht.«

»Lauf«, las Leah.

»Ich meinte Namen und so. Das waren Vandalen. Einige von den Kindern aus der Schule sind hier gewesen. Keine wird sterben.«

Denk nach.

Sie verstummten.

Denk nach.

Plötzlich kam ihr etwas in den Sinn.

Ein Plan.

»Marie, du musst vorgeben, krank zu sein.«

»Warum?«, wollte Marie wissen.

»Weil du am besten schauspielern kannst.« Marie hatte ein Selbstbewusstsein, um das Carly sie beneidete. Letztes Weihnachten hatte sie Annie gespielt. Mum hatte ihre roten Haare zu einem Haufen Ringellocken gestylt, und sie stand im Mittelpunkt und schmetterte ohne eine Spur von Verlegenheit »Tomorrow«.

»Ich weiß, dass ich das am besten kann. Schauspielern ist einfach. Man tut nur so. Ich meine, weshalb soll ich krank aussehen?«

»Weil ich dann die Männer rufen kann, und sie werden denken, du seist wirklich krank. Wenn sie Angst bekommen, dass du sterben könntest, dann müssen sie dich ins Krankenhaus bringen. Und da ist dann Polizei.« Jedenfalls dachte Carly das. Sicher war sie nicht. In »Casualty« kamen immer irgendwelche Polizisten vor, die Krankenschwestern anquatschten.

»Nein«, sagte Marie. »Es ist besser, wenn wir zusammenbleiben. Außerdem werden sie uns nicht wehtun.« Sie versuchte, es als reine Feststellung zu formulieren. Carly wusste, dass sie Leah beruhigen wollte, aber in ihrer Stimme schwang ein Hauch von Zweifel. Zum ersten Mal in ihren acht Jahren hatte Marie einen Blick darauf bekommen, wie hart das Leben sein konnte, und Carly verübelte es ihr nicht, dass sie das nicht akzeptieren wollte. »Sie wollten uns keine Angst einjagen, stimmt's, Carly?«

Marie hob die Augenbrauen und neigte den Kopf in Richtung ihrer Zwillingsschwester.

»Natürlich nicht, aber …«, begann Carly.

»Siehst du. Ich werde Leah nicht verlassen.« Sie verschränkte ihre Finger mit denen ihrer Schwester. »Oder dich«, sagte sie, als sie Carlys Gesichtsausdruck sah.

»Marie …«

»Nein, Carly! Außerdem würden sie es auch nicht glauben, wenn ich plötzlich krank wäre.«

»Es wäre nicht allzu weit hergeholt.« Carly deutete auf die Abfallhaufen, die den mit Graffiti beschmierten Raum zumüllten. »Es ist dreckig hier. Alles voller Keime, die vielleicht ausreichen, uns umzubringen.« Carly schauderte.

»Können wir an Keimen *sterben*?« Aus Leahs Stimme klang schreckliche Angst. Ihr Blick huschte auf dem Boden herum, als würde sie nach herumschwirrenden Keimen suchen.

»Nicht wirklich.« Carly wünschte, sie hätte das Gesagte zurücknehmen können. Leah hatte eine Tendenz, sich über alles Sorgen zu machen.

»Keiner wird *sterben*«, sagte Marie. »Es ist ein Spiel. Das ist alles. Es wird nur so getan, als ob. Wir bleiben ruhig und machen kein Theater, und im Handumdrehen sind wir wieder zu Hause. Stimmt's, Carly?«

»Genau.« Carly versuchte, ihre Mundwinkel zu einem Lächeln zu heben, aber das gelang ihr nicht. In Wirklichkeit wusste sie nicht, ob sie je wieder nach Hause kommen würden. Und auch wenn dem so gewesen wäre, war der Gedanke daran, was sie vielleicht in der Zwischenzeit durchstehen mussten, absolut grauenhaft.

Carly wurde schlecht. Schwindlig. Die Beule auf ihrem Kopf pochte.

Denk nach.

Doch ihr fiel nichts mehr ein, und was noch schlimmer war, ihre Blase war unangenehm voll. Wieder wanderte ihr Blick durch den Raum und suchte hoffnungsvoll nach einer Toilette.

»Ich muss Pipi machen.« Sie stand auf.

»Wirst du an die Tür klopfen und fragen?«, wollte Marie wissen.

»Geh nicht ohne uns raus, Carly«, bettelte Leah.

»Das werde ich nicht. Ich werde …« Ihr war ganz heiß vor Scham. »Ich gehe da drüben in die Ecke. Ihr beide schaut zur Wand.«

Die Zwillinge gehorchten. Carly raffte widerwillig den Rock hoch und zog sich den Schlüpfer herunter. Zuerst konnte sie dem Drang nicht nachgeben, hatte Angst, die Männer würden hereinkommen und sie so entblößt sehen. Sie schloss die Augen und stellte sich den Wasserfall vor, den sie vor ein paar Jahren in Wales besucht hatten. Das Rauschen des Wassers, das Brausen der Strömung. Heiße Tropfen spritzten gegen ihre Beine, als sie einen Urinstrahl abließ.

»Ich bin fertig«, sagte sie leise.

»Jetzt stinkt es nach Pipi«, jammerte Leah.

»Danach hat es sowieso gestunken.« Carly war furchtbar verlegen. Sie musste etwas finden, mit dem sie die Pfütze aufwischen konnte. Auf die Scherben achtend, kniete sie sich neben den Müllhaufen. Da lag ein großer Pappkarton, den sie zerreißen konnte. Carly zog ihn zu sich heran und erwartete, dass er leicht und leer war, doch das Gegenteil war der Fall. Der Karton war schwer und voll. Mit braunem Band zugeklebt.

Carly spürte, wie das Grauen sie überkam, noch bevor sie den Karton geöffnet hatte.

Bevor sie gesehen hatte, was sich darin befand.

Irgendwie wusste sie, dass es schlimm sein würde.

Sehr schlimm.

KAPITEL 12

George – Jetzt

George schließt für einen Moment die Augen. Er kann sich nicht auf sein Frühstücksmeeting konzentrieren. Hat keinen Appetit auf das englische Frühstück vor sich, obwohl die Speckstreifen knusprig sind und die Eidotter sonnengelb und flüssig, wie er sie eiglich mag. Schuldgefühle haben ihm den Appetit genommen. Es ist kein Platz für Essen in seinem unruhigen Magen.

»George, stimmen Sie mir zu?«

»Hmm. Ja. Völlig.«

Er versucht zu lächeln. Versucht aufzupassen, doch bei jedem Bemühen, sich zu konzentrieren, wandern seine Gedanken zurück zu Leah. War ihre Ehe schon zu sehr zerrüttet, um sie zu kitten? George weiß es nicht. Er weiß nicht, ob er es will. In guten wie in schlechten Zeiten. Das hatte George versprochen, und es war nicht so, dass er es nicht gemeint hätte. Allerdings hatte er nie erwartet, dass die Krankheit so schlimm werden würde. Sobald er gestern das Paket geöffnet und die Reihe von Reinigungsmitteln gesehen hatte, wusste er es. Er *wusste* einfach, dass sie wieder Rückschritte machte. Er schämte sich zuzugeben, dass ihm für den Bruchteil einer Sekunde der

Gedanke gekommen war, davonzulaufen, als er wie angewurzelt dagestanden hatte. Nie wieder zurückzukommen. Ein neues Leben zu beginnen. Eines mit Liebe und Lachen und Glück. Aber er konnte seine Beine nicht dazu bringen, sich zu bewegen. Er hatte zu viel zu verlieren, aber wenn er blieb, alles zu gewinnen.

»George?« Der Kunde sticht seine Gabel mit mehr Kraft als nötig in das letzte Stück Bratwurst. George weiß, dass er noch eine Frage gestellt hat.

»Tut mir leid. Ich … Meiner Frau geht es nicht gut. Ich glaube, ich muss gehen. Sorry.« Er öffnet sein Portemonnaie, um Bargeld auf den Tisch zu werfen, aber es ist leer. Stattdessen zückt er seine Kreditkarte und hofft, dass sie nicht abgelehnt wird.

»Das ist schon in Ordnung. Ich übernehme das. Gehen Sie nach Hause zu Ihrer Frau.« Der George gegenübersitzende Mann wird mitfühlender. George weiß, dass er auch Familie hat, aber das heißt manchmal nichts, oder? Familien können lügen und betrügen. Sich im Nu hintergehen.

Er sollte das wissen.

Die Nadel der Tankanzeige zeigt, dass der Tank fast leer ist. Er tankt Diesel und erinnert sich, dass er vergessen hat, mit Leahs Auto tanken zu fahren, obwohl er es versprochen hatte. Beschämt, dass er sie wieder im Stich gelassen hat, zieht er einige gelbe und orangefarbene Blumen aus dem Eimer mit den verbilligten Sträußen. Die Rosen sind braun und verkümmert, aber er kann sie herausziehen, und die anderen Blumen sind noch frisch.

Er hat Leah seit ihrem gestrigen Streit nicht mehr gesehen. Während des Mittagessens haben sie geschwiegen. Sogar Archie ist still gewesen, hat seine Brotrinde klaglos gegessen und erst nach den Karottensticks um einen Keks gebeten. George möchte nicht, dass er in einer solchen Atmosphäre aufwächst.

Das ist für keinen fair. Ist es für ein Kind besser, zwei unglückliche Elternteile unter demselben Dach zu haben, als zwischen streitfreien Häusern zu pendeln? George weiß es einfach nicht. Und es ist auch nicht so, dass er sich ein zweites Haus leisten könnte. Er kommt kaum mit dem ersten zurecht, versenkt sein ganzes Geld in eine Hypothek auf eine Immobilie, die nicht einmal auf seinen Namen lautet. Das ist allerdings nicht gerecht. Leah hatte keine Hypothek, bevor er sich selbstständig machen wollte. Sie hatte genug an ihn geglaubt, dass sie einen Job angenommen hatte, nur damit die Bank ihnen mehr Geld gab, als sie möglicherweise je zurückzahlen können. Es war kein unverantwortliches Leihen von Geld, aber ein kalkuliertes Risiko. Sie haben reichlich Kapital. Das Haus ist viel mehr wert als die Summe ihrer Schulden. Trotzdem hat er das Gefühl, dass die Bank nur abwartet. Darauf wartet, ihnen das Haus wegzunehmen.

Als er Archie zum Abschied umarmte, bevor er an jenem Abend aufbrach, tat er so, als würde er sich nach einem Wochenendbesuch verabschieden und seinen Jungen für eine Woche zurücklassen, nur um zu sehen, wie sich das anfühlte.

Es tat weh.

Die Uhr im Flur zeigte Mitternacht, als er zurückkam. Das *Tick-Tick-Tick* ihrer Zeiger schien ihn zurechtzuweisen.

Lügner-Lügner-Lügner.

Er zögerte. Sein Fuß auf der untersten Treppenstufe, seine Finger leicht auf dem Geländer liegend. Er konnte nicht in das Bett steigen, in dem seine Frau lag, wenn er nach dem Parfüm einer anderen Frau roch. Nicht, wenn der Duft ihr so bekannt vorkommen würde. Also verbrachte er eine ruhelose Nacht auf dem Sofa.

George ruft nicht, als er das Haus betritt, denn er weiß nicht genau, was er sagen, wie er klingen soll. Im Wohnzimmer läuft der Fernseher. Archie im Schneidersitz auf dem Boden und von »Shrek« gefesselt. George runzelt die Stirn. Archie schien sich heute Morgen nicht unwohl gefühlt zu haben, als George sich mit einem Kuss von ihm verabschiedet hat. Außerdem verschwindet seine Hand immer wieder in einer Tüte Pom Bears, die er geräuschvoll knabbert, also ist er wahrscheinlich nicht krank. George stört ihn nicht und geht auf der Suche nach seiner Frau in die Küche. Leah sitzt am Tisch und betrachtet etwas auf ihrem Laptop.

Einen Augenblick genießt George ihren Anblick. Wie ihr weiches Haar wie ein glänzendes Tuch über ihren Rücken fällt, und die Sonne, die durch das Fenster scheint, natürliche goldene Strähnen zwischen dem Rot hervorhebt. Sie ist wirklich wunderschön. Der Typ Frau, der ein überraschtes Keuchen auslöst, wenn sie einen Raum betritt. Allerdings ist sie nicht einmalig. Marie ist fast identisch, obwohl sie völlig andere Haare hat. Eine völlig andere Persönlichkeit. Seine Gedanken drehen sich neuerdings viel öfter um seine Schwägerin, als ihm lieb ist.

Als George die Küche durchquert, kann er sehen, dass Leah die Medienberichterstattung ihres damaligen Falls auf YouTube anschaut. Ihn überkommt eine Mischung aus Traurigkeit und Wut, dass ihr Junge allein im Wohnzimmer sitzt, während Leah wieder einen Schritt in die Vergangenheit macht.

»Hallo.« George ignoriert, wie sie zusammenzuckt, als sie sich seiner Anwesenheit bewusst wird.

Er hält ihr das beste Friedensangebot der BP-Tankstelle hin. »Geht's dir gut?«, fragt er, obwohl das offensichtlich nicht der Fall ist. Ihre Augen sind blutunterlaufen und gerötet, als habe sie seit Stunden geweint, und er fragt sich, ob er der Grund dafür gewesen ist oder ob es etwas anderes war.

Eilig klappt Leah mit ihrer behandschuhten Hand den Laptop zu, bevor sie ihn wieder ein wenig öffnet. Zweimal wiederholt sie dieses Ritual blitzschnell und kann George dabei nicht in die Augen schauen. Es dauert nur Sekunden, und ein zufälliger Beobachter würde es wahrscheinlich gar nicht bemerken, aber George spürt, wie ihn Panik überkommt.

Dreimal.

Ihm ist nicht bewusst gewesen, dass es ihr so schlecht ging.

Mal wieder.

Verärgert schiebt sie den Computer weg. George merkt, dass sie *ihn* wegschiebt. Er fühlt sich allein, nicht wie letzte Nacht, als Arme und Beine ihn umschlungen hatten. Leises Atmen und warmes Stöhnen in seinen Ohren.

»Warum ist Archie nicht im Kindergarten?«, fragt er.

»Er ist draußen«, antwortet sie ausdruckslos, und zuerst ist George verwirrt. Archie ist draußen? Was bedeutet das? Doch dann sagt sie: »Graham McDonald hat mich angerufen, um es mir zu sagen.« Und da begreift er, weshalb sie YouTube angeschaut hat.

Ihn angeschaut hat.

Er ist draußen.

»Ich konnte es nicht ertragen, das Haus zu verlassen. Der Gedanke, dass er da draußen ist.« Mit großen Augen starrt sie aus dem Fenster.

»Es war klar, dass er irgendwann entlassen werden würde«, sagt George, jedoch mit schwacher Stimme. Die Erinnerungen daran, was passiert ist, als er das letzte Mal entlassen wurde, sind noch immer schrecklich. Damals hatte George verzweifelt versucht, Leah zu retten. Und er weiß, dass er jetzt genauso fühlen sollte. Er streckt die Hand nach seiner Frau aus, aber sie beugt sich auf ihrem Hocker zur Seite, weicht ihm aus. Also geht er durch die Küche zur Spüle und wäscht sich die Hände. Danach erlaubt sie ihm, sie zu halten, doch ihr Körper ist steif.

»Wir dürfen nicht zulassen, dass das eine Auswirkung auf Archie hat. Du kannst ihn nicht ewig zu Hause lassen. Er muss in den Kindergarten. Du musst zur Arbeit. Du kannst nicht zulassen, dass … dass *dieser Mann* dein Ruin ist. Ich wette, er hat keinen Gedanken mehr an dich verschwendet. An keine von euch. Leah, du kannst entscheiden zu …«

Rasch schiebt sie ihn weg. »Sieht so aus, als müssten wir alle Entscheidungen treffen. Ich war gestern bei Marie. Du errätst nie, was sie gesagt hat.« Unter Georges Armen zeichnen sich feuchte Flecken ab. Er weiß nicht, was er dazu sagen soll, was er sagen könnte, und deshalb sagt er nichts. Hat Marie ihr Geheimnis verraten? Er glaubt nicht, dass Leah vierundzwanzig Stunden damit hinterm Berg gehalten hätte, wenn sie davon wüsste. Verrat wäre nichts, was seine Frau vergessen würde zu erwähnen. Außerdem hätte Marie ihn gewarnt, oder?

»Ein Journalist ist an sie herangetreten.«

»An uns *alle* sind in den letzten Wochen Journalisten herangetreten.« Sogar an George. Zuerst war ihm schlecht geworden, als ihn der Mann im Coffeeshop anzüglich angegrinst und ihm dann seine Visitenkarte in die Hand gedrückt hatte. *Wie ist es wirklich, mit einer Sinclair-Schwester zusammenzuleben? Hat sie Vertrauensprobleme? Probleme mit Männern?* George kannte die Fragen, und er wollte zuschlagen, bis der Mann ihn mit einem Betrag konfrontierte, den seine Zeitung zu zahlen bereit war. »Verdammter Scheißkerl«, murmelte George, aber er war fassungslos über das Geld, das ihm geboten worden war.

»Ich sage Journalist, aber es geht ums Fernsehen. Um eine Liveshow.«

George bemüht sich, seinem Gesicht einen Ausdruck von Überraschung zu verleihen, als wäre es das erste Mal, dass er davon hört.

»Sie wollen offensichtlich *eine neue Perspektive.* Ich nehme an, die Tatsache, dass er wieder draußen ist, gibt dem Ganzen eine neue Perspektive.« Sie lacht bitter.

»Was meinen Carly und Marie zu der Fernsehidee?«

»Marie ist ganz dafür. Sie glaubt, es sei heilsam. Ein für alle Mal alles rauszulassen und dann damit abzuschließen. Sie glaubt, dass wir danach in Ruhe gelassen werden.«

»Vielleicht hat sie recht«, sagt George vorsichtig. »Du musst dich für nichts schämen, Leah. Keine von euch.« Allerdings weiß er, dass Marie sich schämen sollte.

Sich schämt.

»Marie sagt, sie will Vergebung. Wollen wir das nicht alle?« Sie seufzt.

»Ja«, sagt George leise. Manchmal glaubt er, er möchte erwischt werden, aber Leah fragt ihn nicht, was ihm vergeben werden sollte, und er fragt sich – nicht zum ersten Mal –, ob ein Teil von ihr Bescheid weiß. Ob sie wirklich glaubt, dass er so viele abendliche Meetings hat. »Ihr könntet euch mit dem Produzenten treffen und es besprechen. Es könnte gut für dich sein. Gut für uns.« George erwähnt absichtlich nicht die hohe Gage, die im Spiel ist und von der er weiß.

»Carly ist völlig dagegen. Gestern Abend habe ich sie angerufen, und sie weinte bereits, bevor ich ihr die Neuigkeit erzählte. Als ich sie heute Morgen anrief, konnte sie sich kaum lange genug zusammenreißen, um zu reden. Es ist zu viel, dass er so kurz vor dem Jahrestag entlassen wurde. Marie erreiche ich nicht. Ich habe x-mal nach Grahams Anruf versucht, sie ans Telefon zu bekommen. Sie sagte, sie würde den ganzen Abend zu Hause sein, aber sie hat nicht abgenommen. Ich glaube, ich habe ihn gestern gesehen, weißt du?«

»Graham?« George kann mit ihren schnellen Themenwechseln nicht mithalten.

»Nein. Nicht Graham«, sagt sie ungeduldig, und George weiß genau, wen sie meint.

Sie glaubt, er ist wie zuvor hinter ihr her.

Es passiert. Es passiert wieder.

»Leah.« Er nimmt ihre Hand. Wünscht sich, er könnte Haut und nicht Baumwolle spüren. »Du hast nichts zu verbergen.«

»Du verstehst nicht …«

»Doch.« Er drückt ihre Finger. »Ich weiß, was dir damals passiert ist. Ich weiß alles über dich.«

»Keiner weiß alles über jemanden«, entgegnet sie finster. George weiß, dass er Marie ein Versprechen gegeben hat. Er weiß, dass der nahende zwanzigste Jahrestag erdrutschartig alles zurückbringt und droht, sie alle komplett unter sich zu begraben.

George weiß mehr, als er sollte.

Er weiß, was kommen wird.

Er verbannt alle Gedanken ans Davonrennen.

Er will keinen Verdacht erregen.

KAPITEL 13

Carly – Damals

Was war im Karton?

Carly kratzte mit dem Fingernagel am braunen Klebeband, das ihn verschloss, bis sich das Ende löste, aber sie traute sich noch nicht, es abzureißen. Ihr Herz hämmerte in der Brust. Ihr wurde immer flauer im Magen. Sie hatte angenommen, der faulige Geruch käme von jahrelanger Verwahrlosung, vom Müll, aber was, wenn er aus dem Karton kam? Was, wenn darin die Überreste von etwas waren … oder von jemandem? Er war nicht groß genug für eine Person, es sei denn, sie wäre in Stücke zerteilt worden, aber das gab es doch nur in Filmen, oder? Wieder dachte sie an »Psycho«. An Norman Bates' tote Mutter, die in diesem Stuhl schaukelte.

»Was machst du …?«

»Bleibt da drüben«, wies Carly ihre Schwestern an.

Denk nach.

Sie musste tapfer sein und herausfinden, was im Karton war, aber Carly fühlte sich nicht tapfer. Sie fühlte sich klein und verängstigt, und sie wollte nach Hause.

»Ist da etwas im Karton?«, fragte Marie.

Etwas.

Jemand.

»Ich … Ich weiß es nicht, Marie.«

»Warum guckst du nicht einfach …?«

»Sei mal kurz still.«

Denk nach.

Der Pappkarton war steif und trocken. Er lag noch nicht so lange hier herum wie das andere Zeug. Blut sickerte nicht aus seinem Boden. Was, wenn er nicht unvorstellbare Gräuel enthielt, sondern etwas Nützliches? Vielleicht eine Taschenlampe. Die Aussicht darauf versetzte sie nicht nur in Erregung, weil es bald dunkel werden würde und sie dann Licht gehabt hätten. Das war zweitrangig verglichen mit dem Wunsch nach einer Waffe. Carly stellte sich vor, wie sie sich hinter der Tür verstecken würde. Spürte das Gewicht der Taschenlampe, die Kraft in ihrer Schulter, als sie sie auf Schnauzbarts Kopf niedersausen ließ. Hörte seine Schreie. Roch sein Blut. Normalerweise gab sie sich nicht solch düsteren Gedanken hin, aber diese Situation war nicht normal. Ihr Verstand sprang herum. Und wenn es keine Taschenlampe war, dann vielleicht Werkzeug. Irgendetwas, mit dem sie die Metallstäbe durchtrennen konnte.

Sie *musste* es herausfinden.

Carly warf einen Blick aus dem Fenster und dann hinüber zur Tür. Keiner schaute zu, außer dem Graffiti-Clown mit seinen großen starrenden Augen. Trotzdem fühlte sie sich unwohl.

Ihre Hände zitterten, als sie das Klebeband abriss. Schnell wich sie zurück, erwartete halb eine Meute von Ratten, die sich auf sie stürzte, halb einen Schwarm Insekten, aber nichts dergleichen entwich dem Karton. Carly bewegte sich wieder zentimeterweise darauf zu. Passte auf, dass sie sich nicht in die Glasscherben kniete.

»Oh.« Von allem, was sie erwartet hatte, war es am allerwenigsten … *das hier.*

»Was ist da drin, Carly? Dürfen wir es sehen?«, fragte Marie.

»Wartet kurz.« Carly durchwühlte den Inhalt, und ihre Hoffnung sank, als sie erkannte, um was es sich handelte. Der Karton stand hier für die Mädchen. Carly hatte keinen Zweifel daran.

Was auf sie zukommen würde, wusste sie immer noch nicht, aber sie wusste mit Gewissheit, dass eine Rückkehr nach Hause nicht bevorstand.

Im Karton lagen mehrere Tüten Chips der Geschmacksrichtung Hot Chili, von deren Vorderseite breit der grüne Drache grinste. Normalerweise liebte Carly diese Sorte, aber jetzt schob sie sie einfach desinteressiert beiseite. Darunter lagen ein paar Beutel Bonbons mit Johannisbeergeschmack und mehrere Dosen Cherry Cola. Außerdem fand sie eine weiche pinkfarbene Fleecedecke, an der noch die Etiketten hingen und von der Carly irgendwie wusste, dass Doc sie hineingetan hatte, sowie merkwürdigerweise ein kleiner Teddybär mit ausgebreiteten Armen, dessen roter Strickpullover über seinen gewölbten Bauch hochrutschte. Diese Liebenswürdigkeit stand so sehr im Widerspruch zur brutalen Art, mit der sie aus ihrem Alltag gerissen worden waren, dass Carly zu weinen begann.

Was hatten sie mit ihnen vor? Es war alles zu viel.

Das Klopfen der Zweige des Baumes draußen wurde lauter. Der Raum kleiner. Carly weinte heftiger und rang nach Atem, als die Decke sich senkte.

Sie kauerte sich zusammen. Bekam keine Luft mehr.

»Weine nicht, Carly.« Ihre Schwestern eilten an ihre Seite, und jede legte ihr einen dünnen Arm um den Hals, drückte ihren warmen Körper an ihren, was Carlys Tränen noch heftiger fließen ließ.

»Der Bär möchte nicht, dass du traurig bist.« Leah griff nach dem Teddy im Karton und wedelte damit vor Carlys Gesicht herum.

»Alles wird gut.« Marie strich ihr übers Haar. »Ich verspreche es. Bald sind wir zu Hause, und dann fahren wir in den Urlaub.«

»Wohin?«, fragte Leah.

»Wahrscheinlich ins Disneyland«, sagte Marie.

Carly wusste, dass das Wunschdenken war. Eigentlich hätten sie im letzten Jahr nach Florida fliegen sollen, aber der Urlaub war gestrichen worden, weil Dad zu viel zu tun gehabt hatte. Obwohl er versprach, dass sie stattdessen in den nächsten Ferien fliegen würden, war nichts daraus geworden, und sie blieben daheim.

»Siehst du? Weine nicht, Carly. Schon bald sitzen wir in einem Flugzeug und sind auf dem Weg zu Micky Maus«, sagte Leah, obwohl sie furchtbare Angst vorm Fliegen hatte. Dieser kleine Akt der Tapferkeit führte dazu, dass Carlys Lunge sich entspannte. Sauerstoff verteilte sich wieder in ihrem Körper, und das Brennen in ihrer Brust ließ nach. Sie durfte nicht aufgeben. Sie *würde* nicht aufgeben. Doch während sie darauf wartete, dass ihr eine Idee kam – der perfekte Plan, sie nach Hause zu bringen –, konnte sie ihre Schwestern auch ablenken. Sich ablenken.

»Lasst uns etwas spielen, solange wir darauf warten, nach Hause zu kommen.« Sie führte ihre Schwestern hinüber zur Matratze, und sie setzten sich. Carly wischte sich mit dem Ärmel über die Augen. »Jede muss etwas im Raum in alphabetischer Reihenfolge nennen. Du fängst an, Leah.«

»Anton.«

»Hier gibt es keinen Anton!«, wandte Marie ein.

»Der Bär heißt so.« Leah knuddelte das Stofftier aus dem Karton.

»Wenn das gilt, dann nehme ich ›Angst‹, denn die haben wir alle«, sagte Marie. »Carly? Du bist dran.«

»Abscheuliche Schwestern«, sagte Carly, aber sie alle wussten, dass sie es nicht so meinte.

»Jetzt B. Ähm … Bett! Mehr oder weniger.« Marie klopfte auf die Matratze.

»Bär«, kam es von Carly.

»Berge von Müll«, sagte Leah ausdruckslos, und Carly klatschte in die Hände, um die Blicke ihrer Schwestern vom Unrat abzulenken.

»Ich bin die Erste bei C.« Carly schaute sich im Raum um. »Das ist schwerer.«

»Nicht für mich!«, rief Marie. »Carly!«

Carly verdrehte die Augen. »Okay. Ich finde Couch gut.«

»Hier ist keine Couch!« Marie stieß Carly an.

»Wir sitzen doch auf einer.«

»Die Matratze ist schon ein Bett. Wenn du jetzt noch Couch dazu sagst, dann ist sie eine Bettcouch, und B hatten wir schon. Nimm was anderes.« Maries achtjährige Logik war manchmal ein bisschen schräg. Wie sie Sachen begründete, sorgte zu Hause oft für Belustigung.

»Okay, dann eben … Chips. Du bist dran, Leah.«

»Clown.« Leah fing an zu weinen. »Ich mag den Clown nicht, Carly. Er beobachtet uns.«

Sie alle starrten auf das Graffito an der Tür. Die Augen des Clowns sahen tatsächlich so aus, als fixiere er sie. Der Mund war zu einem Lachen verzogen.

»Ich will nicht mehr spielen.« Der kurze Moment der Unbeschwertheit war vergangen.

»Möchtest du Chips?« Carly erinnerte sich daran, dass sie nicht mehr dazu gekommen war, die Mädchen mit einem Abendessen zu versorgen. Sie rieb die Finger aneinander, fühlte immer noch das Papier des Zehnpfundscheins, schmeckte fast die mit Essig und Salz gewürzten Pommes.

»Ich habe keinen Hunger.« Leah legte sich auf die Seite und begann, an ihrem Daumen zu lutschen. Das hatte sie nicht mehr gemacht, seitdem sie drei Jahre alt gewesen war.

Die Zeit verging. Es fühlte sich an wie Tage, seitdem Carly nach der Schule auf der Schwelle der Hintertür gesessen und die Wärme der Sonne auf ihrer Haut gespürt hatte. Der Raum hier war kühl mit seinen kahlen Wänden und dem Boden. Draußen versahen die letzten Strahlen der untergehenden Sonne den Himmel mit orangefarbenen Streifen, und Carly wusste, dass es noch kälter werden würde. Eine Decke reichte nicht für sie alle.

Leah zog die Knie an die Brust. Carly sah die Gänsehaut auf ihren Armen.

Marie saß im Schneidersitz mit geradem Rücken da und starrte auf die Tür, die sich nie öffnete. Carly schauderte. Dieser Clown machte auch ihr Angst.

»Kommt schon.« Sie stand auf und streckte jeder Schwester eine Hand hin. »Jetzt wärmen wir uns erst mal auf.«

»Wie das denn?«, fragte Marie, aber sie stand bereits.

Carly hob ihren Arm über den Kopf und tat so, als würde sie ein Lasso schwingen – »5, 6, 7, 8« –, wie sie es an diesem Tag in der Küche hätte tun sollen.

Zuerst zögerten die Mädchen, doch dann wurde ihr Gesang lauter, stärker, während ihre Füße Schrittfolgen auf dem Beton vollführten und sie die Hände in die Hüften stemmten. Für einen Moment erschien es Carly, als wären sie irgendwo anders. Zurück zu Hause, wo Bruno bellte und hochsprang und seinen eigenen Hundetanz vollführte. Carlys Stimme geriet ins Stocken, als sie einen dicken Kloß herunterschluckte, der sich in ihrer Kehle wegen der Frage gebildet hatte, was wohl passiert wäre, wenn sie sich vorhin nicht so zickig benommen und mit den Zwillingen getanzt hätte, als das Lied im Radio erklang. Diese vierminütige Verzögerung hätte den Unterschied machen können. Vielleicht hätten die Männer es aufgegeben, nach jemandem zu suchen, den sie entführen konnten. Oder es hätten andere Mädchen sein können, die jetzt hier gefangen gewesen wären. Sofort fühlte Carly sich schlecht, weil sie sich gewünscht hatte, dass jemand anderes an ihrer Stelle wäre, und sie verdrängte den Teil von ihr, der flüsterte: *Besser jemand anderes als du.*

Sie sank auf die Matratze, war zu emotional, um weiterzumachen. »Ich bin ganz außer Atem. Ihr macht weiter.«

Marie und Leah tauschten Blicke, bevor sie Madonna zum Besten gaben. Carly hatte sie schon unzählige Male »True Blue« singen hören, manchmal mit Lippen, die mit Mums rotem Lippenstift geschminkt waren, und einem Leberfleck, den sie sich mit einem Augenbrauenstift unter ihr linkes Nasenloch gemalt hatten. Normalerweise war Carly von ihrem Gesang genervt, aber hier klang er süß und rein, als die Zwillinge dramatisch die Hände auf ihre Herzen legten und die wahre Liebe erklärten. Würden sie das hier durchstehen, um irgendwann ihre Seelenverwandten zu finden? Carly dachte an Dean, den sie vielleicht nie wiedersehen würde. Die Zwillinge glitten nahtlos von einem in ihrem Zimmer einstudierten Song zum nächsten. Maries Finger griffen nach dem Kreuz um ihren Hals, und sie hob es an, als sie »Like a Prayer« sangen. Leahs Hand tastete ihren eigenen Hals ab. »Mein Kreuz! Es ist weg!«

»Das muss hier irgendwo sein.« Carly erinnerte sich an das Gold, das im Licht geglitzert hatte, als Leah hereingetragen wurde.

»Wir werden es finden.« Marie fiel auf die Knie.

»Sei vorsichtig mit den Glasscherben.« Carly beteiligte sich an der Suche, die jedoch erfolglos war. »Es tut mir leid, Leah. Wir kaufen dir eine neue Kette.«

Leah nickte. Carly sah, dass sie bestürzt war, aber sie beklagte sich nicht. »Willst du etwas anderes singen?«

Leah schüttelte den Kopf. »Ich habe jetzt Hunger.«

Carly überraschte es, dass ihr selbst auch der Magen knurrte.

»Lasst uns Chips essen, während wir darauf warten, dass Doc und Schnauzbart uns ein richtiges Abendessen bringen.« Im Karton befand sich lediglich Essen, das sie drei über die nächsten paar Stunden bringen würde. Das ließ Carly hoffen, dass die Männer bald zurück sein würden.

Die Schwestern leckten würzige Chipskrümel von ihren Fingern, öffneten zischende Dosen mit Cherry Cola.

Und warteten.

Sie warteten auf Abendessen. Sie warteten auf ein Licht.

Aber niemand kam.

Sie alle spürten sie, die schleichende Klaustrophobie, die sich einstellte, als die Dämmerung hereinbrach und die Dunkelheit Schatten in die Ecken des Raumes und an die Decke warf.

»Ich will nach Hause, ich will nach Hause.« Leahs Stimme klang extrem hysterisch. »Ich will nach Hause!«

Sie rannte hinüber zur Tür, schlug dagegen und schrie: »Lassen Sie uns raus! Hilfe!«

Carly und Marie stürzten zu Leah, aber anstatt sie zu beruhigen, hämmerten auch sie an die Tür.

»Lassen Sie uns raus! Bitte. Hilft uns denn keiner?«

Der Clown lachte und lachte über ihre Panik. Das Weiße in seinen Augen und die Zähne waren das Letzte, was zu sehen war, als die Dunkelheit die Mädchen verschlang und ihre Angst schürte.

Es war stockfinster.

Immer noch schrien sie.

Immer noch kam niemand.

KAPITEL 14

Leah – Jetzt

Da ist jemand in unserem Garten.

Ängstlich spähe ich aus dem Fenster in die Finsternis. Meine Fingerspitzen liegen auf dem Glas, und die Augen suchen nach Schatten. In meinen Ohren rauscht das Blut, und darüber ertönt das gleichmäßige dumpfe Stampfen von Georges Schritten auf der Treppe.

»Archie ist nach der Hälfte von ›The Stick Man‹ eingeschlafen. Ich habe auch die Stimmen bestens imitiert. Ich glaube … Leah? Alles in Ordnung mit dir?«

»Ich dachte, ich hätte etwas gehört.« Meine Stimme zittert. »Und als ich rausgeschaut habe, da war …«

Bewegung.

Er.

»Jetzt kann ich allerdings nichts mehr sehen.«

George steht neben mir. »Dass sie ihn entlassen haben, bedeutet noch lange nicht, dass du …«

»Ich weiß.« Ich *brauche* mich nicht unsicher zu fühlen, aber ich tue es. Der Mann hat mein Leben ruiniert. Als er in einer Gefängniszelle saß, bewacht von Wärtern, da konnte ich fast so tun, als gäbe es ihn nicht. Jetzt ist er wieder irgendwo da draußen. Vielleicht hundert Meilen weit weg.

Eine Meile weit weg.

Starrt mich jetzt gerade an.

Ich habe keine Möglichkeit, es herauszufinden.

»Gehst du heute Abend noch weg?«, frage ich.

»Ich habe tatsächlich zu einem Kunden gesagt …«, beginnt George. Mein Blick trifft auf seinen, und er schaut hinüber zu den Blumen, die er mir geschenkt hat und die jetzt in einem hellgelben Krug auf dem Couchtisch stehen. »Möchtest du, dass ich bleibe, Leah?«

»Ja, bitte«, sage ich und füge schnell hinzu: »Nicht, weil ich alleine Angst habe.« *Teilweise, weil ich alleine Angst habe.* »Es ist … Ich mache mir Sorgen um dich, George.«

Ein überraschter Ausdruck huscht über sein Gesicht. Es ist furchtbar zu sehen, dass er schockiert ist, weil ich einmal nicht an mich selbst, meine Schwestern oder den Jahrestag gedacht habe. Trotz allem liebe ich meinen Mann von ganzem Herzen, und es scheint, dass er das aus den Augen verloren hat. Wir beide haben es aus den Augen verloren. Ich setze mich aufs Sofa und klopfe auf den Platz neben mir.

Er lässt sich vorsichtig nieder. »Mir geht's … gut.«

»Ich vermisse dich. Archie vermisst dich. Wir vermissen unsere Familien-Filmabende.« »Findet Nemo« und buttriges Popcorn. »Und unsere Spieleabende.« »Fische fangen«, solange Archie noch wach war, und sobald er im Bett lag, Karten. Rotwein und Käse und Kräcker. Oliven. Folkmusik, die durch die Lautsprecher waberte. Dylan, der drängte »Don't Think Twice«, als ich meine Karten nach Farben sortierte und vorherzusagen versuchte, welche George sammelte.

»Es ist … schwer gewesen.«

Ich denke, er meint, es sei schwer mit mir gewesen, aber ich warte darauf, dass er es näher ausführt.

»Das Architekturbüro läuft nicht gut«, sagt er schließlich. »Ich tue alles, was ich kann, aber … Es tut mir leid, Leah.« Seine Augen blicken traurig, sind umgeben von feinen Linien, die vor ein paar Monaten noch nicht da waren. Wann habe ich ihn das letzte Mal richtig angeschaut? Auf seiner Nasenwurzel entdecke ich eine Furche, und auf der Stirn haben sich Falten gebildet. Jede einzelne erzählt die Geschichte, unsere Geschichte.

»Dir muss nichts leidtun.« Ich weiß, ich schulde hundert verschiedenen Leuten hundert Entschuldigungen, und selbst dann wären es nicht genug. Ich hasse es, wie ich ihn in letzter Zeit verärgert habe – mit den Handschuhen, der Wiederaufnahme meiner Rituale –, und ich hasse es, wie er aus Angst, mich aus der Fassung zu bringen, seine Gefühle in Schach halten muss. Ich bemerke seine Wut nur an seiner Körpersprache, nie an seiner Stimme. Ich habe ihn im Stich gelassen.

»Ich habe dich im Stich gelassen …« Seine Stimme bricht, zusammen mit meinem Herzen. Ich kann ihm nicht mehr die Hauptlast der finanziellen Versorgung unserer Familie aufbürden. Er zerbricht daran. In seinen Augen flackern Emotionen auf, und ich weiß, wie hin- und hergerissen er ist. Es muss schrecklich sein, an kalten Abenden sein warmes Haus zu verlassen. Mit Kunden zu plaudern, wenn man lieber seinem Kind eine Gutenachtgeschichte vorlesen möchte. Mit seiner Frau auf dem Sofa kuscheln. Zu wissen, was auch immer man tut, ist nicht genug. Ich habe es leicht, bin diejenige, die abends zu Hause bleibt. Die Teilzeit arbeitet. Das ist eine Sache, die ich sofort ändern kann.

»Lionel hat mir mehr Stunden angeboten, weil Carol geht.«

»Ich weiß nicht, Leah. Ich glaube nicht, dass du das tun solltest.«

»Weil du der Mann bist?« George ist manchmal ziemlich traditionell.

»Wegen Archie. Carly ist prima, um auszuhelfen, aber wäre es dir recht, wenn sie ihn immer vom Kindergarten abholen würde? Willst du wirklich Vollzeit arbeiten?«

»Nein. Aber wenn es sein muss, mache ich es. Ich werde alles tun, um zu helfen. Du weißt schon, mit Geld«, belüge ich mich selbst. Belüge ich ihn. Die Fernsehproduktionsfirma bietet genug, um unsere Schulden zu tilgen, aber ich kann mich nicht auf diese Weise verkaufen. Wenn ich daran denke, fühle ich mich beschmutzt. »Wir schaffen das schon.« Noch eine Lüge, aber manchmal reden wir uns Sachen ein, die wir hören wollen, nicht wahr? Als könnten unsere Worte dafür sorgen, dass es genau so wird.

»Ja.« Er rutscht näher, legt den Arm um mich. Ich lege meinen Kopf an seine Schulter. Wir sitzen da in einer Stille, die eher kameradschaftlich als unangenehm ist.

Ich muss eingenickt sein, denn das Zuschlagen einer Autotür weckt mich. Innerhalb von Sekunden bin ich auf den Beinen und spähe wieder aus dem Fenster.

»Lass uns ins Bett gehen«, sagt George hinter mir. Sein heißer Atem in meinem Nacken.

Oben streiche ich mit den Fingern über Georges Gesicht, spüre die rauen Stoppeln. Im Bett trage ich nie Handschuhe. Da bin ich sicher. Das Gefühl von ihm neben mir, auf mir. In mir. Es ist der einzige Ort, an dem ich vergesse. Seine Lippen sind trocken, als ich meine darauf drücke, und reagieren nur mit langsamen Bewegungen. Mein Daumen gleitet unter das Gummiband seiner Boxershorts. Er fängt meine Hände ab. Zieht sie an seinen Mund und küsst sie. »Ich bin so müde.« Die Zurückweisung tut weh, aber ich verstehe ihn.

»Es war trotzdem gut, zu reden, oder?«, frage ich.

»Ja. Leah.« Eine kurze Pause folgt. »Ich vermisse dich auch, weißt du? Du hast die Wahl, rückwärts zu trudeln oder dich vorwärts zu bewegen. Nicht zuzulassen, dass deine Vergangenheit die Zukunft bestimmt. Du entscheidest, niemand sonst.«

Ich denke darüber nach und schlinge meinen Körper um seinen, wünschte, ich könnte seine Stärke in mich aufnehmen. Er hat recht. Jahrestag hin oder her. Ich kann, ich werde nicht zulassen, dass *dieser Mann* mich bricht. Wenn ich es täte, würde er uns brechen. George. Archie.

Morgen werde ich Archie zum Kindergarten bringen und zur Arbeit fahren, egal, wie viel Angst ich habe. Werde mich meiner Verantwortung stellen. Ich bin jetzt erwachsen, nicht mehr das verängstigte achtjährige Mädchen, das ich einmal gewesen bin, so sehr ich seine Existenz auch bei jeder zu treffenden Entscheidung in mir spüre. Bei allem, was ich tue. Für mich. Für meine Familie. Es ist Zeit, mit dem Leben weiterzumachen. Vielleicht stimmt es, was Marie gesagt hat. Zwanzig Jahre gelitten zu haben sind zwanzig Jahre zu viel. In ein paar Tagen ist der Jahrestag vorbei. Aber ich kann dafür sorgen, dass er schon jetzt seine Macht verliert. Wie Wasser auf die böse Hexe kippen und zuschauen, wie sie schrumpft. Ein normales Leben aufzubauen, wird mein Eimer kaltes Wasser sein.

Genug.

Ich schaffe das jetzt. Auch wenn es die Angst ist, dass George mir entgleitet, die Angst, etwas zu verlieren, jemanden, die mich entschlossen gemacht hat, mehr zu tun. Zu sein. Ich werde nicht zulassen, dass noch eine Familie zerbricht. Nicht, wenn ich die Risse wieder kitten kann.

Ich schlafe ein.

Es ist immer noch dunkel. Ein Geräusch weckt mich. Ich liege reglos da. Mein Körper ist steif. Finger umklammern die Bettdecke.

Warten.

Meine Augen suchen das Zimmer ab. Der digitale Wecker schreit in neongrünen Zahlen sechs Uhr morgens. Ein warmer orangefarbener Schein geht vom Nachtlicht neben der Tür aus. Archie findet es lustig, dass wir auch eins haben. Er glaubt, dass das so ist, damit es bei uns genauso ist wie bei ihm, aber was er nicht weiß, ist, dass ich es hasse, wie mich die Nacht verschluckt, die erstickende Finsternis. Die Angst, dass etwas Böses, jemand Böses aus den Schatten springt.

Ich weiß, dass das manchmal so ist.

Außer Georges Atem, der in seiner Kehle rasselt, ist nichts zu hören. Langsam entspannen sich meine Hände.

Mein Schlafanzug ist feucht vor Angst. In meinem Albtraum war ich mit Archie in den Zirkus gegangen, aber wir waren die Einzigen im Zelt. Der Geruch von Sägemehl aus der leeren Manege stieg uns in die Nase, als wir, die fluffige pink-farbene Zuckerwatte an Stielen balancierend, unsere wackligen Plätze in der ersten Reihe einnahmen. Die Lichter gingen aus. Archie wimmerte.

»Ist schon gut«, flüsterte ich mit klopfendem Herzen. Der Drang davonzurennen war enorm.

Nur für eine Sekunde war es wieder hell geworden im Zelt, aber diese Sekunde hatte gereicht, um ihn zu sehen. Den Clown. Die Lichter begannen zu blinken, und jedes Mal, wenn sie angingen, kam das Gesicht des Clowns drohend näher. Sein aufgeschlitzter roter Mund war zu einem Grinsen verzogen, und von den scharfen Zähnen tropfte Blut.

Und da wachte ich auf.

Im neuen Jahr kommt ein Zirkus auf die Wiese in der Stadt. Wir werden nicht hingehen. Das machen wir nie.

Ich weiß, dass ich jetzt nicht mehr einschlafen werde, und deshalb drehe ich mich auf die Seite und schiebe George behutsam auf seine. Er hört auf zu schnarchen. Ich schlinge die Arme um seine Taille und drücke die Wange gegen seinen Rücken.

Als ich aufstehe, finde ich Archie noch mit ausgebreiteten Beinen und Armen in seinem Rennwagenbett liegend vor. Die vielen Stofftiere, die er so liebt, sind in der Nacht, wie immer, auf den Boden gefallen. Ein Panda, ein Faultier, ein Tiger. Ich habe ihm nie einen traditionellen Teddybären gekauft.

Das werde ich niemals tun.

Der Gürtel meines Morgenmantels hängt lose herunter, und ich mache einen Knoten hinein, während ich über den Treppenabsatz tapse und den Gedanken an eine ruhige Tasse Kaffee in einem Haus genieße, in dem es bald lauter werden wird.

Ich sehe ihn, sobald ich unten an der Treppe angekommen bin. Meine Füße versinken im Teppichflor, und mein Herzschlag setzt aus.

Ein weißer Umschlag auf der Fußmatte. Das Geräusch, das mich geweckt hat, muss von der Klappe über dem Briefschlitz gekommen sein. Es ist zu früh für den Briefträger. Ich will den Umschlag nicht aufheben.

Ich will ihn nicht öffnen.

Irgendwie weiß ich, dass das, was im Umschlag ist, die Macht hat, meine ohnehin wacklige Entschlossenheit, mehr zu sein, zunichtezumachen.

Auf dem Umschlag steht ein einziges Wort:

Leah.

Ich will ihn nicht öffnen.

Während mir noch vor ein paar Augenblicken kalt gewesen ist, wird mir jetzt heiß.

Meine Finger gleiten unter die Lasche, und das Papier reißt.

Ich will ihn nicht öffnen.

Unter meinen Füßen wackelt der Boden, als ich lese, was auf dem Blatt darin geschrieben steht.

Ich stehe immer noch da, als Archie die Treppe heruntergerast kommt und Cornflakes, Orangensaft und einen Kuss verlangt.

Und ich stehe immer noch da, als George sich mir von hinten nähert und über meine Schulter liest. Die beiden Worte sieht, die sich verschieben und verschwimmen, scharf und wieder unscharf werden.

Die harmlosen Worte, die wie eine Warnung klingen.

VIER TAGE.

KAPITEL 15

George – Jetzt

Es war George, der Leah behutsam den Brief aus der Hand nahm. George, der sie aufs Sofa setzte, bevor er sich in die Küche zurückzog, um das enorme Loch, das Archie nach eigener Aussage im Magen hatte, mit in Milch schwimmenden Cornflakes und süßem, klebrigem Toast zu füllen.

»Vier Tage«, stand im Brief.

Vier Tage, bis alles vorbei sein wird. Aber dann kommt das nächste Jahr. Und das danach. Dreißig Jahre. Vierzig. Fünfzig. Die Meilensteine breiten sich vor ihm aus. Ein langer Weg des Unglücklichseins.

Tut er das Richtige?

Nie hat er sich mehr hin- und hergerissen gefühlt. Gestern Abend hat er sich Leah seit Langem wieder einmal näher gefühlt. Sie waren noch weit davon entfernt, glücklich zu sein, aber ein Blumenstrauß von der Tankstelle und Zeit zum Reden und Zuhören waren ein Anfang gewesen. Er schuldete ihr einen Versuch, oder? Er schuldete es seiner Frau, ehrlich und aufrichtig zu sein. Man schaue nur, in welchen Zustand sie ein einziger Brief versetzt hatte. Trotz ihrer Prahlerei gestern Abend weiß George, dass sie nicht stark ist. Sie ist leicht zu zerbrechen. Der

Gedanke, all die Teile einsammeln und sie wieder zusammensetzen zu müssen, nimmt ihm den Atem. Er weiß nicht, ob er das kann. Nicht noch einmal.

Aber gerade jetzt braucht sie ihn. Er sollte mehr Zeit zu Hause verbringen. Um Archies willen genauso wie um jedermanns willen.

George versteht, was Marie von ihm will, aber er kann es ihr einfach nicht geben. Noch nicht.

Ist es zu spät, um das Ganze abzubrechen? Würde Marie vergeben? Vergessen?

»Leah.« Er hockt sich neben seine Frau und schiebt ihr eine Tasse Kaffee in die Hände. »Es wird ein Journalist gewesen sein, der dich einschüchtern und so zum Reden bringen will. Jeder ist hinter einer Schlagzeile her. Alles wird gut.«

»Versprichst du das?«, fragt sie ihn das Unmögliche.

Er schließt die Augen vor der Erinnerung.

Arme und Beine um ihn geschlungen. Zartes Atmen und warmes Stöhnen in seinen Ohren.

Aber es war nicht echt. *Das hier* ist sein wahres Leben. Die Morgensonne, die Kräfte sammelt und einen Heiligenschein auf den Tisch wirft, an dem Archie mit den Fingern Krümel auftupft. Um seinen Mund herum Erdbeermarmelade verschmiert.

Das hier.

Oder?

Er verspricht nicht, dass es gut wird.

Das kann er nicht.

KAPITEL 16

Leah – Jetzt

Vier Tage.

Ich habe bei der Arbeit angerufen und gesagt, dass ich später komme. George bietet an, Archie auf dem Weg zur Arbeit beim Kindergarten abzusetzen. Er versichert mir noch einmal, dass er die Erzieherinnen daran erinnern wird, auf die Sicherheit zu achten und anzurufen, wenn etwas Außergewöhnliches passiert. Ich winke ihnen aus dem Fenster zum Abschied zu und habe meinen Mund zu einem dermaßen strahlenden Lächeln verzogen, dass mir das Gesicht wehtut. Meine Hände haben den Brief berührt. Ich habe sie immer wieder gewaschen, bis die Haut rot und wund war, aber ich kann die Worte nicht aus meinem Kopf waschen. Sie fühlen sich düster und schmutzig an.

Vier Tage.

Ich gehe im Wohnzimmer auf und ab – immer wieder dieselbe Strecke –, ein Tier im Zoo.

Gefangen.

Beobachtet.

Carly eilt die Einfahrt entlang. Ich öffne die Tür, um sie hereinzulassen, denn ihr folgen die Rufe eines Reporters, der den ganzen Morgen vor unserem Haus herumgelungert hat.

»Carly! Stimmt es, dass er draußen ist? Wie fühlen Sie sich?«

Zu mir sagt Carly: »Wie meint er denn, dass ich mich fühle, verdammt noch mal?« Sie schlägt die Tür hinter sich zu. Blass sieht sie aus. Die Augen sind rot. Obwohl ich Carly erst vor zwei Tagen gesehen habe, sieht sie kleiner aus. Dünner. Geschrumpft unter dem Gewicht der Vergangenheit oder angesichts der Gegenwart. Vielleicht beides.

Sie setzt sich nicht und zieht auch nicht ihre Jacke aus. Stattdessen streicht sie einen identischen Brief auf dem Küchentisch glatt, der immer noch zitronenreinigerfeucht ist, wo George die Überreste von Archies Frühstück weggewischt hat. Obwohl ich jetzt Handschuhe trage, hebe ich das Blatt Papier nicht hoch.

»Was meinst du, was das bedeuten soll?«, frage ich, obwohl ich eigentlich wissen möchte, ob sie eine Ahnung hat, wer die Briefe geschickt haben könnte, aber ich habe zu große Angst, dass ihre Antwort sich mit dem deckt, was mir im Kopf herumspukt.

Er.

»Ich ... Ich weiß es nicht.«

»Hört sich an wie eine Warnung.« Wovor, das weiß ich nicht. Nichts könnte schlimmer sein als vor zwanzig Jahren, aber als mein Blick auf das Foto von George, Archie und mir im Freizeitpark fällt, da weiß ich, dass es unvorstellbar schlimmer sein kann. »Meinst du, Marie hat auch einen bekommen?« Das muss sie. »Ich habe sie immer noch nicht telefonisch erreicht, um es ihr zu erzählen.«

Er ist draußen.

»Leah. Atme.« Ich spüre, wie Carly mir über den Rücken streicht. Plötzlich stoße ich den Atemzug aus, der in meiner Kehle festgesteckt hat, und lasse mich auf einen Stuhl sinken.

»Es passiert wieder.« Die Achtjährige in mir beginnt zu weinen.

»Tut es nicht.« Sie fällt wieder in ihren Große-Schwester-Modus zurück. »Es ist vielleicht nur irgendein Spinner – du

117

weißt doch, wie die Leute manchmal sind, und in diesem Jahr berichten die Medien verstärkt.«

»George glaubt, es ist ein Journalist, der versucht, eine Geschichte zu erfinden.«

»Na, da hast du's.«

»Glaubst du das?« Ihr Blick weicht meinem aus. Ich weiß, dass sie es genauso wenig glaubt wie ich.

Wir nehmen mein Auto, denn Carlys ist voll mit Paketen und ihren neuesten Secondhandfunden. Ich fühle mich hinter dem Steuer nicht völlig sicher. Ich fühle mich nirgends völlig sicher.

Marie reagiert nicht auf das Klingeln. Ich rüttele an der Klinke, als würde sich die Tür dadurch plötzlich öffnen.

Tut sie aber nicht.

Über dem bei meinem letzten Besuch verrutschten Briefkasten klebt ein Streifen Klebeband, und ich kann ihn nicht öffnen, um hindurchzuspähen.

»Sie ist nicht da«, sagt Carly.

»Wir können nicht einfach wieder wegfahren. Ich möchte sicher sein, dass es ihr gut geht.« Und sie nicht bis zur Bewusstlosigkeit betrunken auf dem Fußboden liegt.

Carly stampft mit dem Fuß auf, und ihr Atem bildet eine Wolke. »Gut, also …« Ich schaue sie erwartungsvoll an, doch bevor sie mit einem Plan aufwarten kann, macht es »klick«. Ein Mann mit einer tief ins Gesicht gezogenen Mütze eilt vorbei, ohne uns zu beachten. Carly schiebt einen Fuß in die Tür, bevor sie wieder ins Schloss fällt.

»Sieht so aus, als wären wir drin«, sagt sie.

Unsere Füße stampfen die Betonstufen hinauf. Wir erreichen das oberste Stockwerk. Mein Herz klopft, aber nicht nur vor Anstrengung, sondern vor Angst.

»Marie?« Ich klopfe an die Tür, doch meine Handschuhe dämpfen das Geräusch, und deshalb schlägt Carly mit ihren

Fingerknöcheln dagegen, während meine Finger spinnenartig über den Türrahmen tasten und hoffen, dass er noch da ist.

Ist er.

»Ersatzschlüssel.« Ich schiebe ihn ins Schloss, während Carly die Augen verdreht und etwas von Sicherheit murmelt.

Der Geruch schlägt mir entgegen, sobald ich die Tür öffne.

»Marie?«, rufe ich in die abgestandene Luft und den Staub, aber irgendwie weiß ich, dass sie nicht antworten wird.

Es gibt hier nur vier Räume, und wir brauchen nicht lange, um herauszufinden, dass sie in keinem davon ist.

»Irgendetwas stimmt nicht.« Mein Bauchgefühl sagt mir das. Die Tasse, die ich vor zwei Tagen hiergelassen habe, steht immer noch auf dem Sofatisch. Immer noch halb voll mit grauem Tee. Die Kekse auf dem Teller, den ich ins Wohnzimmer getragen habe, sind trocken.

Zurück in der Küche sehe ich, dass das schmutzige Geschirr in der Spüle noch genauso gestapelt ist wie letztens. Verkrustete Bohnen in Tomatensoße in einem Topf, in der Pfanne eingebranntes Ei.

»Sieht so aus, als hätte sie die Wohnung nach unserem Besuch verlassen und wäre nicht mehr zurückgekommen.« Für einen Moment halte ich mir mit der Hand die Nase zu. Der überquellende Abfalleimer stinkt penetrant. »Ich schaue im Schlafzimmer nach.«

Ich weiß wirklich nicht, wonach ich suche, als ich Schubladen aufreiße und Maries Habseligkeiten durchwühle. Es fühlt sich an, als würde ich in ihre Privatsphäre eindringen, als ihre schwarze Spitzenunterwäsche auf den Boden fällt. So etwas habe ich nie getragen, auch nicht vor Archies Geburt. Einen Kleiderschrank gibt es hier nicht. Der Raum ist zu klein dafür, aber überall häufen sich Kleidungsstücke; auf dem wackligen Stuhl neben dem Fenster, auf dem Bett, in dem eindeutig niemand geschlafen hat. Es ist unmöglich herauszufinden, ob irgendetwas fehlt. Mein Magen zieht sich krampfartig zusammen, als mir bewusst wird, dass ich meine Zwillingsschwester nicht mehr gut genug kenne.

»Ich habe etwas gefunden!«, ruft Carly aus der Küche, und ich eile zu ihr.

»Schau mal.« Sie schiebt mir einen Notizblock hin. Auf der obersten Seite steht in Maries Handschrift geschrieben:

Springe ein für Hauptrolle. Gebrochener Knöchel. Fahre heute Abend. Sechswöchige Laufzeit!

Um jeden Satz sind Blumen und Herzen gemalt. Ich erinnere mich daran, dass ihre Schulbücher immer voller Kritzeleien waren.

»Sie ist also nur … weggefahren?« Ich schüttele den Kopf.

Carly zuckt mit den Schultern. »Scheint so.« Sie schaut so aufgelöst auf, wie ich mich fühle.

»Aber wir haben sie doch erst vor ein paar Tagen gesehen und uns so gut verstanden. Sie hat versprochen, dass sie uns öfter besuchen kommt. Archie.«

»Wenn sie wegen der Arbeit einen Anruf bekommen hat, dann können wir ihr nicht verübeln, dass sie das Angebot angenommen hat. Erinnerst du dich nicht, wie ihr Handy immerzu geklingelt hat, als wir hier waren? Wir wissen doch, dass sie das Geld braucht.«

»Sie hat den Abwasch stehen lassen. Die Tassen im Wohnzimmer.« Ich öffne den Kühlschrank. Darin eine halb leere Packung Milch und vertrockneter Schinken. Zwei Dosen Cherry Cola. Beim Anblick des Logos wird mir schlecht. Wie bekommt sie es fertig, das zu trinken? Sich daran zu erinnern? Oder bestraft sie sich? Immer noch.

»Vielleicht verdienen wir es alle, bestraft zu werden«, sagt Carly leise. Ich muss meine Gedanken laut ausgesprochen haben.

Ich schlage die Kühlschranktür zu. Schlage die Tür zu meinen Erinnerungen zu, aber sie springt wieder auf, als ich mit Kühlschrankmagneten von Micky Maus, Donald Duck und Pluto mit seiner heraushängenden Zunge konfrontiert werde. Wir haben es nie bis nach Disneyland geschafft. Archie sehnt sich danach, aber selbst wenn wir es uns leisten könnten, würde ich ihn nie dorthin bringen.

»Hast du noch etwas gefunden?« Mein Blick wird von den Arbeitsflächen angezogen. »Einen Vier-Tage-Brief?«

»Nein, aber unsere kamen auch erst heute. Sie muss ziemlich bald nach uns gegangen sein, denn sie scheint sich seit unserem Besuch nichts mehr zu essen gemacht zu haben.«

»Aber sie muss auch einen bekommen haben. Das ergibt keinen Sinn.« Wieder suche ich die Küche ab. Nichts ergibt einen Sinn.

»Vielleicht hat er es versucht, aber der Briefkasten unten ist zugeklebt, und er kann nicht raufkommen, ohne dass jemand auf den Türsummer drückt.«

»Er?« Es ist nicht nur mein Verfolgungswahn. Sie denkt das Gleiche wie ich.

»Sie. Mehrere. Wer auch immer«, meint Carly nicht gerade überzeugend.

»Findest du es nicht eigenartig, dass sie weggefahren ist, ohne uns Bescheid zu geben?«

»Das macht sie doch normalerweise nicht.«

»Soll ich Mum anrufen?«

Die Frage überrascht mich, als sie aus meinem Mund kommt, und meine Überraschung spiegelt sich in Carlys Gesicht. Wir sehen und sprechen nicht wirklich mit Mum, obwohl Marie es immer noch tut. Ein Trauma ist wie ein Magnet. Es hat die Fähigkeit, eine Familie zusammenzuschweißen oder auseinanderzureißen. Unsere Eltern sind geschieden. Ich glaube, keine von uns hat mit Dad gesprochen, seitdem er Mum verlassen hat. Sie geben sich gegenseitig die Schuld, geben sich selbst die Schuld, geben uns die Schuld. Schuld ist ein Spiel, das wir zwischen uns hin und her reichen wie ein Paket, und derjenige, der es zum Schluss in den Händen hält, muss eine weitere Schicht der Lüge entfernen. Keiner will am Ende mit der Wahrheit dastehen.

Obwohl ich nach dem Telefonat mit Graham nicht mit Mum habe sprechen wollen, ist es jetzt anders. Jetzt will ich keine Neuigkeiten übermitteln, sondern ich brauche Antworten. Ich halte Carly mein Handy hin – auf keinen Fall werde ich in dieser schmutzigen Küche meine Handschuhe auszuziehen –, und sie wischt durch meine Kontakte und drückt auf Mums Nummer. Keine von uns erwartet, dass sie ans Telefon geht, doch das tut sie. Ihre Stimme klingt blechern über den Lautsprecher.

»Ich weiß, was du sagen willst«, sagt sie scharf. Kein Wort der Begrüßung.

»Tust du nicht«, unterbreche ich sie schnell. Sie erwartet, dass das einer meiner gewöhnlichen Anrufe um den Jahrestag herum ist, wenn ich sie weinend, manchmal betrunken frage – die einzige Zeit des Jahres, in der ich mir erlaube, die Kontrolle zu verlieren –, warum sie zugelassen hat, dass wir entführt wurden. Niemals im Leben würde ich zulassen, dass jemand Archie mitnimmt. Das ist doch Teil des Jobs einer Mutter, oder? Zu beschützen. Ich schaue Carly nicht an. Sie weiß nichts von meinen Anrufen, und ich weiß nicht, ob sie selbst nicht auch anruft. »Ich rufe wegen Marie an. Weißt du, wo sie ist?«

»Nein.«

»Kennst du den Namen ihres derzeitigen Agenten?«

»Ich dachte, sie ist wieder gefeuert worden.«

»Fallen dir irgendwelche Freunde ein, die …«

»Sie hat keine Freunde. Ihr Mädchen …« Ich höre den Funken des Zündsteins, als sie sich eine Zigarette anzündet, und dann ein langes Inhalieren. Sie hat nie geraucht. *Vorher.* »Ihr Mädchen habt euch immer gegenseitig genügt.«

In meinen Augen sammeln sich Tränen, als hätte ich Rauch darin.

»Ich muss los, Leah. Ich kann das nicht.« Sie bricht das Gespräch ab. Ich möchte noch einmal anrufen und fragen, was sie nicht kann. Mit der Vorstellung fertigwerden, dass sie wieder nicht weiß, wo eine ihrer Töchter ist?

Carly schließt das Tastenfeld und gibt mir mein Handy zurück. »Lass uns gehen.«

»Ich wollte, dass Marie es weiß. Dass er wieder draußen ist.« Und jetzt dauert es sechs Wochen, bis sie wieder zurück ist. Sie wird den Jahrestag verpassen. Irgendwie beneide ich sie darum. Ich lege den Ersatzschlüssel nicht zurück auf den Türrahmen, sondern stecke ihn in meine Tasche, als wir gehen.

Etwas zieht meinen Blick an, als ich den Motor starte. Ich versuche zu sprechen, habe aber zu große Angst. Stattdessen umklammere ich Carlys Arm.

Er ist es. Erkennbar durch den strömenden Regen. Das Gesicht meiner Albträume auf der anderen Seite der Straße. Er sieht, dass ich ihn bemerkt habe, dreht sich um und eilt davon. Steigt in ein schwarzes Auto. Dasselbe, das ich gesehen hatte, nachdem ich aus der BP-Tankstelle gefahren bin.

Er hat gesehen, wie wir in Maries Wohnung gegangen sind.

Ist er uns gefolgt?

Hat er sie entführt?

Kommt er uns alle holen?

Ich muss es wissen. Mein Fuß drückt aufs Gaspedal. Ich reiße das Lenkrad herum, und wir schlingern in den Verkehr.

»Leah! Fahr langsam.«

Doch ich gebe Gas. Ich kann nicht riskieren, ihn zu verlieren.

Eine Hupe ertönt. Das Kreischen von Bremsen. Carly, die meinen Namen ruft: »Leah!«

Der entgegenkommende Bus.

KAPITEL 17

George – Jetzt

George fühlt sich warm und geborgen, eingehüllt in liebende Arme und eine kuschelige Decke. Der Regen trommelt gegen das Fenster seines Zufluchtsortes. Sein Handy brummt ärgerlich und rutscht über den Nachtschrank.

Leah.

Er ist versucht, den Anruf zu ignorieren, weiß, dass sie sich den Kopf über den Brief zermartert und ihn immer wieder durchgehen will. Es ist stets unmöglich für sie, von Dingen abzulassen, aber geht es in gewissem Maße nicht jedem so? Dass man sich an ein Leben klammert, das irgendwie nicht mehr passt. In einer Haut steckt, die sich anfühlt wie die von jemand anderem. Das Handy schweigt. Kurz ist er beunruhigt, dass es nicht Leahs Ängste gewesen wären, die sich aus dem Telefon ergossen hätten, wenn er das Gespräch angenommen hätte, sondern dass etwas mit Archie passiert ist. Er ruft im Kindergarten an, um nachzufragen, ob mit seinem Sohn alles okay ist.

Das ist es.

George versucht, das Gefühl von vor einigen Augenblicken heraufzubeschwören, als er sich als Beschützter und Beschützer gefühlt hat. Es ist lange her, dass er dieses Gefühl gehabt hat.

Das Leben mit Leah war eine Einbahnstraße. Aber manchmal brauchte der Retter auch Rettung. George stimmt sich ein auf das prasselnde Geräusch des Regens gegen das Glas. Spürt die weiche Krümmung ihres Körpers, der sich an seinen schmiegt. Ihre Hand, die abtaucht. Er schließt die Augen und versucht, sich zu entspannen. Auch wenn Leah nach ihm suchen würde, könnte sie ihn nicht finden. Sie weiß nichts von dieser Adresse.

Wieder summt sein Handy. Lauter, so scheint es. Ein Schwarm aufgescheuchter Bienen. Unmöglich zu ignorieren.

»Du solltest lieber rangehen. Es ist *deine Frau*«, sagt sie.

»Betone *Frau* nicht so, als wäre sie eine Fremde für dich.« Aber vielleicht ist das die einzige Möglichkeit für sie, damit zurechtzukommen, denn das hier ist schlimmster Betrug.

Er schwingt die Beine aus dem Bett und setzt sich auf, dreht den zerknitterten Bettlaken, die nach Sex riechen, den Rücken zu.

Er sagt zaghaft »Hallo« und fühlt, wie er immer mehr die Stirn runzelt, tiefe Furchen hineingräbt, während Leah sich beim Reden fast überschlägt und er sich auf die Lippe beißt, um nicht zu sagen, was er wirklich sagen möchte.

»Ich bin in fünfzehn Minuten bei dir.« George bricht das Gespräch ab und greift nach seinen auf dem Boden liegenden Boxershorts.

»Sie glaubt, er ist zurück und dass er den Brief geschickt hat«, ist alles, was er sagt.

»Nun, das war klar. Ich sagte ...«

»Sie ist auf dem Polizeirevier.«

Schnell zieht er sich an. Zur Polizei zu gehen ist etwas, was keiner von ihnen wollte. Es gibt vieles, was keiner von ihnen wollte. Aber auch vieles, wonach sie sich sehnen.

Wie soll er diesen Schlamassel je in Ordnung bringen?

Es entgleitet ihm.

KAPITEL 18

Leah – Jetzt

Auf dem Polizeirevier atme ich hektisch und unkontrolliert. Ich bemühe mich, ruhiger zu werden. Carly sitzt starr neben mir. Wir haben nicht miteinander gesprochen, seitdem wir hier angekommen sind. Seit ich fast das Auto geschrottet habe, als ich versuchte, ihm zu folgen. Ich verdrehe die Hände im Schoß. Schon jetzt kann ich es nicht erwarten, diese Handschuhe auszuziehen und in den Abfalleimer zu werfen.

Die Eingangshalle ist luftig und hell, aber überall sehe ich Keime herumkriechen. Den Schmutz von tausend Straftaten. Die dreckigen Hinterlassenschaften von Kriminellen, die in Handschellen und mit eiskaltem Blick hindurchmarschiert sind. Wieder habe ich ein Engegefühl in der Brust. Manchmal spüre ich noch, wie meine Hände und Füße gefesselt sind. Die Augen verbunden, der Mund zugeklebt.

Ich kann nicht atmen.

Insekten krabbeln zwischen meiner Haut und dem Jeansstoff, in dem meine Oberschenkel stecken. In meinen Ohren tippelnde Geräusche.

Ich drohe zu ersticken.

»Lass uns gehen«, flüstert Carly, aber ihre Stimme klingt schwach, vergraben unter den wuselnden Beinen in meinem Verstand. Ich wische mir über die Arme, als würde ich Kreaturen wegwischen, doch als ich auf den Boden schaue, ist da trotz der großen Rauchverbotsschilder nichts außer Zigarettenkippen und Asche.

Oh, diese Warnschilder können die Androhung unfassbarer Gefahren sein.

Hinter dem Schreibtisch beobachtet mich der Polizeibeamte mit sorgenvollem Gesichtsausdruck. »Sie *können* durchkommen …«

Ich schüttele den Kopf. Kann nicht antworten. Der Raum beginnt sich zu drehen. Ich gehe nirgendwohin und sage kein Wort mehr, bis George hier ist.

Beruhige dich.

Drei Dinge. Nenn drei Dinge.

Orangefarbene Plastikstühle, die am Boden befestigt sind.

Eine Mitteilung, dass Missbrauch nicht geduldet wird.

Neonröhren, die sich über die Decke ziehen.

Beruhige dich.

Als George endlich eintrifft, werfe ich mich in seine Arme. Sein Anzug ist feucht, aber das ist mir egal. Ich drücke mich an ihn, als könnte ich mit ihm verschmelzen. Zu einer Materie. Einer Person. Jemand anderem. Jemand Stärkerem.

Wir werden in einen kleinen Raum geführt und PC Godley vorgestellt, der uns etwas zu trinken anbietet. Meine Kehle ist ausgetrocknet. Ich brauche dringend Wasser, aber ich erlaube mir nicht, aus einem ihrer Becher zu trinken, und schlucke schwer.

»Mrs Morgan, haben Sie den Brief dabei?«

»Nein. Aber ich kann ihn herbringen. Sie können ihn auf Fingerabdrücke untersuchen …«

»Leider ist das nicht so einfach, wie es klingt.« Er verzieht das Gesicht. »Das ist eine Frage der Mittelbewilligung, und bisher ist noch keine Straftat begangen worden.«

»Jemanden zu bedrohen ist eine Straftat!«

»Aber die Worte ›Vier Tage‹ sind keine tatsächliche Bedrohung.«

»Es fühlt sich aber so an.«

»Schauen Sie. Ich verstehe, dass das gerade eine schwere Zeit für Sie ist. Zwanzig Jahre bringen die Spinner und die True-Crime-Süchtigen auf den Plan. Sie wissen doch anhand bisheriger Erfahrungen, dass es nicht ungewöhnlich ist, Briefe zu bekommen oder Dinge auf der Türschwelle vorzufinden. Merkwürdige Telefonanrufe. Nach der neuesten Enthüllung würde ich nichts anderes erwarten. Ich wette, sie werden im Moment von Journalisten drangsaliert.«

Ich nicke.

»Ich würde es einem von denen zutrauen, Ihnen den Brief geschickt zu haben. Als Versuch, der Sache einen neuen Blickwinkel zu geben.«

»Aber Marie wird *vermisst*.«

Das ist eine unbestreitbare Tatsache, die er nicht ignorieren kann.

»Aber Sie haben in ihrem Haus einen Notizblock gefunden …«

»In ihrer Wohnung.« Hat er nicht zugehört?

»Auf dem steht, dass ihr die Hauptrolle in einem Stück angeboten worden ist. Und war das ihre Handschrift?«

»Ja.«

»Und es ist nicht ungewöhnlich für Marie zu verreisen und Sie nicht wissen zu lassen, wann sie fährt und wohin.«

»Wir stehen uns nicht so nahe, wie wir sollten.« Jetzt fühle ich mich wie bei einer Gerichtsverhandlung – angeklagt, eine schreckliche Schwester zu sein. »Aber ich *weiß*, dass etwas nicht stimmt.«

»Ich glaube, Miss Sinclair hat es richtig gemacht, hier wegzukommen. Sie sollten sich das auch überlegen. Bis der Jahrestag vorbei ist. Danach wird Sie wahrscheinlich niemand mehr belästigen.«

»Bis zum nächsten«, murmele ich.

»In Maries Wohnung war nichts ungewöhnlich. Die Eingangstür war fest verschlossen. Keine Anzeichen eines Kampfes. Nichts weist darauf hin, dass tatsächlich etwas nicht stimmt. Abgesehen von Ihrem Gefühl.«

»Ich habe ihn gesehen«, sage ich leise.

Keiner sagt etwas.

»Ich habe ihn gesehen«, sage ich noch einmal, jetzt lauter. »Zum zweiten Mal und beide Male in einem schwarzen Auto.«

»Das haben Sie vorhin bereits gesagt, Leah.« Er wendet sich an Carly. »Aber Sie sagen, Sie haben ihn nicht gesehen, oder, Carly?«

»Nein«, antwortet Carly. »Tut mir leid.« Ich weiß nicht, ob sie sich bei ihm oder bei mir entschuldigt. Ich hatte mich an Carlys Arm geklammert und sofort, nachdem ich ihn entdeckt hatte, entsetzt auf ihn gedeutet, aber der Regen floss in Sturzbächen über die Windschutzscheibe und verzerrte die Außenwelt. Bis ich es mit meinen zitternden Fingern geschafft hatte, den Schlüssel ins Zündschloss zu stecken und die Scheibenwischer einzuschalten, war er verschwunden. Dann waren wir fast von diesem Bus zerquetscht worden, als ich versuchte, ihn zu finden.

»Ich habe Ihre Aufzeichnungen über das letzte Mal gelesen, als er entlassen wurde. Ihre Behauptungen über das, was angeblich geschehen war. Was die Ärzte Ihnen geraten haben.«

Ich schließe die Augen. Ich wusste, dass das kommen würde. Damals haben sie mir zuerst geglaubt. Jetzt glauben sie mir nicht. Mit meiner Vorgeschichte werden sie das nicht tun. Es ist alles vergeblich. Ich spüre, wie mir der Frust die Kehle zuschnürt.

»Hören Sie«, sagt George nachdrücklich. Ich schiebe meine Hand in seine. Bin dankbar, dass wenigstens er auf meiner Seite ist. »Können Sie uns sagen, wo er wohnt, und Leah beruhigen, dass er nicht in dieser Gegend ist?« Seine Fragen zerschmettern den Glauben, dass wenigstens mein Mann mir wohlgesinnt ist. Ich erkenne an der Art, wie Carly nervös auf ihrem Stuhl herumrutscht, seitdem wir hier sind – Blickkontakt vermeidend –, dass ich auch sie nicht überzeugt habe.

»Tut mir leid, aber das darf ich Ihnen nicht mitteilen«, sagt PC Godley.

Carly fährt mein Auto nach Hause, um ihres zu nehmen und Archie vom Kindergarten abzuholen. George bringt mich zur Arbeit. Eigentlich habe ich nicht arbeiten wollen. Der Gedanke, dass er da draußen ist – dass er meine Adresse kennt –, zieht mir den Magen zusammen. Aber die Stimme von PC Godley hallt laut in meinem Kopf wider: *Was die Ärzte Ihnen geraten haben.* Ich wäre fast in eine psychiatrische Klinik eingewiesen worden. Hätten George und Francesca nicht für mich gekämpft, wäre das wahrscheinlich geschehen. Damals erschien mir das schon schlimm genug, aber zu der Zeit hatte ich noch nicht so viel zu verlieren. Ich hatte Archie noch nicht. Wenn ich den Anschein von Normalität vortäuschen muss, damit ich mein Leben auf die Reihe bekomme – meine Familie zusammenhalte –, dann werde ich das tun. Aber ich habe ihn *tatsächlich* gesehen. Das weiß ich.

Der Radiosender Heart FM bombardiert seine Zuhörer mit Schnulzen, aber ich höre nur halb zu, bis ein Lied ertönt, das mir so vertraut ist, dass mein Herz einen Schlag aussetzt.

»5, 6, 7, 8«, und es ist nicht nur eine Erinnerung, es erscheint wie eine Nachricht von Marie. Aber welche?

George hält vor meinem Büro und stellt den Motor ab. Das Radio ist aus, aber das Lied spielt weiter in meinem Kopf.

»Ich glaube, es ist gut für dich, zu arbeiten und dich von allem abzulenken.«

Ich antworte nicht. Im Geiste singe und tanze ich, eine der Sinclair-Schwestern, als wir frei waren. Glücklich waren.

George seufzt, bevor er aus dem Auto steigt. Zusammen gehen wir in mein Büro.

»Hallo.« Tashs Lächeln erstarrt und entgleitet ihr, als ich nicht zurücklächele. »Alles in Ordnung mit dir?«

»Mir geht's gut.« Ich versuche, George einen Abschiedskuss zu geben, aber er dreht den Kopf, und meine Lippen landen auf seiner Wange und nicht auf seinen Lippen.

Ich gehe zu meinem Schreibtisch und frage mich, was ich Tash, wenn überhaupt, erzählen soll. Ich weiß, dass sie sich Sorgen macht. Sie ist meine engste Freundin, meine einzige Freundin auf dieser Welt. Ich war die Jüngste hier, bis sie für vier Tage die Woche zu uns stieß. Bei der Weihnachtsfeier hatten wir nach Wochen des Small Talks die Grenze zwischen Kollegin und Freundin überschritten. Wir hatten damals – beide angewidert – zugeschaut, wie Barry aus der Buchhaltung Janet aus dem Vertrieb abknutschte.

»Nach all den betrunkenen Büroaffären im Winter muss es im nächsten Herbst einen gewaltigen Geburtenanstieg geben«, rief Tash über Kylie Minogue hinweg, die wünschte, sie wäre glücklich. »Ich kann mir nichts Schlimmeres vorstellen als etwas, was an meinen Titten sabbert.« Sie schauderte.

»Babys sind …«

»Ich meine nicht Babys. Ich meine Barry.«

Ich lachte. Es fühlte sich laut und unnatürlich an, aber gut. Es fühlte sich gut an.

»Ich will keine Kinder«, sagte Tash geradeheraus und scherte sich nicht darum, deshalb verurteilt zu werden.

»Ich auch nicht mehr. Ich habe ja schon Archie, und er ist ein Sonnenschein, aber ich könnte das nicht noch einmal durchmachen.«

»Warum nicht? Ich verüble es dir nicht.«

Es war wohltuend, jemanden kennenzulernen, der keine Familie wollte. Die Mütter in Archies Kindergarten waren immer besessen von Abstillen und Töpfchentraining und dem perfekten Zeitpunkt, ein Geschwisterchen zu produzieren. Tash ... na ja, Tash war das einfach egal. Ob es der Alkohol war oder der Austausch von Vertraulichkeiten, jedenfalls platzte ich heraus: »Ich mache mir zu viele Sorgen, dass ihm etwas passieren könnte.«

»Ich glaube, darüber machen sich alle Mütter Sorgen, oder? Deshalb will ich mich auch nicht fortpflanzen. Ich bin zu egoistisch.«

»Die anderen machen sich nicht so viele Sorgen wie ich. Aber so ist das, wenn man schon einmal in einen Transporter geschmissen und entführt wurde. Das macht einen paranoid.« Meine Stimme klang fröhlich, berauscht vom Wodka, aber meine Hände schwitzten. Normalerweise erzählte ich das niemandem, aber Tash hatte etwas an sich, das ich nachahmen wollte. Ihre Direktheit. Ihre Furchtlosigkeit.

»Ja, hasst du es nicht auch, wenn das am Ende eines schönen Abends passiert? Ich schätze, das wird Janet heute mit Barry blühen. Welches Auto fährt er eigentlich?« Sie formte mit ihren Händen um den Mund einen Trichter. »Lauf, Janet, lauf!« Dann drehte sie sich zu mir, und das Lachen blieb ihr im Hals stecken, als sie mein Gesicht sah. »Verdammt! Das hast du doch nicht ernst gemeint, oder? Entführt?«

Ich nickte. Trank noch einen Schluck. In meinen Augen brannten Tränen. »Ich weiß nicht, warum ich das gesagt habe. Normalerweise erzähle ich es niemandem.«

»Na ja ... Nein ... Das ist nicht unbedingt ein Gesprächsöffner.«

»Du hast das wirklich nicht gewusst?«, fragte ich. Tash schüttelte den Kopf. »Dann kannst du nicht in dieser Gegend aufgewachsen sein. Ich bin das warnende Beispiel. Diejenige, die Eltern ausgraben, wenn sie ihre Kinder davon abhalten wollen, die Ausgangssperre zu brechen. Über die Stränge zu schlagen.«

»Nein, ich bin nicht von hier. Ich bin hierhergezogen, weil ich zu Hause raus wollte und in der Stadt die Mieten nicht bezahlen konnte. Wie auch immer …«

Ich wartete darauf, dass sie sagte, sie werde zur Toilette gehen, zum Tresen, sich unter die Leute mischen, aber stattdessen fragte sie mich: »Willst du darüber reden?«

»Nein.« Ich nahm wieder einen großen Schluck. »Ich war acht.«

»Mist«, war alles, was sie sagte, und das war wohltuend. Kein falsches Mitleid oder hohle Phrasen. Einfach … Mist. Und das fasste es ziemlich gut zusammen.

»Aber mehr kann ich dir nicht erzählen.«

»Natürlich. Das musst du auch nicht.« Tash hatte ihr Glas ausgetrunken und zog einen coolen Flachmann aus der Handtasche.

»Ich war mit meinen Schwestern zusammen. Es war meine Schuld, wirklich. Ich hatte das Gartentürchen nicht richtig zugemacht, und unser Hund rannte weg. Wir sind hinter ihm hergejagt, und dann waren da zwei Männer und …« Tief holte ich durch die Nase Luft.

»Der Transporter?«

»Der Transporter.«

»Mist.«

»Deshalb habe ich … Probleme.« Die Musik wechselte zu S Club 7. Mich geöffnet zu haben gab mir ein Gefühl der Leichtigkeit. Weckte den Wunsch, nach den Sternen zu greifen. »Wollen wir tanzen?«, fragte ich sie.

»Klar.« Tash stand auf und zog ihren unglaublich kurzen Rock hinunter. »Leah. Was du durchgemacht hast, das ist …«

»Scheiße?«

»Ja, aber …«

»Im Ernst, Tash. Nichts mehr darüber heute Abend.« Schon damals wusste ich, dass es andere Zeiten geben würde. Dass sie jemand werden würde, mit dem ich reden konnte. Eine Freundin.

»Gut. Aber vergiss nicht: Wie schlimm es auch immer gewesen ist – oder wird –, es könnte schlimmer sein.« Abrupt drehte sie den Kopf zu Barry, der in der Mitte der Tanzfläche mit den Armen ruderte wie ein Krake, der unter Strom gesetzt worden war.

»Ja. Immerhin bin ich nicht Janet«, sagte ich.

In den letzten drei Jahren habe ich mich mit Tash häufig außerhalb der Arbeit getroffen. Sie kennt auch Marie und Carly.

»Sie haben keine eigenen Familien?«, hat sie zuvor einmal gefragt.

»Nein. Es macht mich wirklich traurig, dass ich keine Tante bin«, gestand ich. »Aber ich glaube, der Stress hätte mich verrückt gemacht, wenn Marie oder Carly schwanger geworden wäre. Der Gedanke, dass sie ins Krankenhaus gehen und sich dem Risiko aussetzen würden. Ganz zu schweigen von der unendlichen Sorge, die mich bei dem Gedanken überkommen hätte, ein weiteres Leben beschützen zu müssen.«

»Das macht dich wirklich krank, oder? Die Sorge.« Sie verstand, dass ich Sorge anders erlebte als andere Menschen. Meine Ängste sind erdrückend. Früher haben sie mich gebrochen. Wenn George nicht gewesen wäre …

Wir reden stundenlang, oft bei mir zu Hause, weil ihre Wohnung winzig und kalt ist. Tash und George verstehen sich gut, obwohl er im Allgemeinen nach dem Abendessen verschwindet, »damit ihr Mädels in Ruhe quatschen könnt«. Aber in den letzten Wochen ist sie nicht vorbeigekommen.

Ich vermisse sie.

Ich setze mich an meinen Schreibtisch, besprühe die Tischplatte mit antibakteriellem Reiniger und wische sie langsam ab, bevor ich das Telefon sauber mache, obwohl es niemand benutzt außer mir. Als ich damit fertig bin, gehe ich durchs Zimmer zum Abfalleimer und werfe den Lappen hinein. Durch die Tür kann ich in den Empfangsbereich schauen. George ist immer noch da, steht dicht an Tash gedrängt neben der Tür. Sie flüstern miteinander und haben den gleichen gehetzten Gesichtsausdruck, als stünden sie vor einem Spiegel und nicht voreinander.

Zögernd mache ich einen Schritt in ihre Richtung. Seltsamerweise fühlt es sich an, als würde ich mich einmischen, obwohl ich weiß, dass sie mit gedämpften Stimmen über mich reden.

»Wir können es ihr nicht sagen. Noch nicht«, sagt George. »Sie ist zu instabil.«

»Es ist so schwer, Geheimnisse zu bewahren – ich fühle mich wie ein totales Miststück«, gesteht Tash.

»Das bist du keineswegs.« Kurz legt George ihr seine Hand auf die Wange.

»Wenn wir nicht vorsichtig sind, findet sie es heraus«, meint Tash.

Ich eile zu meinem Schreibtisch zurück, und mir ist schlecht. Wieder dröhnen PC Godleys Worte in meinem Kopf: *Was die Ärzte Ihnen geraten haben.* Planen sie ein Eingreifen für den Fall, dass ich rückfällig werde? Die Frage, zu wem sie mich scheuchen und wohin sie mich bringen könnten, ist furchterregend.

Als meine beste Freundin ins Zimmer zurückkommt und ihren Platz mir gegenüber einnimmt, drehe ich mein Gesicht zur Wand, um ihren Fragen auszuweichen. Somit stelle ich auch selbst keine.

Kapitel 19

Carly – Damals

Der nächste Morgen brach an. Die Mädchen waren eine ganze Nacht eingesperrt gewesen. Durch das Fenster sah Carly, wie die Dämmerung mit ihren pink- und orangefarbenen Fingern über den Himmel strich. Ihr war nie bewusst gewesen, wie schön die Welt war. Sie fragte sich, ob sie sie je wieder würde genießen können. Tränen traten ihr in die Augen. Sie wischte sie nicht fort, wollte die Zwillinge nicht stören, die immer noch schliefen. Es brach ihr das Herz, als sie in ihre blassen Gesichter schaute. Auf ihre kleinen Hände, auf denen dunkelviolette Blutergüsse die Haut verunstalteten. In Carlys eigenen Händen pochte der Schmerz vom Schlagen gegen die Tür. Ihr brummte der Kopf, und das Zahnfleisch tat weh, wo sie sich einen Zahn ausgeschlagen hatte. Ihre Knie waren wund, der Schnitt auf der Wange blutig. Jeder einzelne Muskel in ihrem Körper war so hart wie einer von Brunos Knochen. Die Zwillinge hatten den meisten Platz auf der Matratze eingenommen, und die ganze Nacht hatte Carly am Rand balanciert und immer Angst gehabt, sie könnte auf den harten, dreckigen Boden fallen. Die Decke war auch nicht groß genug gewesen, dass sie alle darunter Platz gehabt hätten. Carly hatte sie um die Schultern der

Zwillinge geschlungen und selbst zitternd dagelegen – nicht nur vor Kälte, sondern auch vor panischer Angst.

Was würden sie tun?

Denk nach.

Die Sonne stieg höher, drang durch die Gitterstäbe und malte Streifen auf den tristen Boden, als sie die Pastellfarben durchbrach und den Himmel kornblumenblau färbte. Der Clown auf der Tür grinste.

»Ich hasse scheiß Clowns«, murmelte Carly.

»Du hast das böse Wort gesagt«, flüsterte Leah.

»Ich hasse den scheiß Clown auch«, sagte Marie.

»Ich wusste nicht, dass ihr beide wach seid.« Carly schämte sich. Sie dachte bereits, dass ihr die Schuld daran gegeben werden würde, die Zwillinge in dieses Schlamassel hineingezogen zu haben. Wenn sie aber mit acht Jahren anfingen zu fluchen, würde sie in noch größeren Schwierigkeiten stecken. Carly stand auf und ging steifbeinig im Raum herum. Immer wieder. Zehn Schritte, Drehung, sechs Schritte, Drehung.

Denk nach.

Panik erfasste Carly, als sie die stickige Luft einatmete. Sie konnten hier nicht noch einen weiteren Tag bleiben. Eine weitere Nacht.

Zehn Schritte, Drehung. Sechs Schritte, Drehung.

Lasst-uns-raus. Lasst-uns-raus. Lasst-uns-raus.

Die Worte waren in Carlys Kopf, in ihrem Mund, in diesem Raum.

»Lasst uns raus! Lasst uns raus! Lasst uns raus!«, schrie sie, als sie auf die Tür zulief. Alle drei Schwestern begannen, gegen die Tür zu schlagen, um wieder freizukommen. Schrien. Hämmerten mit den Fäusten auf das Gesicht des Clowns. Auf seine Nase. Seinen Mund. Seine Augen.

Es dauerte nicht lange, bis sie müde wurden. Schwach vom Mangel an Essen. Von den Wogen Adrenalins, das durch ihre Venen rauschte, bevor es wieder abebbte.

»Mein Bauch tut weh.« Leah schlich zurück zur Matratze.

»Meiner auch.« Marie gesellte sich zu ihrer Zwillingsschwester.

»Das ist, weil wir Hunger haben.« Carly ging träge hinüber zum Pappkarton. Chips und Cola zum Frühstück. Sie hatten nicht mehr viel zu essen. Sicherlich würden die Männer heute zurückkommen. Der Gedanke war gleichermaßen erschreckend und beruhigend. Carly war sich sicher, dass sie herausfinden würden, weshalb sie entführt worden waren, aber wollte sie das wirklich wissen? Schnauzbart hatte eine Grausamkeit an sich, die sie spürte. Er war wie Stephen in der Schule, der die jüngeren Kinder drangsalierte und ihnen das Pausenbrot sowie ihr Marken-Sportzeug weggenommen hatte. Ihnen aus Spaß in den Bauch trat. Stephens Freunde hingen mit ihm ab, weil sie eingeschüchtert waren. War Doc deshalb mit Schnauzbart zusammen? Ihrer Meinung nach hatte er eine liebenswürdige Seite. Die kuschelige Decke, der Teddybär mit dem flauschigen Fell und dem rundlichen Bäuchlein, das ihn laut Leah »total knuddelig« machte.

Wenn Doc alleine käme, hätten sie eventuell eine Chance. Dann könnte sie ihn vielleicht dazu überreden, sie gehen zu lassen. Carly hatte beobachtet, wie ihre Mum ihren Dad mit den richtigen Worten und einem Lächeln dazu überredete, Dinge zu tun, die er eigentlich nicht tun wollte. »Du wickelst mich um den kleinen Finger«, sagte er immer. Würde das Carly bei Doc auch gelingen?

Wenn er ohne Schnauzbart käme.

Wenn.

Wenn.

Wenn.

In der Zwischenzeit suchte Carly wieder den Raum ab. Sie saßen fest. Waren gefangen. Erneut überkam sie Panik und nahm ihr den Atem. Hier gab es nicht genug Luft. Sie *mussten* raus. Ihre Füße kribbelten, als sie im Raum herumstapfte und jeden Millimeter der Wand zum x-ten Mal absuchte. Mit ihren Händen über die kalte, schmierige Oberfläche fuhr, nach irgendetwas unter dem Graffito tastete. Einem verborgenen Ausgang. Einem losen Backstein.

Irgendetwas.

Doch da war nichts. Carly starrte hinauf zur Decke, bis ihr der Nacken wehtat. Warum war da keine Luke, kein Lüftungsschacht?

Irgendetwas.

»Ich muss Pipi, Carly«, sagte Leah mit leiser Stimme.

Carly nickte zur Ecke, wandte den Blick ab und war ungerechterweise sauer auf Leah. Der Gestank im Raum war bereits unerträglich.

Sie bekam keine Luft mehr.

Zehn Schritte, Drehung. Sechs Schritte, Drehung. Ein Löwe im Käfig.

Warten.

Warten.

Warten.

Die Zeit verging quälend langsam. Zwischendurch verteilte Carly sparsam Süßigkeiten. Sie hatten kaum noch etwas zu essen übrig und nur noch eine Dose Cola, die sie teilten.

»Nur kleine Schlucke«, warnte Carly. Obwohl sich ihr Magen vor quälendem Hunger verkrampfte, wusste sie, dass sie Tage ohne Essen überleben konnten, aber nicht ohne Flüssigkeit. Erst zum zweiten Mal an diesem Tag musste sie Pipi machen, und ihr Urin stank – sie dehydrierte.

Carly zog ihren Schlüpfer hoch, drehte sich um und sah die verräterische Ausbuchtung eines Bonbons in Maries Wange. »Herrgott noch mal! Ich hab euch doch gesagt, ihr sollt keine mehr nehmen.«

»Ich habe Hunger«, jammerte Marie.

»Wir haben alle Hunger. Hast du auch eins *gestohlen*, Leah?« Carly stieß das Wort »gestohlen« aus, als wäre es das

Schlimmste, was man tun konnte, und sie dachte, dass es das vielleicht auch war. Nicht Süßigkeiten, aber Kinder.

Leah schüttelte den Kopf, und Carly glaubte ihr. Sie war diejenige, die die Regeln immer befolgte und entsetzt gewesen war, als sie Carly dabei erwischt hatte, wie die Mums Unterschrift auf Entschuldigungen fälschte, um vom Sportunterricht befreit zu werden.

Carly gab Leah ein Bonbon, denn das war nur gerecht. Sie zögerte, bevor sie sich selbst das letzte nahm, das violette Papier abwickelte und sich die harte Hülle, die im Mund flüssig werden würde, auf die Zunge legte. »Gott, ich habe die Bonbons so satt und würde alles für einen Big Mac geben.«

»Ooh, Carly. Du musst dein Geschmacksspektrum erweitern.« Marie imitierte ihren Vater perfekt, und Carly nahm die Chance auf einen Moment der Unbeschwertheit wahr.

»Erinnerst ihr euch daran, wie Dad auf den Malediven für mich Jakobsmuscheln bestellt hat, und ich dachte, das obendrauf sei eine Beere, aber es war Kaviar?« Sie verzog das Gesicht.

»Fischeier!«, kreischte Marie. »Du hast echte Eier von einem echten Fisch gegessen!«

»Du hast gut reden. Und was war mit den Froschschenkeln, die du in Cannes gegessen hast?«

»Die mochte ich.« Marie rieb sich den Bauch. »Sie haben wie Hühnchen geschmeckt. Wünschst du dir nicht, du hättest sie probiert, Carly?«

Seitdem ihre Mutter ihren Stiefvater geheiratet hatte, waren Urlaube in feuchten gemieteten Wohnwagen und Chicken Nuggets zum Abendessen durch Reisen nach Monaco und Wildbraten ersetzt worden. Carly war froh, dass ihre Mutter glücklich und ihr neuer Vater so großzügig war – sie hatte ihren biologischen Vater nie kennengelernt, aber obwohl ihr Stiefvater Carly genauso behandelte wie seine leiblichen Töchter, vermisste sie manchmal die alten Zeiten. Sie war noch klein gewesen, aber sie erinnerte sich daran, wie Mum und sie vor dem Fernseher gesessen und »Die Simpsons« geschaut hatten, während sie ihr Abendbrot mit den Fingern aßen. Nur sie beide. Ihre Mutter hatte nie etwas gesagt, aber Carly glaubte, dass sie diese Zeiten auch vermisste. Manchmal, wenn ihr Stiefvater weg war und die Zwillinge im Bett, zwinkerte sie Carly zu und kramte einen Beutel Chicken Nuggets und Pommes frites hervor, die sie auf dem Boden der Gefriertruhe versteckt hatte. Sie schüttete beides auf ein Backblech, und während es im Backofen briet, holte Carly die ganz hinten im Kühlschrank versteckte Flasche Ketchup hervor und drückte etwas davon in Schälchen. Dann kuschelten sie sich aufs Sofa, tauchten ihre Pommes in die rote Soße, und manchmal dachte Carly, dass sie an diesen Abenden am glücklichsten war. Es war nicht so, dass sie ihre Schwestern nicht liebte, denn das tat sie, aber dieses Ritual gehörte nur ihr und Mum. Fernsehen und ungesundes Essen im Schlafanzug. Das gefiel ihr besser, als sich in Schale zu werfen und die winzigen Mahlzeiten zu essen, die sie in Restaurants mit einem Michelin-Stern bekam. Die Zwillinge mochten all die ausgefallenen Speisen, aber sie wuchsen auch damit auf. Sogar in ihrem zarten Alter hielten sie ein Fünfgängemenü ohne herumzuzappeln durch und benutzten immer das richtige Besteck.

»Carly!« Marie stieß sie an, und Carly merkte, dass sie nicht geantwortet hatte. »Ich habe gefragt, ob du dir nicht wünschen würdest, Froschschenkel probiert zu haben. Sie schmecken wie Hühnchen.«

»Ich sage dir, was wie Hühnchen schmeckt«, gab Carly zurück.

»Was?«

»Du!« Carly stürzte sich auf ihre Schwester, zog Maries Arm zum Mund und tat so, als würde sie darauf herumkauen wie Bruno auf einem quietschenden Spielzeug. Leah kreischte und stürzte sich auf Carly, zerrte an ihr, bis Carly ihre Aufmerksamkeit Leah zuwandte.

Sie kitzelte sie, bis Leah vor Lachen schrie, dieses Geräusch von der Wand widerhallte und laut und schrill in ihre Ohren drang.

»Du schmeckst wie Kacka!«, rief Marie mit einem boshaften Funkeln in den Augen Carly zu. Sie sprang auf, und Carly spielte mit und jagte sie im Raum herum, verteilte ihre Aufmerksamkeit auf beide, schlug nach ihnen, traf jedoch absichtlich keine.

»Stopp!« Carly hielt die Hand hoch, doch Marie stürzte sich auf Carlys Beine, war immer noch ins Spiel vertieft.

»Schh.« Carly war todernst. »Hört ihr das?«

Ein Motor.

Eine Tür, die zugeschlagen wurde.

Schritte.

Jemand kam.

O Gott. *Jemand* kam.

War es Hilfe oder waren *sie* es?

Erfolglos schaute Carly sich nach einem Versteck für die Mädchen um. Warum hatten sie über verfluchtes Essen geredet, wenn sie aus dem Müll und der Matratze eine Barrikade hätten bauen können. Etwas, was sie vor unmittelbaren Blicken hätte schützen können. Im Geiste sah Carly Schnauzbart auf einer Seite ihres Verstecks herumschleichen, während sie am anderen Ende herauskrochen und durch die offene Tür rannten …

»Carly, ich hab A…«

»Schh.«

Draußen eine Stimme, kaum zu verstehen.

Carly spürte die Angst wie Nadeln in ihrer Haut.

Das *Stampf-Stampf-Stampfen* von Stiefeln auf Beton.

Ein gemurmeltes »Ich kümmere mich drum«.

Die beiden. *Sie* waren es.

Schreckliche Angst ergriff Carly, als sie hörte, wie sie immer näher kamen.

Und dann …

Das Geräusch von drei Riegeln, die aufgeschoben wurden.

142

KAPITEL 20

Leah – Jetzt

Archie und ich essen allein. George hat noch ein Meeting. Bin ich egoistisch, weil ich das TV-Interview nicht geben will? Das Geld würde bedeuten, dass George nicht die ganze Zeit unterwegs sein müsste, aber der Gedanke, mich vor Zuschauern für Geld zu entblößen, erscheint mir schäbig und schmutzig. Nicht viel besser als einer der Webcam-Kanäle, die Barry mit einer Hand in der Hose geschaut hatte, als er dachte, es sei keiner mehr im Büro, und von Tash erwischt worden war.

»Musst du heute Abend noch weg?«, hatte ich gefragt.

George zögerte. Ich konnte sehen, dass er hin- und hergerissen war.

»Tut mir leid.« Ich versuchte zu lächeln. »Du kannst natürlich gehen. Ich bin nur wegen Marie beunruhigt und …«

»Marie geht's sicher gut. Es ist ja nicht so, als wäre sie nicht schon vorher immer mal verschwunden. Sie weiß sich zu helfen. Bitte mach dir keine Sorgen um sie, Leah.« Er strich mit seinen Lippen über meine. »Hast du schon einen Termin mit Francesca vereinbart?«

»Nein. Aber das werde ich. Ich weiß, ich bin wieder nicht … einfach. Aber es ist auch keine einfache Zeit.«

»Ich weiß.« Er zog seine Jacke an. »Ich bemühe mich, dass es nicht so spät wird.«

Nachdem ich Archie gebadet und ins Bett gebracht habe, sitze ich auf dem Flur vor seinem Zimmer. Den Rücken gegen die kalte Wand gelehnt, höre ich ihn mit seinen Stofftieren reden. Er erzählt ihnen, dass er bald Geburtstag hat und dann fünf wird.

»Ich bin dann fast erwachsen, aber ich knuddele euch trotzdem noch«, sagt er.

Einsamkeit überkommt mich bei dem Gedanken daran, dass mein Baby wächst und sich eines Tages davonmachen wird. Im nächsten September wird Archie in die Schule kommen, und das scheint nur einen Schritt davon entfernt zu sein, dass er sein Zuhause verlässt. Ich gehe nach unten. Im Wohnzimmer ist es zu still, und deshalb setze ich mich mit einem Kaffee in die Küche, in der das leise Brummen des Kühlschranks so etwas wie Gesellschaft bietet. Ich bin nervös. Das ist normal, doch ich weiß, dass mehr an meiner inneren Unruhe schuld ist als die Angst vor dem Jahrestag.

Marie.

Wieder versuche ich es auf ihrem Handy. Wieder hinterlasse ich eine Nachricht.

Wo ist sie? Irgendetwas stimmt nicht.

Ich rufe Tash an, möchte alles mit jemandem durchsprechen, der neutral ist. Carly ist im Moment so emotional wie ich.

Tash geht nicht ans Telefon.

Ich muss versuchen, Marie zu finden.

Mit meiner Tasse Kaffee gehe ich in Georges Büro. Sein Computer leuchtet auf, als ich die Maus bewege, und Google ist bereits geladen. Ich öffne einen neuen Tab und suche nach Theatern. In den nächsten Stunden telefoniere ich herum, frage in den entsprechenden Häusern nach, ob bei ihnen in den kommenden sechs Wochen eine Produktion läuft. Ob sie von einer

Schauspielerin wissen, die sich den Knöchel gebrochen hat. Ob sie von Marie gehört haben.

Als ich erfolglos bin, versuche ich es als Nächstes bei Ensembles, und obwohl ich ein paar Leute erreiche, die Marie kennen und mit ihr in der Vergangenheit zusammengearbeitet haben, weiß keiner von ihnen, wo sie im Moment ist.

Die Polizei glaubt zwar, dass sie auf Tournee gegangen ist, ich bin jedoch nicht davon überzeugt. Es gibt einen Ort, an dem ich Antworten bekommen könnte. Der Gedanke hinterlässt ein ziehendes Gefühl in meinem Magen, aber morgen muss ich es versuchen, egal, wie viel Angst ich davor habe.

Es ist spät. Meine Augen brennen. Ich schließe die Webseite und beschließe, den Computer ganz auszustellen. Es ist nach elf, und George wird heute nicht mehr arbeiten. Einen nach dem anderen schließe ich die Tabs, bis ich über etwas stolpere, was mich bis ins Mark erschüttert.

George.

Warum hat er *darüber* recherchiert?

In meinem Hals bildet sich ein Kloß. Ich strecke die Hand aus und berühre den Bildschirm leicht mit zwei Fingern, als würde ich sein Gesicht anfassen.

Als würde ich fragen, weshalb er mich hintergeht.

KAPITEL 21

George – Jetzt

George hat Gewissensbisse. Er kann nicht schlafen. Leah lag schon im Bett, als er um halb zwölf leise und beschämt durch die Tür geschlichen kam. Neben ihm atmet sie langsam und gleichmäßig. Das ist nicht ihr gewöhnliches Schlafmuster. Kein Wimmern, kein Herumwälzen, und er fragt sich, ob sie den Schlaf nur vortäuscht.

Er fragt sich, ob alle etwas vortäuschen.

Heute Morgen, nachdem er Leah bei der Arbeit abgesetzt hatte und sie zuvor schamerfüllt vor den Polizisten gesessen hatte, die ihre Geschichte kannten, war er nach Hause gefahren und hatte gegoogelt. Die Ergebnisse mit schwerem Herzen gelesen. Er war so vertieft in die Dinge, die er herausgefunden hatte, dass er für sein nächstes Meeting zu spät dran war. Deshalb entschied er sich aus einer Laune heraus, es sausen zu lassen, und schaute stattdessen in Francescas Praxis vorbei. Saß in ihrem Wartezimmer, um sie zwischen zwei Terminen zu erwischen. Sie war überrascht, ihn zu sehen.

»Tut mir leid, aber es wird nur fünf Minuten dauern«, sagte er entschuldigend. »Es ist wichtig.«

Sie führte ihn in ihr Büro. Er setzte sich nicht.

»Ich glaube, ich sollte eine Vollmacht einklagen«, platzte er heraus.

Francesca sah schockiert aus. »Wie kommst du denn darauf?«

»Leah wird rückfällig. Sie sagte, sie werde einen Termin mit dir ausmachen, aber ich glaube, das hat sie nicht getan, oder?«, fragte George.

»Du weißt doch, dass ich Einzelheiten zu Patienten nicht preisgeben darf, George.«

»Aber würdest du mich unterstützen? Bereit sein zu bestätigen, dass Leahs geistige Fähigkeiten nachlassen?«

»Wie kann ich das bestätigen, wenn ich sie nicht einmal begutachtet habe?«

»Aber du kennst sie wirklich gut. Du kennst uns beide. Erinnerst du dich daran, was letztes Mal passiert ist?«

»Natürlich. Wer kann das schon vergessen, aber …«

»Es läuft wieder aufs Gleiche hinaus. Es tut mir leid, dass ich dich damit überfalle. Ich hab gerade erst darüber recherchiert und fuhr hier vorbei und … na ja. Ich will die Karten offen auf den Tisch legen. Ich habe Angst. Leah war schon einmal dicht davor, zwangseingewiesen zu werden, und wo wäre ich da geblieben, finanziell? Ich hätte die Arbeit einschränken müssen, um mich um Archie zu kümmern, und ich hätte keinen Zugriff auf Leahs Tantiemen oder ihr Konto gehabt. Ganz zu schweigen von der Tatsache, dass das Haus auf ihren Namen läuft.«

»Aber sie wurde nicht zwangseingewiesen«, sagte Francesca. »Wir haben den Grund für ihr Verhalten herausgefunden und …«

»Ich weiß.« George strich sich mit der Hand übers Kinn. »Aber ich beginne mich zu fragen, ob es nicht besser für sie gewesen wäre … Ob es nicht besser für sie sein könnte …«

»George, mir gefällt die Richtung nicht, in die dieses Gespräch geht. Ich kann nicht stillschweigend hinnehmen, dass du in Betracht ziehst, deine Frau in eine Anstalt einweisen zu lassen. Außerdem ist sie nicht mehr meine Patientin. Was du von mir verlangst ist unethisch und …«

»Tut mir leid … es ist einfach der Jahrestag.« George war heiß. Zu heiß. Er löste die Krawatte und öffnete den oberen Knopf seines Hemdes. »Ich denke an Archie, das ist alles.«

»Mein nächster Patient wartet«, sagte Francesca leise, und George schlich zurück zu seinem Auto.

Heute wird er nicht in den Schlaf finden. George schlägt auf sein Kissen. Leah murmelt etwas und dreht sich auf die Seite.

Er möchte sie wachrütteln. Sein Herz ausschütten.

»Es ist so schwer, Geheimnisse für sich zu behalten«, hatte Tash zuvor unter Tränen gesagt.

Er greift nach seinem Handy und schreibt ihr eine SMS.

Es ist auch für mich schwer.

Kapitel 22

Leah – Jetzt

Ich überlege aufzustehen und für Archie Frühstück zu machen, als er in unser Schlafzimmer gestürmt kommt und sich aufs Bett wirft. George geht ins Badezimmer. Das Geräusch, als er die Tür verriegelt, ähnelt dem Kratzen von Fingernägeln über eine Tafel. Ich weiß nicht, weshalb er neuerdings die Tür abschließt. Im Haus wohnen doch nur wir drei. Ich höre den Wasserstrahl der Dusche, das Gurgeln in den Rohren. Den leisen Tonfall seiner Stimme. Ich frage mich, mit wem er so früh telefoniert, denke aber nicht lange darüber nach, denn Archie fragt: »Mummy? Kann ich heute meine Feuerwehrautosocken anziehen? Ich mag den blauen Power Ranger am liebsten. Wann essen wir wieder grünen Wackelpudding?«

»Wann bekomme ich einen Gutenmorgenkuss?« Ich kitzele ihn, und er kreischt und tritt mit Schlafanzugbeinen um sich. Die Haare zerzaust vom Schlaf und von Träumen.

Meine Beine fühlen sich an wie Blei, als ich zur Tür gehe. Archie hat die Arme um meinen Hals geschlungen, und ich trage ihn wie ein Äffchen. Ich habe mich einen Großteil der Nacht hin und her gewälzt, während George neben mir das Gleiche tat. Fast bin ich entschlossen, heute nicht arbeiten zu gehen, aber als ich am Fuß der Treppe ankomme, liegt ein weiterer Umschlag auf der Fußmatte. Ich setze Archie ab. Er saust mit ausgebreiteten Armen in die Küche und imitiert das Geräusch eines Flugzeugs.

Ich fische den Brief von der Matte. Noch bevor ich ihn geöffnet habe, weiß ich, was darin steht.

Drei Tage.

Ich spähe hinter der Wohnzimmergardine hervor auf die Straße, aber sie ist leer. Düster. Der Morgenhimmel grau und wolkenverhangen. Plötzlich ist allein zu Hause der letzte Ort, an dem ich sein möchte. Ich möchte, dass Archie hinter dem verschlossenen Tor und der nur mit Zugangscode zu öffnenden Tür sicher im Kindergarten ist. Ich möchte in meinem Büro unter Leuten sein. Außerhalb dieser Sackgasse, außerhalb meines eigenen Kopfes.

Mein Handy klingelt – Carlys Foto leuchtet auf. Es wurde während eines Picknicks mit Archie im Park aufgenommen. Sie lächelt, während sie zuschaut, wie er gegen einen Ball tritt. Ihre Haut ist gebräunt. Es ist das einzige Mal, dass ihre blasse Narbe auf der Wange zu sehen ist – von dem Schnitt, den sie sich im Transporter zugezogen hat.

»Ich habe einen weiteren Brief bekommen«, sagt sie, sobald ich das Gespräch angenommen habe.

»Ich auch.«

»Was sollen wir tun?«

»Ich weiß nicht, was wir tun können. Wenn wir wieder zur Polizei gehen, werden sie sagen, es ist wieder irgendein Irrer oder ein Journalist.«

»Gehst du arbeiten?«

»Ja. Ist es okay für dich, Archie abzuholen?«

»Ja. Leah …« Ihre flachen Atemzüge wabern über die Leitung. Ihre tränenerstickte Stimme. »Wir müssen stark bleiben. Bald ist es vorbei.« Sie ist eine Million Meilen entfernt von dem Bild der lachenden Frau auf meinem Handy. Fast so, als würde mich das Schicksal auf grausame Weise einen flüchtigen Blick auf das Leben werfen lassen, das sie hätte haben können.

»Drei Tage«, sage ich grimmig, bevor ich auflege.

* * *

Tash sitzt bereits an ihrem Schreibtisch. Sobald ich mich auf meinem Stuhl niedergelassen habe, kommt sie zu mir. »Der Fotokopierer ist hinüber. Ich habe den Reparaturservice angerufen, und jemand kommt heute vorbei.«

»Gut.« Ich unterdrücke ein Gähnen.

»Und Janet hat sich krankgemeldet, deshalb gibt es keine Morgenzeitungen.« Lionel, mein Chef, lässt für seine Mitarbeiter immer noch eine Reihe von Zeitungen besorgen. Er hat noch nicht ganz begriffen, dass wir die neuesten Nachrichten online lesen können.

»Hast du noch einen Brief bekommen?« Sie hockt auf der Kante meines Schreibtisches. Ich mache mir im Geiste eine Notiz, die Stelle zu desinfizieren, wenn sie aufsteht.

»Woher weißt du von den Briefen?« Ich habe gestern nicht viel mit ihr gesprochen. Mit niemandem.

»George hat es mir gestern erzählt.«

»Was hat dir George noch erzählt?« Ich komme nicht umhin, sie anzublaffen, mich an das Gespräch zu erinnern, das ich belauscht hatte. An meinen Verdacht, er könne meine Zwangseinweisung wollen.

»Leah! George hat mich gebeten, ein Auge auf dich zu haben, das ist alles.«

»Tut mir leid.« Schnell reiße ich mich wieder zusammen. »Ich hätte dir von dem Brief erzählt, aber George glaubt, dass ein Journalist ihn geschickt haben muss, um die Sache

151

aufzuwühlen, aber wenn er mit dir gesprochen hat, dann muss er glauben, dass …«

»Er hat nicht den Eindruck gemacht, als würde er glauben, du seist in Gefahr.« Sie sagt vorher, was ich denke. »Es ist mehr, dass er sich Sorgen um dich macht. Das tun wir beide. Wir wissen, wie … angespannt du jedes Jahr um diese Zeit bist, und zwanzig Jahre sind eine große Sache.«

»Bald ist es vorbei«, sage ich.

»Drei Tage.«

Ich werfe ihr einen Blick zu. »Warum sagst du das?«

»Weil es nur noch drei Tage sind bis zum Jahrestag, oder?«

»O Gott, tut mir leid. Ja. Ich habe einen weiteren Brief bekommen, in dem ›drei Tage‹ steht. Das hat mich durcheinandergebracht, aber ich bin okay.« Ich zwinge mich zu einem flüchtigen angespannten Lächeln. »Sie werden bis zum Jahrestag kommen, nehme ich an.« Ich rede leise, will nicht, dass die anderen etwas mitbekommen. »Du hast doch niemandem von dem Brief erzählt, oder?«

»Natürlich nicht. Getratscht wird hier nur über Barry und Janet und die Zeit, die sie in der Büromaterialkammer verbringen. Du musst doch … Ich hab bemerkt …« Tash hebt die Hände und wackelt mit den Fingern.

»Ich habe Ekzeme.« Meine behandschuhten Hände lege ich außer Sichtweite unter dem Schreibtisch in den Schoß.

»Du brauchst mich nicht zu verarschen, Leah«, sagt sie.

»Ich weiß.« Dieses Mal kommt mein Lächeln ganz von selbst. »Lass uns nächste Woche ausgehen, wenn das alles vorüber ist.«

»Ich weiß nicht, ob ich mir das leisten kann.« Tash fummelt an einem Knopf herum. Nach einer kurzen Pause fragt sie: »Hast du dir schon überlegt, was du mit Lionels Angebot machst? Es ist nur, dass ich die zusätzlichen Stunden wirklich gebrauchen könnte, wenn du sie nicht haben willst.«

»Ich dachte, dir gefällt es, freitags freizuhaben?«

»Hat es auch. Tut es immer noch, aber im Moment könnte ich das zusätzliche Geld einfach gebrauchen.«

»Ist alles in Ordnung?« Sie sieht blass aus. Hat dunkle Ringe unter den Augen. Ich kann mich nicht erinnern, wann sie das letzte Mal zum Abendessen zu uns gekommen ist. Es ist nicht leicht, in diesem Großraumbüro zu reden.

»Mir geht's gut«, sagt sie.

»Okay. Hör mal, es tut mir leid, aber ich glaube, ich werde diese extra Stunden nehmen.« Ich fühle mich schrecklich, aber ich war vor ihr hier. »Georges Geschäft läuft nicht so gut und …«

»Ich dachte, du sahnst mit eurem Buch ab?« Sie sieht schockiert aus, als sie die Worte ausstößt. »Ich wollte nicht … O Gott, tut mir leid. Ich dachte, George wäre gestern gestresst gewesen, aber ich nahm an …«

»Du dachtest, es wäre nur meinetwegen?« Ich schüttele den Kopf. »Es ist wahrscheinlich eine Mischung aus allem.«

Mein Telefon klingelt. Es ist Lionel.

Ich nehme den Hörer ab und halte ihn etwas vom Kopf weg, passe auf, dass er mein Ohr und meinen Mund nicht berührt.

Nach einem kurzen Gespräch lege ich den Hörer dreimal zurück auf die Gabel, bis ich ihn dort liegen lasse. »Ich muss raus und ein paar Besorgungen machen.« Ich öffne meine Schublade und hole die Bankkarte der Firma heraus. »Brauchst du was, Tash?«

»Du könntest die Zeitungen mitbringen, wenn du schon unterwegs bist, und einen Marsriegel … zwei Marsriegel. Ich habe bereits meine Mittagsverpflegung gegessen, und es ist erst halb elf.«

Draußen bin ich nervös. Schaue ständig über meine Schulter und habe Angst, dass mir jemand folgt. Ich nehme mir ein paar Extraminuten, um im Kindergarten anzurufen und zu überprüfen, ob es Archie gut geht, bevor ich Carly anrufe und noch einmal frage, ob sie ihn auch abholt, obwohl sie mich noch nie im Stich gelassen hat.

Im Zeitschriftenladen hole ich ein paar Zeitungen und blättere sie durch, vergewissere mich, dass ich darin nicht erwähnt werde. Heute finde ich nichts, aber in drei Tagen wird das nicht mehr so sein.

Drei Tage.

»Dieses Jahr gibt es über euch drei Mädels noch keine Artikel«, sagt der ältere Mann hinter der Ladentheke, als ich bezahle. »Ich erinnere mich noch daran, dass ich es nicht geglaubt habe, als es passiert ist. Ich dachte, das hier sei ein sicherer Ort. Wer käme denn in unsere kleine Stadt und täte so etwas? Jetzt ist es überall. Terrorismus, Messerstechereien. Ich verkaufe die Zeitungen, aber an den meisten Tagen wünschte ich, ich könnte sie einfach verbrennen. Ich habe zu unserer Joan gesagt …«

»Ich muss gehen.« Ich raffe meine Einkäufe zusammen und eile aus dem Laden.

Zurück im Büro, verstaue ich die Bankkarte wieder in meiner Schublade und bringe die Zeitungen in den Aufenthaltsraum. Ich bemerke den Gestank bereits, bevor ich das Zimmer betrete.

Fett.

Salz und Essig.

Der Gedanke an Fisch und Pommes frites versetzt meinen Magen immer in Aufruhr. Ich kann nicht einmal an einer Frittenbude vorbeigehen. Mich packt die Wut. Wir haben eine Regelung bei der Arbeit, die besagt, dass hier keine warmen Speisen verzehrt werden dürfen. Ich will die Zeitungen auf den Tisch werfen, aber auf der Resopalplatte liegen noch die Reste eines Mittagessens. Die weiße Papiertüte hat ölige Flecken, und ein paar knusprige Teigreste befinden sich noch darin. Die Tüte liegt auf zerknitterten, vergilbten Zeitungsseiten. So wurden Pommes frites früher eingepackt. Ich will sie nicht berühren, aber ich kann sie auch nicht dort liegen lassen, wo Bakterien sich vermehren und Fliegen angezogen werden. Gerade will ich die Zeitung zerknüllen, als ich es sehe.

Das Foto.

Carly, Marie und ich an dem Tag, als wir das Polizeirevier verließen, nachdem wir tagelang vermisst worden waren. Mit angespannten und sorgenvollen Gesichtern versuchten unsere Eltern, uns vor den Fotografen abzuschirmen. »SINCLAIR-SCHWESTERN GEFUNDEN«. Ich habe das Gefühl, gleich in Ohnmacht zu fallen. Der berauschende Geruch der Pommes frites und der Sturm der Erinnerungen bewirken ein Schwindelgefühl, und ich zwinge mich, genauer hinzuschauen. Die Zeitung trägt das Datum von vor fast zwanzig Jahren. Unter dem ersten Blatt ist eine weitere Story. Erster Kidnapper tot aufgefunden, der zweite noch immer auf freiem Fuß.

Wer hat das getan?

Ich knülle alles zusammen und werfe es in den Abfalleimer.

Wer hat das getan?

Ich renne aus dem Aufenthaltsraum und gegen etwas Hartes, Unnachgiebiges.

Gegen jemanden.

Ich registriere den Werkzeugkoffer in seiner Hand, hebe den Blick und entdecke das Schildchen »Fotokopierer-Reparatur« auf seinem Arbeitsoverall. Und schließlich sein Gesicht.

Sein Gesicht.

Er hat mich gefunden. Ist gekommen, um mich zu holen. Ich wusste, dass das passieren würde, aber ich bin trotzdem völlig schockiert.

»Bitte …« Ich weiche zurück, halte die Hände hoch, um mich zu schützen. »Bitte …«, sage ich wieder, als er Schritte auf mich zu macht. Es schnürt mir die Kehle zu. Ich kann nichts mehr sagen. Kann nicht schreien. Stattdessen drehe ich mich um und laufe davon. Ich bin zurück in der Vergangenheit und renne, renne, renne um mein Leben.

Dummerweise laufe ich weiter in das Gebäude, weg von der Eingangstür. Meine Füße stampfen über den Juteteppich. Ich spüre meinen Körper nicht mehr richtig. Fühle mich, als würde ich schweben. Sollte ich stehen bleiben und die Polizei anrufen? Ich biege um eine Ecke und blicke verstohlen hinter mich. Er ist nicht zu sehen.

Doch das bedeutet nicht, dass er nicht mehr hinter mir her ist.

Zu meiner Linken befinden sich die Toiletten. Ich stürme durch die Tür der Damentoilette und bete, dass er nicht riskieren wird, mir hierher zu folgen.

Dieses Mal bin ich es, die den Riegel vor die Kabinentür schiebt.

KAPITEL 23

Carly – Damals

Sobald Carly hörte, wie die Riegel auf der anderen Seite der Tür zurückgeschoben wurden, zog sie die Zwillinge hinter sich und stand breitbeinig und mit kampfbereiten Händen da.

Die Tür blieb geschlossen. Der Clown lachte sie aus.

Denk nach.

»Ja, ich weiß.« Docs Stimme erklang wieder.

Pause.

Carly starrte auf den Clown. Ein Hassgefühl durchströmte ihren Körper.

»Ich sagte, dass ich mich drum kümmern werde«, knurrte Doc.

Stille.

Carly nahm an, er telefonierte. Schnauzbart war nicht bei ihm, aber um was hatte er versprochen, sich zu kümmern?

O Gott, sie hatte furchtbare Angst. Konnte sich kaum auf den Beinen halten.

Der Clown grinste sie ein letztes Mal an, bevor die Tür aufschwang und Doc hereinstolziert kam. Carly fragte sich, ob er ihr galoppierendes Herz hören konnte. Den sauren Gestank des Urins der Mädchen in der Ecke riechen konnte. Ihre Demütigung machte sie tapfer.

»Was wollen Sie?«, fragte sie ihn. Falls er gekommen war, um ihre Schwestern zu holen, würde sie eher sterben, als sie ihm zu überlassen.

»Ich bringe euch ein paar Sachen.« Er hielt eine weiße Plastiktüte hoch, bevor er sie abstellte.

»Ich meine nicht jetzt, sondern warum wir hier sind.«

»Da sind noch mehr von den Chips drin und …«

»Wir *wollen* keine verdammten Chips.« Carly war wütend. »Wir wollen nach Hause. Wir wollen richtiges Essen. Wir haben Hunger. Auf ein warmes Essen. Die Mädchen sind erst acht.«

»Meine Lehrerin hat gesagt, dass wir Vitamine und Mineralien brauchen, um zu wachsen«, meldete Marie sich zu Wort.

»LASSEN SIE UNS RAUS!« Die Worte schossen wie Raketen durch Carlys Kehle und hinterließen ein brennendes Gefühl. Doc machte kehrt, um zu gehen.

»Du wickelst mich um den kleinen Finger«, hatte ihr Stiefvater zu ihrer Mum gesagt. Also versuchte es Carly auf andere Weise.

»Bitte. Ich weiß …«, begann sie in sanftem Tonfall. Wartete, bis Doc sich wieder zu ihr umdrehte, bevor sie weitersprach. »Ich weiß, dass Sie ein guter Mensch sind. Das sehe ich. Sie wollen uns nicht wehtun.« Es kostete Carly enorme Mühe zu lächeln. »Meine Eltern haben Geld. Viel Geld …«

»Ich kann euch nicht gehen lassen …«

»Aber wir sind Kinder.« Carly sprach weiter mit sanfter Stimme. »Sie wollen doch Kindern keine Angst einjagen, oder? Das sehe ich …«

»Hört mal. Ihr braucht keine Angst zu haben. Alles wird gut. Ich verspreche es. Und ich schaue mal, ob ich was Ordentliches zu essen besorgen kann.«

Er wurde nachgiebiger. Sie hatte das bei ihrem Dad gesehen, bevor ihre Mum ihm einen letzten Schubs in die Richtung gab, in der sie ihn haben wollte.

»Wir werden es niemandem sagen, wenn Sie uns gehen lassen. Sie sind nett. Ich sehe das.« Ein weiteres erzwungenes Lächeln. »Sie sind nicht so wie der andere schreckliche Mann …«

Blitzschnell verließ Doc den Raum und schlug die Tür hinter sich zu.

»Nein!«, schrie Carly und stürzte so schnell sie konnte in Richtung Tür. »Bleiben Sie hier!«

Doch das tat er nicht.

»Kommen Sie zurück! Kommen Sie zurück!« Die Mädchen schrien und hämmerten gegen die Tür, bis Carly merkte, dass die Haut an ihren Händen riss und Blut über Handgelenke und Unterarme rann.

»Hört auf«, wies sie die Mädchen an. »Er kommt nicht zurück.« Sie fühlte sich merkwürdig benommen, konnte nicht verstehen, dass sie einen Erwachsenen um Hilfe gebeten hatte und er einfach gegangen war. Da sie nicht wusste, was sie tun sollte, schaute sie in die Tüte, die er dagelassen hatte.

Wieder Chips, Tüten mit Bonbons, Cherry Cola. Sogar Marie, die ein besonderes Faible für Brause und Knabberzeug hatte, schüttelte den Kopf.

»Gibt es kein Wasser?«, jammerte sie. Zu Hause brachte Mum Marie nie dazu, Wasser zu trinken. Sie war besessen von süßem Getränkesirup und frischen Säften. Limo.

»Nein«, sagte Carly. »Ich werde ihn bitten, ein paar Flaschen mitzubringen, wenn er das nächste Mal kommt.«

»Und was, wenn er nie wieder zurückkommt?«, fragte Leah.

Carly gab ihr eine Tüte Chips.

Stunden vergingen.

»Ich sagte, ich werde mich darum kümmern«, hatte Doc gesagt.

Worum?

Um ihr Lösegeld? Um Vorkehrungen, sie zu verkaufen?

Worum?

Um sie umzubringen? Würde er ... Nein! Diesen Gedanken würde sie nicht zulassen. Dean Malden sollte der erste Junge sein, der sie anfasste, und die Mädchen waren Babys.

Worum? Worum? Worum?

Sie wälzte Theorien, während der Clown sie auslachte.

Ich weiß, sagte er. Ich weiß, was mit euch geschieht.

Carly war erschöpft vom Nachdenken. Von ihren Gefühlen.

Lethargisch trottete sie im Raum herum. Zu ruhelos, um sich hinzusetzen. Zu erschöpft, um an den Stäben vor dem Fenster zu rütteln. Zu schwach, um sich am Türgriff zu schaffen zu machen.

Zu müde, um zu schreien.

Zu rufen.

Zu weinen.

»Sollen wir ein bisschen tanzen?«, fragte Marie. Carly schämte sich. Sie hätte eigentlich diejenige sein sollen, die versuchte, die Stimmung zu heben.

»Ich bin zu hungrig, um zu tanzen.« Leah lutschte am Daumen.

»Wie wäre es mit ... mit: ›Ich sehe was, was du nicht siehst‹« Carly ließ den Blick im Raum herumwandern. *Und das beginnt mit G wie Gefängnis.* »Oder ...«

»Ich erzähle euch eine Geschichte.« Marie klopfte auf die Matratze zwischen sich und Leah. Carly folgte und legte sich auf dem ihr zugewiesenen Platz auf den Rücken. Die Zwillinge schmiegten sich an sie.

»Es waren einmal«, begann Marie in einer Tonlage, die sie bei Schulaufführungen anschlug, »drei Schwestern, die sich in furchtbarer Gefahr befanden. Sie …«

»Die drei Schwestern sind wir, oder?«, fragte Leah.

»Sage ich nicht. Wenn du mich weiter unterbrichst, höre ich auf.«

»Entschuldigung.«

»Jedenfalls standen sie zwei Drachen gegenüber und hätten eigentlich wegrennen können, aber sie wussten, dass sie ihre Familie stolz machen mussten, und deshalb waren sie tapfer und …«

Das Tageslicht schwand, und der Schlaf streckte seine Finger nach Carly aus, doch sie stieß ihn immer wieder fort, hörte nur Bruchstücke von Maries Ruhmesmärchen, in dem sich die Mädchen irgendwie in Prinzessinnen verwandelten und Tapferkeitsmedaillen bekamen. Irgendwann wurde Maries Stimme leiser, ihre Atmung tiefer, bis sie schließlich alle schliefen.

Carly war desorientiert, als sie im Halbdunkel aufwachte, und unsicher, ob es noch derselbe Tag war. Obwohl sich ihre Arme taub anfühlten, lag sie still da, weil sie die Mädchen nicht wecken wollte, die neben ihr lagen und ihre Schultern als Kissen benutzten. Sie schaute aus dem Fenster, bis sie sich sicher war, dass die Sonne auf- und nicht unterging.

Sie waren eine weitere Nacht hier gewesen.

Melancholie erfasste sie und bildete einen dicken Kloß in ihrem Hals. Und wenn sie tatsächlich für immer hier waren? Es gab keinen Prinzen, der auf einem weißen Streitross angeritten kam, um sie zu befreien, aber es musste Leute geben, die nach ihnen suchten. Ihre Eltern. Die Polizei. Vielleicht sogar Dean Malden. Warum brauchten sie so lange, um sie zu finden?

Eine Träne lief Carly über die Wange. Sie drehte den Kopf zur Seite, und dann sah sie ihn neben der Tür.

Einen blauen Einkaufsbeutel.

Der hatte vorher definitiv noch nicht da gestanden.

Jemand war im Raum gewesen. Der Gedanke, dass die Männer vor ihnen gestanden haben könnten, während sie tief und erschöpft geschlafen hatten, war gruselig. Sie hätte aufwachen und einer der Zwillinge weg sein können. Beide vielleicht sogar.

Warum hatte sie den Müll nicht dazu verwendet, eine Art Frühwarnsystem vor dem Eingang zu bauen, damit jeder, der den Raum betrat, es auslöste und die Mädchen warnte. Sie musste das vor heute Abend machen und hatte sich bereits damit abgefunden, dass sie hier nicht rauskamen.

Carly versuchte, ein bisschen Hoffnung zu schöpfen, aber sie fühlte sich merkwürdig losgelöst, als wäre das alles hier ein sonderbarer Traum und sie würde sich selbst von hoch oben dabei zuschauen, wie sie auf den Beutel starrte, während der Clown auf sie starrte.

Sie war so durstig.

Vielleicht war Wasser im Beutel.

Langsam löste sie sich von den Mädchen, kroch hinüber zur Tür. Sie griff in den Beutel und zog ein fest eingewickeltes Paket heraus, durch dessen weißes Papier Fettflecken zu sehen waren. Ein schwacher Geruch, den sie kannte.

»Pommes frites?« Fragend schaute sie den Clown an. Er antwortete nicht. Ihr Mund war so ausgetrocknet, dass ihr die Zunge am Gaumen klebte. Vielleicht hatte er sie nicht gehört? »Pommes frites?«, fragte sie noch einmal und wickelte vorsichtig das Papier ab, starrte verwirrt auf die Kartoffelstäbchen, bis sie vor ihren Augen tanzten. Sie schob sich eines in den Mund.

Kalt.

Fettig.

Köstlich.

»Mädchen! Wacht auf.« Carly war wie im Rausch, als sie den Rest des Essens auspackte; eine Bratwurst, ein großes Stück panierter Kabeljau, eine Pastete. Die Zwillinge stolperten zu ihr herüber und rieben sich den Schlaf aus den Augen. Sie trugen ihr Frühstück nicht hinüber zur Matratze und redeten nicht. Stattdessen hockten sie sich in den Staub und den Schutt und die Glasscherben und schaufelten sich mit beiden Händen Essen in den Mund. Ängstlich schauten sie sich um, während sie kauten, und erwarteten fast, dass jemand hereinplatzte und ihnen das Frühstück wegnahm.

Nach dem Essen döste Carly wieder und erwachte vom Geräusch der weinenden Marie.

»Mir geht's nicht gut.« Sie spreizte die Hände auf ihrem prallen Bauch.

»Das wird schon wieder.« Carly gähnte und strich beruhigend mit den Fingerspitzen über die heiße Stirn und den feuchten Pony ihrer Schwester.

Obwohl ihre Haut schweißbedeckt war, zitterte Marie. Carly deckte sie zu und wünschte, sie hätte eine Flasche Wasser. Plötzlich begann Marie, sich heftig zu übergeben, und das Erbrochene landete auf der Decke, der Matratze und auf Marie selbst. Immer wieder würgte sie.

»Schon gut.« Carly schaute sich nach etwas um, mit dem sie die Schweinerei aufwischen konnte, aber alles Saugfähige hatten sie bereits in ihrer notdürftigen Toilettenecke verbraucht. »Es ist vielleicht derselbe Bazillus, der dich mit Bauchschmerzen von der Schule ferngehalten hat.«

»Das glaube ich nicht.« Marie schüttelte den Kopf.

»Na ja, vielleicht hast du zu schnell gegessen. Das geht vorbei.«

»Vielleicht war das Essen vergiftet«, flüsterte Leah.

»Das war nicht vergiftet!«, fauchte Carly.

»Woher willst du das wissen? Marie war die Einzige, die Bratwurst gegessen hat.«

»Die war auf keinen Fall vergiftet.« Carly versuchte, ihre Stimme weder zweifelnd noch sorgenvoll klingen zu lassen, und warf einen hektischen Blick auf den Clown. Auf das Graffito an der Wand.

Ihr werdet sterben.

»Carly …« Marie weinte nicht oft.

»Schh. Das Essen war in Ordnung. Alles Mögliche kann dich krank gemacht haben. Dein Bauch verkraftet vielleicht nicht so viel ungewohntes Essen.« Carly hatte auch gespürt, wie sich ihr Magen bei der Mahlzeit verkrampfte. »Und dann haben wir mit schmutzigen Fingern gegessen.«

»Das sind die Keime.« Leah schaute sich ängstlich um. »Du hast gesagt, die Keime würden uns krank machen. Du hast gesagt, die Keime könnten uns *umbringen*.« Hektisch rieb sie ihre Hände am Rock ab, als würde sie eine Armee unsichtbarer Insekten entfernen.

»Ist schon in Ordnung. Marie geht's bald wieder gut. Ihr ist nur ein bisschen schlecht. Erzähl Leah doch etwas von den Dingen, die du dir immer merkst, Marie.« Marie behielt Bruchstücke unnützer Informationen. Wenn sie sich so daran erinnerte wie zu Hause, dann würde sie sich besser fühlen und Leahs Stimmung heben. Da war sich Carly sicher. Sie wartete darauf, dass Marie etwas sagte.

Kängurus können nicht rückwärts hüpfen.
Man furzt im Durchschnitt vierzehnmal am Tag.
Die Milch von Flusspferden ist rosa.

Doch das tat sie nicht. Carly durchforstete ihr Gedächtnis nach etwas, was sie zum Besten geben konnte.

»He! Wusstet ihr, dass Fingernägel schneller wachsen, wenn es kalt ist?« Manchmal lackierte Carly die Nägel der Zwillinge in einem pudrigen Rosa.

»Dann werden unsere Nägel hier richtig, richtig lang.« Leah zog die Knie an die Brust. »Wenn uns keiner findet, werden unsere Nägel den ganzen Raum einnehmen.«

Carly wusste, dass sie das Falsche gesagt hatte. »Aber sie wären gut, um in der Nase zu bohren!« Sie wartete darauf, dass einer der Zwillinge etwas Grausiges sagte, wie zum Beispiel, dass man aus Versehen sein Gehirn aufspießen und durch die Nasenlöcher herausziehen könnte, aber das taten sie nicht.

Carly verfiel in Schweigen und benutzte die Decke, um so gut es ging das Erbrochene aufzuwischen, aber die Matratze war in einem schlimmen Zustand.

Alles war schlimm.

Es war schwierig, die Uhrzeit abzuschätzen. Draußen prasselte der Regen nieder. Der Himmel war dunkelgrau. Es hing eine düstere Vorahnung in der Luft.

»Geht's dir besser?« Carly drückte ihren Handrücken gegen Maries Stirn, wie es ihre Mutter immer tat, wenn sie krank war. Sie war sich nicht ganz sicher, was sie durch das Fühlen mit der Hand herauszufinden versuchte – wie heiß war zu heiß? Mum sagte immer, es sei ein ebenso guter Indikator für Fieber, wie das dünne Quecksilberröhrchen unter die Zunge zu schieben. »Weil Mum wortwörtlich in der Bezeichnung *Ther-mom-eter* vorkommt«, meinte sie stets lachend. Carly wünschte, sie wäre jetzt hier gewesen. Sie hätte Rat gewusst.

»Nein. Tut mir … Tut mir leid, Carly.«

Carly ließ ihre Hand sinken. Falls Marie tatsächlich Fieber hatte, dann hatten sie kein Medikament, das sie ihr dagegen geben konnten. »Es ist nicht deine Schuld.«

»Es ist alles so furchtbar. Ich …« Marie schloss die Augen.

»Du kannst nichts dafür.«

»Carly, ich …« Marie verstummte und übergab sich erneut. Sie war grün im Gesicht.

165

»Schh.« Carly wusste nicht, was sie sagen sollte, damit Marie sich besser fühlte. Sie selbst hatte Erbrochenes an den Fingern, und in ihrem Mund sammelte sich Speichel bei dem furchtbaren Gestank. Sie schaute sich hoffnungslos im Raum um, suchte nach etwas, was ihr helfen konnte, doch da war nichts.

Nie hatte sie sich hilfloser gefühlt.

»Hilfe!«, schrie sie. »Wir brauchen Hilfe!« Sie brauchte einen Erwachsenen. Sie brauchte ihre Mutter. Ihren Stiefvater.

Marie hörte auf, sich zu übergeben.

Hörte auf zu weinen.

Zu reden.

Ihre Stille, ihr Schweigen waren noch Furcht einflößender.

Die Mädchen drängten sich zusammen. *Hilfe*, rief Carly noch einmal, aber nur in ihrem Kopf. Niemand kam.

Niemand.

Sie hatten nur den Clown und eine Wand mit daraufgekritzelten Worten.

Ihr werdet sterben.

Panik überkam sie.

Sie würden *alle* sterben.

Ein Geräusch?

Wieder das Schieben von Riegeln. Dieses Mal stand Carly nicht auf. Es hatte wenig Sinn. Ihre Energie war verpufft, ihr Kampfesgeist ebenso.

»Ich habe etwas mitgebracht, das euch helfen wird«, sagte Doc, als er den Raum betrat.

KAPITEL 24

Leah – Jetzt

Der Mann, der den Fotokopierer repariert … das ist *er*.

Mich überkommt Panik. Der Druck auf meiner Brust ist so stark, dass ich nicht weinen kann.

Ich habe furchtbare Angst.

Beruhige dich.

Drei Dinge, aber in dieser Toilettenkabine ist nichts zu sehen.

Ich atme zu schnell. Eigentlich will ich nichts anfassen, aber das Schwindelgefühl zwingt mich, die Arme auszustrecken und mich mit den Händen an den Wänden abzustützen.

Beruhige dich.

Der Spülhebel.

Wasserkasten.

Das »BITTE-HÄNDE-WASCHEN«-Schild auf der Innenseite der Tür. *Beruhige dich.*

Aber Beruhigung ist Lichtjahre entfernt. Ich bin in diesem engen Raum eingesperrt, und *er* ist auf der anderen Seite der Tür.

Wieder.

Der Inhalt meines Magens drängt nach oben und ergießt sich in die Kloschüssel. Der Geruch katapultiert mich zurück, bis ich im Dreck jenes schmutzigen Raumes knie und befürchte, dass meine Zwillingsschwester stirbt. Schreckliche Angst ergreift von mir Besitz. Ich habe den Toilettensitz mit meinen behandschuhten Händen, meinen Ärmeln berührt. Mein Rock ist über den gefliesten Boden gestrichen. Am liebsten würde ich mir die Kleidung vom Leib reißen und sie verbrennen. Meine Haut schrubben, bis sie rot und wund ist.

Die Tür geht auf. Ich halte mir die Hände vor den Mund, um einen Schrei zu unterdrücken, bevor ich mich daran erinnere, was meine Hände nur Sekunden zuvor berührt haben. Ekel streckt seine dreckigen Finger nach mir aus.

Ich wimmere.

»Leah?«

Ich kann nicht antworten. Bin erstarrt.

»Leah? Bitte, was ist los? O Gott, hast du gebrochen? Mir kommt es hoch von dem Gestank.« Ich höre, wie Tash würgt.

Langsam stehe ich auf, wische die Keime von meinen Knien, unsichtbare Insekten von meiner Haut.

Krabbel. Krabbel.

Der Boden der Toilettenkabine schwankt heftig. Ich stolpere.

»Lass mich lieber rein, bevor ich die Tür eintrete. Und denk nur nicht, ich könnte das nicht. Entweder mache ich das oder Jim, der Vertreter, und der braucht eine neue Hüfte.«

Dieser zurückgleitende Riegel. Ich kann nicht aufhören zu zittern.

»Ist er weg?«, flüstere ich.

»Wer? Jim …«

»Der Typ, der den Kopierer reparieren sollte.«

»Ja. Warum …«

Ich dränge mich an ihr vorbei. Greife nach meiner Tasche und der Jacke.

Renne.

Auf den Straßen ist viel Betrieb. Ich sehe ihn überall. Wie er in die Drogerie geht, Zahlen in den Geldautomaten hämmert, an der Bushaltestelle herumlungert.

Ich habe mein Auto zurückgelassen, weiß, dass ich zu Fuß schneller bin, dass Parken ein Problem wäre, wenn ich dort bin, aber ohne die stählerne Karosserie und die abgeschlossenen Türen fühle ich mich schutzlos.

Schließlich renne ich in die richtige Straße. Trampele die Stufen hinauf und drücke gegen die Eingangstür. Sie ist abgeschlossen.

»Francesca!« Ich hämmere gegen die Tür. Mir ist egal, ob sie gerade einen anderen Patienten hat. »Francesca!«

Es ist so lange her, seitdem ich das letzte Mal hier war. Ich frage mich, ob sie diese Räume immer noch für ihre Praxis gemietet hat, aber das Schild neben der Klingel sagt mir, dass es so ist. Vielleicht hat sie ihren freien Tag. Ich ziehe mein Handy hervor, um ihre Privatadresse zu googeln, als ich hinter mir Schritte höre. Ich wirbele herum. Es ist Francesca, und kurz bin ich so erleichtert, dass es mir die Sprache verschlägt.

»Leah?« Sie sieht argwöhnisch aus, verängstigt. Ich muss den Anschein erwecken, verrückt geworden zu sein. Schweiß rinnt mir von der Stirn, meine Haare sind zerzaust und die Wangen brennen.

»Bitte helfen Sie mir«, krächze ich. Mit einem letzten besorgten Blick über ihre Schulter führt sie mich hinein.

Während Francesca Tee kocht, von dem wir beide wissen, dass ich ihn nicht trinken werde, weil ich ihr nicht meine eigene Tasse gegeben habe, wasche ich mir im Badezimmer die Hände dreimal, bevor ich sie trocken schüttele und ein neues Paar Handschuhe anziehe. Meine Kleidung fühlt sich abscheulich an, meine Haut schmutzig, aber mehr kann ich im Moment nicht tun.

»Es ist wieder da«, sage ich, sobald sie zurück ins Zimmer kommt.

»Ihre Kontaminationszwangsstörung?« Ihr Blick fällt auf meine Handschuhe.

»Alles.«

Scharf saugt sie die Luft ein.

»Hören Sie, Leah, ich weiß nicht, ob ich noch diejenige bin, die Ihnen am besten helfen kann.«

»Es ist zurück.«

»Ich kann einen Kollegen empfehlen ...«

»Es ist zurück«, sage ich wieder, bevor ich ein »bitte« folgen lasse, aus dem die Verzweiflung klingt. »Ich weiß, ich bin nicht mehr gekommen, und ich habe all Ihre Nachrichten ignoriert, in denen Sie nach dem Grund gefragt haben. Es tut mir leid, aber ich habe mich so gut gefühlt. Habe nicht einmal mehr die Handschuhe getragen. Es war dumm von mir, die Behandlung abzubrechen und Sie zu ignorieren, aber ... aber ich dachte, es wäre vorbei, und ich wollte alles hinter mir lassen – aber jetzt ...« Mir bricht die Stimme. »Er ist draußen.«

»Und Sie glauben, ihn gesehen zu haben?«

»Ja.«

»Und stimmt das?«

Ich schlucke schwer und denke sorgfältig über meine Antwort nach. »Ich weiß nicht ... Es *fühlte* sich echt an ...«

Francesca nippt an ihrem Tee. Die Uhr tickt.

Und während ich darauf warte, dass sie etwas sagt, erinnere ich mich.

Es war ein paar Jahre, bevor Archie geboren wurde. Meine psychische Gesundheit erlitt um die Jahrestage herum stets Einbrüche, Maries Alkoholsucht eskalierte, Carly wurde zu einer virtuellen Einsiedlerin, weil sie auf ihre regelmäßigen

Secondhandladenbesuche verzichtete, dafür Dinge auf eBay kaufte und hoffte, sie durch bessere Fotos und bessere Beschreibungen zu einem höheren Preis verkaufen zu können. Graham hatte mich angerufen, um mir mitzuteilen, dass er freigelassen worden war, und meine Kontaminationszwangsstörung nahm ungeahnte Ausmaße an. Nicht nur der Kontaminationsteil, sondern auch meine Rituale. Alles musste dreimal gemacht werden, alles dauerte dreimal so lange. Ich ging schon eine Weile zu Francesca – ihre Unterstützung zusammen mit Georges hielt mich gerade so aufrecht, gerade so zusammen –, aber die Neuigkeit, dass er wieder draußen war, schleuderte mich in einen Abgrund, aus dem ich es einfach nicht heraus schaffte.

Das erste Mal, als ich dachte, ihn gesehen zu haben, war entsetzlich. Die Polizei tat nichts, konnte nichts tun. Er hatte sich mir nicht genähert. Hatte mich nicht bedroht. Es war kein Verbrechen, die Straße entlangzugehen. Ich fühlte mich entblößt und allein in einer Welt, die sich sowieso die meiste Zeit instabil anfühlte. Marie versuchte, sich auf dem Boden einer Flasche Jack Daniel's zu verstecken, während Carly sich drinnen verkroch. Mein Zuhause fühlte sich an wie der sicherste Ort, bis ich einem Pizzaboten die Tür öffnete und er es war. Ich schrie, und er lief weg. Dieses Mal fuhr die Polizei bei ihm vorbei, aber er zauberte ein Alibi aus dem Hut, und mit diesem Trick war er frei. Ich war diejenige, die gefangen war. Ich sah ihn überall, schrieb alles in ein Notizbuch, und George brachte mich immer wieder zum Polizeirevier, bis sie ihn für Stalking verhafteten. Ich hatte nicht gewusst, dass sie ihn festhielten, und als ich wieder auf dem Polizeirevier erschien, um ihn anzuzeigen, weil er bei mir aufgetaucht war – dieses Mal in der Uniform eines Briefträgers –, da wurde ich verhaftet, weil ich die Zeit der Polizei verschwendete. Er sei in Gewahrsam, teilte man mir mit, und zwar in einer Zelle im selben Gebäude. Es war unmöglich, dass er der Briefträger gewesen war. »Es sei denn, er ist der verdammte Houdini«, wurde sarkastisch hinzugefügt. Ich weinte und gab nicht zu, gelogen zu haben, denn das hatte ich nicht. Ich blieb durchweg bei meiner Geschichte, bis ich schließlich auf den eiskalten Parkplatz entlassen wurde. Leichter Nebel waberte um meine Knöchel, und ich atmete feuchte Luft ein. Neben meinem Auto stand wartend eine Gestalt.

Er.

Ich schrie und schrie, bis der Polizist, der mich befragt hatte, herausgerannt kam und mich zurück in das kleine Vernehmungszimmer führte.

»Bitte.« Ich schaute über meine Schulter. »Er verfolgt mich. Bitte.« Warum nahm mich niemand ernst?

»Ich weiß nicht, welches Spielchen Sie spielen, aber ...«

Ich warf noch einen Blick hinter mich. Es war definitiv immer noch er. Er, der mir folgte.

Meine Beine zitterten so sehr, dass ich umkippte. Ein Bereitschaftsarzt wurde gerufen, der bestätigte, dass der Mann neben meinem Auto – der Mann, der mir ins Polizeirevier gefolgt war – Detective Inspector Lansfort war. Er hatte sicherstellen wollen, dass es mir gut ging.

Mir ging es nicht gut.

Es war mir nicht möglich, mich zusammenzureißen. Meine Geschichte zu ändern. Ich wusste, was ich gesehen hatte, und ich hatte *ihn* gesehen. Der Arzt schlug vor, mich zu meinem eigenen Schutz zwangseinweisen zu lassen, und George wurde angerufen. Er kam zum Revier gerast und holte unterwegs Francesca ab. Sie war es, die mich rettete. Irritiert von meinen verworrenen Geschichten, gestalkt worden zu sein, die ich bei meinen Therapiesitzungen erzählte, und meiner anschließenden Anzeige, hatte sie recherchiert und herausgefunden, dass ich das Fregoli-Syndrom hatte.

»Freg... was?«, fragte der Polizeibeamte, der sich mit uns beschäftigte, bissig.

»Fregoli-Syndrom. Das ist eine seltene neurologische Störung. Es gibt nicht viele diagnostizierte Fälle, aber es wird vermutet, dass es eine große Anzahl nichtdiagnostizierter Fälle gibt.«

»Und was ist das genau, dieses Fregoli?«

»Das ist eine wahnhafte Störung, bei der der Erkrankte irrtümlicherweise glaubt, dass eine Person in seiner Umgebung eine vertraute Person in Verkleidung ist. Leah könnte sein Gesicht sehen, oder sie könnte das Gefühl bekommen, dass er es ist, der sich als jemand anderes ausgibt. Für sie ist es sehr real. Sie glaubt voll und ganz, dass er sie verfolgt.«

»Davon habe ich noch nie gehört.«

»Wie ich bereits sagte, ist die Krankheit selten, aber wir glauben, wenn mehr Mediziner davon wüssten, würde die Zahl der diagnostizierten Fälle steigen. Ich glaube, dass ein Teil der Leute, die berichten, sie würden gestalkt, Fregoli haben.«

»Und kann man sich das einfach … einfangen?« Er weicht zurück, als wäre ich ansteckend.

»Es gibt mehrere bekannte Ursachen. Leah hat keine Kopfverletzung erlitten, aber sie hat andere psychische Probleme, die den Ausbruch der Krankheit verursachen können. Sie hat zum Beispiel eine Kontaminationszwangsstörung, Verfolgungswahn und eine Panikstörung. Jeder Vorfall, bei dem Leah behauptet, sie werde verfolgt, ist für sie sehr real und sehr furchterregend. Sie glaubt, sein Gesicht überall zu sehen, oder sie sieht ihn verkleidet als jemand anderes, aber es ist nicht er.«

»Okay …« Man konnte sehen, dass der Polizeibeamte Schwierigkeiten hatte, ihr zu glauben. »Wenn Leah zwangseingewiesen wird, kann sie behandelt werden und …«

»Ich glaube, eine Zwangseinweisung wäre kontraproduktiv. Sie würde immer noch sein Gesicht sehen oder denken, er wäre als Krankenschwester verkleidet …«

»Sie könnte denken, er wäre eine Frau?«

»Das ist möglich, ja. Sie wird denken, er ist schlau genug, um das hinzukriegen. Bei einer Zwangseinweisung kommt bei ihr noch das Trauma hinzu, auf einer geschlossenen Station mit unbekannten Gesichtern und keiner Fluchtmöglichkeit zu sein. Sie braucht Medikamente und eine Therapie, aber nicht so, dass sie medikamentös fast in einen vegetativen Zustand versetzt wird. Sie muss sich sicher fühlen.«

»Ich weiß nicht. Das klingt alles so verd… so *unglaublich*. Nichts für ungut.« Er schaute mich an und wandte sich dann schnell wieder ab, als könnte ich bewirken, dass sich sein Gesicht änderte. »Und das ist eines dieser neumodischen Psychodinger, auf die wir sensibel reagieren sollen?«

»Es ist nicht neu.« Francesca zeigte keine Spur von Ungeduld. »Den ersten diagnostizierten Fall gab es im Jahr 1927. Eine Theaterbesucherin war überzeugt, dass sich zwei ihrer Lieblingsschauspielerinnen als andere Personen tarnten und sie verfolgten. Ihre Theorie wurde … widerlegt«, sagte Francesca vorsichtig und fügte nicht hinzu, dass die Theorie widerlegt wurde, nachdem die Frau eine Fremde attackiert hatte, weil sie dachte, sie sei eine der Schauspielerinnen, wie ich später herausfand. »Die Krankheit wurde nach Leopoldo Fregoli benannt, der im Viktorianischen Zeitalter Theaterbesucher mit seinen Verwandlungskunststücken begeisterte. Hören Sie, Sie können Leah in meine Obhut entlassen. Ich bin mir sicher, dass ich sie behandeln kann. Sobald der Jahrestag vorbei ist, wird der Druck sowieso nachlassen, und das Syndrom wahrscheinlich genauso schnell verschwinden, wie es aufgetreten ist. Sie alle wissen doch, was sie als Kind durchgemacht hat.«

»Ja.« Dieses Mal klang seine Stimme mitfühlender. Wahrscheinlich hatte er selbst Kinder. »Gut. Sie können sie mit nach Hause nehmen. Aber es wäre besser, wenn sie hier nicht in fünf Minuten wieder auftaucht, um uns zu erzählen, sie habe ihn erneut gesehen.«

Das tat ich nicht, aber ironischerweise kam er mir – uns allen dreien – doch wieder nahe und wollte sich entschuldigen. Wir nahmen die Entschuldigung nicht an, scherten uns nicht darum, dass er *ein neues Leben beginnen wollte*. Nicht lange danach wurde er wieder inhaftiert. Kam zurück in seine Zelle.

Jetzt wurden meine abschweifenden Gedanken von Francescas Stimme unterbrochen.

»Wenn sich etwas real anfühlt, dann bedeutet das nicht, dass es real ist. Das wissen Sie, Leah.«

»Ja, aber das Timing … Dass ich ihn einen Tag nach seiner Entlassung gesehen habe – und da wusste ich noch gar nicht, dass er entlassen worden war. Der zwanzigste Jahrestag.«

»Wo haben Sie ihn gesehen?«

»Er kam aus der BP-Tankstelle.«

»Gehen Sie es mit mir durch. Woher kamen Sie? Wohin wollten Sie?«

»Ich kam von zu Hause. Marie hatte mir eine SMS geschickt und mich gebeten vorbeizukommen. Ich war verärgert, weil George versprochen hatte zu tanken, und es nicht getan hatte. Sie wissen doch, dass mich der Benzingeruch immer an unsere Fahrt hinten im Transporter erinnert, oder?«

»Ja.«

»Ich tankte und bezahlte, und dann war da dieser weiße Transporter.« Ich mache eine Pause, überlege, ob ich ihr erzählen soll, dass ich dachte, es sei jemand in diesem Transporter gefangen. Dass ich den Fahrer dazu brachte, die Türen zu öffnen, aber ich will nicht noch paranoider erscheinen, als ich es wahrscheinlich bereits tue.

»Und er fuhr den Transporter?«, drängt Francesca.

»Nein. Er war in einem schwarzen Auto. Er fuhr an mir vorbei, als ich aus der Tankstelle kam.«

»Sie waren also bereits in einem emotionalen Ausnahmezustand, weil sie auf dem Weg zu Marie waren. Sie haben einen weißen Transporter gesehen, was natürlich beängstigend für Sie ist, genauso wie der Geruch von Benzin. Wie sicher sind Sie, auf einer Skala von eins bis zehn, dass er es war?«

»Ich war nicht sicher«, gebe ich zu. »Ich dachte, er wäre immer noch im Gefängnis, aber am nächsten Tag habe ich ihn wiedergesehen. Vor Maries Wohnung.«

»Hat er sich Ihnen genähert?«

»Nein. Ich saß mit Carly im Auto, und es regnete. Er war auf der Straße.«

»Hat Carly ihn auch gesehen?«

»Nein.«

»Aber Sie haben ihn deutlich gesehen? Durch den Regen?« Sie betrachtet mich genau.

»Na ja, nein, aber ich hatte ein wirklich starkes Gefühl.« Ich streiche meine Haare hinter die Ohren. Meine Hände zittern.

»Schon gut, Leah. Sie machen das prima.« Sie gibt mir eine Sekunde. »Haben Sie ihn noch woanders gesehen?«

»Heute, bei der Arbeit. Er war derjenige, der den Fotokopierer reparieren sollte. Er ist mir nachgelaufen.«

»Er ist Ihnen nachgelaufen?«

»Ja.« Aber hat er mich verfolgt? »Na ja, ich bin vor ihm davongerannt. Ich glaube, er kam hinterher. Ich weiß es nicht. Das war's sowieso. Nur dreimal. Bisher.«

»Wenn Ihr Fregoli wieder aufgetreten ist, dann wird es wahrscheinlich viele weitere Male geben, in denen Sie ihn sehen.«

»Ich weiß. Ich möchte das nicht noch einmal durchmachen. Und George kann ich das auch nicht noch einmal zumuten. Zu denken, er ist überall, wohin ich mich auch wende. Nicht zu wissen, was real ist und was nicht. Bitte. Werden Sie mir wieder helfen? Ich muss wissen, ob das alles nur in meinem Kopf ist. Ich habe Briefe bekommen. Eigenhändig zugestellt. Wenn er sie gebracht hat, dann weiß er, wo ich wohne. Wo Archie wohnt.«

»Das muss beängstigend sein.«

»Die Polizei glaubt, es ist ein Spinner.«

»Waren Sie wieder bei der Polizei?« Sie seufzt nicht, aber das muss sie auch nicht.

»Natürlich. Ich werde bedroht.«

»Was steht in den Briefen?«

»Vier Tage. Drei. Es ist ein Countdown zum Jahrestag. Wer weiß, was dann passiert? Die Polizei stuft es nicht als tatsächliche Bedrohung ein, aber es fühlt sich so an.«

»Gibt es noch etwas, was ich wissen sollte, Leah?«

Ich zögere. Ich habe ihr nicht erzählt, dass ich glaube, dass er sich Marie geschnappt hat. Ich möchte, dass sie damit einverstanden ist, mich wieder als Patientin anzunehmen, bevor ich ihr das mitteile.

»Ich glaube, sonst gibt es nichts«, sage ich. Wenn ich ihr von den alten Zeitungen im Aufenthaltsraum erzähle, wird sie mir vielleicht nicht glauben, und ich kann sie ihr nicht als Beweis zeigen. Das Wiederauftreten von Fregoli ist eine Sache, aber ich kann nicht zulassen, dass sie meine geistigen Fähigkeiten infrage stellt. Sie könnte mich – in Zusammenarbeit mit der Polizei – zwangseinweisen lassen, und ich muss da sein, um meine Familie zu beschützen. Egal, was jeder sagt, ich bin nicht davon überzeugt, dass er es nicht ist, den ich sehe, aber ohne Francescas Hilfe, werde ich nie herausfinden, was wahr ist. Ich bin mir nicht sicher, ob es das Fregoli-Syndrom ist, das mir Streiche spielt. Sich gut sichtbar verstecken, nennt man das. Mit meiner medizinischen Vorgeschichte könnte er direkt vor mir stehen, und ich wüsste nicht, ob es wirklich er ist oder jemand anderes und ich nur sein Gesicht sehe.

Es sei denn, er tut mir weh.

Drei Tage.

Die Briefe klingen wie eine Warnung.

Und obwohl ich das weiß, wird mir bei meiner Erfolgsbilanz niemand glauben, dass ich denke, er ist zurückgekommen, um mir wehzutun.

Drei Tage.

Und nur ich kann ihn aufhalten.

»Ich werde Ihnen helfen«, erklärt Francesca schließlich. »Aber nicht jetzt. Ich habe in zehn Minuten einen weiteren Patienten.«

Wir machen einen Termin aus. »Fahren Sie direkt nach Hause und ruhen Sie sich aus«, sagt sie, als sie mich hinausbegleitet.

»Das werde ich, sobald ich mein Auto geholt habe«, verspreche ich ihr, aber das ist eine Lüge. Ich fahre nicht nach Hause, doch ich kann ihr nicht erzählen, wohin ich fahre.

Kapitel 25

Leah – Jetzt

Ich nehme all meinen Mut zusammen, um an die Tür zu klopfen. Mittag ist bereits vorbei, aber alle Vorhänge sind zugezogen. Ich weiß nicht, ob Mum da ist. Das hier ist nicht das Haus, in dem ich geboren wurde, sondern eines von der Gemeinde zu verbilligter Miete, in das wir nach ihrer Scheidung von Dad gezogen waren. Wir sind bereits vor Jahren ausgezogen, und ich dachte, sie würde wegziehen, aber sie ist hiergeblieben, obwohl Dad das nicht tat. Und manchmal frage ich mich, warum. Zu uns hat sie keine gute Beziehung. Sie hat zu keinem eine gute Beziehung. Die Stadt hatte sie verurteilt und für schuldig befunden, nicht über die Fähigkeiten zu verfügen, die eine Mutter haben sollte. Die Fähigkeit, ihre Kinder zu beschützen.

Die Erinnerungen an meine Kindheit sind geteilt in ein definitives Vorher und Nachher. Eine unsichtbare Glaswand trennte uns in die, die wir einst waren, und die, zu denen wir geworden sind. Manchmal drücke ich in meinen Träumen mein Gesicht gegen diese Glaswand – wie Bruno früher seine Nase gegen die Terrassentüren drückte, sodass sein Atem das Glas beschlagen ließ – und schaue auf die Versionen von uns, die glücklich und gesund waren und geliebt wurden.

Mum saß dann auf dem Rand meines Bettes und bürstete meine Haare hundertmal, bevor sie das Gleiche bei Marie machte. Sie behandelte uns genau gleich. Ich erinnere mich nicht mehr ganz genau daran, ob Marie und ich darauf bestanden hatten, die gleiche Kleidung, die gleichen Schuhe zu tragen, oder ob unsere Eltern versucht hatten, uns beide zu ein und derselben Person zu machen, weil sie begeistert davon waren, Zwillinge zu haben. Uns störte es allerdings nicht. Marie und ich waren uns näher als alle anderen. Carlys Beziehung zu Mum war anders. Es gab Abende, wenn Dad außer Haus war und Marie und ich im Bett lagen, an denen wir nach unten schlichen, um noch um ein Glas Wasser, eine weitere Geschichte oder eine Umarmung zu bitten, und dann fanden wir Mum und Carly zusammengekuschelt auf dem Sofa vor dem Fernseher, wo sie Chicken Nuggets in dickflüssigen Ketchup tauchten.

Mum liebte uns alle – daran zweifele ich nicht –, aber Dad liebte sie am meisten. Ihre Augen leuchteten, wenn er den Raum betrat. Sie küssten sich immer zur Begrüßung und zum Abschied und hielten Händchen, wenn sie im Park mit Bruno spazieren gingen. Oft frage ich mich, wie das Leben verlaufen wäre, wenn es nicht diesen einen entsetzlichen Vorfall gegeben hätte, der unsere Zukunft veränderte. Wären wir eine dieser Familien, die jede Woche sonntags zusammen zu Mittag essen? Meine Eltern kniend auf dem Boden mit den Enkelkindern spielend, wozu sie mit uns nie Zeit gehabt hatten?

Wären wir Teile eines Ganzen und nicht Bruchstücke von etwas, was nie wieder zusammenpassen wird?

In den Tagen, Wochen, Monaten, die unserer Entführung folgten, schwankten Mum und Dad zwischen Traurigkeit und Zorn. Tränen und Wutanfällen. Einmal war ich in die Küche gekommen und hatte Mum schluchzend vorgefunden. »Ich bin ihre Mum. Ich hätte sie beschützen müssen. Aber ich habe sie im Stich gelassen.« Und Dad fauchte: »Und du denkst, ich habe sie *ebenfalls* im Stich gelassen? Sag's einfach.«

Sie sperrten uns ein. Wollten nicht einmal, dass wir allein im Garten spielten. Ich bin mir nicht sicher, ob sie Angst vor einer erneuten Entführung hatten oder davor, dass wir von einem der vielen Reporter interviewt wurden, die uns immer noch überall auf den Fersen waren. Wahrscheinlich beides.

Das glanzvolle Leben meiner Eltern bröckelte. Unsere Kindheit wurde in den Boulevardblättern auseinandergenommen. Wie waren wir erzogen worden? Warum war Carly allein dafür verantwortlich gewesen, auf ihre beiden jüngeren Schwestern aufzupassen und ihnen etwas zu essen zu machen? Wie oft gingen meine Eltern aus? Es war ein Kreislauf aus Vorwürfen und genauen Prüfungen, und es macht mich schwindelig, wenn ich jetzt nur daran denke. Wie würde ich mich fühlen, wenn meine Beziehung zu Archie analysiert werden würde? Das ganze Land schien meiner Mum die Schuld zuzuschieben, und sie wurde eine Hülle der Mutter, die sie einmal gewesen war. Alte Fotos von ihr, auf denen sie lachte, erschienen in der Zeitung mit der Überschrift: »Das Gesicht einer liebenden Mutter?« Wir wurden uns zunehmend selbst überlassen. Maries und meine Haare verfilzten und verknoteten, als traute sie sich nicht mehr zu, Dinge ordentlich zu machen. Das glaube ich jedenfalls gerne und nicht, dass es sie nicht kümmerte. Sie wusste einfach nicht mehr, wie eine Mutter sein sollte, nachdem sie in den Augen der Öffentlichkeit so eklatant gescheitert war. Sie und Dad ließen sich scheiden. Sie begann zu trinken. Überall fanden wir Wodkaflaschen versteckt. Im Wäschekorb. Im Gefrierschrank. Im Schrank unter der Treppe. Daher hat es wahrscheinlich Marie.

Als der Verlag vor dem zehnten Jahrestag an uns herantrat, wollten wir es Mum von Angesicht zu Angesicht sagen. Carly, Marie und ich saßen auf dem schäbigen Sofa, die Stäbe des elektrischen Feuers glühten hell, kein Tee und keine Kekse auf dem Couchtisch. Sie sorgte nie dafür, dass wir uns willkommen fühlten.

»Wir werden ein Buch schreiben. Unsere Geschichte.«

»Auf keinen Fall«, sagte Mum.

»Sie wollen unsere Version hören, jetzt, wo wir erwachsen sind.« Marie war nervös und zupfte an der Haut um ihre Fingernägel. Damals hatten wir noch nicht bemerkt, dass sie trank oder jedenfalls, wie schlimm es war.

»Und was werdet ihr erzählen?« Mum starrte Marie an, bis sie wegschaute.

»Wir werden nichts Schlechtes über dich sagen«, beruhigte Carly sie.

»Aber genau das werden sie wissen wollen. Herrgott, da draußen wird doch schon genug darüber geredet, wie ihr vernachlässigt und euch selbst überlassen worden seid und die schlechteste Mutter der Welt hattet.«

»Keiner glaubt das«, sagte ich.

»Stimmt das?« Wieder betrachtete sie Marie.

»Schau mal«, meinte Marie. »Vielleicht sind die meisten Sachen schon publik, aber wir haben nie über … die Details gesprochen. Das Essen, das wir bekommen haben. Wie verängstigt wir waren.«

»Ich dachte, Marie würde sterben«, sagte ich.

Mum stand auf. »Sieht so aus, als hättet ihr euch schon entschieden. Also wenn es euch nichts ausmacht, ich habe noch zu tun.« Sie gestikulierte in Richtung der Tür.

Marie ging zuerst, gefolgt von Carly. Ich zögerte. Mums Augen waren voller Tränen. »Das ist kein Verrat an dir, Mum«, sagte ich leise. »Es geht um uns und was wir durchgemacht haben.«

Sie nickte ein einziges Mal. »Du weißt, dass ich die Vergangenheit ändern würde, wenn ich es könnte. Ich würde

182

zurückgehen zu jenem Tag, wäre da und würde auf euch alle aufpassen.«

»Wir geben dir keine Schuld«, versicherte ich.

Sie antwortete nicht.

Obwohl Carly und ich nicht begeistert davon waren, mit dem Ghostwriter zu reden, hatten wir bereits den Vertrag unterzeichnet und den Vorschuss bekommen. Wir versuchten, unsere Eltern so gut es ging aus dem Buch herauszuhalten, aber natürlich waren alle neugierig auf unsere Familiendynamik.

Ungefähr sechs Monate nach Erscheinen des Buchs erhielt Marie nach Jahren, in denen kein Kontakt bestanden hatte, eine kurze Nachricht von unserem Vater. Er schrieb, dass das Buch fair sei und dankte uns, dass wir Mum in einem guten Licht dargestellt hatten. »Es hat mich sehr traurig gemacht, dass der Stress zu unserer Scheidung geführt hat«, schrieb er, und das versetzte uns einen Stich. Er fragte nicht einmal, wie es uns ging. Wir antworteten nicht. Soweit ich weiß, hat Mum das Buch nie gelesen. Als wir unsere ersten Tantiemen bekamen, schob ich ein Bündel Geldscheine in einem unbeschrifteten Umschlag durch ihren Briefschlitz, und ich glaube, meine Schwestern taten wahrscheinlich das Gleiche. Blutgeld, nehme ich an. Mum hatte es finanziell immer schwer gehabt, und egal, was in der Vergangenheit geschehen war, wir hatten immer noch den Wunsch, ihr zu helfen. Den Empfang des Geldes hat sie nie bestätigt.

Die Beziehung zwischen Mutter und ihren Töchtern ist seltsam. Obwohl wir sie selten sehen und sie sich nie um uns bemüht, weiß ich, dass Marie sie immer noch ab und zu besucht und Carly sie an ihrem Geburtstag und zu Weihnachten anruft. Sie hat Archie nie kennengelernt oder den Wunsch geäußert, ihn kennenzulernen. Das macht mich unglaublich traurig. Trotz des Lebens, das ich für mich aufgebaut habe, der eigenen Familie, habe ich das tief verwurzelte Bedürfnis nach ihrer Liebe. Ihrer

Anerkennung. Aber sie ist diejenige, die sich von uns distanziert. Sie hat ihre Wahl getroffen, wie ich meine getroffen habe.

Obwohl mir schlecht ist vor Aufregung, muss ich sie jetzt sehen. Muss sie von Angesicht zu Angesicht fragen, ob sie weiß, wo Marie ist. Sie war so verschlossen am Telefon.

In der Straße stinkt es nach verstopften Abflüssen. Auch mit meinen Handschuhen sträube ich mich innerlich, Mums Gartentürchen zu berühren, an dem die Farbe abblättert und den Rost freilegt. Ihr Vorgarten ist völlig ungepflegt. Die spärlichen Blumen, die sich ihren Weg durch das Gewirr wuchernden Unkrauts bahnen, lassen schamhaft die Köpfe hängen. Weit entfernt sind die Tage, in denen Mum einen Gärtner hatte. Beim Gedanken an unseren alten Garten und die Erinnerung an jenen Tag nimmt meine Angst zu.

Das aufgeregte Bellen von Bruno, als Marie und ich uns den Ball zuwarfen. Danach wurde unser geliebtes Haustier auf der Straße gefunden, aber wir haben ihn nicht zurückgenommen, und oft frage ich mich, ob er eine neue Familie gefunden hat. Ob er glücklich war.

Ich hänge immer noch meinen Erinnerungen nach, als ich hinter mir Mums Stimme höre.

»Was machst du hier?« Kein Hallo. Kein Wie-geht's-dir. Allerdings ist es ein Schock, das weiß ich. Ich bin sicher, sie hat sich für meine üblichen Jahrestagsanrufe gerüstet, aber nicht für einen Besuch.

»Lass mich dir helfen.« Ich greife nach einer der vollen Taschen, die sie trägt, aber sie hält sie weg von mir und wartet darauf, dass ich etwas sage. Sie hat also nicht vor, mich hineinzubitten.

»Steak?« Ich entdecke zwei Rumpsteaks auf einer Tüte Blattsalat. »Dir muss es gut gehen.« Meine Eltern aßen jeden Samstagabend Steaks. Egal, was ich für meine Mutter empfinde, ich bin froh, dass sie sich etwas gönnen kann.

»Ich muss dieses Zeug in den Kühlschrank packen. Wolltest du was?«, fragt sie, als wäre ich nur gerade an ihrem Haus vorbeigekommen, obwohl sie weiß, dass ich über zwanzig Meilen entfernt wohne und arbeite. Einen Moment lang fehlen mir die Worte. Ich hatte zumindest erwartet, dass sie fragen würde, wie es ihrem einzigen Enkelkind geht, aber dann erinnere ich mich daran, dass Mum keine typische Großmutter ist. Sie strickt keine furchtbaren Pullover und backt keine kalorienbeladenen Kuchen, die mit Marmelade und Buttercreme gefüllt sind. Wäre ich nett, könnte ich es auf die Tatsache schieben, dass sie Angst hat, wieder zu lieben. Angst, richtige Gefühle zu haben. Ich kann mir nicht vorstellen, was sie durchgemacht hat, als ihre Kinder vermisst wurden, aber trotzdem ist es nicht einfacher zu ertragen, wenn ich mir ihren Widerwillen, Archie kennenzulernen, vernünftig erkläre und verstehe. Traurigkeit überkommt mich.

»Ich mache mir Sorgen um Marie. Weißt du, wo sie ist? Bitte sag es mir, wenn du es weißt.«

»Ich habe dir doch gesagt, dass ich nichts weiß.« Sie schaut mir direkt in die Augen, und ich bin es, die unbehaglich von einem Fuß auf den anderen tritt.

»Fällt dir jemand ein, der es wissen könnte?«

Mum schüttelt den Kopf. Ihre Haare sind dunkelbraun und glänzen – sie hat das Grau gefärbt. War sich gegenüber nett – ich wünschte, ich könnte das auch sein. Ihre Schultern hängen unter dem Gewicht der Einkäufe. Sie wirft einen Blick auf die Tür, und ich weiß, dass sie darauf brennt hineinzugehen. Diesem Gespräch zu entfliehen, das sowohl peinlich wie schmerzlich ist. Eine eindringliche Erinnerung daran, wie zersplittert unsere Familie ist.

»Ich dachte, sie wäre auf Tournee gegangen«, sagt Mum.

»Das stand in der Notiz, die sie zurückgelassen hat, aber was, wenn jemand sie gezwungen hat, das zu schreiben?«

Von Mum ist ein unterdrücktes Lachen zu hören. »Ich glaube nicht, dass irgendjemand deine Schwester zu etwas zwingen kann, was sie nicht will, und glaub nicht, dass das jemals jemand kann. Sie hat *immer* ihre eigenen Entscheidungen getroffen.«

»Er ist wieder aus dem Gefängnis entlassen worden.« Der plötzliche Themenwechsel lässt sie rasch blinzeln, aber sie sagt nichts. »Sag etwas!«

»Du kannst nicht ständig in der Vergangenheit leben, Leah. Er hat kein Interesse an dir. Er hat doch beim letzten Mal auch nicht versucht, dir wehzutun, oder?«

Mein Oberkörper verkrampft sich.

»Hat er das?«, drängt sie.

»Nein«, gebe ich zu. Immerhin bemüht sie sich zu erreichen, dass ich mich besser fühle.

»Du musst vergeben. Weitermachen.«

»Vergeben? Hast du ihm vergeben, was er uns angetan hat? Uns allen? Mum, hast du vergessen, wie nahe wir uns alle standen ... vorher?« Meine Gefühle strömen aus mir heraus. Ich schäme mich für die Sehnsucht, die aus meinen Worten klingt. Warum kann alles nicht einfach wie vorher sein?

»Ich kann mich nicht immer wieder entschuldigen, Leah. Du bist jetzt Mutter. Ich bin mir sicher, dass du dein Bestes für deinen Jungen gibst. Genauso wie ich das für euch Mädchen getan habe, aber manchmal ... Manchmal ist unser Bestes nicht genug, oder? Mit allem guten Willen dieser Welt können wir unsere Kinder nicht immer beschützen ...«

»Ich wünschte, du hättest es. Uns beschützt«, sage ich leise und spüre, wie sich etwas in mir löst. Es ist schon so lange her, seit ich versucht habe, mit ihr über alles zu reden. Vielleicht ist es nicht zu spät, unsere Beziehung zu retten.

Sie nickt. »Ich wünschte, du könntest mir vergeben.«

Ich möchte ihr sagen, dass ich ihr vergeben will und dass das ein neuer Anfang sein muss, aber während ich nach den richtigen Worten suche, sagt sie zu mir, sie müsse hineingehen und ihre Einkäufe verstauen.

»Ich könnte dir helfen«, biete ich an.

»Ist schon gut, Leah.« Sie zögert. In ihrem Gesicht sehe ich etwas, was ich nicht ganz deuten kann. »Versuch, dir keine Sorgen zu machen. Marie wird auftauchen.« Sie fügt nicht hinzu: *Die ist doch nicht abzuschütteln ...* aber ich höre den Zusatz heraus. Nicht nur vor meiner Haustür ist meine Zwillingsschwester in der Vergangenheit betrunken aufgetaucht.

»Gut«, sage ich. Es folgt eine kurze Pause. »Ich bin dann mal wieder weg.«

Ich gehe die Straße entlang zu meinem Auto. Als ich mich umdrehe, steht meine Mutter noch immer vor ihrer Tür. Hält noch immer ihre Einkaufstaschen in den Händen und hat einen traurigen Ausdruck im Gesicht.

Irgendetwas fesselt meinen Blick, und ich schaue nach oben. Ich glaube, dass sich die Schlafzimmergardine bewegt hat, aber ich bin mir nicht sicher.

Kapitel 26

George – Jetzt

George biegt in die Einfahrt ein und spürt einen Anflug von Erleichterung, als er sieht, dass Leahs Auto nicht da ist. Er ist fix und fertig und erträgt keine weitere Diskussion über die Briefe. Die Beobachtungen, die sie meint, gemacht zu haben. Sein vorherrschendes Gefühl gestern auf dem Polizeirevier hätte Mitleid für seine Frau sein sollen, doch stattdessen war es Verlegenheit gewesen. Wie fassungslos PC Godley war, als er Leahs Notizen gelesen hatte. Seine Verwirrung, als er Leahs Überzeugung zu verstehen versuchte, dass sich viele Leute als ein Mann ausgaben. PC Godleys Gesichtsausdruck hatte zwischen Fassungslosigkeit und Belustigung geschwankt. George hätte ihn am liebsten geschüttelt.

Es brachte alles zurück. Das letzte Mal vor ihrer Diagnose. Die Häufigkeit, mit der seine Frau geweint hatte, weil sie wieder verfolgt worden war. Sein Frust, weil die Polizei nichts tat, nichts tun konnte. Seine Angst, dass Leah etwas Schreckliches zustoßen würde. Seine Wut über seine Unfähigkeit, sie zu beschützen. Er hatte das Gefühl, als Ehepartner zu versagen. Als Mann. Die völlige Hilflosigkeit, als er den Anruf bekam, dass Leah gemäß Gesetz zur psychischen Gesundheit in Haft genommen worden war. George konnte es nicht glauben, als ihm erzählt wurde, dass Leah ihren Briefträger beschuldigt hatte, ihr Peiniger zu sein, während der Mann, den sie fürchtete, bereits in Haft saß – und dann einen Polizeikommissar für ihn hielt. Log sie bewusst? Die schreckliche Angst, die von ihrem zitternden Körper ausging, als er sie an sich drückte, fühlte sich echt an.

George fuhr direkt zu Francesca. Obwohl sie gerade einen Patienten hatte, kam sie mit, sobald George ihr erzählte, dass Leah festgehalten wurde. Auf dem Weg zum Polizeirevier setzte sie ihn darüber ins Bild, was sie jetzt glaubte. Dass Leah das Fregoli-Syndrom hatte. Er tat sein Bestes, um Mitgefühl zu empfinden. Seine Frau hatte eine psychische Krankheit, aber das war viel, zusätzlich zu dem permanenten Putzen, den permanenten Ritualen, der permanenten Sorge. Es war anstrengend. Ungerechterweise war er böse auf sie, als wäre das alles ihre Schuld, aber natürlich wusste er, dass es das nicht war. Seine war es allerdings auch nicht, aber er war ebenfalls betroffen. Leah schien das nicht zu merken. Ihre Welt drehte sich damals um sie selbst, um Marie und um Carly und später dann um Archie. George hatte das Gefühl, immer nur am Rand zu stehen und darauf zu schauen. Er war Teil ihres Lebens, aber auch wieder nicht.

George beendet seinen Anruf und löscht seine Anrufliste, bevor er hineingeht.

Archie sitzt mit Carly an der Frühstückstheke, als George nach Hause kommt, und formt nicht identifizierbare Tiere aus Knete – eine pinkfarbene Giraffe mit einem Hals, der so lang ist, dass ihr Kopf traurig auf dem Boden neben ihren Füßen hängt, einen orangefarbenen Elefanten mit flatternden Ohren, die größer sind als sein Körper. In der Küche ist es warm und gemütlich. Es duftet nach Kaffee und Toast. George gibt Archie einen Begrüßungskuss und wischt dann mit seinem Daumen die Reste von Erdbeermarmelade vom Mund seines Sohnes.

»Möchtest du noch eine Tasse?«, fragt George Carly, als er sich eine Tasse siruppartigen Kaffee eingießt.

»Nein, danke. Noch eine Tasse und ich gehe die Wände hoch.«

»Wie Spider-Man!« Archie schießt unsichtbare Spinnennetze aus seinen Handgelenken. »Oh, oh – da ist der Grüne Kobold.« Archie springt von seinem Hocker und rennt in der Küche herum, kämpft gegen etwas, was nur er sehen kann.

Wir kämpfen alle gegen etwas Verborgenes, denkt George.

Carly, immer die Praktische, schnappt sich ein Geschirrtuch aus der Schublade.

»Schnell.« Sie schrammt mit den Stuhlbeinen über den Boden und platziert das Tuch zwischen ihnen – ein notdürftiges Zelt. »Der Grüne Kobold wird dich da drin nicht finden, Spider-Man.«

Archie klettert hinein, und Carly folgt ihm auf allen vieren. Keine Sekunde des Zögerns, während sie überlegt, wann der Boden das letzte Mal gewischt worden ist. Kein erkennbares Zucken, als sie ihre Handflächen auf die Fliesen legt.

»Du bist so einfallsreich«, sagt George lachend. Es erstaunt ihn, wie unterschiedlich die drei Schwestern sind. Eine bewundert er zutiefst, eine liebt er, und eine … na ja, im Moment weiß er nicht, was er fühlt.

Carly krabbelt aus dem Zelt und gibt Archie ein paar Schokoladenkekse.

»Superhelden müssen bei Kräften bleiben. Bis morgen.«

»Bleib doch noch«, bittet George. Die Erkenntnis, dass er nicht mit Leah allein sein will, verursacht ihm ein unangenehmes Gefühl im Magen.

»Das kann ich nicht. Der kleine Mann hat mich geschlaucht.«

Carly hat dunkle Ringe unter den Augen. Keine von ihnen schläft gut.

»Leah wird gleich kommen.«

»Ich muss wirklich gehen.«

»Machen dir die Briefe Angst?«, fragt er und macht sich plötzlich Sorgen um seine Schwägerin. Noch vor wenigen Augenblicken hat er Leah im Geiste dafür gescholten, keine Rücksicht auf seine Gefühle zu nehmen, und jetzt fühlt er sich schuldig, das Gleiche mit Carly zu machen, aber sie schien stets diejenige zu sein, die zurechtkam. Sie mochte entschieden haben, keine eigenen Kinder zu bekommen, aber wer weiß, ob sie diese Entscheidung nicht ohnehin gefällt hätte? Sie braucht keine Stütze, soweit George sehen kann, keinen Alkohol, keine Rituale. Und doch scheinen die letzten Tage sie geschrumpft zu haben.

Zwanzig verdammte Jahre. Das ist genug, um jeden zu brechen.

»Angst nicht … nur … Ich weiß nicht. Ich bin wütend, glaube ich.« Sie legt den Kopf zur Seite wie ein Vogel, der auf einen Krümel wartet. »Ja. Wütend und enttäuscht und … Ich möchte jetzt einfach, dass es vorbei ist. Ich will jetzt, dass es vorbei ist.«

»Drei Tage«, sagt George.

»Drei Tage«, flüstert sie.

Das klingt nicht lange. Weniger als eine Woche. Zweiundsiebzig Stunden. Aber Imperien sind in kürzerer Zeit zerschlagen worden. Leben in Stücke gerissen.

»Was hältst du von dem Fernsehangebot?« George kann es nicht lassen zu fragen, als Carly ihre Jacke anzieht. Jegliche Farbe verschwindet aus ihrem bereits blassen Gesicht.

»Es gibt Dinge …« Carly stockt der Atem, und sie braucht kurz, um sich wieder zu fangen. »Es gibt Dinge, die zu schrecklich sind, um sie zu begreifen. Die niemals geteilt werden sollten.«

George nickt. Er weiß alles über Dinge, die zu schrecklich sind, um sie zu begreifen. Er hat sich selbst ihrer schuldig gemacht.

George weiß alles über Geheimnisse.

KAPITEL 27

Leah – Jetzt

Der Zwei-Tage-Brief liegt auf meiner Fußmatte, als ich nach einer schlaflosen Nacht die Treppe heruntergetaumelt komme. Das ist keine Überraschung, erfüllt mich aber trotzdem mit Schrecken. Zwei Tage. Zwei Tage bis was? Fast will ich, dass die nächsten achtundvierzig Stunden vorbeirasen, damit ich es hinter mir habe, was auch immer *es* ist. Der Jahrestag oder etwas anderes.

Etwas Schlimmeres?

Ich schiebe den Brief in meine Tasche wie ein Geheimnis – die leere Packung Schokokekse, nachdem ich mich damit vollgestopft habe, um meine wachsende Angst zu unterdrücken.

»Morgen.« George kommt barfuß in die Küche getrottet. »Hast du einen weiteren Brief bekommen?«

»Nein, nichts heute.« Ich denke daran, dass er online über »Vollmacht« recherchiert hat. Ich muss ihm zeigen, dass ich klarkomme, doch wir beide wissen, dass ich das nicht tue.

Er schaut mich prüfend und mit überraschtem Gesichtsausdruck an, fast so, als erwarte er, dass ich sie weiterhin bis zum Jahrestag bekomme. »Du kannst mit mir reden, Leah, über … über alles.«

»Ich weiß, aber ich glaube, es kommen keine Briefe mehr. Wir können wieder zur Normalität zurückkehren.«

»Das ist gut.« Er lächelt mich verkniffen an. »Ich gehe mich anziehen.«

Nach dem Frühstück setze ich Archie mit einem Kuss beim Kindergarten ab und sage ihm, dass Tante Carly ihn später abholen wird. Ich kann mich nicht von Archie losreißen, bis ich seine Lieblingserzieherin Rebecca sehe. Wieder erinnere ich sie an Sicherheitsvorkehrungen und wieder versichert sie mir, dass sie mich benachrichtigen wird, wenn etwas Außergewöhnliches geschieht.

»Bis heute Abend«, sage ich, als ich gehe. Wir haben gestern wegen Georges Meeting Archies Elternabend verpasst, aber Rebecca hat uns angeboten, sich heute Abend mit uns zu treffen, was an einem Freitag wirklich nett von ihr ist.

Bevor ich gehe, hänge ich Archies Jacke an den Haken in der kleinen Garderobe, wo sich die Ablagekästen der Kinder befinden. Ich öffne Archies. Darin liegt ein Bild von drei großen Strichmännchen und einem kleinen. Archie hat sie beschriftet mit »Mummy, Daddy und Tante Carly«. Es tut mir weh zu sehen, dass Marie immer fehlt, wenn Archie seine Familie zeichnet. Zu Strich-Archies Füßen sitzt ein Hund, nach dem er sich so sehr sehnt. Ich schließe den Kasten und werde Archies Werke heute Abend mit George durchsehen. Archie ist der Dreh- und Angelpunkt, der uns zusammenhält, und das könnte uns wieder näherbringen.

Ich fahre direkt zu meinem ersten offiziellen Termin mit Francesca, seitdem ich weinend vor ihrer Tür aufgetaucht war.

»Ich war mir nicht sicher, ob Sie kommen würden.« Mit geradem Rücken sitzt sie aufrecht da. Die Wärme, die früher ihre Worte umhüllte, als ich ihre Patientin war, ist verschwunden. Sie klingt nicht gerade kalt, nur professionell, während ich vorher das Gefühl hatte, dass wir kurz davor waren, Freundinnen zu werden. Ich frage mich, ob es schwer für sie ist. Beziehungen aufzubauen und sie dann zerbröckeln zu sehen.

»Es tut mir leid, dass ich nicht mehr gekommen bin, ohne Ihnen Bescheid zu sagen. Ich dachte wirklich, es wäre besser. Dass ich Sie nicht mehr brauchen würde, aber es war unhöflich von mir, Sie das nicht wissen zu lassen«, sage ich wieder zu ihr.

»Das passiert oft. Patienten kommen an den Punkt, an dem sie das Gefühl haben, keine Therapie, keine Medikamente mehr zu brauchen, aber sie scheinen nicht zu erkennen, dass sie sich *wegen* der Therapie und der Medikamente besser fühlen. Wie auch immer, lassen Sie uns weitermachen. Haben Sie ihn wieder gesehen?«

»Nein.«

»Das ist ein gutes Zeichen, Leah.«

Ich antworte nicht, schraube stattdessen den Deckel von meiner Wasserflasche und trinke einen Schluck.

»Und die Briefe?«

Ich zögere. Ich habe George belogen, aber ich muss mit jemandem reden. »Ja. Ich habe noch einen bekommen. Carly auch.«

»Und Marie?«

Wieder schinde ich Zeit, schaue aus dem Fenster. Wäge die Vorteile, ehrlich zu sein – ich will mich besser fühlen – gegen die Nachteile ab. Sollten meine geistigen Fähigkeiten wieder infrage gestellt werden, will ich, dass meine Notizen zeigen, dass ich vernünftig bin. Aber die Polizei weiß bereits von Marie, und ich mache mir furchtbare Sorgen um sie.

»Marie ist verschwunden.«

»Verschwunden?«

»Ja. Sie … Ich weiß nicht. Nachdem der erste Brief ankam, fuhren Carly und ich zu Marie, um zu sehen, ob sie auch einen hatte, aber sie war … weg.«

»Wenn Sie ›weg‹ sagen …«

»Ihre Wohnung war genauso, wie wir sie zwei Tage zuvor verlassen hatten. Unsere Tassen und Kekse standen immer noch auf dem Tisch.«

»Ich nehme an, Sie haben sie angerufen.«

»Ja, aber sie antwortet nicht.«

»Und Sie haben keine Ahnung, wo sie ist?«

»Sie hatte etwas über eine Tournee auf einen Notizblock gekritzelt, aber ... ich weiß nicht. Sie hat das schon mal gemacht, aber angesichts des Jahrestages und der Notizen und meiner Vermutung, ich hätte ihn vor ihrer Wohnung gesehen, fühlt es sich ... falsch an. Die Polizei ist nicht beunruhigt. Es gibt keine Anzeichen eines Kampfes. Aber ... ich weiß nicht, was ich denken soll. George sagt, Marie sei clever, und ich solle mir keine Sorgen machen.«

»Ich bin mir sicher, er hat recht«, sagt Francesca. »Und ...« Sie wirft einen Blick auf ihre Notizen, und ihr Stift kratzt über das Papier. »Wie läuft es mit George?«

Ich suche nach dem Wort. »Angespannt.« Ein Gefühl der Traurigkeit liegt schwer auf meiner Brust. »Er ist verärgert, weil ich die hier wieder trage« – ich wackele mit meinen behandschuhten Händen – »und er hat ... Angst, nehme ich an, dass ich mich wieder in einer Abwärtsspirale befinde, hin zu dem Stadium, in dem ich Archie nicht aus den Augen lasse. Aber er versucht, mich zu verstehen. Er hat mir einen Blumenstrauß mitgebracht, und wir haben geredet ... oder es versucht. Es ist nicht einfach. Vielleicht sollte ich ihn zu einer Paarsitzung mitbringen.«

»Ich glaube, dafür ist noch nicht der richtige Zeitpunkt. Lassen Sie uns zuerst dafür sorgen, dass Sie sich mehr unter Kontrolle haben, oder?«

»Ja. Bitte.« Das Gefühl, die Kontrolle zu haben, ist genau das, was ich will.

Nachdem ich Francescas Praxis mit einem Haufen Übungen der kognitiven Verhaltenstherapie verlassen habe, die ich zu Hause versuchen soll, fahre ich zu Maries Wohnung und schließe mit dem Ersatzschlüssel auf. Nichts hat sich verändert. Sie ist nicht zurückgekommen. Dieses Mal suche ich gründlicher und finde einige alte Flyer von Produktionen, bei denen sie mitgewirkt hat. Ich googele die Firmen, aber die meisten werden nicht mehr aufgeführt. Die, die es noch gibt, rufe ich an, doch keiner hat etwas von Marie gehört. Ich schließe die Wohnung wieder ab, doch bevor ich gehe, klopfe ich noch bei ihrer Nachbarin.

Die Tür wird einen Spalt geöffnet, und eine alte Dame späht heraus.

»Hallo.« Ich lächele fröhlich. »Ich bin Leah, Maries Schwester.«

Sie schaut mich verwirrt an.

»Marie? Ihre Nachbarin.«

»Die, deren Haare ständig eine andere Farbe haben?«

»Ja. Erinnern Sie sich noch daran, wann Sie sie das letzte Mal gesehen haben?«

»Ich kümmere mich um meinen eigenen Kram, Schätzchen. Hab sie schon einige Tage nicht gesehen.«

»Haben Sie mitbekommen, ob sie Besuch bekommen hat?«

»Wie gesagt, ich kümmere mich um mich selbst. Aber Sie habe ich letztens gesehen. Und da war noch eine blonde Frau dabei.«

»Das war Carly, meine andere Schwester. Sonst noch jemand?«

»Ein Mann. Später an dem Tag. Aber wie gesagt …«

»Ein Mann?« Es läuft mir eiskalt über den Rücken. »Wie hat er ausgesehen?«

»Kann ich Ihnen nicht sagen. Ich achte nicht auf so was. Groß war er allerdings. Hatte dunkle Haare und es nicht für

nötig gehalten, sich zu rasieren. Zu meiner Zeit war ein Verehrer
...«

Er. Sie beschreibt ihn.

»Und haben Sie Marie gesehen? Nachdem der Mann hier
war?«

»Nein. Aber ich kümmere mich auch nicht um den Kram
anderer Leute.«

Nicht überreagieren.

Es gibt keinen Hinweis darauf, dass Marie ihre Wohnung
unfreiwillig verlassen hat. Viele Männer sind groß und haben
dunkle Haare, George eingeschlossen. Es kann jeder gewesen
sein. Ein Auslieferungsfahrer. Ein Vertreter. Einfach jeder.

Aber ich weiß, dass es nicht jeder war.

Er ist zurück.

Zu Hause will ich Carly unbedingt erzählen, was ich von
Maries Nachbarin erfahren habe, aber sie sieht furchtbar aus:
blutunterlaufene Augen und eine heisere Stimme.

»Tut mir leid«, sagt sie, sobald ich in die Küche komme.

»Sei nicht albern.«

»Ich bin nicht ... Ich weiß nicht, was ich tue.« Sie schmiert
für Archie ein Sandwich, aber sie starrt auf die Butter, als hätte
sie sie noch nie zuvor gesehen. Ich nehme ihr das Messer aus
der Hand. »Du siehst furchtbar aus. Fahr nach Hause und leg
dich ins Bett.«

»Aber heute ist doch euer Elternabend. Es tut mir so leid.«

»Du kannst nichts dafür.« In ihren Augen sammeln sich
Tränen, und ich weiß, sie denkt, sie habe mich im Stich gelassen. »Ich bitte Tash zu babysitten.« Ich begleite sie zur Tür.

»Zwei Tage, Leah.« Ihre Stimme überschlägt sich. »In zwei
Tagen ist es zwanzig Jahre her, dass ... dass ...«

»Carly, alles wird gut.« Ich versichere meiner Schwester
etwas, was ich nicht spüre, aber ich weiß, dass alles noch viel
schlimmer wirkt, wenn man sich unwohl fühlt. Und warum

sollte ich nicht einmal die Starke sein? Die, die sich um sie kümmert. »Fahr nach Hause.«

Sie sieht so klein aus, als sie in ihr Auto steigt. Ich schaue ihr nach, als sie wegfährt, bevor ich zurück in die Küche gehe und alles desinfiziere. Den Laib Brot wegwerfe, den sie berührt hat, und Archie stattdessen Kräcker zum Mittagessen gebe.

Ich trage Selbstbewusstsein auf die Lippen auf und pudere mir die Wangen glücklich, bevor ich den Reißverschluss meines roten Rocks hochziehe. Ich habe gehört, dass die Farben, die man trägt, die Stimmung reflektieren. Zumindest kann ich mutig aussehen, auch wenn ich es nicht bin. Als ich aus dem Schlafzimmer komme, höre ich, wie Archie vor Begeisterung kreischt. Dann das Spritzen von Wasser.

Ich stecke meinen Kopf zur Badezimmertür hinein. Archie hat sich einen Badeschaumbart über das Kinn geschmiert. Der Duft von Apfelshampoo hängt in der Luft. »Wir müssen in ungefähr zwanzig Minuten los.«

»Kann ich mitkommen?«, fragt Archie zum hundertsten Mal.

»Tut mir leid, aber das ist nur für Erwachsene.«

»Aber es ist *mein* Kindergarten.« Sein Gesichtsausdruck ändert sich in einer Millisekunde. Er ist müde und kurz davor zu weinen.

»Ich weiß, und deine Erzieherin wird uns erzählen, wie großartig du bist, und am Wochenende bekommst du dann ein kleines Geschenk.«

»Einen Hund!« Archie streckt die Arme in die Höhe. Seifenblasen schweben zu Boden und platzen.

»Keinen Hund, nein.« Ich ertrage es nicht, in sein enttäuschtes Gesicht zu schauen.

»Elternabend.« George schüttelt den Kopf. »Für einen Vierjährigen.«

»Es geht um seinen Wechsel in die Schule«, sage ich, obwohl ich weiß, dass es nichts gibt, was mich darauf vorbereiten kann.

»Aber ich ...«, fängt Archie an, doch ich unterbreche ihn. »Tash kommt und liest dir eine Geschichte vor. Das ist viel lustiger.« Tash verpasst den Figuren immer Akzente.

»Tash kommt her zum Babysitten?« George runzelt die Stirn.

»Ja. Sie schafft das schon.« George meint immer, Tash sei zwar lustig, aber verantwortungslos. Doch ich würde ihr Archie nicht anvertrauen, wenn ich der Meinung wäre, sie würde nicht zurechtkommen.

»Ich dachte, Carly übernimmt das Babysitting.«

»Sie fühlt sich nicht wohl.«

Bevor George antworten kann, läutet es an der Haustür. Ich renne die Treppe hinunter, überprüfe aus dem Wohnzimmerfenster, ob es tatsächlich Tash ist, und öffne die Tür.

»Hallo, Leah.« Sie umarmt mich zur Begrüßung.

»Danke, dass du gekommen bist. Hast du deinen freien Tag genossen und etwas Schönes gemacht?«

Ihre Wangen röten sich, als sie ihre Jacke auszieht, und ich merke mir, dass ich die Heizung drosseln muss, bevor wir fahren. »Nein. Nichts. Du siehst toll aus! Wenn ich es nicht besser wüsste, würde ich denken, ihr beide macht euch heute einen romantischen Abend.« Sie hebt die Augenbrauen.

»Nur der Kindergarten. Aber ich dachte mir, ich gebe mir mal Mühe.« Es ist albern. Ich liebe Archie mehr als alles andere, aber ein Teil von mir glaubt, dass jeder über mich urteilt. Mich als die Hochstaplerin sieht, die ich zu sein glaube. Wie kann ich eine gute Mutter sein, wenn ich nicht einmal auf mich selbst aufpassen kann?

»Wo ist dein umwerfender Ehemann?«, fragt Tash als Nächstes.

»Er macht Archie fertig fürs Bett.«

»Er kümmert sich so gut um ihn. Du weißt nicht, wie viel Glück du hast.« Tash folgt mir in die Küche.

»Also, du kommst zurecht, oder? Wenn es ein Problem gibt, ruf mich an. Oder George. Oder den Kindergarten …«

»Ich werde so sehr damit beschäftigt sein, Kokain von eurem Sofatisch zu schnupfen, dass mir nicht auffallen wird, wenn etwas nicht stimmt.« Mein entsetzter Gesichtsausdruck entgeht ihr nicht. »Entspann dich.«

Ich versuche, ein Lächeln zustande zu bringen, und stelle den Wasserkocher an. »Kaffee?«

»Ich dachte mir, ich könnte mit Archie einen Wodka trinken. Dann schläft er besser …«

»Tash!« Mein Ton ist schärfer als beabsichtigt.

»Tut mir leid, Leah. Du weißt doch, dass ich nur Spaß mache, aber das ist vielleicht das Letzte, worauf du angesichts des Jahrestages Lust hast. Das ist mein Schutzmechanismus.«

»Schutz wovor?«

»Ich weiß nicht. Ignorier mich. Ich bin im Moment nicht ganz bei mir. Archie!« Tash geht in die Hocke, als sich ein feuchter Archie in ihre ausgebreiteten Arme wirft.

»George.« Tash hebt den Kopf, und ihre Blicke treffen sich. Nach einer kurzen Pause sagt er: »Tash.« Auf der Suche nach seinen Autoschlüsseln klopft er sich auf seine Tasche. »Komm schon, Leah. Wir werden zu spät kommen.«

Wir hocken auf zu kleinen grauen Stühlen. Unsere Füße stehen auf Flecken von Glitter, von dem ich weiß, dass er unmöglich zusammenzufegen ist. Der Geruch von Play-Doh mischt sich mit dem von Kleber und etwas Süßem. Vielleicht Kekse. Georges Knie sind an seine Brust gepresst, während Rebecca Archie mit Lob überhäuft. Wir machen offensichtlich etwas richtig. Trotz meiner Ängste und Rituale wird uns erzählt, dass er fröhlich und umgänglich ist. Es gibt überhaupt keine Bedenken, dass er sich in der Schule nicht einleben wird. Ich werde diejenige sein, die Probleme hat, damit klarzukommen.

»Sie können sich seinen Ablagekasten anschauen, während ich aufräume«, schlägt Rebecca vor.

Zum ersten Mal seit Tagen fühle ich so etwas wie Entspanntheit, als ich in den vertrauten Raum gehe und sicher bin, dass mein Junge sich gut macht.

George zwängt sich auf eine Holzbank und streckt den Kopf nach vorne, um den Kleiderhaken auszuweichen, die an der Wand hinter ihm montiert sind.

Ich greife nach Archies Ablagekasten und ziehe ihn zu mir.

Als ich sehe, was darin ist, kann ich nicht aufhören zu schreien.

KAPITEL 28

Carly – Damals

»Ich habe etwas mitgebracht, das euch helfen wird«, sagte Doc, als er den Raum betrat. Er hielt einen Beutel hoch. »Zeitschriften, um euch die Zeit zu vertreiben. Ich bin mir nicht sicher, was Mädchen mögen. Ein Beano-Heft und was über Mode und …« Er rümpfte die Nase. »Hat sich jemand übergeben? Ist alles okay?«

»Nein.« Carlys Stimme überschlug sich unter der Last ihrer Tränen. »Gar nichts ist *okay*.« Sie hob den Kopf und begegnete seinem Blick. »Marie braucht einen Arzt. Bitte. Sie ist wirklich krank. Ich … ich weiß nicht, was ich machen soll. Ich habe nichts, um sie abzuwischen. Bitte. Sie müssen Hilfe holen.«

»Ich kann nicht …«

»Kann nicht oder will nicht?«

»Kinder müssen sich ständig übergeben.« Doc klang unsicher, als wäre er Kinder nicht gewöhnt.

»Marie nicht. Hier ist es dreckig. Der Raum ist nicht einmal für Tiere geeignet. Wenn sie stirbt, dann ist das Ihre Schuld.« Carly hörte, wie Leah scharf die Luft einsog, aber sie konnte sie nicht beruhigen. Sie glaubte nicht, dass Marie etwas Ernsthaftes hatte – sie sah bereits viel besser aus –, aber … *Du wickelst mich um den kleinen Finger.* Sie musste es noch einmal versuchen. Carlys Erwartungen und Docs stille Überlegungen hingen schwer in der Luft. Carly sagte nichts. Ein Schachspiel – er war am Zug.

»Ich bin mir sicher ... Keine wird sterben.«

»Sind Sie davon überzeugt?« Carlys Blick war starr auf ihn gerichtet. »Wenn Sie uns nicht alle gehen lassen können, dann bringen Sie Marie in ein Krankenhaus, *bitte*. Können Sie es mit sich vereinbaren, wenn sie hier nicht mehr lebendig rauskommt?«

»Nein ... Ich ... Das ist nicht, was ...« Doc trat einen Schritt vor und dann wieder zurück. »Hör mal, es liegt nicht an mir. Ich gehe fragen.« Und dann eilte er aus dem Raum.

Carly hörte, wie die Tür hinter ihm zuschlug. Das Geräusch von Docs Stiefeln, die über den Betonboden des Flures stampften, wurde immer leiser. Aber die Riegel? Sie hatte die Riegel nicht gehört.

Für den Bruchteil einer Sekunde war sie in Unentschlossenheit erstarrt, doch dann rauschte das Blut in ihren Ohren. Das war vielleicht ihre einzige Chance.

»Steh auf!« Sie zog an Maries Arm.

»Aber ich bin müde ...«

»Steh auf! Wir kommen hier raus, aber wir müssen los. Jetzt!«

»Weg von den Keimen?« Leah sprang auf, nahm Maries andere Hand und zog. »Mach schon, Marie.«

Carly bekam Schuldgefühle. Marie war leichenblass. Bedrohlich violette Tränensäcke zeichneten sich unter ihren Augen ab. Erbrochenes trocknete auf ihrem Schulpullover. Aber wenn sie jetzt nicht gingen, schnell gingen ...

Klopf-klopf-klopf machte der Baum an den Metallstäben.

Beeilung-Beeilung-Beeilung.

Sie scheuchte die Zwillinge hinüber zur Tür. Der Türknauf fühle sich kalt und hart in Carlys Hand an. Er knarrte, als sie ihn drehte. Ihr Blick fiel panisch auf den Clown.

Lass uns raus, flehte sie ihn stumm an.

Ihr kommt wieder, grinste er.

Langsam, ganz langsam machte sie die Tür auf. Jedes Mal, wenn die Scharniere quietschten, hielt sie die Luft an. Ihr Herz hämmerte panisch in der Brust, als sie am Ende des Flures Doc entdeckte, der am Rahmen der Eingangstür lehnte und aus dessen Zigarette Rauchwölkchen aufstiegen. Er hatte ihnen den Rücken zugewandt, während er mit tiefer, energischer Stimme in sein Handy sprach. Carly wusste, dass er Schnauzbart fragen musste, ob er Marie zu einem Arzt bringen konnte. Schnauzbart würde nicht lange brauchen, um Nein zu sagen – er war offensichtlich derjenige, der das Sagen hatte –, aber Docs Stimme klang eindringlich. Es war fast, fast so, als wäre er auf ihrer Seite.

Carly legte den Zeigefinger auf die Lippen, mahnte ihre Schwestern, leise zu sein, als sie sie aus dem Raum führte und sich von der Eingangstür abwandte. Carly ging zuerst, gefolgt von Marie, die fest ihre Hand hielt, und als Dritte kam Leah, die mit einer Hand die ihrer Zwillingsschwester umklammerte und mit der anderen den Bären im roten Pullover. Enten in einer Reihe, die auf die Jagd warteten. Zur Linken und Rechten befanden sich Räume. Wenn sie sich in einem versteckten, wären sie gefangen, leicht zu finden. Am anderen Ende des Flures die Treppe. Es bestand die Möglichkeit, dass Doc sich umdrehen und sie entdecken würde, bevor sie sie erreichten. Doch selbst wenn sie es bis dorthin schafften, konnte das Holz morsch sein und die Treppe zusammenbrechen, bevor sie oben angekommen waren. Und falls sie den zweiten Stock tatsächlich erreichten, was dann?

Carly hatte nur den Bruchteil einer Sekunde, um eine Entscheidung zu treffen.

Denk nach.

Sie führte ihre Schwestern durch die Türöffnung in den Raum neben ihrem, und ihre Panik wuchs mit jedem Schritt. Der Raum war kleiner als ihrer; das Graffito an den Wänden merkwürdigerweise wunderschön. Eine Frau auf einem Einhorn, deren lange pinkfarbene Haare hinter ihr her wehten. Der Boden war übersät mit leeren Farbsprühdosen, zerknitterter Alufolie, Spritzen. Ein zusammengeknüllter Schlafsack in der Ecke. Draußen heulte der Wind, der Regen wehte durch den leeren Fensterrahmen und bildete Pfützen auf dem Boden. Hier gab es keine Metallstäbe.

Die Mädchen traten auf knirschende Glasscherben, als sie durch den Raum eilten. Carly verschränkte die Finger beider Hände und bildete eine Räuberleiter. Sie nickte Leah zu und betete, sie möge nicht protestieren, es sei zu hoch, sie habe Angst und wolle nicht die Erste sein. Mit einem schnellen Blick auf Marie stellte Leah ihren Fuß in Carlys Hände und ließ sich hochhieven, bis sie durch die Öffnung krabbeln konnte und mit einem dumpfen Geräusch nach draußen fiel. Sie streckte die Hand durch die Fensteröffnung und half schnell Marie hinaus.

Die Eingangstür schlug zu. Docs Schritte hallten über den Flur.

Beeilung-Beeilung-Beeilung.

Carlys Puls beschleunigte sich noch mehr. Sie hatten Minuten, vielleicht nur Sekunden, bis Doc entdeckte, dass sie weg waren. Sie schwang ein Bein auf das Fensterbrett und zog sich nach draußen. Dann griff sie nach den Händen der Zwillinge und zerrte sie vom Gebäude weg. Es war dumm, im Freien zu bleiben, denn man würde sie fast sofort entdecken. Das nächstgelegene Gebäude, das mit dem Schild »NORWOOD ARMY CAMP«, war nur ein paar Meter entfernt.

»He!«, brüllte Doc.

Beeilung-Beeilung-Beeilung.

Sie rannten zum Gebäude. Stampften die fünf Stufen zum Eingang hinauf.

Carly fragte sich, wie viele Soldaten genauso viel Angst gehabt hatten wie sie, als sie in das Hauptgebäude gerufen wurden, um ihre Befehle entgegenzunehmen, ihr Schicksal zu erfahren. Trotz ihrer Uniformen, ihrer Waffen waren sie nur aus Fleisch und Blut gewesen, genau wie sie. Jeder war fehlbar. Entbehrlich.

Nicht jeder kam lebend raus.

Ihr werdet sterben.

Der Raum war riesig. Ein geschwungener Empfangstresen aus Holz direkt gegenüber dem Eingang. »Willkommen« in dicken schwarzen Buchstaben gesprüht, daneben ein grob gezeichneter Totenkopf. Carly zog kurz die Treppe in Betracht, bevor sie die Mädchen nach links dirigierte. Sie eilten über den Flur in einen größeren Raum. Staubwolken wirbelten um ihre Knöchel. Hier befand sich eine große Kinoleinwand, die wie durch ein Wunder immer noch an der Wand hing. Mehrere Holzbänke waren umgekippt, ihre Beine abgebrochen. In der Mitte des Raumes lag ein Haufen Asche und Ruß. Hier hatten die Einsatzbesprechungen stattgefunden. Carly erschauderte. Die Soldaten hatten sicher genauso viel Angst gehabt wie sie, denn keiner wusste, ob er seine Familie wiedersehen würde.

Nirgendwo gab es ein Versteck.

Beeilung-Beeilung-Beeilung.

»Kommt schon.«

Aber Marie schwankte, erschöpft und bleich.

»Nur noch ein bisschen weiter.« Carly schleifte ihre Schwester halb über den nächsten Flur, der sich zu etwas öffnete, das sie aus Mr Websters Unterricht kannte.

Dem Festsaal.

In der Decke waren drei große Löcher, wo die Kronleuchter heruntergerissen worden waren. Glitzernde Glassplitter bedeckten den Boden. Carly erinnerte sich an Füße, die über den Plüschteppich tanzten, der jetzt in Fetzen lag, teilweise verbrannt, das rote Muster ausgeblichen, der cremefarbene Teil verdreckt.

In der Mitte des Raumes ein riesiger Haufen leerer Kisten, Holzpaletten, ausgeblichene geblümte Vorhänge, als hätte jemand das Gerümpel für ein Lagerfeuer zusammengetragen.

Draußen das Geräusch eines Motors, quietschende Reifen, Bremsen, eine zuschlagende Tür.

»Wo zum Teufel sind sie?«

Schnauzbart war eingetroffen.

Kapitel 29

Leah – Jetzt

Käfer.

In Archies Kasten krabbeln überall Käfer.

Sofort bin ich wieder zurück in der Kälte und der Feuchtigkeit und der Dunkelheit. Insekten in meinen Haaren, in meinem Mund. Spitze Füße, die über meine Haut krabbeln. Eines stürzt meine Kehle hinunter, trifft auf den Schrei, der sich seinen Weg bahnt.

Der Geruch.

Das Geräusch.

Das Wissen, dass sie da waren, aber in der Dunkelheit nicht gesehen werden konnten.

Jetzt kann ich sie sehen in der hell erleuchteten Garderobe. Der Kasten ist mir aus den Händen geglitten. Die Käfer huschen über meine Schuhe. Ich werde sie wegwerfen müssen.

»Leah!« George zieht mich fort, zurück in den Gruppenraum, und Rebecca kommt zu uns gerannt.

»Was ist passiert?«, fragt sie mit besorgtem Gesichtsausdruck, und ihr Blick huscht zwischen mir und George hin und her. Ich antworte nicht.

Ich kann nicht.

Mein Körper ist hier, doch mein Verstand ist zurück in Norwood. Zurück an dem Ort, der schlimmer war als der Raum, in dem wir zuerst gefangen gehalten wurden. Es ist der Ort mit scharrenden Ratten und glühenden Augen. Ich bekomme einen Tunnelblick, bis ich nur noch einen Lichtpunkt sehe, und dann nichts mehr.

»Es tut mir so leid.« Rebecca kann nicht aufhören, sich zu entschuldigen. Wir sind im Aufenthaltsraum der Erzieherinnen. Sie bietet mir ein Glas Wasser an. Ich schüttele den Kopf. Ich kann es nicht in der Hand halten, die immer noch heftig zittert, und außerdem wäre ich nicht in der Lage, aus dem Glas zu trinken. »Es ist die Feuchtigkeit. Wir haben seit dem Wetterumschwung hier drinnen ein Insektenproblem. Es gibt da ein kleines Loch, durch das sie hereinkrabbeln. Nächste Woche kommt jemand, der sich das anschaut.«

»Es ist nicht Ihre Schuld«, versichert George ihr wieder.

»Manchmal verstecken die Kinder auch ihre Verpflegung in den Kästen. Das ist auch nicht gerade hilfreich …« Sie sieht beschämt aus.

»Ehrlich, machen Sie sich keine Sorgen. Leah, kannst du aufstehen?«

Ich bin mir der Antwort nicht sicher, aber ich nicke trotzdem.

George hilft mir nach draußen zum Auto.

Er fährt vom Parkplatz, und ich werde in meinem Sitz immer kleiner. Die Nacht ist hereingebrochen, und jedes sich nähernde Auto sieht schwarz aus. Wir reden nicht. Die Radiosendung aus den Neunzigern ist ein leises Dröhnen.

Steps beginnen zu singen: »5, 6, 7, 8«. Ich wickele meine Strickjacke enger um mich, bin überzeugt, dass es ein Zeichen ist, dass ich recht habe. Dass er irgendwie in Archies Kindergarten gewesen ist und diese dreckigen Käfer im Ablagekasten meines

Babys deponiert hat. Ich hätte fragen sollen, ob es heute Besuch von Wartungsleuten gegeben hat.

Wir sind fast zu Hause. Der Motor dröhnt, als wir an der Ampel neben dem Zeitschriftenladen warten. Da ist ein Mann in dunkler Kleidung. Erst als er sich eine Zigarette anzündet, sehe ich sein Gesicht.

»Halt!«, rufe ich in dem Moment, in dem die Ampel auf Gelb schaltet und George Gas gibt. Er tritt auf die Bremse. Ich rucke nach vorn, der Sicherheitsgurt schneidet mir in die Brust.

»Was ist los?«, fragt George.

Ich drehe den Kopf. Es ist niemand da, aber ich weiß, was ich gesehen habe.

Ich weiß, was ich *denke*, gesehen zu haben.

»Haben Sie ihn wirklich gesehen?«, würde Francesca fragen, aber es ist möglich, dass ich das getan habe, oder? Er ist irgendwo da draußen. Es ist nicht das Fregoli-Syndrom, das weiß ich. Aber ich war mir schon einmal sicher gewesen und hatte mich damals geirrt.

Wie im Song der Passengers bin ich »The Boy Who Cried Wolf«. Keiner glaubt mir, bis es zu spät ist.

»Nichts«, murmele ich. George macht: »Ts-ts.«

Sobald wir durch die Eingangstür treten, renne ich die Treppe zwei Stufen auf einmal nehmend hinauf, will unbedingt nachschauen, ob Archie da ist. Sicher ist. Er schläft. Die Haare stehen vom Kopf ab, der Arm ist um seinen Plüschlöwen geschlungen. Ich küsse meinen Zeigefinger und drücke ihn auf Archies Stirn.

Bis ich wieder unten bin, ist Tash gegangen.

»Sie hat sich nicht verabschiedet? Ging es ihr gut?«

»Ja, sie war nur müde. Wir wussten nicht, wie lange du noch oben sein würdest. Ich hole noch ein bisschen Arbeit nach.«

Ich habe geduscht und meine Haut geschrubbt, bis sie wund war. Habe die Kleidung, die ich heute Abend trug, zusammengeknüllt in die Waschmaschine gesteckt und einen heißen Waschgang eingestellt. Draußen in die schwarze Tonne habe ich meine Schuhe geworfen. Ich koche gerade Kaffee, als mein Handy piept und eine unbekannte Nummer anzeigt. Misstrauisch öffne ich die SMS.

Du siehst hübsch aus in dem roten Rock.

Ich habe das Gefühl, einen Schlag in den Magen bekommen zu haben und krümme mich über der Spüle, das Handy fest umklammert.

Er beobachtet mich. Hat er sich vor dem Kindergarten herumgetrieben? Meine Reaktion durch das Fenster beobachtet, als ich Archies Kasten herauszog?

Sofort denke ich, ich muss die Polizei anrufen. Sie können diesen neuen Beweis, den ich schwarz auf weiß in den Händen halte, nicht abtun, doch dann lese ich die Nachricht noch einmal:

Du siehst hübsch aus.

Ein Kompliment, werden sie sagen.

Nichts Bedrohliches. Es wurde keine Straftat begangen.

Aber mein Bauchgefühl sagt mir, dass es nur eine Frage der Zeit ist, bis das geschieht.

Er ist klug. Das weiß ich von früher.

Ich muss schlauer sein.

Kapitel 30

Carly – Damals

Sobald Carly hörte, dass Schnauzbart eingetroffen war, zog sie die Zwillinge zu dem Gerümpelhaufen in der Mitte des Raumes.

»Wir müssen sie überlisten und uns verstecken.«

Die Mädchen gruben sich in die Mitte des Haufens. Paletten und Kisten begannen zu rutschen, aber Carly fing sie auf, bevor sie ein Geräusch machen konnten. Den Schutt verteilte sie so über den Zwillingen, dass keine Gliedmaßen oder roten Haare oder Kleidungsstücke mehr zu sehen waren. Dann versuchte Carly, vorsichtig auf dem Bauch schlängelnd den Mädchen zu folgen, aber sofort löste sich eine Kiste mit lautem Gepolter.

Carly hielt die Luft an. Sie hörte einen Schrei. Schritte, die sich auf sie zubewegten. Schnell drängte sie sich dicht an den Rand des Gerümpels und zog ein Teppichreststück über sich – es stank. Sie stellte sich vor, wie es darin vor Käfern wimmelte. Ihre Haut und ihre Haare begannen zu jucken. Echte oder eingebildete Insekten huschten über ihre Haut. Krabbelten in ihre Ohren. Ihre Nasenlöcher. Ihren Mund. Winzige Füße strichen über die Haare auf ihren Armen. Sie unterdrückte ein Wimmern, widerstand dem Drang zu kratzen. Sie fühlte sich zu

213

exponiert, ungeschützt, in der Mitte des Raumes, aber sie hoffte auch, dass genau das verhindern würde, entdeckt zu werden.

Je offensichtlicher, desto unauffälliger

Carly versuchte, nicht daran zu denken, dass jemand ein Streichholz in dieses provisorische Lagerfeuer werfen könnte. Sie versuchte, nicht an die Flammen zu denken, die um die Nachbildung von Guy Fawkes getanzt hatten, der von den Mädchen und ihr im letzten Jahr gebastelt worden war. Sie versuchte, an nichts zu denken, außer an zu Hause.

Sicherheit.

Wärme.

Sie wartete.

Draußen prasselte der Regen auf das Flachdach. Der Wind heulte durch die zerbrochenen Fenster. Schritte stampften auf dem Betonboden.

»Dieser Ort hier ist unglaublich.« Sie erkannte Docs Stimme. »Kannst du dir die Geschichte vorstellen ...«

»Du wirst verdammte Geschichte sein, wenn du sie nicht findest. Ich kann nicht glauben, dass du ...«

»Ja, ich weiß. Weit können sie aber nicht gekommen sein. Eine von ihnen war wirklich krank.«

»Du solltest verdammt noch mal hoffen, dass sie das nicht sind.«

Ihre Stimmen wurden lauter. Sie kamen näher. Dort, wo der Teppichrest nicht ganz den Boden berührte, konnte Carly durch einen Spalt ihre Stiefel erkennen. Ein Hitzeschauer erfasste ihren Körper von den Füßen bis zur kribbelnden Kopfhaut.

Bitte seid still, Mädchen. Bitte seid still.

Noch ein Schritt. Docs Fuß strich am Teppich entlang, der sie bedeckte, verursachte eine Staubwolke, die ihr in der Nase kitzelte. Gleich würde sie niesen müssen, spürte, wie der Niesreiz stärker wurde.

Stärker.

Stärker.

Ihre Nasenlöcher füllte. Automatisch öffnete sich ihr Mund.

Bitte nicht.

Millimeter für Millimeter hob sie die Hand, bis sie den Zeigefinger unter ihre Nase drücken konnte. Ihr blieb fast das Herz stehen, als sich der Teppich verschob. Sie betete, dass es niemand bemerkt hatte. Betete, dass er nicht völlig von ihr runterrutschte.

Der Regen klopfte.

Ihr Herz klopfte.

Schnauzbarts Schritte klopften.

»Hier sind sie nicht. Lass uns oben nachgucken.«

Stille, aber keine Erleichterung. In dem Moment, als Carly sie nicht mehr hören konnte, vernahm sie ein leises Weinen, doch bevor sie die Mädchen trösten, sie zur Ruhe bringen konnte, merkte sie, dass es von ihr kam. Sie versuchte, die Tränen hinunterzuschlucken, aber es gelang ihr nicht.

Den Zwillingen war hoch anzurechnen, dass sie weder sprachen, noch sich bewegten. Carly brauchte ein paar Minuten, bis sie sich beruhigt hatte. Sie drückte die Fingerspitzen fest auf die Augenlider und atmete tief durch die Nase, die von Rotz und Staub verstopft war.

»Seid ihre beide okay?«, brachte sie schließlich flüsternd zustande.

»Ja«, kam schwach Leahs Antwort.

»Marie?«

»Mir ist wieder richtig schlecht.«

Carly überraschte das nicht. Auch ihr war schlecht vom Gestank der Feuchtigkeit und des Urins und des Rußes.

»Seid noch ein bisschen still, und wenn wir sicher sind, dass sie woanders nach uns suchen, hole ich euch raus.«

»Meine Beine wollen sich bewegen«, sagte Leah.

»Stell dir vor, sie tun es«, flüsterte Carly. »Stell dir vor, wir singen mit Steps und tanzen. Schließ die Augen und hör die Musik. Spüre, wie deine Füße sich bewegen. Wir sind sicher zu Hause. In der Küche. Bereit? 5, 6, 7, 8.«

Im Geiste sah Carly, wie die Mädchen im Gleichklang tanzten, die Lippen sich synchron zum Liedtext bewegten und die Füße instinktiv wussten, in welche Richtung sie sich drehen mussten. Es war beruhigend, dass Leah und Marie die gleiche Szene in ihrem Kopf abspielten, als würden sie alle denselben Film schauen. Obwohl sie unter einem Scheiterhaufen festsaßen, hatte Carly seltsamerweise ein merkwürdiges Gefühl von Freiheit.

Es waren ihre eingeschlafenen Gliedmaßen, die Carly schließlich zwangen, sich zu bewegen. Langsam schlug sie den Teppich zurück und ließ den Blick im Raum herumhuschen. Die Männer waren nicht zu sehen.

Nicht zu hören.

Doch das bedeutete nicht, dass sie nicht in der Nähe waren.

Noch nie hatte sie solche Angst gehabt. Machte sie es für sie alle nur noch schlimmer, wenn sie geschnappt wurden? Würden sie wieder gefesselt werden? Geknebelt? Die Augen verbunden bekommen? Nicht mehr in der Lage sein, die Gräuel zu sehen, aber sie sich stattdessen vorzustellen. Die schlimmsten Sachen passierten in der Dunkelheit. Dort wüteten Albträume und trieben Dämonen ihr Unwesen.

Genug. Carly konzentrierte sich auf das Hier und Jetzt. Sie würde einfach nicht zulassen, dass sie wieder gefasst wurden.

»Ich werde euch jetzt herausholen, aber seid leise.« Carly hob Holzbretter an und legte sie vorsichtig auf den Boden, entfernte ein großes Stück feuchter Pappe, das in ihren Händen zerfiel. Sie griff nach Leah, von der sie wusste, dass sie mehr Angst hatte, als sie beide zusammen, aber Leah schüttelte den Kopf. »Zieh Marie zuerst aus den Keimen.«

Maries Haut sah grün aus, und das Weiße in ihren Augen pinkfarben. Sobald ihr Carly herausgeholfen hatte, sank sie zu Boden, als koste sie das Stehen zu viel Mühe. Leah war die Nächste und umklammerte noch immer den Teddybären, dessen roter Pullover jetzt voller Staub war.

»Willst du mit dem Teddy kuscheln, Marie?«, flüsterte sie ihrer Zwillingsschwester zu. »Er ist sehr tapfer.«

Marie schüttelte den Kopf.

»Wir werden hier rauskommen«, versprach Carly. »Wir werden so schnell rennen, wie wir können, und ...«

»Ich glaube nicht, dass Marie im Moment sehr schnell laufen kann.« Leah hatte ihren Arm um die Schultern ihrer Zwillingsschwester gelegt. »Wenn du willst, dann ... kann ich laufen. Ich bin schnell und ...« Angst spiegelte sich in Leahs Augen, und sie schluckte schwer. »Ich könnte Hilfe holen. Könnte es jedenfalls versuchen. Nicht wahr, Teddy?« Sie drückte den Bären an ihr Herz.

Carly dachte nach. Sollte eine von ihnen Hilfe holen? Sie warf einen Blick aus dem scheibenlosen Fenster. Der Himmel verblasste deutlich und nicht nur, weil er sturmgrau war. Die Nacht brach herein. Sie selbst wäre die naheliegende Wahl gewesen. Schneller. Ruhiger. Aber konnte sie ihre Schwestern alleinlassen?

»Danke, Leah, aber wir bleiben zusammen. Bald ist es dunkel, und wir brauchen uns keine Sorgen darüber zu machen, schnell laufen zu müssen. Sie werden uns nicht sehen können.«

»Aber wir werden auch nicht sehen können, wohin wir gehen«, gab Leah völlig richtig zu bedenken.

»Nein, aber der Mond wird uns führen. Alles wird gut, ich verspreche es.« Doch die Lüge schmeckte so sauer wie der Urin und das getrocknete Erbrochene, deren Gestank in der Luft hing. »Setzen wir uns in die Ecke. Dann werden wir sie hören, wenn sie zurückkommen, und dann können wir uns wieder verstecken.«

Sie drängten sich an die Wand und spielten »Ich sehe was, was du nicht siehst«, um sich die Zeit zu vertreiben. Carly war nervös. Sie hatten fast jedes Teil im Raum durch und Carly blieb an Leahs »Etwas, was mit W beginnt« hängen.

»Wange.« Marie deutete auf ihre.

»Nein«, sagte Leah.

»Ich gebe auf«, resignierte Carly.

»Dann bist du die Verliererin.« Leah malte ein V auf ihre Stirn.

»Was ist es?«, fragte Carly.

»Es ist Virus. Hier sind überall Viren, Bazillen und Keime.«

»Das beginnt mit einem V«, sagte Marie.

»Tut es nicht.«

»Tut es doch. Wie Vulkan.«

»Das glaube ich dir nicht. Ich bin noch mal dran.«

»Keiner ist dran«, bestimmte Carly. Es war zu finster, um noch etwas zu sehen. »Es ist Zeit zu gehen.«

Die Mädchen fassten sich instinktiv an den Händen. Sie gingen durch den Raum und dann denselben Weg zurück zum Eingang. Dort standen sie in der Türöffnung, und der Regen prasselte gegen sie. Es war dunkler, als Carly geglaubt hatte. Der Mond war hinter den Wolken kaum zu sehen.

»Bereit?«, fragte sie, aber es war egal, ob sie es waren oder nicht.

Sie hatten keine andere Wahl, als ins Ungewisse hinauszutreten.

KAPITEL 31

Leah – Jetzt

George und ich starren uns an. Er möchte, dass Archie, wie geplant, am Kindergartenausflug teilnimmt, und ich bleibe hartnäckig dabei, dass das nicht geht.

»Bitte, Mummy. Bitte.«

»Leah.« Georges Stimme hat einen warnenden Unterton.

»Nein.« Ich drehe mich um, damit er meine Tränen nicht sieht. Der Brief, in dem »Ein Tag« steht, raschelt in der Tasche meines Morgenmantels. Ich habe ihn nicht einmal geöffnet.

»Du kannst ihn nicht wegen … letzter Nacht davon abhalten mitzufahren.« Aus Georges Stimme spricht Verzweiflung. Er glaubt, es sind die Käfer, die mich davon abhalten, Archie in den Kindergarten zu bringen, obwohl es in Wirklichkeit der Mann ist, der sie in den Kasten getan hat.

»Aber ich möchte gehen, Mummy.« Archie knallt seinen Trinkbecher auf den Tisch. »Wir fahren mit einem Minibus, und ich wollte Kräcker mit Frischkäsedip in meinem Lunchpaket.« Der geplante Ausflug in das Naturschutzgebiet zum Sammeln von Sachen für den Herbsttisch ist die Quelle großer Aufregung.

»Du könntest mitfahren.« Ich biete George einen Kompromiss an. Ich will Archie nicht aus den Augen lassen,

219

aber ich weiß, wie enttäuscht er ist. Der Ausflug war ursprünglich für einen Freitag vor ein paar Wochen geplant gewesen, aber da einige Erzieherinnen krank waren, hatte man ihn auf heute verlegt. Ich hatte gehofft, George werde frei haben, weil der Ausflug jetzt an einem Wochenende stattfand.

»Ich muss arbeiten.«

»Es ist Samstag«, fauche ich.

»Ein Grund mehr für Archie, rauszukommen und Spaß zu haben.«

»Noch einen Tag«, sage ich zu George. »Warum kannst du mir nicht noch einen Tag geben, und dann ist es vorbei …«

»Bis zum nächsten Mal«, blafft George. »Ich muss wissen, ob du in der Lage bist, dich um Archie zu kümmern, Leah …«

»Wie kannst du es wagen, mir zu unterstellen, ich könnte das nicht!«

»Wir können Rebecca vertrauen, dass sie auf Archie aufpasst.« Damit assoziiert er, dass er mir nicht traut. Der jahrelange Umgang mit dem Jahrestag, das Herumschleichen um meine Auslöser und die Schrecken der Vergangenheit haben bei George ihren Tribut gefordert. Bei uns allen ihren Tribut gefordert. Er hat recht, obwohl ich es nur ungern zugebe. Auch nach dem morgigen Tag wird es nicht vorbei sein. Es wird nie vorbei sein.

»Bitte, Mummy, bitte, Mummy, bitte, Mummy.«

»Nein!«, brülle ich, und Archie bricht in Tränen aus. »Es tut mir leid.« Ich eile zu ihm und schließe ihn in die Arme.

»Wenn Mummy dich nicht *mitfahren lässt*« – George sagt nicht, *mitfahren lassen kann*, und in diesem Moment bin ich so verärgert über seinen Mangel an Verständnis wie er über meine Marotten –, »dann geht sie vielleicht mit dir in den Park, und du kannst dort ein paar Sachen sammeln, die du am Montag mit in den Kindergarten nimmst.«

»Ja! Park. Park. Park.« Archies Tränen versiegen sofort.

»Kannst du bitte mitkommen?«, frage ich George.

»Tut mir leid, aber ich habe ein wichtiges Meeting. Kommst du klar, Leah?«

Vollmacht. Nachlassende geistige Fähigkeiten.

»Ja.«

Sobald George gegangen ist, rufe ich Carly an, um sie zu fragen, ob sie mit mir kommen kann, aber ich kann sie kaum verstehen. Sie hat fast keine Stimme mehr. Aus einer Laune heraus rufe ich Tash an, um zu fragen, ob sie Lust auf einen Spaziergang hat, aber sie behauptet, sie habe einen Notfalltermin beim Zahnarzt wegen eines schmerzenden Zahns.

Ich bin allein.

»Mummy, zu schnell!« Archie versucht, seine Hand aus meiner zu winden, aber ich halte ihn gut fest, als wir am Zeitschriftenladen vorbeigehen, wo ich *ihn* gestern Abend auf dem Heimweg vom Elternabend gesehen habe. Als die Straße breiter wird, fühle ich mich ein bisschen sicherer. Hier ist mehr Verkehr. Fußgänger, die auf ihre Handys starren, während sie irgendwie einander ausweichen, und mehrere Leute, die Hunde an der Leine halten.

Im Park ist viel los. Ein Hauch von Nostalgie überkommt mich, als ich die Babyschaukeln betrachte. Ich erinnere mich daran, wie ich Archie hochhob, der seine pummeligen Arme nach mir ausstreckte. Sanft seinen Popo tätschelte, um herauszufinden, wie voll seine Windel war. Jetzt versucht er, auf die Spielgeräte zuzulaufen. Ich ziehe ihn zurück.

»Wir sind wegen des Naturtisches hier, schon vergessen?«

»Nur ein winzig kleiner Rutscher.« Er drückt Daumen und Zeigefinger zusammen, bevor er sie ein Stückchen öffnet. »Nur einmal?«, fragt er verzweifelt.

»Einmal«, sage ich. So unruhig ich mich hier fühle, so unruhig fühlte ich mich auch zu Hause. Wenigstens gibt die Menge der anderen Mütter Sicherheit, denke ich, als ich mich umschaue. Archie trampelt die Stufen hinauf. Vorsichtiges Klettern kommt für ihn nicht infrage, aber immerhin hält er sich am Handlauf fest. Er saust hinunter, und die Freude in seinem Gesicht durchbricht meine Aufregung.

»Mach weiter«, sage ich, bevor er fragen kann. Nach der Rutsche geht es zum Karussell. Zum Klettergerüst. Doch hier zaudert er, ist noch nicht mutig genug, um höher als fünf Sprossen zu klettern. Bemerkt nicht, dass die Rutsche, die er so liebt, noch höher ist. »Sollen wir ein paar Blätter und andere Sachen suchen?«, frage ich ihn.

»Welche anderen Sachen sollen wir suchen?« Er schiebt seine Hand in meine und ist jetzt müde. Ich bin froh, dass ich ihn auf dem Spielplatz seine überschüssige Energie habe abrennen lassen.

»Schätze?«

»Piraten?«

»Papageien?«

Wir spielen unser Wortassoziationsspiel, während Archie Blätter, Zweige, Steine und Tannenzapfen sammelt und sie mir in die Hand drückt. Ich hätte einen Beutel mitbringen sollen. Meine Jacke hat keine Taschen, und in den Jeanstaschen würde alles zerdrückt werden. Ich schaue mich um. Eine ältere Dame wartet zu meiner Linken, während ihr Hund an einem Baum das Bein hebt.

»Ich werde die Frau fragen, ob sie ein paar Hundekackabeutel für uns hat«, sage ich. Archie krümmt sich vor Lachen.

»Kacka! Für Kacka! Wir machen Kacka!«

»Schh!« Die Dame schaut jetzt zu uns herüber. Ich gehe zu ihr und erkläre ihr, was ich brauche und warum. Sie hält eine Tüte auf, in die ich Archies Fundstücke fallen lasse, und dann gibt sie mir noch eine.

»Archie.« Ich drehe mich um, freue mich, dass wir noch einen Ersatzbeutel haben. »Archie?«

Ich habe ein mulmiges Gefühl im Magen, als ich die Stelle absuche, an der Archie gestanden hat. Sie ist leer.

»Archie!«, rufe ich, aber kein »Mummy« ist zu hören, das mir sagt, dass er in der Nähe ist. Keine Schritte.

»Archie!«, schreie ich wieder.

Drei Schritte weit weg. Ich war nur drei Schritte von ihm entfernt, aber in den wenigen Sekunden, in denen ich mit der Dame gesprochen habe, ist er verschwunden.

Kapitel 32

Carly – Damals

Carly wünschte, sie wären unsichtbar. Draußen im Freien fühlte sie sich furchtbar ungeschützt. Vom Wind getrieben, peitschte ihnen der Regen ins Gesicht. Der Himmel ein dunkles, zorniges Grau. Schnell brach die Nacht herein.

»Wohin gehen wir?«, fragte Leah. In der Verzweiflung, die aus ihrer Stimme klang, schwang auch ein bisschen Hoffnung mit, dass ihre große Schwester wusste, was zu tun war.

Carly schaute sich hektisch um, als würde der Weg plötzlich wie die Raum-Zeit-Maschine Tardis aus dem Fernsehen in Erscheinung treten. Sie wünschte sich, sie hätte dem Unterricht von Mr Webster mehr Aufmerksamkeit geschenkt, als er Fotos von der Militärbasis gezeigt hatte. Sie erinnerte sich vage daran, dass er auf einer Luftaufnahme das Hauptgebäude markiert hatte, aber sie erinnerte sich nicht, in welcher Richtung die Stadt lag. Sie marschierten weiter – langsamer, als es Carly lieb war, aber sie waren alle schwach, Marie am meisten. Carly hielt den Blick auf den Boden gerichtet, suchte nach Fußspuren, Reifenabdrücken, irgendetwas, was eine Hänsel-und-Gretel-Spur gelegt haben konnte und sie den Weg zurückführte, den sie gekommen waren. Aber der Boden war glitschig vom Regen, und alles, was einmal zu sehen gewesen war, war jetzt weggewaschen. Einen bleiernen Fuß vor den anderen. Sie kamen furchtbar langsam voran. Carly hörte das mühsame Atmen von Leah und Marie. Flüchtig fragte sie sich, ob sie bis morgen hätten warten sollen. Zumindest im Festsaal war es trocken gewesen, aber sie hatten weder zu essen noch zu trinken, und Carly wusste, dass sie noch weniger Energie gehabt hätten als jetzt.

Das Wetter war abscheulich. Nebel waberte um sie herum. Carly vermutete, sie sahen aus wie drei kleine Geister, die auf der Basis herumwanderten, und wieder dachte sie an die Geschichten von toten Soldaten. Sie umklammerte die Hände der Mädchen noch ein bisschen fester.

»Schaut, da ist ein größeres Gebäude.« Carly drängte die Mädchen voran. »Vielleicht ist es …« Ihr fuhr es in den Magen, als sie das schiefe Schild »NORWOOD ARMY CAMP« sah. Sie waren im Kreis gelaufen.

»Mädchen!« Alle drei erstarrten, als Schnauzbarts Stimme durch den Sturm schnitt. »Kommt raus, kommt raus, wo immer ihr seid«, sang er.

Blitze zuckten. Leah schrie. Sie hatte schon immer Angst vor Gewitter gehabt. Carly hielt ihrer Schwester den Mund zu.

»Da drüben!«, schrie Doc.

»Lauft«, knurrte Carly. Sie stieß Leah zwischen die Schulterblätter, bevor sie Maries Handgelenk packte und sie zwang, sich zu bewegen. »Lauft!«

Sie preschten durch das hohe Gras, das an ihren Strümpfen und Röcken riss, bis die Halme dünner wurden und sie über Morast rutschten. Donner grollte, während rebellische schwarze Wolken das Licht des Tages aufsaugten. Dunst wirbelte um ihre vom Regen durchnässten Körper. Der Geruch feuchter Erde drang in Carlys Nasenlöcher.

»O Mädchen!« Trotz ihres Sprints klang die Stimme nicht weiter entfernt. Wenn nicht sogar näher.

Wieder rannten sie. Die Gebäude wurden spärlicher, ragten aus dem Nebel, als wollten sie nach den Mädchen schnappen, aber Carly führte ihre Schwestern um sie herum. Sie mussten den Zaun finden. Darüber klettern, falls sie das Tor nicht ausmachen konnten. Sobald sie die Straße erreicht hätten, würde sie einem Auto winken. Irgendjemand würde anhalten und helfen, ihre Eltern anrufen. Die Sehnsucht nach ihrer Mutter und ihrem Stiefvater war schmerzhaft.

Sie warf einen Blick über die Schulter. Zwei gelbe, auf den Boden gerichtete Lichter tanzten hinter ihnen. Ihre Stimmung wurde gedämpft, als sie erkannte, dass Schnauzbart und Doc den Abdrücken ihrer Schuhe im Schlamm folgten.

»Schneller«, drängte sie Leah und Marie, aber sie waren müde, ihre kurzen Beine unfähig, genug Abstand zwischen sie und ihre Verfolger zu bringen.

Also gab Carly die Suche nach dem Zaun auf und führte ihre Schwestern hinüber zum nächstgelegenen Gebäude. Sie mussten sich irgendwo verstecken, bis der Regen aufhörte und der Boden trocknete.

»Rein.« Sie schob die Mädchen hinein. »Ich bin gleich zurück.«

Carly ignorierte Leahs leises Weinen und Maries Protest, dass sie zusammenbleiben mussten, stürmte vor und suchte die ganze Zeit nach den Lichtkegeln der Taschenlampen, um abzuschätzen, wie viel Zeit sie hatte, bevor sie gefunden wurden. Als sie nicht mehr riskieren konnte weiterzulaufen, fiel sie auf die Knie, riss sich die Schuhe von den Füßen und steckte die Hände hinein. Mit den flachen Sohlen fuhr sie über den glitschigen Matsch und verwischte ihre Fußabdrücke von zuvor. Während sie sich rückwärts bewegte und ihr der kalte Regen in die Augen und in den Mund blies, drückte sie ihre Schuhe so fest sie konnte immer und immer wieder auf den Boden, während das Taschenlampenlicht näher kam. Jetzt war es gefährlich nah. Wäre der Nebel nicht gewesen, hätten sie Carly längst gesehen.

»Kommt raus, kommt raus, wo immer ihr seid«, kam wieder der Ruf, aber dieses Mal pflanzte sich der Schall der Stimme nicht fort. Doc und Schnauzbart hatten das Ende der Fußabdruckspur erreicht, und Carly spürte ihre Verwirrung.

»Wir teilen uns auf.« Ein Licht wanderte in die falsche Richtung, das andere kam direkt auf Carly zu.

Vor Angst bekam sie kaum Luft. Verzweifelt schwang sie den Arm hin und her, während sie sich immer weiter zurückbewegte. Sie konnte keine Fußspuren hinterlassen, das durfte sie einfach nicht.

Sie konnte jetzt das Geräusch von Stiefeln hören, die durch den Schlamm stapften. Er war fast bei ihr. In der Gewissheit, gesehen zu werden, hielt sie den Atem an, während sie sich weiter rückwärts schlängelte.

Hinter ihr drückte eine Wand gegen ihre bestrumpften Füße. Sie hatte das Gebäude erreicht. Gebückt krabbelte sie hinein.

Im Moment war sie sicher, aber wie lange?

Die Arme ihrer Schwestern, deren kleine Körper vor Angst zitterten, schlangen sich um sie, als Carly aufstand und ihre Augen Mühe hatten, sich an die Umgebung zu gewöhnen. Mithilfe des wenigen Mondlichts, das durch das löchrige Dach schien, konnte sie gerade noch ein rostiges Schild ausmachen: »GEFAHR. RISIKO DER KONTAMINATION«.

Es wurde immer dunkler, aber Carly durfte nicht riskieren, im Eingang stehen zu bleiben. Sie wusste, dass die Männer mangels Fußspuren ihre Aufmerksamkeit bald den Gebäuden zuwenden würden, und dieses hier lag am nächsten.

Plötzlich blitzte es wieder, und die Zwillinge wurden kurz beleuchtet. Bevor Leah schreien konnte, ließ Carly ihre Schuhe fallen und drückte ihr die Hand auf den Mund.

»Schon gut. Zähle und finde heraus, wie weit der Donner entfernt ist«, flüsterte sie. Das hätte ihre Mutter gesagt.

»Eins. Zwei. Drei.«

Donner grollte, und als er verklang, trat ein anderes Geräusch an seine Stelle.

Pfeifen.

Und die Ruhe, die Alltäglichkeit dieses Geräusches war das Beängstigendste, was Carly je gehört hatte. Schnell fand sie die Hände der Zwillinge und zog sie in den nächsten Raum.

Verstecken.

Sie mussten sich verstecken. Im gespenstischen Licht nahm sie eilig ihre Umgebung in Augenschein. In der Wand befanden sich zwei Metalltüren. Auf der einen stand »SCHUHE«, auf der anderen »KLEIDUNG«. Darüber hatte jemand mit Sprühfarbe geschrieben: »Gebt die Hoffnung auf, alle, die ihr hier eintretet.« Carly schauderte, als sie erkannte, dass sie sich in der Gas-Dekontaminationskammer befanden, von der sie gehört hatte. In diesem Raum gab es nichts anderes. Nichts, hinter dem sie Schutz suchen konnten.

»Schnell«, flüsterte Carly und ging weiter.

Der nächste Raum war voller Duschen. Sie erinnerte sich, dass sie die auf Mr Websters Fotos gesehen hatte, aber damals hingen Vorhänge vor den Kabinen. Jetzt waren sie leer, die Rohre von den Wänden gerissen. Berge von Unrat verstopften die Abflüsse. Carly lehnte sich mit dem Rücken gegen eine Wand, spürte, wie Schleim die Rückseite ihrer Beine überzog.

»Hier!«, schrie jemand. »Ich habe Schuhe gefunden.«

Carly verfluchte sich selbst, als sie die Mädchen durch eine Türöffnung in einen anderen leeren Raum führte. Wo konnten sie sich verstecken? Ihre Panik nahm zu, als sie einen Flur überquerten. Hier war das Dach unbeschädigt. Es war vollkommen dunkel. Carly ließ die Mädchen los und tastete sich an der Wand entlang, bis sie einen Türdurchgang fand.

»Schnell.«

Sie fielen in den Raum, in dem über ihren Köpfen ein Stückchen Himmel zu sehen war. Auf den ersten Blick im schummrigen Mondlicht schien auch dieser Raum leer zu sein, doch dann entdeckte Carly einen flachen Metallrollwagen, der auf der Seite lag. Sie stürzte darauf zu, aber als sie sich dahinter hockte, stellte sie fest, dass dort nicht genug Platz für sie alle war. Ihr Blick wanderte durch den Raum und blieb an einer Reihe von Schließfächern an den Wänden hängen – einige waren klaffende schwarze Löcher, wo die Türen abgerissen worden waren, aber andere waren unbeschädigt.

»Rein da!« Carly schob Leah hinein.

»Bitte schließ mich nicht ein, Carly. Ich habe solche Angst im Dunkeln. Bitte …«

Carly ignorierte das Wimmern ihrer Schwester und schloss die Tür.

Schritte kamen näher.

»Du bist dran.« Carly hob Marie zu einem Schließfach mit Tür hoch, und als sie überzeugt war, dass ihre Schwester versteckt war, suchte sie für sich selbst nach einem intakten Fach, in dem sie sich verstecken konnte.

Es war oben.

Zu weit oben. Carly reichte nicht heran.

Die Schritte hallten in dem Flur wider, den sie gerade durchquert hatten.

Carly reckte die Hände über den Kopf, und ihre Füße suchten nach Halt. Die Arme brannten, als sie versuchte, sich hochzuziehen, doch dann stürzte sie wieder zu Boden.

»O Mädchen.«

Fast wimmernd und sicher, entdeckt zu werden, versuchte sie es erneut, und diesmal bekam sie genug Schub, um sich nach vorne zu katapultieren, bis sie im Inneren des Schließfaches war. Carly war kurz davor, sich zusammenzurollen, stellte jedoch fest, dass das Fach eine Tiefe hatte, die von draußen nicht zu erkennen gewesen war. Sie drehte sich auf die Seite und konnte sogar ihre Beine ausstrecken.

Allmählich wurde ihr klar, dass das hier keine Fächer waren, um Habseligkeiten einzuschließen. Sie waren für Körper gebaut worden.

Die Mädchen befanden sich im Leichenaufbewahrungsraum.

Und dann konnte sie es riechen. Den Tod. Die Verzweiflung. Sie dachte an die Dinge, die Nicola Morgans Bruder behauptet hatte, gesehen zu haben. Die Geister von Soldaten ohne Gliedmaßen. Blutbeschmierte Offiziere. Sie stellte sich vor, wie sie dort gelegen hatten, wo sie jetzt lag.

Gebt die Hoffnung auf, alle, die ihr hier eintretet.

Die Finsternis legte sich über sie, erstickte sie. Carlys Herz schlug laut in ihrer Brust. So laut, dass sie sich sicher war, es würde die Männer wie ein Leuchtfeuer zu ihnen führen.

Schritte.

Carly hielt sich die Hand auf den Mund, um das Wimmern zu unterdrücken, das zu entweichen drohte.

»Drei blinde Mäuse, drei blinde Mäuse«, sang Schnauzbart. »Schau, wie sie rennen.«

Das Kinderlied ließ Carly das Blut in den Adern gefrieren.

Doch noch schauriger war, was dann kam.

KAPITEL 33

Leah – Jetzt

Ich bin erstarrt. Meine Augen suchen verzweifelt nach einem Schimmer von Archies roter Jacke, während ich seinen Namen schreie. Mein Gehirn versucht, sich einen Reim darauf zu machen, was hier vor sich geht.

Doch ich weiß es.

Er ist entführt worden.

Genau wie Marie, Carly und ich vor all den Jahren.

Genau wie Marie jetzt noch einmal. Ich weiß, dass *er* sie erwischt hat, und jetzt hat er Archie erwischt und … O Gott! Ich weiß nicht, wo ich zuerst suchen soll. Es gibt zu viele Büsche, die mir die Sicht versperren. Bäume, die bedrohlich aufragen. *Er* muss sich versteckt haben. Hat Archie und mich beobachtet. Auf eine Gelegenheit gewartet zuzuschlagen.

Ich muss die Polizei rufen. George. Ich entsperre mein Handy, aber es rutscht mir durch meine ungeschickten Finger und fällt zu Boden. Schluchzer entweichen mir, als ich es aufhebe.

Beeil dich.

»Alles okay mit Ihnen?«, fragt die Frau mit dem Terrier und legt mir zaghaft die Hand auf den Arm.

»Mein Sohn. Er ist weg. Er ist …«

»Ist er das nicht da drüben?« Sie nickt mit dem Kopf zu meiner Linken, und ich drehe mich um.

Archie!

Mein Herz jubiliert. Mir ist ganz schwindlig vor Erleichterung.

»Man ist so besorgt, wenn sie in diesem Alter sind und weglaufen.« Die Stimme der alten Dame verklingt, als ich sehe, was Archie in den Händen hält, und ich weiß, dass er überhaupt nicht davongelaufen ist. Er wurde gelockt.

»Woher hast du den?« Ich reiße ihm den Bären aus den Händen. Die Arme des Teddys sind ausgestreckt. Ein roter Strickpulli rutscht über seinen runden Bauch hoch.

Es ist derselbe.

Die Bäume um mich herum schwanken.

Es ist genau derselbe Teddy.

»Ich hab ihn hinter dem Busch da drüben gefunden. Kann ich ihn behalten?«, fleht Archie mich an.

»Ich glaube, ein anderer kleiner Junge oder ein Mädchen hat ihn fallen lassen und wird ihn wahrscheinlich vermissen«, sagt die alte Dame. Warum kann sie nicht einfach den Mund halten? Weggehen. Mir Raum zum Nachdenken geben. Ich weiß, dass kein anderes Kind diesen Bären verloren hat. Ich weiß das wegen des goldenen Kreuzes, das er um den Hals trägt.

Mein Bär.

Mein Kreuz.

Mein Albtraum ist wieder da.

Ich werfe den Bären mit aller Kraft, und wir beobachten, wie er sich überschlägt, bevor er mit ausgebreiteten Armen auf dem weichen Boden landet.

»Mummy?« Archie hat Angst. Angst vor mir. Ich möchte ihm sagen, dass er vor mir keine Angst zu haben braucht, aber stattdessen nehme ich ihn hoch und setze ihn auf meine Hüfte. Automatisch schlingt er die Arme um meinen Hals.

Ich muss ihn nach Hause bringen. Dass er dieses Mal nicht entführt worden ist, heißt nicht, dass er es nicht irgendwann wird.

Oder ich.

Oder dass Marie doch nicht entführt worden ist.

Lauf!

Unter meinen Füßen knistert Laub. Ich schlängele mich zwischen Bäumen hindurch, sehe überall Schatten. Spüre einen Blick auf mir. Es gibt zu viele Stellen, um sich zu verstecken. Die Panik nimmt immer mehr zu, mein Herz springt mir fast aus der Brust, und die Beine rennen wie von selbst. Wenn ich anhalte, werde ich fallen. Aber ich bleibe nicht stehen.

Lauf!

Der Spielplatz ist jetzt fast menschenleer. Die Mütter haben hungrige Kinder zum Mittagessen nach Hause gebracht. Am Rande meines Blickfelds sehe ich etwas auf mich zurasen. Ich drehe mich um, drücke Archies Gesicht an meine Schulter und schütze seinen Hinterkopf mit meiner Hand, aber es ist nur ein Labrador, der schwanzwedelnd und mit heraushängender Zunge auf mich zuspringt. In meinem Kopf wird er zu Bruno.

Lauf!

Die Tore tauchen auf, und ich sprinte hindurch. Ich sollte mich auf dem Bürgersteig sicherer fühlen mit dem Verkehr und den Fußgängern und den Häuserreihen mit ihren gepflegten Vorgärten, dem flaschengrünen Rasen und den weißen Lattenzäunen, aber das tue ich nicht.

Ein schwarzes Auto nähert sich. Ich versuche, Archie kleiner zu machen, als er ist, und ihn zu verstecken. Das Auto wird nicht langsamer, als es uns erreicht. Der Fahrer schaut nicht in unsere Richtung.

Ich bin müde.

Die Gelenke meiner Arme brennen von Archies Gewicht. Meine Hüfte pocht, wo ich ihn auf dem Knochen balanciere. Meine Beine werden schwächer.

Noch ein schwarzes Auto.

Noch eins.

Lauf!

Endlich meine Straße. Mein Haus. Ich presche die Einfahrt entlang, habe die Schlüssel bereits in der Hand.

Sicher.

Vorerst.

* * *

Archie schläft. Ihm fielen immer wieder die Augen zu, als ich ihn für seinen Mittagsschlaf ins Bett legte, doch er riss sie wieder auf.

»Warum durfte ich den Bären nicht behalten, Mummy?«

»Weil er jemand anderem gehört.«

Jetzt wünschte ich, ich hätte ihn mitgebracht. Ihn richtig untersucht, um zu sehen, ob es meiner war.

Ich sitze auf dem Treppenabsatz vor Archies Zimmer – eine Löwin, die ihr Junges bewacht – und atme tief durch, bevor ich mit den Anrufen beginne, die ich tätigen muss.

»Mum?«, sage ich, sobald sie sich meldet. »Was ist mit unseren Sachen passiert von … du weißt schon. Mit unserer Kleidung. Dem Schmuck, den wir getragen haben. Hast du das?«

»Nein. Das wurde als Beweismittel mitgenommen, und ich wollte es nicht zurück.«

Ich beende das Gespräch und rufe Graham an.

»Leah.« Er klingt müde.

»Werden die Beweismittel noch verwahrt?«, platze ich heraus, bevor Graham mit seinem Small Talk beginnt. »Mein Kreuz, das hinterher gefunden wurde, der ...«

»Nicht nach dieser langen Zeit. Nein. Ich glaube, Ihre persönlichen Sachen sind an Ihre Mutter gegangen.«

»Sie sagt, sie hat sie nicht.« Selbst wenn sie nichts mit unserem Buch zu tun haben wollte, hätte sie unsere Habseligkeiten an die True-Crime-Fans verkaufen können, als sie nach der Scheidung knapp bei Kasse war.

»Worum geht es denn?«

»Er ... er macht Sachen.«

»Was zum Beispiel?«

Ich zögere.

»Vertraulich, Leah.«

Ich erzähle alles, was passiert ist. Er wird es niemandem sagen, das weiß ich. Er muss unzählige Male von Journalisten angesprochen worden sein, die ein Exklusivinterview mit dem für den Fall zuständigen Beamten haben wollten, und er hat kein einziges Mal geredet. »Ich habe solche Angst. Nicht nur um mich, sondern auch um ... Marie.« Mir versagt die Stimme. »Nur weil sie schon mal abgehauen ist, muss man nicht glauben, dass sie es wieder getan hat. Können Sie mir helfen?«, frage ich, als ich fertig bin.

»Das würde ich, wenn ich könnte, aber ...«

»Es ist keine Straftat begangen worden«, beende ich den Satz für ihn.

»Genau.«

»Können Sie mir wenigstens sagen, wo er wohnt?«

»Sie wissen, dass ich Ihnen das nicht sagen darf, Leah. Hören Sie, das letzte Mal, als Sie dachten, er wäre hinter Ihnen her, da war er es nicht. Ich weiß, dass Sie niemals vergessen werden, was passiert ist, aber er hat keinen Grund, Sie jetzt zu verfolgen, oder?«

»Rache?«

»Wofür?«

»Geschnappt worden zu sein und Jahre im Gefängnis verbracht zu haben.«

»Möglicherweise, aber es fühlt sich nicht richtig an.«

»Es gibt da noch etwas.« Etwas, was ich nie jemandem erzählt habe. »Vertraulich?«, frage ich nach.

Ich höre den Zündstein seines Feuerzeugs. »Okay.«

»Nachdem er für das, was er uns angetan hatte, freigelassen wurde, da war ich … ein Wrack. Erinnern Sie sich? Ich dachte, ich würde ihn überall sehen.«

»Aber das war Ihre Krankheit.«

»Fregoli, ja, aber nachdem das ans Licht gekommen war und die Polizei wusste, dass sie es nicht ernst nehmen musste, wenn ich behauptete, ihn irgendwo gesehen zu haben, da hat er … Er ist mir *wirklich* nahe gekommen.«

»Sie hätten dennoch …«

»Das konnte ich nicht. Ich stand kurz davor, zwangseingewiesen zu werden, Graham. Ich wusste, dass mir niemand glauben würde.«

»Ich hätte Ihnen geglaubt, Leah.« Er klingt, als sei er enttäuscht von mir. »Hat er Sie bedroht?«

Kurz denke ich darüber nach zu lügen, aber Graham hat Vertrauen in mich gezeigt, und ich muss ihm das gleiche Vertrauen entgegenbringen. »Das hat er nicht … mich bedroht oder versucht, mir wehzutun. Er … er hat versucht, sich zu entschuldigen. Ich bin ausgeflippt. Konnte den Gedanken nicht ertragen, dass er weiter versuchen könnte, mich zu kontaktieren. Keiner hätte mich ernst genommen, wenn ich ihm das erzählt hätte. Ich … ich war verzweifelt, Graham. Verzweifelt und wütend … und verängstigt.«

»Was haben Sie getan, Leah?« Seine Stimme klingt härter. Er weiß es bereits.

»Ich möchte nicht auf das Wer oder das Wie eingehen – ich will niemanden belasten –⊠, aber … ich habe jemanden dafür bezahlt, dass er ihn reinlegte. Ich wollte ihn einfach wieder hinter Gitter bringen. Wollte mich sicher fühlen.«

»Nein. Erzählen Sie mir so etwas nicht. Ich mag zwar pensioniert sein, aber moralisch …«

»Moralisch? *Er* hatte keine Moral.«

»Doppeltes Unrecht ergibt noch lange kein Recht. Haben Sie über die Konsequenzen nachgedacht? Dass andere Menschen verletzt werden konnten?«

»Ja. Ich war mir sicher, dass niemand verletzt werden würde. Ich hatte nur ein paar Tausend Pfund. Es ist nicht so, dass …«

»Versuchen Sie nicht, das zu rechtfertigen. Was Sie getan haben, war eine schwere Straftat. Sie könnten ins Gefängnis kommen.«

»Das weiß ich, aber ich konnte den Gedanken nicht ertragen, dass er da draußen war. Konnte nicht einfach rumsitzen und darauf warten, dass er *etwas* tat.«

»Ich kann nicht entschuldigen …«

»Das erwarte ich auch nicht. Werden Sie mich anzeigen?« Ich warte. Höre, wie Graham an seiner Zigarette zieht.

»Ich möchte nicht, dass wir je wieder darüber reden«, sagt er schließlich.

»Natürlich. Aber Sie verstehen, dass er ein Motiv hat.«

»Woher sollte er wissen, dass Sie es waren?«

»Er weiß, dass ihm jemand eine Falle gestellt hat, und wer hasst ihn mehr als Carly, Marie und ich? Wer fürchtet ihn mehr? Fürchtet ihn *immer noch* mehr als wir? Ich habe solche Angst, Graham.«

»Sind Sie sich *sicher*, dass Sie ihn gesehen haben?«

»Ja. Ich mag damals zwar Fregoli gehabt haben, aber dieses Mal ist es anders, verstehen Sie nicht? Der Teddy …«

»Es ist nicht ungewöhnlich, ein verlorenes Spielzeug im Park zu finden.«

»Das ein Kreuz trägt?«

Er antwortet nicht.

»Bitte, Graham. Sie haben gerade gesagt, dass Sie mir damals geglaubt hätten, wenn ich Ihnen erzählt hätte, dass er mir nahe gekommen ist – jetzt misstrauen Sie mir auch. Ich muss nur wissen, ob er hier wohnt. Sonst verliere ich den Verstand.«

Wir schweigen beide. Sekunden vergehen.

»Leah, ich kann Ihnen nicht sagen, ob er hier wohnt. Ich kann Ihnen nicht sagen, wo er wohnt. Ich kann Ihnen auch nicht sagen, dass Sie nicht ins Dog and Duck gehen sollen, um etwas zu trinken.«

Graham legt auf, ohne sich von mir zu verabschieden, ohne dass ich mich bedanken kann, aber er hat mir alles gesagt, was ich wissen muss. Sobald George von der Arbeit kommt …

Die Macht hat sich zu meinen Gunsten verschoben. Ich weiß, wo ich *ihn* finde.

Einen Tag.

Scheiß auf morgen. Hier wird es enden.

Heute.

KAPITEL 34

Carly – Damals

»Drei blinde Mäuse, drei blinde Mäuse.« Carly schreckte vor den Worten zurück. Sie konnte sich fast vorstellen, wie Schnauzbarts blassrosa Lippen sich bewegten, die dicken schwarzen Haare über seinem Mund ebenfalls. »Schau, wie sie rennen.« Seine Stimme wurde lauter.

Ein Knall. Eine Handfläche auf Metall. Schnauzbart schlug auf die Schließfächer ein. Wieder ein Schlag, ein Knacken in ihrem Ohr. Auf der Seite liegend, spürte Carly, wie die Vibrationen in ihrer Hüfte aufstiegen und ihre Wirbelsäule hinunterzitterten.

Er wusste es.

Sie presste jetzt beide Hände auf den Mund, um den Schrei zu unterdrücken, der sich in ihr aufbaute. Tränen liefen ihr aus den Augen.

Bitte seid still. Bitte seid still. Sie schickte eine stille Botschaft an Leah und Marie. Carly war überrascht, dass Leah nicht offen schluchzte, und trotz ihrer Angst, ihrer Verzweiflung, überkam sie ein Gefühl von Stolz, dass keine ihrer Schwestern ihr Versteck preisgegeben hatte. Sie steckten alle zusammen in dieser Sache. Ein Team.

Eine Familie.

Ein Quietschen. Das rostige Scharnier an der Tür des Schließfaches neben ihr protestierte, als es geöffnet wurde. Carly kauerte in ihrem Metallsarg, spürte das Flüstern all derer, die hier zuvor gelegen hatten, fast in ihrer letzten Ruhestätte. Bitte lass es nicht meine sein, dachte sie. Sie zog die Knie an die Brust, wieder dieses Komma. Kein Punkt, bitte nicht jetzt.

Sie hatte so sehr versucht, sie alle von hier wegzubringen, aber es war nicht gut genug gewesen. Sie war nicht gut genug.

In der Grundschule hatten die Kinder in der Schülerversammlung das Vaterunser gebetet. Carly hatte die Worte nachgeplappert, ohne allzu sehr über Jesus und Gott nachzudenken. Es war ihr egal gewesen, wenn sie ehrlich sein sollte.

Jetzt war es ihr nicht egal.

Lieber Gott. Carly begann zu beten. Ihre Lippen bewegten sich, aber die Worte waren nur in ihrem Kopf.

Bitte.

Bitte.

Sie stellte sich vor, wie sie in ihrem Zimmer ausgestreckt auf dem Bett lag, Bruno neben ihr döste und seine Pfoten zuckten, während er träumte. Er musste sie vermissen. Ihre Eltern mussten besorgt sein. Würde sie sie jemals wiedersehen?

»Sie sind nicht oben.« Jetzt sprach Doc. Atemlos, als wäre er gerannt. »Herrgott, was war das hier mal? So was wie ein Krankenhaus?« Ein Rumms, als er gegen den Rollwagen trat.

»Ein Leichenschauhaus, nehme ich an«, sagte Schnauzbart.

»Das ist verdammt gruselig. Ich hab genug von diesem Ort …«

»Mir ist das scheißegal«, blaffte Schnauzbart. »Wir bleiben, bis wir sie gefunden haben. Wenn wir die Mädchen nicht kriegen, werden wir nicht bezahlt. Wenn sie nicht hier sind, könnten sie es schon nach draußen geschafft haben, und dann sind wir am Arsch. Die Straße ist nur ein paar Meter entfernt.«

Bittere Enttäuschung überkam Carly. Sie waren so nah gewesen. Wäre der Nebel nicht gewesen, hätten sie den Zaun gesehen.

»Dann schauen wir uns draußen noch mal um. Aber wenn wir sie nicht bald finden, müssen wir abhauen. Sie könnten ein Auto angehalten haben, jemand könnte in diesem Moment die Polizei anrufen ...« Docs Stimme wurde immer leiser, und Carly sackte vor Erleichterung in sich zusammen. Sie waren weg.

Der Drang, schnellstens aus ihrem Versteck zu kriechen, war übermächtig, aber Carly zwang sich zu bleiben, wo sie war, um sicherzugehen, dass sie wirklich allein waren. Während sie wartete, dachte sie über Schnauzbarts Worte nach. *Wenn wir die Mädchen nicht kriegen, werden wir nicht bezahlt.*

Sie hatte gedacht, dass sie entführt worden waren und die beiden ein Lösegeld von ihren Eltern gefordert hatten, aber vielleicht planten die Männer, sie an jemand anderen zu verkaufen. So oder so hatten sie einen Plan für die Mädchen. Carly musste ihre Schwestern in Sicherheit bringen, bevor er in die Tat umgesetzt wurde. *Die Straße ist nur ein paar Meter entfernt.*

Dieses Wissen gab Carly die Kraft und den Mut, die Tür ihres Schließfachs vorsichtig aufzustoßen, bei dessen Quietschen sie zusammenzuckte. Schnauzbart und Doc glaubten, dass sie vielleicht ein Auto angehalten und um Hilfe gebeten hatte, und deshalb musste sie auch daran glauben, das zu schaffen. Entschlossen zwängte sie sich aus dem engen Fach, bewegte die Zehen, um das Kribbeln aus ihren eingeschlafenen Füßen zu vertreiben. Als sie sich auf den Boden fallen ließ, atmete sie tief die übel riechende, widerliche Luft ein, aber sie war frischer als die in ihrem Stahlsarg. Schnell befreite sie ihre Schwestern und schärfte ihnen ein, still zu sein, als sie ihnen heraushalf.

»Wir haben es fast geschafft«, flüsterte sie. »Wir sind direkt neben der Straße, und sobald wir die gefunden haben, kommen wir nach Hause.«

»Werden Mum und Dad böse auf uns sein?« Das Weiße in Maries weit aufgerissenen Augen leuchtete hell im silbernen Mondlicht, das sich durch einen Spalt im Dach zwängte.

»Natürlich nicht«, sagte Carly. »Sie werden sich furchtbare Sorgen gemacht haben, aber das hier ist nicht unsere Schuld gewesen, nichts davon.« Doch obwohl das die Wahrheit war, fühlte es sich an wie eine Lüge. Carly machte sich unendlich viele Vorwürfe. Wenn sie nur nicht die Zwillinge im Garten mit dem Ball hätte spielen lassen. Wenn sie doch diejenige gewesen wäre, die das Gartentürchen geschlossen hätte.

Wenn, wenn, wenn.

»Kommt jetzt.« Marie und Leah schoben jeweils eine Hand in Carlys, und ihre Handflächen waren feucht vor Angst. Sie tappten durch den Raum. Der Regen drang in das Gebäude ein und bildete Pfützen auf dem Boden, aber Carly nahm kaum wahr, dass ihre Socken das Wasser aufsogen.

Sie gingen nach Hause, zu trockenen Socken. Trockener Kleidung. Essen.

Liebe.

An der Tür zögerte sie. In welche Richtung? Wenn sie nach links ging, konnte Carly sie auf demselben Weg hinausführen, auf dem sie hereingekommen waren. Aber war das der Weg, den die Männer genommen hatten? Anders als in den anderen Gebäuden hatte Carly in diesem keine Fenster gesehen, durch die sie hinausklettern konnten, was schade war. Aber sie passten durch Öffnungen, durch die die Männer nicht kamen. Carly wusste nicht, ob es noch einen Ausgang gab, und sie wollte keine Zeit damit vertun, nach einem zu suchen. Sie verfolgte ihre Schritte zurück, die ganze Zeit mit einem schmerzhaften Engegefühl in der Brust und einem in ihrer Kehle steckenden

Schrei, den sie immer wieder hinunterzuschlucken versuchte, doch ihr Mund war so trocken. Sie waren der Freiheit verlockend nah, aber auch Lichtjahre davon entfernt.

»Wir sind fast draußen«, flüsterte Carly, und der Gedanke war gleichzeitig Furcht einflößend und beruhigend. Finger schlossen sich um ihre, als sie durch den Flur gingen, über dem das Dach intakt war – die Finsternis verschluckte sie –, und dann waren sie im Duschblock. Die in ihre Richtung gebogenen Duschköpfe gackerten: *Ihr werdet niemals entkommen – ihr werdet niemals entkommen.* Für den Bruchteil einer Sekunde war der Raum von Neonlicht erleuchtet. Soldaten, die in den Duschen Blut abwuschen. Stümpfe, wo ihre Arme sein sollten. Blutrotes Wasser, das zum Abfluss rann …

Carly wimmerte.

»Alles in Ordnung?« Maries Flüstern riss Carly zurück ins Jetzt, wo es keine verwundeten Soldaten und kein Blut gab, aber die Angst – die Bedrohung durch den Tod – war so real, als hätte sie jahrelang in der Luft gehangen und darauf gewartet, wieder entfacht zu werden.

Auf sie gewartet.

»Bewegt euch.« Carlys Panik verlieh ihren Füßen ein Gefühl der Dringlichkeit. Wenn sie an diesem Ort noch eine Minute verbringen musste, würden sich die Fäden der Vergangenheit um ihren Hals wickeln, in ihre Kehle eindringen und sie für immer hier gefangen halten. Sie würde kein Geist werden.

Kein Punkt.

Sie war ein Komma.

Das hier war nicht das Ende, obwohl es sich in diesem Moment so anfühlte.

Gebt die Hoffnung auf, alle, die ihr hier eintretet.

Sie waren fast am Ausgang. Carly konnte die Tür sehen.

Und da geschah es.

Ihr schuhloser Fuß trat auf etwas Scharfes, Schneidendes.

Der Schmerz schnitt durch ihre Haut.

Sie schrie.

Das ferne Rufen sagte ihr, dass sie gehört worden war.

Sie kamen.

Jetzt schluchzte Carly ganz offen.

Gebt die Hoffnung auf, alle, die ihr hier eintretet.

Ihr Blick glitt vom Graffito zu den Luken – »KONTAMINIERTE SCHUHE«, »KONTAMINIERTE KLEIDUNG«.

Sie passten durch Öffnungen, durch die die Männer nicht kamen.

Carly ließ ihre Schwestern los und sprang vorwärts. Ihre Hände schlossen sich um einen runden Metallknauf, spürten die Rauheit des Rostes, der abbröckelte. Sie zerrte daran, so fest sie konnte.

»Komm schon.«

Ihre glitschige Handfläche verlor den Halt.

»Komm schon!« Sie zerrte erneut daran. Er bewegte sich nicht. Sie versuchte es an der nächsten Luke, wartete auf das Gefühl heißen Atems in ihrem Genick, eine Hand, die ihre Schulter umklammerte, Finger, die ihr die Kehle zudrückten. »Geh schon auf!«

Ein plötzlicher Knall. Sie fiel nach hinten, als sich die kleine Tür öffnete und Schockwellen von Schmerz von ihrer Wirbelsäule abprallten. Sie rappelte sich auf und wusste, dass sie kaum noch Zeit hatten.

Doch Leah ahnte schon, was Carly vorhatte. Sie bot Marie bereits an, ihr hinaufzuhelfen, aber die protestierte. »Nein. Nein. Wir müssen zusammenbleiben.«

»Beweg dich, verdammt!«, rief Carly, griff nach Maries Schulpullover, hob sie hoch und schob sie durch die Öffnung. Mit Leah war es einfacher. Sie wollte ihrer Zwillingsschwester unbedingt folgen, deren Schreie schwächer wurden. Der Bär, den sie umklammert hatte, fiel zu Boden, aber Carly hielt nicht inne, um ihn aufzuheben.

»He!«

Die Männer polterten in den Raum. Hatten die Arme ausgestreckt, um sie zu packen. Ohne zu zögern, stürzte Carly mit dem Kopf voran durch die Luke.

Die Schütte hinunter in die Dunkelheit.

In glühend heißen Schmerz.

Ins Nichts.

Kapitel 35

Leah – Jetzt

Ich habe meine übliche Kombination aus Jeans und T-Shirt gegen eine elegante schwarze Hose und eine weiße Bluse getauscht. Ich möchte kompetent und souverän aussehen, obwohl ich es nicht bin. Jedes Mal, wenn mein Selbstvertrauen nachlässt, erinnere ich mich daran, wie es sich anfühlte, als ich glaubte, Archie sei entführt worden, und das stärkt meine Entschlossenheit. Sobald George nach Hause kommt, werde ich ins Dog and Duck fahren, um nachzusehen, ob *er* dort ist. Falls ja, werde ich ihn warnen, dass er zu weit gegangen ist. Er hat mein Leben ruiniert, und ich habe ihn zurück ins Gefängnis geschickt, als er das letzte Mal draußen war.

Wie du mir, so ich dir.

Ich würde ihm wieder etwas anhängen, wenn Archie nicht wäre. Jetzt habe ich zu viel zu verlieren. Nichts ist vergleichbar mit dem, was er mich hat durchmachen lassen. Wir sind noch lange nicht quitt, aber es muss aufhören. Als er eine Bedrohung für mich war, hatte ich Angst. Jetzt hat er meinen Sohn hineingezogen, und ich bin wütend. Der Teddy hat alles wieder an die Oberfläche gebracht. Nicht nur das Kind, das ich damals war, sondern das Kind, das ich vorher war. Das, das lachte und tanzte und nicht wusste, wie es sich anfühlt, Angst zu haben. Dieses Kind möchte ich wieder sein. Ich trete aus dem Treibsand meiner Vergangenheit heraus und setze die Füße fest in die Gegenwart.

Georges Auto fährt in die Einfahrt. Ich sammele meine Tapferkeit und meine Schlüssel zusammen und bin aus der Tür, bevor er das Haus betritt.

»Wohin fährst du?«, fragt er.

»Zu Tash.«

Auf seinem Nasenrücken bildet sich eine besorgte Falte.

»Fahr nicht zu Tash, Leah. Bleib hier, und wir werden …«

»Ich komme schon klar. Mir geht's gut.« Ich entriegele mein Auto und steige ein. Während der Motor anspringt, stelle ich das Radio neu ein, suche nach einer Neunzigersendung, aber die Songs sind mir alle fremd. Zu modern.

Stattdessen rufe ich Spotify und Bluetooth auf, um mir im Auto Mut zu machen.

»5, 6, 7, 8.«

Carly und Marie sind bei mir. Zusammen werden wir es beenden.

Das Dog and Duck befindet sich in einer Hauptstraße, und ich muss um die Ecke parken. Ich eile zum Eingang, und mein Herz rast, als ich durch die Gasse neben dem Pub gehe und mich an die Hände erinnere, die mich gepackt haben. An meine schreckliche Angst, als ich von meinen Schwestern weggezerrt wurde. An meine Hilflosigkeit, als ich sah, wie Carly brutal in den Transporter gestoßen wurde. Wieder verliere ich den Boden unter den Füßen. Eine Gestalt bewegt sich im Schatten. Ich werfe einen Blick in den düsteren Durchgang. Auf den Zaun ist ein Clown gesprüht. *Der* Clown. Sein orangefarbener Haarschopf und sein bedrohliches Grinsen beunruhigen mich genauso wie in *jenem* Raum. Ich stürme in den Pub. Reiße Türen auf, die scheppernd meine Ankunft ankündigen.

Der Barmann wirft einen Blick auf mich, bevor er seine Aufmerksamkeit wieder dem Fußballspiel auf dem Breitbildfernseher zuwendet. Es knirscht unter meinen Füßen, als ich zum Tresen gehe. Der Geruch von Pommes frites hängt in der Luft. Jetzt bin ich hier und weiß nicht so recht, was ich tun soll. Meine Nerven schreien nach einem Wodka, aber ich habe nicht mein eigenes Glas dabei. Selbst wenn ich es mitgebracht hätte, könnte ich hier nichts trinken. Trotz des penetranten Gestanks nach billigem Toilettenreiniger sieht der Laden aus, als wäre er seit Jahren nicht geputzt worden. Trotzdem kann ich nicht bleiben, wenn ich nicht etwas Geld ausgebe, also nähere ich mich dem zerkratzten Tresen und vermeide es, meine Unterarme auf die Oberfläche zu legen.

»Entschuldigung.«

Der Barmann beachtet mich nicht.

»Entschuldigung!« Meine Stimme hallt in dem leeren Raum wider.

»Wen auch immer Sie suchen, ich habe ihn nicht gesehen. Kenne ihn nicht.« Er begegnet meinem Blick mit einem Starren, das mich frösteln lässt.

»Bitte? Ich weiß nicht …« Das läuft nicht wie geplant. Woher weiß er, dass ich nach jemandem suche? Weiß er, wen ich suche?

»Polizistin, oder?«

»Nein.«

»Sie sehen wie eine aus.«

Ich hätte meine Jeans anbehalten sollen.

»Bin ich aber nicht. Ich bin …« Schnell denke ich nach. Wenn ich ihn frage, ob er diesen Mann, Simon, kennt – zum ersten Mal seit langer Zeit lasse ich zu, dass mir sein Name in den Sinn kommt, ein Beweis dafür, wie stark ich mich gerade fühle –, dann schickt er ihm vielleicht eine SMS. Warnt ihn, dass ich hier bin, und es geht doch nichts über den Überraschungseffekt.

Lass mich gehen. Lass Marie gehen.

Es gibt eine Reihe von Messingzapfhähnen, auf denen Biere stehen, die nach Wildtieren benannt sind. Ich bestelle ein Glas Schwarzbier, das den Namen Dachs trägt, und bemerke die Überraschung des Barmanns. Er hebt wieder die Augenbrauen, als ich mit behandschuhten Händen Münzen abzähle, bevor ich das Geld in seine hingehaltene Hand fallen lasse und Kontakt vermeide. Ich wähle einen klapprigen Stuhl in der Nähe des Fensters, damit ich jeden sehen kann, der sich nähert. Eines meiner Knie wackelt hektisch auf und ab.

Beruhige dich.

Drei Dinge.

Ein Quizautomat.

Die grüne Bespannung des Billardtisches.

Edelstahlhocker mit schwarzen Ledersitzpolstern, die die Theke bewachen.

Beruhige dich.

Ich warte.

Der Verkehr rauscht vorbei. Eine Reihe von Fußgängern. Keiner von ihnen ist er. Statt dass er mich herunterzieht, finde ich diesen Gedanken erheiternd. Das letzte Mal hat mich Fregoli glauben lassen, er sei überall. Jetzt kann ich an einer Hand abzählen, wie oft ich ihn zu Gesicht bekommen habe. Es muss doch echt sein, oder?

Das Fußballspiel ist zu Ende. Der Pub jetzt halb voll. Die Jukebox spielt »Bat Out of Hell«. Ich schließe einen Pakt mit dem Schicksal. *Wenn du als nächstes Steps spielst, weiß ich, dass ich am richtigen Ort bin.*

»Crazy Nights« folgt stattdessen.

Ich werfe einen Blick auf meine Uhr. Archie wird schon im Bett sein. Ich fühle mich erbärmlich, weil ich ihm keinen Gutenachtkuss gegeben habe, und frage mich, was ich hier tue. Ob ich nicht nach Hause fahren sollte.

Doch dann sehe ich ihn.

Er steuert auf den Pub zu, zieht an einer Zigarette, und Rauch quillt aus seinen Nasenlöchern.

Er ist es.

Das Alter passt nicht. Er sieht älter aus. Grauer. Aber es ist definitiv er.

Meine Sinne arbeiten auf Hochtouren. Gespräche dröhnen um mich herum. Der Geruch von Hopfen ist ekelerregend. Adrenalin flutet meinen Körper. Ich bin hin- und hergerissen zwischen Kampf und Flucht. Ich möchte davonrennen. Davonrennen und nie mehr zurückschauen. Ich kneife die Augen zusammen. Das Bild von Archie ist auf die Innenseite meiner Augenlider gemalt. Seine Arme umschlingen den Bären.

Sei tapfer, Leah.

Ich öffne die Augen. Die Straße ist leer. Ich drehe den Kopf. Er steht neben dem Tisch und sieht mich mit einem seltsamen Gesichtsausdruck an.

Ohne darüber nachzudenken, was ich tue, springe ich auf. Er dreht sich um und rennt davon. Der Jäger ist zum Gejagten geworden.

»Halt!«, schreie ich. Weiß allerdings nicht, was ich tun werde, wenn er tatsächlich stehen bleibt.

Die Türen werden krachend aufgerissen, als er nach draußen stampft. Er prescht die Straße hinunter, aber er ist nicht so schnell wie ich. Nicht so fit. All die Stunden, die ich Archie hinterhergerannt bin, zahlen sich jetzt aus. Er wirft einen Blick über die Schulter, und sein Gesichtsausdruck verwandelt sich in Panik, als er sieht, wie schnell ich aufhole.

»Halt!«, schreie ich wieder und strecke den Arm aus. Meine Finger streichen über seinen Rücken.

Es ist das Hupen, das uns beide auf das Auto aufmerksam macht, das auf ihn zurast.

Ich kann ehrlich nicht sagen, ob ich ihn gepackt habe, um ihn zurückzuziehen oder um ihn vorwärts zu stoßen, aber irgendwie liegt er ausgestreckt auf einer der Fahrspuren.

Meine Gedanken springen von Entsetzen über Angst zu einer morbiden Erleichterung, dass nun wirklich alles vorbei sein wird.

Kapitel 36

George – Jetzt

George sitzt am Küchentisch, Mondlicht fällt durchs Fenster, während er einen Schlummertrunk zu sich nimmt. Er kann nicht glauben, dass heute Abend ein unschuldiger Mann hätte sterben können. Nicht ganz so unschuldig. Er war Drogendealer und dachte, Leah sei eine Polizistin, die ihn verfolgte. Er hatte Glück, dass das Auto ihn nicht getötet hat. Zumindest wird ihn ein gebrochenes Becken eine Weile von der Straße fernhalten. Aber trotzdem. Nachdem die Polizei Leah nach Hause gebracht und George mitgeteilt hatte, dass sie unter Schock stand, wusste er, dass er sich um sie kümmern sollte, aber er kam nicht umhin, sie zu fragen, was sie sich dabei gedacht hatte.

Sie konnte nicht antworten. Konnte ihm nicht sagen, warum sie in dem Pub gewesen war, obwohl sie behauptet hatte, zu Tash zu fahren.

Sie lügt.

Er lügt.

Der Gedanke, dass der Mann hätte getötet werden können, lässt George erneut schaudern. Vielleicht sollte er seinen Plan noch einmal überdenken, aber es ist alles vorbereitet.

Morgen.

Kapitel 37

Carly – Damals

Carly riss ihre Augen auf und blinzelte, als ein strahlend weißes Licht sie überflutete.

War sie tot?

Geplapper.

Gelächter.

Musik.

Sie blinzelte einmal, zweimal, dreimal, bis das Verschwommene, das ihr die Sicht nahm, verschwand. Alles wurde plötzlich ganz klar.

Zu ihrem Erstaunen befand sie sich im Festsaal, aber der sah nicht so aus wie vorher, als sie sich dort versteckt hatten, mit dem Ruß und der Asche und den verstreuten Glasscherben, sondern so, wie auf Mr Websters Fotos. Der leuchtend rote und cremefarbene Teppich lag glatt auf dem Boden. Die drei Kronleuchter hingen von der Decke, und ihr Licht erzeugte durch die Kristalltropfen Regenbögen, lange bevor sie heruntergerissen und mit Füßen getreten wurden, bis sie zerbrachen.

Vera Lynn versprach »We'll Meet Again …«. Überall um Carly herum tanzten Paare. Um sie herum und durch sie hindurch. Sie wusste nicht, ob sie die Geister waren oder sie selbst.

Die gut aussehenden Männer in ihren hochtaillierten Hosen und Gehröcken, auf denen Medaillen glitzerten, drehten Frauen in Bleistiftröcken und mit Hüten, schön anzusehen in ihren passenden Uniformen und mit passendem Lächeln.

Glücklich. Jeder war glücklich.

»Carly!« Jemand rief nach ihr, und sie fragte sich, ob es der Punsch schöpfende Junge mit den kurzen blonden Haaren und den strahlend blauen Augen war. Er konnte nicht viel älter sein als sie. Vielleicht wollte er mit ihr tanzen. Sie spürte, wie sich eine Hand in ihre schob, der Junge sich aber nicht bewegt hatte. Carly war verwirrt.

»Wach auf!«

Aber Carly wollte nicht aufwachen. Sie wollte hierbleiben, wo jeder voller Hoffnung war.

Sie wollte sich hoffnungsvoll fühlen.

Carly spürte, wie ihr Tränen über die Wangen liefen, und fragte sich, weshalb sie weinte.

Ob Geister überhaupt weinen konnten.

»Ist sie tot?«, hörte sie jemanden fragen.

Sie wollte dem Jungen sagen, dass sie nicht tot war. Dass sie hier und ganz war und mit ihm tanzen wollte, aber wieder flossen Tränen, und Carly wusste, dass es nicht der Junge war, der da flüsterte. Dass es nicht ihre eigenen Tränen waren, die sie spürte.

»Mir geht's gut«, versicherte Carly ihren Schwestern, aber als sie versuchte, sich aufzusetzen, kehrten die Gefühle heftig und schnell zurück. Schmerzen im Kopf und in ihrem Fuß. Der penetrante Geschmack von Blut in ihrem Mund. Sie wollte es ausspucken, befürchtete aber, es werde auf Leah oder Marie landen, und deshalb schluckte sie es herunter. Spürte, wie es die Kehle hinunterlief, in ihrem leeren Magen herumschwappte. Sie würgte.

Nachdem sie ein paarmal tief durchgeatmet hatte, fragte sie: »Ist eine von euch verletzt?«

»Ich glaube, ich habe mir den Knöchel verstaucht«, sagte Leah.

Marie begann zu weinen. »Das ist doch kein Spiel, oder?«

»Wenn es das ist, dann werden wir gewinnen.« Beflügelt vom Mut, den sie im Festsaal erlebt hatte, zwang sie sich, zu sitzen und dann zu knien. Die Soldaten hatten weitaus Schlimmeres erlebt als sie. Wo wäre das Land heute gewesen, wenn sie aufgegeben hätten? »Wir kommen hier raus.« Säure stieg in ihrer Kehle hoch, während Wellen von Schmerzen bei jeder Bewegung auf ihren Schädel einschlugen. »Wir müssen einen Weg nach draußen suchen. Uns bleibt nicht mehr viel Zeit.«

»Aber ich sehe nichts ...«

»Du kannst mit deinen Händen fühlen. Es muss einen Griff geben. Irgendwas.« Carly erinnerte sich daran, dass Mr Webster der Klasse erzählt hatte, die Dekontaminationskammer sei gebaut worden, als die reale Gefahr eines Gasangriffs drohte. Er hatte ihnen von den Schütten erzählt, in die die eventuell kontaminierte Kleidung gestopft worden war, aber er hatte nichts darüber gesagt, was damit passierte, nachdem sie in diesen kleinen Raum gepurzelt war, in dem sie sich jetzt befanden. Es musste doch sicher einen Weg gegeben haben, ihn zu entleeren, oder hatten sie die Kleidung einfach verbrannt? Ein Streichholz durch die Luke geworfen? Carly blickte ängstlich auf, als könne sie Feuer sehen, und die Panik hatte sie fest im Griff.

»Carly! Ich hab was gefunden.« Marie war ganz aufgeregt. Sie wollte immer und unter allen Umständen gefallen.

»Braves Mädchen«, sagte Carly und rutschte mit ausgebreiteten Armen auf Knien herum, bis sie ihre Schwester fand.

»Hier, auf dem Boden.«

Carly schlang ihre Finger um einen Metallring und zog daran, so fest sie konnte. Er bewegte sich nicht. Ein Spalt, durch den Licht drang, erregte ihre Aufmerksamkeit. Sie schaute auf. Jemand hatte die Luke geöffnet.

»Nein«, stöhnte sie und rüttelte weiter am Metallring.

»Drei blinde Mäuse, drei blinde Mäuse«, sang Schnauzbart leise. Langsam. Sie konnte Doc nicht hören und wusste, dass er versuchte, auf einem anderen Weg zu ihnen zu gelangen.

Trotz der eisigen Temperatur war ihr unglaublich heiß. Sie wischte sich mit dem Ärmel übers Gesicht.

»Haltet euch an mir fest und zieht so kräftig ihr könnt.« Carly umklammerte den Ring jetzt fester mit beiden Händen, während ihre Schwestern die Arme um ihre Taille geschlungen hatten.

Sie zogen und zogen, bis Carlys Schultergelenke vor Schmerz brannten. Sie hatte das Gefühl, ihr Körper werde gleich in zwei Stücke zerreißen, während das Gewicht der Zwillinge sie nach hinten zerrte.

Carly umklammerte den Ring noch fester. Sie würde nicht loslassen.

Plötzlich schwang die Falltür auf, und die Schwestern fielen wie Dominosteine um.

Schluchzend tastete Carly herum, bis sie eines der Mädchen fand, und ohne zu zögern, zerrte sie es zum Loch hinüber und stieß es in die Finsternis hinab. Was auch immer sich dort unten befand, konnte nicht schlimmer sein, als in dieser Enge gefangen zu sein und Schnauzbart über sich singen zu hören. Carlys Magen zog sich zusammen, als sie bemerkte, dass er die Verfolgungsjagd genoss. Sie fast wollte.

»Schau, wie sie rennen. Schau, wie sie rennen.«

»Carly, ich …«

»Beweg dich«, fauchte sie und unterbrach Leahs Protest, dass es zu dunkel sei, sie sich zu sehr fürchte. Carly stieß sie ins Ungewisse, nach Marie, und dann krabbelte sie hinter den beiden her.

Der Tunnel war niedrig. Feucht. Der Gestank widerlich. Zunächst kamen sie nur langsam voran. Carly tastete mit den Händen herum, während sie sich fortbewegten, hatte Angst, dass es im Tunnel mehr gab, als sie wussten. Verschiedene Wege. Die Gefahr, dass sie sich für immer in einem unterirdischen Labyrinth verirren könnten, war erschreckend und etwas, für das sie nicht verantwortlich sein wollte. *Noch etwas*, für das sie nicht verantwortlich sein wollte. Ab und zu zweigten größere Öffnungen vom Haupttunnel ab, die nirgends hinzuführen schienen, fast so, als wären es Ausweichstellen, aber Carly verstand nicht, wofür.

»Ich glaube, das ist der richtige Weg. Wenn wir weiter geradeaus gehen, müssen wir irgendwann irgendwo rauskommen.« Sie drückte ihre Daumen, während sie das sagte. »Also los, so schnell ihr könnt.«

Carly hörte, wie Leah leise weinte, das schleifende Geräusch, das die Zwillinge beim Krabbeln machten und noch etwas anderes.

Ratten?

Es schien ewig zu dauern – die Handflächen in die Feuchtigkeit gedrückt, die Knie einsinkend –, aber in Wirklichkeit konnten es nicht mehr als fünf Minuten gewesen sein, bis der Tunnel breiter wurde. Und dann sahen sie es.

Fahles Licht.

Der Mond. Carly nickte wild, bestätigte sich selbst, dass sie fast draußen waren.

Ein heftiger Schlag auf die Nase trieb Carly Tränen in die Augen.

»Warum kriechst du nicht weiter?«, flüsterte sie verärgert Leah zu und schob sie an.

»Marie kann Docs Stiefel sehen. Er ist da draußen.«

Carly war wütend. Hilflos. Verängstigt.

»Zurück«, zischte sie. Sie trat den Rückzug an, tastete die Wände ab, versuchte verzweifelt, eine der Ausweichstellen zu finden, in denen sie sich verstecken konnten. Ihr Herz hämmerte laut in der Brust. Sie wusste, dass alles vorbei wäre, wenn Doc in die Hocke ging und seine Taschenlampe in den Tunnel halten würde.

Schließlich fand sie, wonach sie gesucht hatte. Sie kroch noch weiter zurück und drängte die Zwillinge in die beengte Einbuchtung, bevor sie sich gekrümmt um sie legte. Wieder ein Komma.

Sie warteten.

Von draußen ein Schrei.

»Ich habe was gefunden. Eine Öffnung.«

Ein Licht, das im Tunnel von links nach rechts schwenkte. Carly kniff die Augen fest zu.

Bitte entdeckt uns nicht. Bitte entdeckt uns nicht.

Und dann Dunkelheit.

Stille.

»Ist er weg?«, flüsterte Marie.

Am liebsten hätte Carly geschrien: »Das weiß ich nicht. Ich kenne nicht *alle* Antworten.« Sie wusste, dass das nicht gerecht war, aber trotzdem. Und sie wusste auch nicht, was sie tun sollten.

»Ich nehme es an, aber lasst uns noch eine Weile warten.«

Mit den Fingerspitzen tastete sie über die Wände, die niedrige Decke. Fand etwas Glattes, Hartes – einen großen Stein. Sie waren nicht weit vom Ausgang entfernt. Konnten sie sich auf einem anderen Weg hinausbuddeln? Möglicherweise warteten Doc und Schnauzbart am Ausgang, bereit, sie zu packen, wenn sie herauskrabbelten. Wenn sie irgendwo anders hinausschlüpfen konnten, hatten sie eine Chance, die Straße zu erreichen.

War es dumm zu graben? Konnte sie irgendwie den Tunnel zum Einstürzen bringen? Aber zu wissen, dass die Freiheit so verlockend nahe war, trieb Carly dazu, ihre Finger unter den Stein zu schieben und ihn aus der feuchten Erde zu ziehen.

Plötzlich schrien sie alle auf, als eine Flut von Insekten auf sie niederprasselte. Winzige spitze Füße krabbelten über ihre Haut. Eines fiel in Carlys offenen Mund. Sie würgte, als sie es sich von der Zunge schnippte. Die Insekten krabbelten über ihren Kopf, verfingen sich in ihren Haaren, rutschten in den Kragen ihrer Bluse. Sie spürte sie überall, aber sie konnte sie nicht sehen. Wieder schrie sie auf, als etwas Hartes, Festes in ihr Auge gerammt wurde. Der Ellbogen einer ihrer Schwestern, die mit den Armen herumfuchtelte. Sie klopfte ihr auf die Schultern und drückte auf harte Panzer.

Käfer.

Sie versuchte, sich zu beruhigen, sich zu sagen, dass sie keine Angst vor ihnen hatte, aber egal, wie heftig sie sie wegschlug, sie wollten nicht sterben. Carly spürte immer noch die Bewegung ihrer Beine, hörte, wie sie manisch unter ihnen, über ihnen und auf ihnen herumhuschten.

Sie stanken.

In ihrem Kopf drehte sich alles, und Panik vernebelte ihr die Sinne, deshalb fiel ihr nicht sofort auf, dass die Stelle, an der sie sich befand, jetzt größer war. Leerer. Die Zwillinge waren zurück in den Tunnel gekrochen. Sie hörte Leah schreien, als sie auf den Ausgang zukrabbelte.

»Nein, wartet.« Sie wusste, dass die Männer ihre Schreie leicht hätten hören können. Darauf warteten, sie zu packen. Aber die Mädchen wurden nicht langsamer, und sie hatte keine andere Wahl, als ihnen zu folgen.

KAPITEL 38

George – Jetzt

George schleicht aus dem Haus, während Leah und Archie schlafen. Er hat immer noch einen sauren Geschmack im Mund vom Whisky der letzten Nacht.

Als er in sein Auto steigt, erhält er eine SMS. Tash. Er ruft sie über die Freisprechanlage an.

»Geht's dir gut?«

»George.« Ihre Stimme klingt belegt, und sie schluchzt. »Ich kann das nicht mehr. Ich kann Leah nicht mehr belügen. Sie ist meine beste Freundin.«

Sie ist meine Frau, denkt George, und er tut nichts anderes, als sie zu belügen.

»Es wird nicht mehr lange dauern«, verspricht er ihr, als er auf den Parkplatz des billigen Cafés einbiegt, um wie vereinbart den Mann zu treffen.

»Hier.« George gibt dem Mann einen mit Geldscheinen gefüllten Umschlag und nimmt im Gegenzug widerwillig die Kiste. Sie fühlt sich so schwer an wie Georges Herz, als er sie in sein Auto hievt. Der Plan hatte sich so richtig angefühlt, doch jetzt fühlt er sich so falsch an. Aber George ist entschlossen.

Es gibt kein Zurück mehr.

Kapitel 39

Carly – Damals

Carly stürmte aus dem Tunnel hinter ihren Schwestern her und fand sich mit der Tatsache ab, dass Hände sie packen würden. Sie zurück in den beklemmenden Raum schleifen würden, der nach verstopften Toiletten und Erbrochenem stank.

Aber da war nichts.

Sie stand auf und wischte sich die ganze Zeit mit den Händen über den Körper. Schüttelte ihre Haare aus. Noch immer spürte sie die Käfer auf sich.

Dachte, sie werde die Käfer immer auf sich spüren.

Normalerweise liebte sie den Regen, hatte das Gefühl, dass danach alles sauber roch, aber jetzt war da nur der Gestank von Insekten in ihrer Nase. Sie zitterte. Ihre Kleidung war durchnässt.

»Was machen wir?«, fragte Leah.

Carly hätte sich am liebsten auf den Boden gelegt und geweint. Sie wollte aufgeben, doch das war keine Option. Sie war die große Schwester, aber sie fühlte sich so zittrig, ihre Beine waren wie Wackelpudding.

Langsam drehte sie sich um sich selbst, und ihre Augen suchten die Finsternis ab. Aber erst als eine Wolke am Mond vorbeigezogen und die Dunkelheit aufgehoben war, sah sie das Glitzern des Zauns. Er war nah.

So nah.

»Hört zu.« Sie ging in die Hocke und zog ihre Schwestern zu sich. »Ihr wart so tapfer, aber ihr müsst noch ein bisschen länger tapfer sein.«

Ihre Schwestern nickten. Ihre Gesichter waren in silbernes Licht getaucht.

»Da drüben ist der Zaun. Wir werden so schnell, aber auch so leise wie möglich laufen. Wenn die Männer zurückkommen – wenn eine von uns geschnappt wird –, bleiben wir nicht stehen. Wir gehen nicht zurück.«

»Aber …«, setzte Marie an.

»Kein Aber. Wenn wir getrennt werden, dann nur so lange, bis eine von uns Hilfe geholt hat, und dann ist das alles hier vorbei.« Carly spürte, wie Schuldgefühle sie innerlich zermürbten. Marie war krank, und Leah hatte sich am Knöchel verletzt, aber wenn sie sich ihrem Tempo anpasste, bestand die Gefahr, dass sie alle erwischt wurden. Wenigstens bestand auf diese Weise die Chance, dass sie es schaffte und schneller Hilfe holen konnte. Wenn sie ihre Schwestern allein ließe, wäre es nicht für lange. Davon war sie überzeugt. »Wir werden bald zu Hause sein.«

»Bei Mummy und Daddy.« Leah wurde munter.

»Ja. Und bei Bruno. Ich schwöre es.« Carly krümmte ihre beiden kleinen Finger und hakte sie um die kleinen Finger der Zwillinge.

>»Versprochen ist versprochen
und wird nicht gebrochen.
Und tust du es doch,
fällst du in ein Loch.
Drum gelobe ich dir eilig,
mein Versprechen ist mir heilig.«*

»Wir schaffen es nach Hause.« Dieses Mal klang Carlys Stimme fester. »Seid ihr bereit?«

»Ja«, sagten sie, aber sie klangen verhalten.

»Lauft!«

Carlys Füße flogen über den unebenen Boden. Sie wurde nicht langsamer. Blieb nicht stehen, um zu überprüfen, wie weit Marie und Leah hinter ihr waren.

Sie warf sich gegen den Zaun. Umklammerte mit ihren Fingern den Draht und rüttelte kräftig daran. Er war zu hoch, um darüberzuklettern, und außerdem war oben Stacheldraht gespannt.

Schnell lief sie weiter, suchte nach einem Tor, aber statt des Ausgangs, durch den sie offen und augenfällig stürzen würde, fand sie etwas Besseres.

Ein Loch.

Sie ließ sich auf die Knie fallen und kämpfte sich durch das Gestrüpp, wobei die scharfen Kanten des Drahtes an ihrem Rücken entlangschrammten, bis sie hindurch war und wieder stehen konnte. Sie nahm sich eine kostbare Sekunde, um nach den Zwillingen Ausschau zu halten. Die beiden hatten die Grundstücksgrenze noch nicht erreicht und die Arme umeinandergeschlungen. Carly war sich nicht sicher, wer wen stützte. Sie winkte, bis sie sah, dass sie sie entdeckt hatten, und dann drehte sie sich um und krabbelte die Böschung hinauf, rutschte rückwärts und trieb sich wieder vorwärts.

Und da war sie.

Eine Straße.

Die Straße.

Fast weinte sie, aber stattdessen warf sie sich in einen Graben und wartete dort, bis Marie und Leah ihre Köpfe wie Erdmännchen über die Böschung streckten. Die Schwestern waren wieder vereint. Ein Team. Carly war froh. Egal, wie sehr die Zwillinge sie brauchten, sie wusste, dass sie sie auch brauchte.

Die Straße war kaum mehr als ein Weg, und Carlys Laune sank, als sie sich fragte, wie häufig sie befahren wurde, doch sie zwang sich, positiv zu bleiben. Auch wenn sie auf keine Autos stießen, musste die Straße irgendwohin führen. Irgendwo würde es ein Telefon geben und ein Polizeirevier. Warme, trockene Kleidung und ein Gefühl der Sicherheit. Irgendwo konnten sie auf ihre Eltern warten, und dieser Gedanke machte sie nervös und aufgeregt zugleich. Obwohl sie Marie versichert hatte, dass ihre Eltern nicht wütend sein würden, gab es eine zweifelnde Stimme in ihrem Kopf, die sich fragte, ob sie ihr die Schuld geben würden. Ob ihr Stiefvater sie hassen würde, weil sie seine Töchter in Gefahr gebracht hatte, aber das war albern. Er hatte ihr nie das Gefühl gegeben, anders zu sein, weniger wert. Ihre Eltern wären überglücklich, sie wiederzusehen, sie alle, das wusste Carly.

»Bleibt unten und folgt mir.« Carly kroch am Rand der Straße entlang. Ihre Hände griffen in nasses Gras, ihre Knie rutschten weg. »Wenn Schnauzbart und Doc auftauchen, legt euch flach hin und bewegt euch nicht.«

Sie konnte sie nicht hören. Konnte nichts hören außer dem Regen, der auf den Asphalt prasselte, und ihr eigenes wild schlagendes Herz. Ihre Augen suchten die Dunkelheit nach den gelben Lichtstrahlen einer Taschenlampe ab, aber da war nichts.

Waren sie entkommen? Carly wagte, es zu hoffen.

Sie kamen nur langsam voran. Ihr taten der Rücken und der Kopf weh. Sie warf einen verstohlenen Blick hinter sich auf Leahs Gesicht, das im Schein des Mondlichts totenbleich war. Carly sah, dass sie Schmerzen hatte, aber sie hatte nicht ein Mal über ihr Fußgelenk gejammert.

Schließlich kamen sie zu einer Weggabelung.

In welche Richtung?

Man sah keinen verräterischen Lichtschein von Häusern oder das blaue Flackerlicht von Fernsehgeräten.

Links oder rechts? Rechts oder links?

Es stand so viel auf dem Spiel.

Bevor Carly sich entscheiden konnte, sah sie in der Ferne zwei Lichtpunkte.

»Nein.«

Sie schüttelte den Kopf, als könnte sie sie verschwinden lassen, aber dann wurde ihr klar, dass sie sich zu schnell bewegten, um von Taschenlampen zu stammen. Es waren Scheinwerfer.

Ein Auto.

Ein Blitz zuckte.

Carly spürte, wie Adrenalin durch sie hindurchschoss, als sie sich ein letztes Mal nach den Männern umschaute, aber sie waren nirgends zu sehen. Sie taumelte auf die Füße und stolperte mit den Armen wedelnd mitten auf die Straße.

»Hilfe! Hilfe!«

Donnergrollen überdeckte ihr leises Schreien. Leah und Marie gesellten sich zu Carly in die Straßenmitte, und in der Luft lagen ihre verzweifelten Hilferufe.

»Anhalten! Bitte!«

Kurz schien das Auto zu beschleunigen, doch dann hielt es an. Die Warnblinkanlage wurde eingeschaltet, als es an den Straßenrand fuhr.

Carly schirmte ihre Augen ab. Sie konnte nicht sehen, wer am Steuer saß.

Beide Türen wurden geöffnet.

Waren sie jetzt in Sicherheit?

KAPITEL 40

Leah – Jetzt

Heute, ist mein erster Gedanke, als die Sonne, die durch die Vorhänge scheint, mich drängt, die Augen zu öffnen. Mein Kopf ist benommen. Ich habe einen bitteren Geschmack im Mund, fast so, als hätte ich einen Kater. Doch es ist kein Alkohol, der diesen Geschmack in meiner Kehle aufsteigen lässt, sondern die Erinnerung, dass ich gestern Abend einen unschuldigen Mann fast in den Tod getrieben habe.

Ich war so sicher gewesen, dass es *er* war, aber mein Fregoli hat mich wieder getäuscht. Ich bin mir nicht mehr sicher, was ich denke. Traue mir selbst nicht mehr. Meine einzige Hoffnung ist, dass alle anderen recht haben. Dass mir irgendein Verrückter die Briefe schickt und alles andere nur in meiner Fantasie existiert.

Der Teddybär ist ein Zufall.

Aber das Kreuz? Das kann nicht so leicht erklärt werden.

Ich rolle mich herum, strecke die Beine dorthin aus, wo eigentlich George liegen sollte.

Am Ende des heutigen Tages wird alles vorbei sein.

Bis dahin werde ich das Haus nicht verlassen. Archie und ich werden uns aufs Sofa kuscheln und »Peter Pan« schauen. »Die Unglaublichen«. »Das Dschungelbuch«.

Wir werden sicher sein, sage ich mir. Sicher.

Und in dem Moment stößt Archie einen durchdringenden Schrei aus.

KAPITEL 41

Carly – Damals

Zwei Frauen waren im Auto gewesen, das angehalten hatte. Jetzt klammerten sich die Schwestern auf dem Rücksitz aneinander, während die Frauen sie nach ihren Namen fragten. Carly konnte nicht antworten. Leah und Marie wollten nicht. Fremde waren einmal nur Leute gewesen, die sie noch nicht kannten, jetzt waren sie zu fürchten.

»Verschleppt«, war alles, was Carly sagen konnte.

»Verschleppt? Was habt ihr verschleppt?« Die Frauen tauschten einen Blick aus.

»Verschleppt.« Carly begann zu weinen.

»Mein Gott.« Die Beifahrerin drehte sich zu Carly um und legte ihr eine Hand aufs Knie. Carly zuckte bei der Berührung zusammen. »Seid ihr etwa die Sinclair-Schwestern?«

»Die Mädchen, die entführt worden sind?«, fragte die andere Frau. »Ihr wart die Schlagzeile in jeder Zeitung und auf allen Fernsehkanälen. Nicht nur in Großbritannien, sondern weltweit.«

Carly weinte lauter. Leah und Marie brachen ebenfalls in Tränen aus.

»Schon gut. Jeder hat nach euch gesucht. Man hat euch angeblich landauf, landab gesichtet und auch im Ausland, aber … meine Güte. Ihr seid hier. Euch geht's gut.«

»Bitte …« Carly hatte einen Schluckauf. »Bringen Sie uns nach Hause.«

»Eure armen Eltern werden so erleichtert sein. Wir sind nicht weit entfernt von einem Polizeirevier, deshalb …«

»Schnell.« Carly schaute angsterfüllt aus dem Fenster. »Bevor sie uns finden.« Die Frauen flüsterten hastig miteinander, bevor sie losfuhren.

Trotz des Gebläses, das Wärme ausstieß, und der karierten Decke, die über ihren Knien lag, konnte Carly nicht aufhören zu zittern. Die Wärme verstärkte den Geruch von getrocknetem Erbrochenen auf ihrer Kleidung, vom Urin auf ihren Socken. Sie schluckte Gallenflüssigkeit hinunter.

Jedes Schlagloch, jeder Blitz und jedes Donnergrollen ließen Carly zusammenfahren.

Während sie versuchte, ihre Tränen zu unterdrücken, war sie sich der Frau auf dem Beifahrersitz bewusst, die sich umdrehte und sie fragte, ob sie verletzt seien, wer sie entführt habe, und ihr sagte, dass sie jetzt berühmt seien, aber Carly konnte sie nicht anschauen. Konnte ihren Blick nicht vom Fenster losreißen. Regen lief an der Scheibe herunter. Bäume warfen ihre Schatten vor einem eisengrauen Himmel. In der Ferne dunklere Konturen, die Gebäude der Luftwaffenbasis. Carly ertrug den Anblick nicht, konnte ihren Blick jedoch auch nicht davon losreißen.

Das Auto wurde langsamer, der Blinker machte *tock-tock-tock*.

Aus dem Augenwinkel nahm Carly eine Bewegung wahr. Sie drehte den Kopf.

Es war er.

Doc.

Scharf sog sie die Luft ein. Angst schnürte ihr die Kehle zu. Sie konnte weder einatmen noch Worte herausbringen.

Er war so nah. Wenn er sich beeilte, konnte er die Tür aufreißen und sie packen.

Ihr war heiß und kalt. Schlecht. Sie war unfähig zu reagieren.

Sein Blick fand ihren, und in seinen Augen war etwas, was Carly glaubte, schon einmal in ihnen gesehen zu haben.

Mitleid?

Reue?

Er nickte einmal. Das Auto beschleunigte wieder. Sie ließen ihn weit hinter sich, aber trotzdem würde er immer bei Carly bleiben. In ihren Albträumen, in ihrem Kopf.

Sie drehte sich weiter in ihrem Sitz herum, drückte die Handflächen gegen das Fenster.

Er war weg.

Als sie das Polizeirevier erreichten, verschwamm alles, als würde Carly sich endlich erlauben abzuschalten und jemand anderem erlauben, die Verantwortung zu übernehmen.

»Die Sinclair-Schwestern.« Eine Schar von Polizeibeamten grinste sie an, als hätten sie sie persönlich gefunden. »Ihr habt einen ziemlichen Wirbel verursacht.«

»Bekomme ich Ärger?«, flüsterte Carly, die wusste, dass alles ihre Schuld war. Sie hätte besser auf ihre Schwestern aufpassen müssen.

»Natürlich nicht!« Eine Dame mit weißen Haaren, extremem Kurzhaarschnitt und pinkfarbenen Wangen sprach freundlich mit ihr. »Ich bin Angela, und ich werde bei euch bleiben, bis Mum und Dad eintreffen. Lasst uns irgendwo hingehen, wo wir ungestörter sind, während wir auf sie warten. Es wird nicht lange dauern, bis die Geier herausgefunden haben, dass ihr hier seid.«

»Geier?«, fragte Marie.

»Die Boulevardblätter«, sagte die Frau.

»Fressen Boulevardblätter wie Geier tote Leute?« Marie sah verwirrt aus.

»Ja, sie stochern gerne in den Knochen herum. Mach dir keine Sorgen, mein Schatz.«

Sie wurden in einen Raum geführt und in Decken gewickelt. Neben Carly blies der Heizstrahler heiße Luft aus, aber sie konnte immer noch nicht aufhören zu zittern.

»Bist du verletzt?«, fragte Angela.

Carly schüttelte den Kopf. »Aber Leah hat sich den Knöchel verstaucht, und Marie musste sich übergeben.«

»Wir werden euch alle von einem Arzt untersuchen lassen, wenn eure Eltern hier sind, aber zuerst gibt es etwas Süßes für euch.«

Dünnwandige Styroporbecher mit heißer Schokolade, auf der Pulverklümpchen schwammen, wurden ihnen in die eiskalten Hände gedrückt. Leah und Marie tranken ihre aus und warteten nicht, bis sie abgekühlt war. Carly rührte ihre nicht an. Ihr drehte es vor Sorgen den Magen um. Sie wusste nicht, wie sie sich erklären sollte, konnte sich keinen Reim darauf machen, wie das alles passiert war. In der einen Minute schrieb sie Dean noch eine SMS, während die Zwillinge spielten, und dann … Carly fing wieder an zu weinen. Wie konnten ihre Eltern ihr jemals verzeihen?

Die Zwillinge waren bei ihrer dritten heißen Schokolade, als sich die Tür knarrend öffnete. Ihre Eltern eilten herein. Leah und Marie rannten hinüber zu ihrem Vater und krabbelten seine Beine hoch wie Affen an einem Baum. »Gott sei Dank! Gott sei Dank!« Ihr Stiefvater balancierte einen Zwilling auf jeder Hüfte. Carlys Mum umfasste ihr Gesicht.

»Hasst ihr mich?«, fragte Carly.

»Dich hassen? Nein! Wenn überhaupt, dann hasse ich mich selbst. Ich hätte bei euch allen zu Hause sein sollen. Das war *nicht* deine Schuld.«

Die Zwillinge machten sich von ihrem Vater los und zogen an ihrer Mutter, und dann waren die Mädchen von Armen umschlossen. Mum und Dad hielten sie fest und flüsterten immer wieder »Es tut uns so leid« in ihre Haare. Carly ließ sich gegen sie sinken, als ihr klar wurde, dass sie nicht sie, sondern sich selbst dafür verantwortlich machten. Es fühlte sich an, als würden sie alle zu einer Einheit verschmelzen. Carly konnte gar nicht sagen, wo ihre Familie begann und wo sie endete.

Und dort, in dem kleinen Raum mit den schlichten Wänden und dem grellen Neonlicht, hatte Carly das Gefühl, zu Hause zu sein.

»Mr und Mrs Sinclair?« Die Stimme löste die Familienmitglieder voneinander, und sie ließen sich los. »Kann ich mit Ihnen durchgehen, was jetzt geschieht? Ich bin Chief Inspector Graham McDonald.«

Dad nahm wieder die Zwillinge auf den Arm.

»Wir werden die Mistkerle finden. Das verspreche ich Ihnen«, sagte Graham mit breitem schottischem Akzent, während Carlys Mutter in ein Taschentuch schluchzte.

Es schien ewig zu dauern, bis sie aus dem Hinterausgang des Polizeireviers geleitet wurden, um den Reportern aus dem Weg zu gehen, doch als sie an der Vorderseite des Gebäudes entlanggefahren wurden, klickten Kameras und ging ein Blitzlichtgewitter auf sie nieder. Fragen wurden gerufen. Vor ihrem Haus standen Übertragungswagen und Nachbarn in Morgenmänteln auf Treppenstufen. Ihr Atem wehte in der kalten Nachtluft. Es war chaotisch und überwältigend, und Carly konnte es nicht erwarten, im Haus zu sein. Doch sobald sie in ihrem Zimmer war, fand sie es ungewohnt und unsicher.

Wochenlang kamen die Zwillinge nach Einbruch der Dunkelheit in Carlys Zimmer geschlichen und krochen in ihr Bett mit dem Baldachin, das Carly vor ihrer Entführung als peinlich empfunden hatte. Jetzt war sie allerdings froh darüber, den dünnen weißen Voile um sie alle zuziehen zu können. Die Welt auszuschließen. Die Schwestern kuschelten sich dann aneinander, und Carly war dankbar für ihre Gesellschaft. Sie ertrug es nicht, allein zu sein, auch wenn Leah wieder angefangen hatte, ins Bett zu machen, und Marie in den frühen Morgenstunden mit Armen und Beinen um sich schlug, als würde sie davonrennen oder einen Angreifer abwehren. Carly selbst wachte mitten in der Nacht auf, ihre Bettlaken schweißgetränkt, und für eine Nanosekunde fragte sie sich, ob es irgendein schrecklicher, furchtbarer Albtraum gewesen war. Dann stupste ihre Zunge in die Lücke in ihrem Mund, wo der Zahn im Transporter auf der Fahrt nach Norwood ausgeschlagen worden war. Ihre Eltern hatten versucht, sie zu überzeugen, zum Zahnarzt zu gehen, hatten ihr versichert, dass er das in Ordnung bringen könne, sodass es keiner merken würde, aber sie wollte das nicht – wollte diese physische Erinnerung, um nie wieder selbstgefällig zu werden.

Oft hatte sie das Gefühl, beobachtet zu werden, einen Schatten auf der anderen Seite der Baldachinvorhänge zu sehen. Angst schnürte ihr dann die Kehle zu, bis sie um den Stoff herumspähte und sah, dass es ihre Mutter war, die sie beobachtete, als wäre sie besorgt, dass sie wieder verschwinden könnten. Tagsüber berührte Mum die Mädchen oft, um sich zu vergewissern, dass sie wirklich zurück waren. Eine Hand auf ihren Armen. Finger, die ihnen die Haare aus dem Gesicht strichen. Aber sie stellte ihnen nie Fragen, als hätte sie Angst, die Antworten zu hören. Wollte nicht wissen, was ihre Kinder durchgemacht hatten – aber sie war da, in ihren Augen, die Frage, was die Männer ihnen angetan hatten. Das zaghafte Nachhaken, das Carly beiseiteschob. Sie ertrug es nicht, darüber zu reden. Sie wollte ihr sagen, dass die Männer ihnen nichts getan hatten, aber sie wusste, dass das nicht stimmte. Körperlich mochten sie unversehrt sein, doch Carly wusste, dass sie psychisch und emotional nie wieder dieselben sein würden. Keine von ihnen.

Jeden Tag wurde geredet. Endlos geredet. Erwachsene mit kalten Augen und leisen Stimmen forderten sie auf, ihre Gefühle zu zeichnen. Zahllose Fotos von Tätowierungen wurden über den Tisch vor sie geschoben, bis Carly das Auge in Schnauzbarts Nacken identifizierte. Die Polizei wusste, wer er war. Obwohl er von seiner letzten bekannten Adresse geflohen war, fanden die Polizisten seinen Bruder, Doc, in seiner Wohnung, wo er sich am Treppengeländer erhängt hatte. Unerklärlicherweise war Carly traurig, als sie davon erfuhr. Die Polizei versicherte Carlys Eltern, dass sie zuversichtlich sei, Schnauzbart zu erwischen, dass sie sich keine Sorgen machen sollten, doch das taten sie. Ihre Eltern schienen geschrumpft zu sein, seitdem die Mädchen entführt worden waren. Sorgenfalten waren in ihre Gesichter gemeißelt. Carly schnappte eine geflüsterte Unterhaltung zwischen ihnen auf, in der es darum ging, ins Ausland zu ziehen, irgendwohin weit weg, aber Carly war sich sicher, dass Schnauzbart sie finden würde, wenn er wollte, egal, wie weit sie auch wegzogen.

Drei blinde Mäuse, drei blinde Mäuse.

Immer noch kampierten Reporter vor ihrem Haus. Die Mädchen duften nicht im Park spielen und gingen Ewigkeiten nicht zurück zur Schule. Gefangene. Immer noch Gefangene. Wenn sie sich dann doch einmal nach draußen wagen mussten, schloss sich eine Menschenmenge um sie, Mikrofone wurden an Münder gedrückt, Kameras hoch über Köpfe gehalten, unerbittliches Klick-Klick-Klicken. Polizisten bildeten mit den Armen eine Barriere und forderten jeden auf, Platz zu machen, ihnen etwas Raum zu geben. Sie hielten sich an den Händen, Carly, Leah, Marie, ihre Mum und ihr Stiefvater – eine vereinte Familie –, und eilten davon, blieben nie stehen, um einen Kommentar abzugeben.

Schau, wie sie rennen. Schau, wie sie rennen.

Mum kochte ihr Lieblingsessen. Makkaroni, die vor Käse trieften, und Hühnchen gefüllt mit Knoblauchbutter, aber Carlys Appetit kehrte nicht zurück.

»Kannst du nicht einfach vergessen, dass es passiert ist?«, fragte Mum müde.

»Vergessen?« Wut loderte in Carly auf.

»Ich meine nicht vergessen, aber … es ist, als würdest du dich selbst bestrafen. Uns bestrafen. Wir müssen versuchen, es hinter uns zu lassen. Alles.«

»Du weißt nicht, wie es gewesen ist.« Carly umklammerte die Tischkante so fest, dass sie befürchtete, ihre Finger würden brechen.

»Ich weiß, aber ich weiß auch, dass ich nicht zurückgehen und die Dinge für dich ändern kann, so sehr ich es auch möchte«, sagte ihre Mutter. »Ich versuche, es wiedergutzumachen. Normalität zu schaffen. Bitte. Versuch zu essen. Du liebst doch meinen Apfel-Crumble.«

Aber Carly schob ihr Schälchen weg. Alles schmeckte nach Chips und Bonbons mit Johannisbeergeschmack. Sie ging durch die Küche. Ihre Mutter holte ein Glas, als Carly eine Flasche Cherry Cola aus dem Kühlschrank nahm, und dann sah ihre Mutter zu, wie die Tochter die zischende Flasche öffnete und in die Spüle kippte. Sie versuchte zu verstehen, aber es gelang ihr nicht.

Sosehr ihre Mutter sie erdrückte, ihr Stiefvater war das Gegenteil. Rund um die Uhr außer Haus. Angespannt und ungehalten, wenn er zu Hause war. Ständig rief er auf dem Polizeirevier an und verlangte neue Informationen. Das Telefon fest umklammert in der einen Hand, war die andere Hand zur Faust geballt und deutete an, was er dem überlebenden Entführer antun würde, sollte er ihn jemals zu fassen bekommen. Er schaltete den Fernseher aus, wenn jemand ihn eingeschaltet hatte – die Schwestern waren immer noch auf allen Kanälen zu sehen.

Ihre verängstigten, blassen Gesichter starrten aus Zeitungen. Horden von Kuscheltieren wurden geliefert, Poststempel aus aller Herren Länder. Knallbunte Karten, auf denen Luftballons, Häuser, Champagner abgebildet waren – mit Botschaften wie »Willkommen zu Hause, Glückwunsch!« Mum warf sie alle in die Mülltonne. Einmal hatte Carly eine herausgefischt, auf der stand: »Wenn Sie Jesus nicht in Ihr Leben lassen, werden Ihnen Ihre Mädchen wieder genommen.« Ihre Familie war nicht religiös, aber an jenem Abend hatte Carly sich neben ihr Bett gekniet, die Hände gefaltet und gebetet.

Die einzigen Menschen, mit denen Carly es ertrug, Zeit zu verbringen, waren die Zwillinge. Sie wurden zu einer Einheit aus drei Personen, die durch ihr Trauma miteinander verbunden waren. Carly war es, an die sie sich wandten, wenn es um Gutenachtgeschichten ging, und Carly gaben sie jeden Abend ihre Haarbürste. Ihre Schwestern waren alles, was sie wollte. Was sie brauchte. Carly schrie ihre Mutter so oft an, sie in Ruhe zu lassen, dass sie mit der Zeit dem Ansinnen ihrer Tochter nachgab. Sie zog sich in sich selbst zurück. Die Haut schien ihr von den Knochen zu hängen. Die Augen waren blutunterlaufen und hatten dunkle Ringe.

Warum fand die Polizei Schnauzbart nicht?

Carly schloss alle aus. Ignorierte die ungelesenen SMS auf ihrem Nokia, sogar die von Dean Malden. Er schien nicht mehr wichtig zu sein.

Die ganze Zeit über war da dieses schreckliche wissende Gefühl in Carlys Bauch. Schnauzbart war immer noch da draußen.

Es fühlte sich alles zu viel an, aber es stellte sich heraus, dass das die Ruhe vor dem Sturm war.

Es war unverständlich, dass die Entführung überhaupt nicht der schlimmste Teil gewesen war.

Was nach ihrer Rettung kam, war viel, viel schlimmer.

KAPITEL 42

Leah – Jetzt

Archie schreit erneut. Mein Körper reagiert, bevor mein Verstand richtig verarbeitet, was ich höre. Ich rase die Treppe hinunter, auf das Geräusch zu, aber seine Schreie haben sich jetzt in etwas anderes verwandelt.

Gelächter.

Ich stürme in die Küche. Archie kniet auf dem Boden und kichert, während ihm ein Welpe übers Gesicht leckt.

»Nein.« Ich weiche zurück. Frage mich, ob ich noch träume.

»Bevor du loslegst …« George hält die Hände hoch. »Wenn wir ihn nicht aufgenommen hätten, wäre er eingeschläfert worden, und Archie hat sich schon immer einen Hund gewünscht.«

»Nein.« Mir fällt nichts anderes ein.

»Was dir passiert ist, war nicht Brunos Schuld«, sagt George sanft, als hätte er meine Gedanken gelesen. »Du kannst Archie nicht weiter dafür bestrafen, was geschehen ist.«

»Das tue ich nicht.« Wirklich? Viele Leute wollen keine Haustiere.

Ein Hitzeschwall erfasst mich. George legt mir eine Hand auf die Schulter. Ich schüttele sie wütend ab.

»Wie kannst du mir das antun?«, frage ich ihn.

»Ich mache das *für* dich. Wenn nichts anderes, wird der Hund Schutz sein.«

Aber das Einzige, wovor ich in diesem Moment Schutz brauche, ist mein Mann.

Ein paar Reporter stehen vor dem Haus, und ausnahmsweise ist George damit einverstanden, dass Archie und ich zu Hause bleiben sollten.

Heute.

Ich schaue immer wieder auf die Fußmatte, aber es ist kein Brief gekommen.

»Ich fahre zu Tesco einkaufen«, bietet George an, »und ich hole noch ein paar Sachen bei Pets at Home.« Er geht zum Ende unserer Einfahrt und informiert die Reporter, dass die Vorhänge geschlossen bleiben und ich das Haus nicht verlassen werde. Einige von ihnen machen sich sofort davon. Andere verharren hoffnungsvoll.

Ich rufe Tash an.

»Wie war's beim Zahnarzt?« Trotz allem weiß ich noch, was sich gehört.

»Zahnarzt?«

»Dein Notfalltermin gestern?«

»Ja. Gut. Bist du okay?«

»Du rätst nie, was mein Mann getan hat«, sage ich.

»Was?« Sie klingt argwöhnisch.

»Er hat Archie einen Hund gekauft.«

»Er ist ein guter Ehemann«, sagt Tash. »Er versucht immer nur, das Richtige für euch zu tun.«

»Auf welcher Seite stehst du?« Ich klinge gereizt.

»Auf deiner«, versichert sie mir schnell. »Es ist nur, dass George, George …« Sie fängt an zu weinen.

»Tash? Was ist los?«

»Es wird dir nicht gefallen«, sagt sie mit tränenerstickter Stimme.

»Tash! Du machst mir Angst. Nichts kann so schlimm sein.«

»Ich war gestern nicht beim Zahnarzt.«

»Okay.« Ich bin mir nicht sicher, was ich davon halten soll. »Und wo warst du?«

»Beim Arzt.«

»Ist alles in Ordnung mit dir?«

Kurz herrscht Stille, die von einem gelegentlichen Schniefen unterbrochen wird. »Ich … ich bin schwanger.«

»Was?« Ich bin fassungslos. »Aber du hast gesagt, du wolltest … du hast doch nicht mal einen Partner!«

»Es war ein One-Night-Ding. Hör mal, Leah. Ich wollte es dir sagen, aber ich habe zuerst bei George vorgefühlt, was er meint, wie du es aufnehmen würdest. Du weißt doch, wie du bist bei …«

»Krankenhäusern, Keimen. Sicherheit für Kinder. Allem«, beende ich den Satz für sie. Sie kennt die Einzelheiten. Alles, was passiert ist. Ich weiß, dass sie an mich gedacht hat, aber es ist schade, dass sie sich nicht in der Lage gefühlt hat, mir ihre Neuigkeiten mitzuteilen, ohne sich Gedanken darüber zu machen, welche Wirkung sie auf mich haben würden.

»Er bat mich, bis nach dem Jahrestag zu warten. Sagte, du seist zerbrechlich genug. Du kannst froh sein, ihn zu haben, Leah. Er hätte den Hund nicht mitgebracht, wenn er denken würde, dass er auf Dauer nicht gut für dich wäre.«

»Ich weiß nicht, was ich sagen soll. Wirst du es allein großziehen?«

»Ja.«

»Wer wird bei der Geburt bei dir sein?« Egoistischerweise bin ich besorgt, dass sie mich fragen könnte.

»Ich weiß nicht, aber, Leah, ich komme schon klar. Und Krankenhäuser sind ziemlich steril mit ihren Desinfektionsspendern überall, und … ich glaube … ich glaube, ich werde eine gute Mutter sein. Ich weiß, ich habe gesagt, dass ich keine Kinder will, aber seitdem ich herausgefunden habe, dass ich schwanger bin, fühle ich mich ganz ... Ich weiß nicht.«

»Mütterlich?«

»Ja. Das vermute ich. Es fühlt sich gut an. Nicht wie eine Katastrophe, weißt du?«

»Dann freue ich mich für dich«, sage ich und meine es auch so. Es wird eine weitere Person in meinem Dunstkreis geben, um die ich mir Sorgen machen muss, aber das liegt daran, dass ich dieses Baby so sehr lieben werde wie Tash.

»Danke. Und wie geht's dir? Wirklich. Kam heute noch ein Brief?«

»Nein. Ich warte immer noch darauf, dass etwas passiert. Es ist *der Tag*, aber abgesehen von dem blöden Hund ist nichts geschehen.«

»Das ist gut. Hoffentlich fühlst du dich morgen besser.«

»Ich werde mich besser fühlen, wenn Marie wieder auftaucht.«

»Immer noch kein Lebenszeichen?«

»Ich weiß, dass das nicht untypisch für sie ist, aber ... na ja, sie wollte, dass Carly und ich bei der TV-Sache helfen, und wir haben ihr nicht richtig zugehört. Ich hoffe einfach, dass sie auf einer Tournee ist und nicht irgendwo, wo sie sich im Stich gelassen fühlt. Oder ...«

»Ich glaube nicht, dass sie entführt worden ist. Das ergäbe keinen Sinn. Ohne dich und Carly sowieso nicht.«

Aber gerade davor habe ich Angst. Dass er heute auch noch uns holen wird.

»Mummy!«, ruft Archie aus der Küche. »Mummy, der Hund hat ein *großes* Pipi auf den Boden gemacht.«

Ich sage Tash, dass ich sie später noch einmal anrufen werde, und lege auf.

Bis ich das Malheur beseitigt und den Boden dreimal gewischt habe, ist es Mittagszeit. Archie spielt mit dem Welpen im Garten. Ich beobachte ihn aus dem Fenster, während ich uns ein Sandwich schmiere. Ich hoffe, George wird bald zurück sein. Mein Handy klingelt, und ich wische die Krümel von meinen Handschuhen, bevor ich das Gespräch annehme.

»Wie geht es Ihnen heute?« Graham hält sich nicht mit Höflichkeiten auf.

»So ziemlich wie erwartet«, sage ich.

»Also, ich habe mich mal ein bisschen umgehört. Nicht, dass ich denke, er sei eine Bedrohung für Sie oder so, aber …«

»Aber?«

»Ich habe die Überwachungskamera vom Dog and Duck an dem Tag überprüft, an dem Marie Ihrer Meinung nach verschwunden ist, und sie war dort.«

»Dort?«

»Außerhalb des Pubs. Sie war mit einem Mann zusammen, aber er stand mit dem Rücken zur Kamera. Es funktioniert nur eine in dieser Straße, also kann man nicht sehen, ob sie mit ihm gegangen ist, aber sie sah nicht verängstigt aus. Tut mir leid, dass ich Ihnen nichts anderes bieten kann. Ich habe weiter ein Auge darauf, das verspreche ich Ihnen. In der Zwischenzeit machen Sie bitte keine Dummheiten. Was Sie das letzte Mal getan haben, jemanden dafür zu bezahlen, Beweise zu platzieren, um ihm ein Verbrechen anzuhängen, das er nicht begangen hat … Ich kann bei so etwas nicht noch einmal ein Auge zudrücken. Verstehen Sie das?«

»Ja.« Ich lege auf und sinke angsterfüllt auf meinen Stuhl. Dann schließe ich die Augen und beschwöre das Bild meiner Zwillingsschwester herauf, aber anstatt sie so zu sehen, wie sie jetzt ist, sehe ich sie so, wie sie damals war, als sie wütend auf den Mann zulief, der mich in seiner Gewalt hatte. Wie sie mit beiden Händen auf ihn einprügelte.

Tapfer.

Die Erinnerung macht mir Mut.

Sie hat mich nie im Stich gelassen. Ich kann sie jetzt auch nicht im Stich lassen. Mir kommt in den Sinn, dass ich Carly anrufen sollte, aber zuerst muss ich meine Gedanken ordnen. Es gibt so viel zu verarbeiten.

Marie war im Dog and Duck.

Er geht im Dog and Duck etwas trinken.

Der Mann, der unsere Entführung geplant hat. Der Einzige, der im Gefängnis landete, nachdem Doc Selbstmord begangen hatte und Schnauzbart bei einem verpfuschten bewaffneten Raubüberfall erschossen worden war. Bevor Schnauzbart starb, erzählte er dem Arzt, dass er von einem Mann für unsere Entführung bezahlt worden war, und zwischen dem Bitten um Vergebung verriet er den Namen des Mannes, der das alles geplant hatte.

Er.

Simon.

Ist es möglich, dass sie bei ihm ist?

Bei dem Mann, dessen furchtbare, egoistische, unfassbare Entscheidung unser aller Leben ruiniert hat.

Aus freien Stücken bei ihm?

Es könnte sein. Immerhin ist *er* – Simon – ihr Vater.

Und auch meiner.

TEIL 2

Kapitel 43

Marie – Damals

Marie konnte nicht schlafen. Es war eine schwüle Nacht, und sie hatte das Gefühl, unter ihrer Kleine-Meerjungfrau-Bettdecke zu ersticken, aber sie hatte Angst, dass etwas vorbeikommen und ihre Füße anknabbern würde, wenn sie sie wegstieß. Sie zog die Decke bis hoch unters Kinn und tröstete sich damit, dass Arielle, mit Haaren so rot wie ihre und Leahs, sie vor dem Zehenknabberer, von dem sie glaubte, dass er unter ihrem Bett lebte, beschützen und ihn mit ihrem Schwanz vertreiben würde.

Ihre Zwillingsschwester schlief schon ewig. Es kam selten vor, dass eine Schwester ohne die andere wach war, und Marie langweilte sich. Sie schlüpfte aus dem Bett, tappte hinüber zur Kommode und zog den Projektor wieder auf. Der Motor brummte und warf Meerestiere an die tiefblauen Wände. Carly sagte, dass es etwas für Babys sei und dass die Zwillinge mit acht Jahren zu alt dafür seien, aber wie konnte man zu alt sein, um sich wie ein Teil des Ozeans zu fühlen? Sie konnte fast das Salz riechen, den warmen Sand zwischen den Zehen spüren und hoffte, dass sie dieses Jahr in den Urlaub fahren würden. Sie waren den ganzen letzten Sommer zu Hause geblieben, und sie hatte es vermisst, mit dem Flugzeug zu fliegen und dann mit Kindern zu spielen, die sie am Strand kennenlernte …

Heute Abend war es, als wäre sie allein auf der Welt, abgesehen von dem Kraken, der über ihre Wand trieb, und den Schwärmen orangefarben gestreifter Fische, die über ihre Decke flimmerten. Es war beunruhigend. Marie war nicht gern allein. »Das ist die Schauspielerin in dir«, sagte ihre Mutter immer. »Du willst ständig Publikum haben.« Sie meinte das nicht böse, aber trotzdem war Marie anderer Meinung. Es war nicht so, dass sie sich nach Aufmerksamkeit sehnte, es war nur … besser, wenn sie mit Leah zusammen war. Ohne ihre Zwillingsschwester fühlte sie sich unvollständig. Sie waren zwei Hälften eines Ganzen. Mit Carly machte es auch mehr Spaß. Jedenfalls war das so gewesen. In letzter Zeit klebte sie ständig an ihrem Handy und wartete darauf, dass dieser blöde Junge, Dean, ihr eine SMS schrieb. Sie hatte aufgehört, viel Zeit mit Leah und Marie zu verbringen, stattdessen lag sie auf ihrem Bett und starrte aufs Display, als wollte sie es dazu bringen aufzuleuchten. Sie tanzte auch nicht mehr oft mit ihnen, und einige ihrer Figuren funktionierten nicht mit nur zwei Personen.

Carly war ihre Halbschwester, aber das hatte noch nie einen Unterschied gemacht. Sie war deswegen nicht weniger wert. Jetzt fragte sich Marie, ob Carly sie und Leah nicht mehr mochte – oft verdrehte sie die Augen, wenn sie sie baten, mit ihnen aufzutreten. »Das ist die Pubertät«, meinte ihr Vater und zerzauste Maries Haare, als sie weinte, nachdem Carly sie wieder angefaucht hatte, sie in Ruhe zu lassen. »Das wird bei Leah und dir bald auch so sein.« Der Gedanke, dass Leah die Gesellschaft von Jungen der ihrer eigenen Schwester vorziehen könnte, erschien lächerlich, aber dennoch hatte Marie das Gefühl, ein Stück Schnur würde sich in ihrem Bauch herumschlängeln und dann verknoten.

Warum konnte nicht alles genauso bleiben, wie es war? Sie wollte, dass sie ewig zusammen waren. Marie hatte sich sogar vorgestellt, dass die Schwestern sich eines Tages ein eigenes Haus teilen würden. Statt eines langweiligen Esszimmers hätten sie ein Zimmer mit einer Bühne, auf der sie nach einem harten Arbeitstag Karaoke singen würden.

Marie dachte zurück an das letzte Mal, als Carly auf Leah und sie aufgepasst hatte. Marie und Leah waren in der Küche herumgehüpft und hatten so getan, als würden sie ihre Handrücken abknutschen: »Carly und Dean, sie liebt ihn, es kam zum Kuss, also kein Verdruss.« Carly war in Tränen ausgebrochen und nach oben in ihr Zimmer gerannt. Und als die Zwillinge beschämt hineingeschlichen waren, um sich zu entschuldigen, warf sie ihr Handy quer durchs Zimmer nach ihnen und schrie: »Haut ab!« Später kam Carly wieder nach unten und machte Popcorn in der Mikrowelle, zerließ Butter und bestrich die aufgepoppten Körner damit. Dann schmiegten sich die Mädchen auf dem Sofa aneinander und schauten »Ein Zwilling kommt selten allein« – eine Komödie über eineiige Zwillinge, die bei der Geburt getrennt worden waren, worüber sie lachen mussten, aber Marie war auch traurig, dass die Mädchen im Film nicht zusammen aufgewachsen waren.

Sie wollte eine Umarmung.

Marie erwog, ihre Zwillingsschwester zu wecken, aber wenn sie Leah von ihren innersten Ängsten erzählte, dann wusste sie, dass ihre Schwester ebenfalls Angst bekommen würde, und sie machte sich sowieso schon zu viele Sorgen. Allerdings war sie auch das Baby der Familie. Marie war ganze zwölf Minuten älter. Stattdessen öffnete Marie die Zimmertür so leise sie konnte, und die Schritte ihrer in Socken steckenden Füße wurden vom dickflorigen Teppich verschluckt, als sie nach unten schlich.

Das Wohnzimmer lag im Dunkeln, aber unter der Küchentür drang ein Lichtschimmer hervor. Marie schlang die Finger um den Griff, doch bevor sie ihn herunterdrücken konnte, hörte sie das Weinen ihrer Mutter.

»Es muss einen anderen Weg geben.«

»Dann lass dir mal einen einfallen.« Marie merkte, dass ihr Vater versuchte, nicht zu schreien, aber sie hörte trotzdem seine Verärgerung. Es war der strenge Ton, den er häufig bei Bruno anschlug, nachdem der Hund den Kopf geschüttelt und die Wände mit seinem Sabber beschmiert hatte.

»Ich kann dem nicht zustimmen. Es wird ihnen emotional schaden und Furcht einflößen, und ... es ist falsch.«

»Es wird so schnell vorbei sein. Es wäre ein Abenteuer ... Schau mich nicht so an. Okay, ›Abenteuer‹ ist nicht das richtige Wort, aber ist es denn wirklich so schlimm, wenn man das Ganze betrachtet? Wir wissen, dass es keine wirkliche Bedrohung gibt. Keinem wird wehgetan. Es ist wirklich für das große Ganze. Ein kurzfristiges Opfer für einen langfristigen Vorteil. Ist es das nicht wert? Um unsere Sicherheit zurückzubekommen? Für die glücklichen Jahre, die vor uns liegen werden. Ich verspreche dir, wir werden das *alle* schnell vergessen.«

»Wäre es so schlimm, wenn wir verkaufen oder uns verkleinern müssten?«

»Steph, ich bin das *immer wieder* durchgegangen.« Seine Worte triefen vor Verzweiflung. Marie konnte sich fast vorstellen, wie er sich mit der Hand über den Kopf fuhr und die roten Haare aufrichtete, die er so kurz geschoren trug, als würde er sich dafür schämen, obwohl er behauptete, er liebe die Farbe an ihr und Leah. »Wir wären pleite. Das Geschäft, das ich jahrelang aufgebaut habe, wäre weg. Wir hätten nichts. Wir *wären* nichts. Was würden die Leute denken?«

»Ist das wichtig? Wenn wir zusammen sind.«

»Wer sagt, dass wir zusammen sein werden? Er wäre eine große Belastung für uns, in einer Sozialwohnung zu leben und von Sozialleistungen abhängig zu sein.«

»So schlimm ist das nun auch nicht …«

»Du kannst mir doch nicht weismachen, dass du glücklicher warst, als du und Carly von der Hand in den Mund gelebt habt. Erzähl mir nicht, dass dir die Urlaube, die Einkaufsbummel nicht gefallen. Du bist doch oft genug unterwegs. Carly wird sich nicht mehr daran erinnern können, so gelebt zu haben. Du schickst sie in ein Leben zurück, in das sie nicht gehört. Das wird sie dir übel nehmen.«

»Aber die Zwillinge sind noch jung, sie …«

»Wer sagt denn, dass ich Leah und Marie in irgendeiner Bruchbude werde leben lassen? Sie bleiben bei mir. Ich habe Freunde …«

»Und wo sind sie jetzt? Diese *Freunde*? Und überhaupt, warum könnten Carly und ich nicht mitkommen?«

»Es ist eine große Zumutung, von jemandem zu erwarten, fünf zusätzliche Personen unterzubringen. Drei sind schon ein bisschen viel. Ohne den blöden Hund. Der müsste natürlich ins Tierheim.«

»Ich kann nicht glauben, dass du überhaupt in Betracht ziehst, dass wir getrennt leben.«

»Das ist das Letzte, was ich will. Ich liebe euch alle. Ich weiß, dass du nicht dorthin zurückwillst, woher du und Carly kamt. Und ich tue mein Bestes, um das zu verhindern.«

»Der Gedanke, dass wir uns trennen, sollte dir nicht mal in den Sinn kommen. Wir sind eine *Familie*.«

Dann folgte eine Pause. Maries Finger glitten von der Türklinke. Ihre Handfläche war feucht. Sie wischte sie an ihrem Pyjamaoberteil ab. Vor Panik fühlte sie sich ganz komisch, wie benommen. Sie hatte nicht einmal die Hälfte des Gesprächs verstanden, aber sie begriff, dass ihr Vater gesagt hatte, er wolle sie und Leah eventuell wegbringen. Wovon sprach er? Dass Carly und Mum in einem anderen Haus leben würden als er und Marie und Leah? Wäre das erst der Anfang? Würde Marie woanders hingeschickt werden? Sie hatte die Waise Annie auf der Bühne gespielt, und das hatte Spaß gemacht, aber sie wollte nicht in einem Waisenhaus enden, kalten Brei essen und von jemandem wie Miss Hannigan betreut werden.

»Erklär es mir noch einmal«, sagte ihre Mum.

»Mit der richtigen Medienberichterstattung ziehen vermisste Kinder eine Menge Aufmerksamkeit auf sich. Immer mehr Leute nutzen das Internet. Du bist doch auch immer auf dieser Friends-Reunited-Seite. Es gibt Websites, auf denen wir digitale Spendenaufrufe platzieren können.«

»Aber das Geld kann doch bestimmt nicht direkt an uns gehen. Die Zuteilung muss über …«

»Und da kommt Stuart ins Spiel. Ich würde ihn aus dem Geschäft abziehen, damit er sich auf die Erstellung einer Kampagne sowohl online als auch über Zeitungen konzentrieren kann. Die Leute dazu zu bringen, ihr Geld zu investieren, darin ist er hervorragend.«

Mum murmelte etwas, was Marie nicht hören konnte.

»Er ist nicht für den aktuellen Markt verantwortlich. Auch wenn die Kunden nicht für Produkte in die Tasche greifen, *werden* sie für eine Geschichte bezahlen, die ans Herz geht.«

»Und würde er wissen, dass alles Schwindel ist?«

»Um Himmels willen, nein. Je weniger Leute die Wahrheit kennen, desto weniger Raum bleibt für Fehler. Außerdem wollen wir doch, dass er um unsere Familieneinheit Angst hat. Angst ist ein großartiger Motivator. Stuart hat uns sehr gern, weißt du, und trotz der Gewinneinbußen in den letzten Jahren ist er sehr gut in dem, was er tut. Wenn wir es richtig angehen, würde ich unter Umständen weltweit locker mit einer siebenstelligen Summe rechnen.«

»Und das Geld würde uns gehören? Ohne dass Fragen gestellt werden würden?«

»Es ist denkbar, dass wir damit unseren Lebensunterhalt bestreiten, während die Suche läuft, und das könnte eine Vielzahl von Sünden abdecken. Wenn wir die Zeit ausdehnen würden, könnten wir eine Wohltätigkeitsorganisation gründen und …«

»Auf gar keinen Fall. Ein paar Tage hast du gesagt.«

»Eine Woche höchstens.«

»Das ist zu lange …«

»Es wird kein Risiko geben. Keine Gefahr. Ich verspreche es. Danach gibt es ein großes Wiedersehen, und wir können Fotos vom ersten Mal verkaufen, an dem wir alle wieder zusammen sind. Und an zukünftigen Jahrestagen, Meilensteinen. Buchstäblich alles in der Presse ist inszeniert. Es wird auch Interviews geben. Talkshows. Würde es dir nicht gefallen, bei der Frühstückssendung, die du so magst, auf dem Sofa zu sitzen?«

»Es ist alles eine Lüge. Ich weiß nicht, ob ich das kann …«

»Du kannst das. Für mich.«

»Aber wie sieht es mit der Logistik aus? Wie würde es ablaufen? Wann?«

»Überlass das mir. Je weniger du weißt, desto besser. Wenn du vor der Kamera stehst und den Entführer direkt anflehst, dann möchte ich, dass der Schock in deinem Gesicht echt ist. Je mehr die Öffentlichkeit mit dir mitfiebert, desto eher ist sie geneigt zu spenden.«

»Und was ist, wenn der Schuss nach hinten losgeht?«

»Wird er nicht. Alles ist narrensicher. Ich bin überrascht, dass andere Familien noch nicht darauf gekommen sind, aber ich bin mir sicher, dass sich das in kommenden Jahren ändern wird. Ich habe es so minutiös geplant, dass nichts schiefgehen kann. Wir werden finanziell wieder auf die Beine kommen. Ich weiß, dass es ein Bruch für die Mädchen sein wird, aber ein paar Tage sind besser, als ihr Leben auf Dauer zu ruinieren.

Sie müssen nicht auf eine staatliche Schule wechseln oder in einer Brennpunktsiedlung wohnen, wo sie wahrscheinlich drogenabhängig werden. Ich weiß, es erscheint extrem, aber ich habe so viel darüber nachgedacht. Hinterher können wir nach Florida fliegen und es wiedergutmachen. Wir können sogar eine Familientherapie machen, wenn du meinst, dass das nötig ist, aber ich glaube wirklich, dass es ihnen gut gehen wird. Sie sind jung. Mit der Zeit werden sie vergessen, dass es je passiert ist. Es wird einfach ein kleiner Vorfall in ihrem langen und glücklichen Leben sein.«

»Glaubst du das?«

»Ich weiß es. Vertrau mir.«

»Das tue ich«, sagte ihre Mum, aber Marie war sich nicht sicher, wem sie noch trauen konnte. Sie sank zu Boden, und Tränen liefen ihr über die Wangen. Obwohl sie keine Ahnung hatte, was ihr Vater vorhatte, wusste sie, dass es schlimm war, sogar sehr schlimm – und sie war die Einzige, die das wusste.

Die Einzige, die ihn aufhalten konnte.

KAPITEL 44

Marie – Vor einer Woche

Marie wanderte in ihrer Wohnung herum, nachdem ihre Schwestern gegangen waren. Obwohl sie nicht lange da gewesen waren, war ihre Abwesenheit überall erkennbar; von der Delle im Sofa, wo Carly gesessen hatte, bis zu Leahs unberührtem Tee auf dem Tisch und dem stechenden Schmerz in Maries Herzen. Sie hatten dem Fernsehinterview nicht zugestimmt, aber es war nicht so schlecht gelaufen, wie es hätte laufen können. Trotz ihrer anfänglichen Empörung – der Unbeholfenheit, die sich immer einzustellen schien, wenn sie sich trafen – war da noch etwas anderes gewesen. Hoffnung. In diesem Jahr hatte Marie nicht versucht, das Unverzeihliche zu rechtfertigen – sich selbst von der Schuld freizusprechen, die schwer auf ihren Schultern lastete –, indem sie das jährliche Gespräch in die übliche Richtung lenkte – *Es war doch nicht so schlimm, wie wir dachten, oder? Es hat uns zu den Menschen gemacht, die wir heute sind* –, als wäre die Entführung etwas Gutes gewesen.

Das war sie nicht gewesen.

Und das Wissen. Das grässliche Wissen, das ihr unter die Haut ging, weil sie es hätte verhindern *können*. Es hätte verhindern *sollen*. Das ständige Jucken der Schuld, das sie nicht kratzen und das der Alkohol nicht betäuben konnte. Das nicht vom Strom der Männer beseitigt werden konnte, die in ihrem Bett aufwachten. Sie traute keinem von ihnen, und sie fragte sich, ob sie je von den vielen Händen, die sie berührt hatten, wirklich geliebt worden war. Sie glaubte es nicht.

Aber ihre Schwestern hatten sie einst geliebt. Das taten sie immer noch. Sie wusste es, weil sie alles stehen und liegen ließen, um in einem eiskalten Theater zu sitzen, während Marie für ein kaum vorhandenes Publikum übertrieben schauspielerte und Leah wie ein übereifriger Seehund klatschte. Genauso wie in ihrer Kindheit, wenn Marie Theaterstücke inszeniert hatte.

»Zugabe, Marie, Zugabe.«

Weil sie mit ihr schimpften, wenn sie von einer Tournee zurückkam, von der sie ihnen nichts erzählt hatte, und ihnen dann versprach, das nächste Mal Bescheid zu sagen. Sie sagte allerdings nicht, dass es gar keine Tournee gewesen war, sondern nur eine Reihe schmutziger Bars und gesichtsloser Männer und hämmernde Kopfschmerzen, die sie mit Wodka betäubte, wann immer der Kater zurückgeschlichen kam. Wann immer ihre Gedanken zurückgeschlichen kamen.

Manchmal wurde sie zu viel, die Liebe ihrer Schwestern – und trotzdem sehnte sie sich danach, allerdings nicht so sehr wie nach Vergebung. Sie versuchte, eine gute Schwester zu sein, aber sie war der Schattenzwilling. Die Dunkelheit zu Leahs Licht. So sehr sie die Nähe ihrer Schwestern auch brauchte, die Last der Wahrheit ließ sie immer wieder vor ihnen davonlaufen. Sie wollte, dass sie sie vermissten, aber sie wollte auch, dass sie sie vergaßen.

Es war alles so ein Durcheinander.

Marie hob den Teller mit den Keksen hoch, bevor sie ihn wieder abstellte. Sie war zappelig, kam nicht zur Ruhe. Ihre Venen fühlten sich leer an, und ihr Verlangen nahm zu, bis der Gedanke an einen Schuss alles verzehrend wurde. Aber ihr Versteck war so leer wie ihr Geldbeutel. Gott, warum war sie nur in die Drogen abgerutscht? Es war so viel einfacher, so viel gesellschaftsfähiger, als es nur der Alkohol war. Aber sie hatte sich einen Ruf als Trinkerin erworben, und als die Schauspielangebote ausblieben, hatte sie gedacht, dass es einfacher wäre, wenn sie nüchtern bliebe, sich allerdings gelegentlich an Substanzen versuchte, um sich abzureagieren.

Sie war solch eine Närrin.

Sie würde sich eine Tasse Tee machen, obwohl sie wusste, dass ihr krampfender Magen ihn wahrscheinlich wieder hinausbefördern würde.

Während der Wasserkocher brodelte, überprüfte sie ihr Handy – zwei verpasste Anrufe von George. Ihr wurde heiß bei dem Gedanken, dass Leah seinen Anruf hätte entgegennehmen können. Was war aus ihr geworden? Geheimnisse. Lügen. Sie war ein furchtbarer, ein schrecklicher Mensch. Ihre Haut juckte. Sie wippte auf den Fußballen auf und ab.

Was sollte sie nur tun?

Wenn sie ihre zerrüttete Beziehung zu Leah und Carly reparieren wollte, konnte sie sie nicht zu dem Interview drängen. Verständlicherweise waren sie schockiert, dass Marie überhaupt vorschlug, in eine Live-Fernsehshow zu gehen, um den Schorf abzureißen, an dem sie immer wieder kratzten, wohlwissend, wie blutig es darunter sein würde. Und Marie konnte es ihnen nicht erklären, egal, wie sehr sie es wollte.

Carly hatte teilweise recht – anfangs war Marie von der großen Geldsumme angezogen gewesen, die geboten wurde. Gott wusste, dass sie das Geld brauchte. Sie schuldete ihrem Dealer ein kleines Vermögen. Vor zwei Wochen hatte er sie in der Gasse neben dem Dog and Duck an die Hauswand gedrückt. Dreckiger Schleim überzog ihren Rücken und Haut schrammte von den Ellbogen, als er ihre Handgelenke gegen die rauen Ziegelsteine presste. Vom Regen klebten ihre Haare am Kopf, als er seinen Mund gegen ihr Ohr drückte. Sie konnte seinen Atem riechen – Kaffee und Zigarettenrauch. Vor Panik bekam sie keine Luft. Allein die Tatsache, dass sie sich wieder in einer Gasse befand, konnte diesen Zustand auslösen. Ganz abgesehen davon, was er ihr antun wollte.

»Zwei Wochen. Du hast zwei Wochen Zeit, um das Geld zu beschaffen, oder ich werde dir die Beine zertrümmern. Dein Gesicht.«

»Ich kann nicht.«

Brutal schob er seine Hand zwischen ihre Beine. »Sei froh, dass du was hast, das du verkaufen kannst.«

Zu ihrer ewigen Schande wehrte Marie sich nicht. Sie ließ ihn seine Finger in ihren Slip schieben, bevor sie auf die Knie fiel und die Augen fest schloss, als sie hörte, wie er den Reißverschluss seiner Jeans aufzog.

Hinterher warf er eine Folienverpackung auf den Boden, und sie stürzte sich darauf wie ein streunender Hund auf ein Stück Fleisch.

»Glaub nicht, dass ich dir jetzt was von deinen Schulden erlasse, du Schlampe. Ich hab dich nur ausprobiert.« Mit Daumen und Zeigefinger kniff er ihr in die Wangen. »Bist gar nicht so übel.« Dann stieß er sie grob von sich und ließ Marie zurück – mit dem Gesicht in einer schmutzigen Pfütze, dem Gefühl seiner Finger immer noch in ihr, seinem sauren Geschmack in ihrem Mund.

Sie rappelte sich auf und stopfte das Folienpäckchen in ihren BH, bevor sie nach Hause stolperte. Zurück in ihrer Wohnung, zog sie ihre verdreckte Kleidung nicht aus, warf ihren beschmutzten Slip nicht in den Abfalleimer, duschte nicht einmal. Es hätte keinen Unterschied gemacht. Schon seit Jahren fühlte sie sich nicht mehr sauber. Stattdessen wartete sie darauf, dass der Schuss wirkte, und wünschte sich, Alkohol würde noch ausreichen, um sie zu betäuben.

Entgegen ihrer guten Absicht, am nächsten Tag zu Hause zu bleiben und die Entzugserscheinungen durchzustehen, ertappte Marie sich dabei, wie sie mit zittriger Hand Eyeliner auftrug und rotes Gloss auf den Lippen verteilte, die sie bereit war, für einen zerknitterten Geldschein um einen Fremden zu schlingen. Sie starrte sich im Spiegel an. Eine Fremde starrte zurück. Marie hatte bis zum Alter von acht Jahren nicht gewusst, wer sie war. Sie war eine Hüterin von Geheimnissen. Sie konnte das. Sie war schon immer eine Schauspielerin gewesen.

Jeder wusste, wo die Frauen sich versammelten. Die verzweifelten und bedürftigen mit ihren kurzen Röcken, ihrem angespannten Lächeln und ihren Versprechungen vom Himmel auf Erden. Marie lehnte lässig an einer Hauswand und versuchte, so zu tun, als gehörte sie dazu.

Das tat sie nicht.

Sie wurde von einer großen dünnen Frau und einem kleinen rundlichen Mädchen mit struppigem blondem Haar verscheucht, das nicht alt genug aussah, um hier zu sein.

Marie verlangsamte ihren flotten Schritt, als sie die Hauptstraße erreichte. Sie hatte Seitenstechen und ihre Fußknöchel schmerzten, weil ihre Füße in Schuhen, die zu hoch waren, hin und her wankten. Ihr Verstand suchte nach Möglichkeiten. Sie hatte sich für das Unvorstellbare gewappnet, und jetzt wollte sie nicht mit leeren Händen nach Hause gehen.

Gelächter führte sie zu einem Pub, vor dem drei Männer standen, deren Atem und Rauch Wölkchen bildeten. Marie beobachtete, wie sie Zigarettenstummel mit ihren Stiefeln austraten und wieder hineingingen. Die schwere Holztür fiel hinter ihnen ins Schloss. Marie verschränkte die Arme vor der Brust, um ihr zerbrochenes Ich zusammenzuhalten, und schob ihre eiskalten Hände unter die Achselhöhlen. Gerade als sie sich damit abgefunden hatte aufzugeben – sie wusste nicht, wer sie war, aber sie wusste, dass sie das hier nicht war –, schwang die Tür wieder auf und eine vertraute Gestalt kam heraus.

George.

Ihr Schwager hatte schon immer eine Schwäche für sie gehabt. Marie beobachtete ihn einige Augenblicke lang, bis er sich – als spürte er, beobachtet zu werden – umdrehte. Ihre Blicke trafen sich.

Und sie erkannte an seinem Gesichtsausdruck, dass er derjenige war, der sie retten würde.

KAPITEL 45

George – Jetzt

George weiß nicht, wie lange er den Schein noch wahren kann. Jedes Mal, wenn er nach Hause kommt und sich sie von der Haut wäscht, verspricht er sich, ein besserer Ehemann zu werden. Ein besserer Vater. Eine bessere Version von sich selbst, aber egal, wie entschlossen er ist, sie ist wie ein Brennofen, der seine guten Absichten aus der Form bringt, bis sie etwas völlig anderes sind. Bis er etwas völlig anderes ist.

Die Einkäufe im Kofferraum beginnen zu tauen. Er sollte zu Leah nach Hause fahren. Es ist ungerecht, sie mit einem Welpen allein zu lassen, den sie nie wollte. Neulich dachte er, das sei eine gute Idee. Sobald ihm die Annonce mit dem Hund auf Facebook ins Auge gesprungen war, hatte er Francesca angerufen und nach ihrer Meinung gefragt. Sie hatte ihn gewarnt, dass Leah psychisch nicht stabil genug sei für eine Konfrontationstherapie. Dummerweise dachte er, er wüsste es besser. Er hatte eine Dokumentation über Phobien auf Sky gesehen, in der ein Mann, der sich vor Spinnen fürchtete, eine Vogelspinne in der Hand gehalten und festgestellt hatte, dass sie überhaupt nicht so Furcht einflößend war. George dachte, dass es so sein würde. Er dachte, er könnte ihr helfen, aber in der

Sekunde, in der er gesehen hatte, wie ihr verängstigtes Gesicht jegliche Farbe verlor, da war ihm klar geworden, dass er einen furchtbaren Fehler begangen hatte.

Einen weiteren.

Und er hat keine Ahnung, wie er das wieder in Ordnung bringen soll.

Archie war begeistert gewesen. Er hatte sich sofort in den Welpen verliebt. Seine entzückten Schreie klangen George noch immer in den Ohren. Ihm den Hund jetzt wieder wegzunehmen wäre grausam, vor allem ... George schluckte schwer – vor allem, wenn George nicht mehr zu Hause wohnen würde. Wenn er ehrlich war, hatte das den Reiz des Hundes ausgemacht. Etwas, was seine Familie beschützen konnte, wenn ... wenn er nicht mehr da war.

»George ...« Sie bewegt sich neben ihm und reißt ihn aus seinen Gedanken zurück in ihr Bett. Er spürt die weiche Kurve ihrer Taille, das Streichen ihrer Brüste auf seiner Brust, als sie sich auf dem Ellbogen abstützt und ihn liebevoll anschaut. »Woran denkst du?«

»Ich denke an Leah.«

Ihr Gesicht verdunkelt sich. George möchte ihre Sorgen wegküssen.

»Ich kann so nicht weitermachen«, sagt er.

»Ich weiß. Ich auch nicht.« Sie leidet genauso wie er. Auch für sie ist es hart. Sie spürt es ganz deutlich, das Gefühl des Verrats. Auch sie mag Leah.

»Ich werde sie verlassen.« Die Worte außerhalb seines Kopfes auszusprechen, gibt ihnen Gewicht und Klarheit.

»Bist du sicher?« Ihr Gesicht ist hoffnungsvoll und ängstlich zugleich.

»Ja. Bei dir möchte ich sein. Ich liebe dich, Francesca.«

Kapitel 46

Marie – Vor dreizehn Tagen

Sobald Marie sah, wie George vor dem Pub eine andere Frau küsste, wusste sie, dass sie ein weiteres Geheimnis in ihren Händen hielt. Als George sich umdrehte, als spürte er Maries Anwesenheit, hatte sie einen freien Blick auf das Gesicht der Frau. Marie war schockiert und wütend, dass es Leahs Therapeutin Francesca war. Sie war traurig für ihre Schwester, denn das hier war offensichtlich kein One-Night-Stand.

Georges Gesichtsausdruck, als er seine Schwägerin sah, war eine Mischung aus Scham und Furcht. Sie wusste, wie er sich fühlte. Verängstigt, als die Person entlarvt zu werden, die man war, und nicht mehr die zu sein, von der alle dachten, dass man sie sein sollte.

Sie wartete, während George leise und eindringlich mit Francesca sprach, die den Kopf senkte und davonhastete.

»Was ... was machst du hier?«, fragte George, als er Maries zu kurzen Rock und ihre zu glänzenden Lippen betrachtete, die sein schmutziges Geheimnis verraten konnten.

Sarkasmus lag Marie auf der Zunge, doch anstatt ihn hinauszulassen, schluckte sie ihn hinunter und verfolgte eine seltene Vorgehensweise.

Sie war ehrlich.

»Ich … ich bin süchtig.« Diesmal war es Marie, die Georges Blick auswich.

»Marie …« George trat mit der Schuhspitze gegen den Bordstein. »Wir alle wissen, dass du gern trinkst …«

»Ich fürchte, es ist jetzt mehr als Alkohol.« Sie rieb über ihre Arme, wusste nicht, ob sie die Aufmerksamkeit auf ihre Einstichstellen lenken oder sie verbergen wollte.

»Weiß Leah das?«

»Leah muss nicht alles wissen.« Maries Blick schnellte in Francescas Richtung.

»Es ist nicht so, wie es aussieht«, sagte George schnell.

»Gut. Denn es sieht so aus, als würdest du meine Schwester betrügen.«

»Es ist kompliziert. Leah ist kompliziert.«

»Das sind wir alle«, erwiderte Marie. »Aber gib sie nicht auf, George. Bitte. Was wir durchgemacht haben, hat uns zu den Menschen gemacht, die wir heute sind, aber wir können uns ändern. Leah möchte das. Ich möchte das.«

»Hast du versucht … aufzuhören?«

»Ja. Aber … es ist …« Marie schob ihren Rock nach unten. »Zu sagen, es sei ein Verlangen, trifft es nicht. Wir haben ein Verlangen nach Essen oder Trinken oder … Liebe, und wenn wir das bekommen, sind wir befriedigt. Aber das hier … das ist, als würde ich sterben, wenn ich mir keinen Druck setzen kann. Ich kann an nichts anderes mehr denken. Kann mich auf nichts konzentrieren. Ich würde alles tun – ich *habe* alles getan.«

Marie erzählte George von dem Geld, das sie ihrem Dealer schuldete. Wie er ihren Kopf gehalten, ihre Haare zerwühlt hatte, während er in ihren Mund stieß. Ihre traurige Geschichte fiel schwer und giftig auf den Bürgersteig zwischen ihnen, hockte zwischen Zigarettenstummeln und den zusammengedrückten Zigarettenschachteln, bereit, immer wieder aufzuspringen.

»Herrgott, Marie …«

»Deshalb bin ich hier. Aufgemotzt, um Kundschaft anzulocken.« Sie wedelte mit den Händen und versuchte zu lächeln, brachte es aber nicht fertig. »Vorhin bin ich von zwei Frauen verjagt worden, weil ich auf ihrem Platz stand. George …« Ihr schlugen die Zähne aufeinander. »… hast du Geld für mich?«

»Marie. Ich kann … ich kann dir doch kein Geld für Drogen geben. Damit du dich umbringst.«

»Dafür habe ich mich nicht verkauft. Ich versuche, genug für den Entzug zusammenzubekommen. Ich …« Ihr versagte die Stimme. »Ich möchte …«, flüsterte sie. »Ich möchte clean werden.«

Seltsamerweise schämte sie sich für dieses Eingeständnis am meisten, als führten andere Leute ein gutes, gesundes Leben, und sie hätte kein Recht darauf. Aber sie wollte es so sehr. Wollte so sehr ihr Leben zurück. Nein, nicht einmal zurück. Sie wollte, dass ihr Leben als Erwachsene so begann wie nie zuvor. Frei von Schuldgefühlen und Geheimnissen.

Frei von Lügen – aber jetzt kam zu den schmutzigen Unwahrheiten, die sie bereits mit sich herumtrug, noch eine zusätzliche Last hinzu. Misstrauisch schaute sie George an. Sie sprach nicht von Erpressung – Leah war ihre Schwester, und sie wollte nicht, dass ihr wehgetan wurde –, aber sie brauchte es gar nicht laut auszusprechen. George wusste, was sie in der ekelhaften Gasse bereitwillig getan hatte. Auf den Knien und den Mund zu einem perfekten O geformt. Er wusste, weshalb sie heute Abend hier war. Er hatte das Schlimmste von ihr gesehen, und deshalb nahm er das Schlimmste an, und das war es, worüber sie am liebsten geweint hätte. Sie sehnte sich danach, ihm trotz allem zu sagen, dass sie eine Moral hatte und dass es Dinge gab, die sie nicht tun konnte.

»Wie viel brauchst du?«, fragte George müde.

Schnell rechnete sie es im Kopf aus und addierte noch etwas für die Entziehungskur dazu. Er zuckte zusammen, als sie ihm die Summe nannte.

»Verdammt, Marie! Uns geht es finanziell auch nicht besonders gut ...« Seine Stimme verlor sich, aber er hatte nicht Nein gesagt.

»Es kommt Geld rein. Die Buchtantiemen werden in diesem Quartal höher ausfallen, und man hat uns ein Fernsehinterview angeboten – das Honorar dafür ist enorm, wenn wir mit einem neuen Blickwinkel aufwarten können.«

Sie unterhielten sich noch ein paar Minuten, bevor er sich umdrehte und ging. Francesca wartete im Schatten des Parkplatzes auf ihn. Marie sah, wie George sie umarmte, bevor er sie mit seiner Hand auf ihrem Rücken wegführte.

Danach sehnte sich Marie am allermeisten. Eine Berührung, die aus Freundlichkeit, aus Liebe erfolgte. Als sie sah, wie George Francesca liebevoll auf den Beifahrersitz platzierte, da wusste sie, dass Leah ihn längst verloren hatte. Obwohl Marie ihre Schwester leidtat, spürte sie auch einen Anflug von Neid, dass Leah diese Art von Liebe erfahren hatte.

Und Erleichterung. Sie war erleichtert, dass George schließlich Ja gesagt hatte. Dass er ihr helfen würde.

KAPITEL 47

Leah – Jetzt

Die Welt scheint stillzustehen, und das Brummen des Kühlschranks verklingt, während ich versuche zu verarbeiten, was Graham mir erzählt hat. Ist Marie bei unserem Vater und falls ja, warum?

An dem Tag, an dem vor all den Jahren die Polizei vor unserer Tür auftauchte, schien das nicht ungewöhnlich zu sein. Wir waren daran gewöhnt, dass sie vorbeischaute. Wir wussten, dass sie Schnauzbart bei einem bewaffneten Raubüberfall geschnappt hatten und er im Krankenhaus lag.

»Kommen Sie rein.« Meine Mutter winkte die Polizisten herein. In der Küche wischte sie sich die Hände an ihrer Schürze ab und sagte: »Entschuldigung, aber ich habe gerade das Abendessen aufgetan. Möchten Sie Tee? Oder Kaffee?«

»Nein, danke, Mrs Sinclair.«

Dad, Marie, Carly und ich saßen um den Tisch herum. Fünf Teller blieben auf der Arbeitsfläche stehen, ein Haufen dampfender Kartoffelbrei auf jedem. In der Pfanne zischten und brutzelten Bratwürste, und in einem Topf blubberten Erbsen in kochendem Wasser.

Wir warteten.

Beunruhigt warf ich einen Blick auf Carly. Sie war so blass, ihre Lippen völlig farblos.

»Ist er … Schnauzbart. Ist er geflohen?«, flüsterte sie.

»Nein. Um Gottes willen nein.« Graham schaute uns traurig an. Er war ein enger Freund unserer Familie geworden. »Aber er hat uns erzählt, dass er auf Anweisung gehandelt hat, als er euch Mädchen entführte. Simon Sinclair …« Graham näherte sich dem Tisch. »Ich nehme Sie fest wegen …«

Mum schrie ohne Ende. Dad sprang auf, und sein Stuhl fiel lautstark auf die Seite. Er schlug mit den Handflächen auf den Tisch, und sein Blick huschte nach links und rechts. Zur Tür. Er rannte. Graham erwischte ihn an den Armen, legte ihm Handschellen an. Mum rief: »Das muss ein Irrtum sein …« Carly schlang die Arme um Marie und mich. Wie ein unbeholfener Tausendfüßler schlurften wir über den Flur, während Dad den ganzen Weg zur Haustür gezerrt wurde und versuchte freizukommen.

Meine Schwestern und ich standen ungläubig auf der Türschwelle, als Dad ins Polizeiauto verfrachtet wurde und immer wieder seine Unschuld beteuerte. Mums Beine gaben nach, und sie schlug die Hände vors Gesicht. »Ich kann es nicht glauben. Ich kann es nicht glauben.«

Wieder kamen die Reporter in unsere Straße.

Wieder waren wir Gefangene in unserem eigenen Haus.

»Es ist ein Irrtum«, sagte Mum zu uns. »Es gibt keinen Beweis.«

Doch den gab es. Dad war mit Schnauzbart und Doc gesehen worden. Seine Fingerabdrücke waren in ihrem Auto. Er hatte eine große Geldsumme von unserem Konto abgehoben, einen Tag, bevor Schnauzbart sie auf sein Konto einzahlte. Die Polizei fand eine in Dads Handschrift geschriebene Liste unter Schnauzbarts Habseligkeiten, auf der die Dinge standen, die wir gern aßen und tranken.

Mum besuchte ihn. Als sie zurückkam, waren ihre Nase und ihre Augen rot.

»Er bekennt sich schuldig.«

»Aber … warum?« Wir konnten es immer noch nicht glauben. Keine von uns *wollte* es glauben, nehme ich an.

»Weil er es getan hat. Er dachte, es wäre finanziell gesehen das Richtige. Ich glaube nicht, dass er daran gedacht hat, dass es dauerhafte Auswirkungen auf euch haben könnte. Kinder sollten eigentlich widerstandsfähig sein.« Sie klang fast gekränkt, als sie das sagte, aber gleichzeitig zog sie ihren Ehering vom Finger und erwähnte nie wieder Dads Namen.

Während Dad in Untersuchungshaft saß, wurden wir zurück in die Schule geschickt. Vorher waren wir mitleidig behandelt worden, aber jetzt verspotteten uns die anderen Kinder auf dem Schulhof.

»Die Sinclair-Schwestern sind so hässlich, dass ihr Vater jemanden dafür bezahlt hat, sie mitzunehmen.«

»Was tut man, wenn man seine Rechnungen nicht bezahlen kann? Man lässt seine Töchter entführen.«

»Wie nennt man einen Mann, der Träume wahr werden lässt? Weihnachtsmann. Wie nennt man einen Mann, der Albträume wahr werden lässt? Simon Sinclair.«

Während das Leben vorher schwierig gewesen war, war es jetzt unerträglich. Nachbarn, die Auflaufformen mit Lasagne und Töpfe mit Gemüsesuppe vor unsere Tür gestellt hatten, wechselten nun die Straßenseite, um Mum aus dem Weg zu gehen. Dad mochte ein Monster sein, aber sie war diejenige, die ihn geheiratet hatte.

Wir gingen nicht zur Gerichtsverhandlung. Mum wollte es eigentlich, aber die Polizei sagte, es sähe aus, als würde sie ihn unterstützen, und es gab bereits genug Spekulationen. Einige Zeitungen deuteten an, sie müsse etwas gewusst haben, aber das hatte sie natürlich nicht. Keine von uns dachte eine Sekunde, er sei in der Lage gewesen, die Entführung seiner Töchter zu inszenieren. Es entsetzte nicht nur unsere eng verbundene Gemeinde, sondern das ganze Land und dann die ganze Welt.

Was wollten die Medien jetzt von uns hören, was noch schlimmer war als das? Dass sich Marie mit ihm versöhnt hatte?

Ein neuer Blickwinkel.

Verdächtigungen kriechen aus den Ecken meines Verstandes, wo sie inmitten aller anderen Gedanken um Aufmerksamkeit buhlen.

Ein neuer Blickwinkel.

Marie konnte doch nicht diejenige sein, die in seinem Auftrag Briefe schickte.

Oder?

Ich glaube es nicht. Kann es nicht glauben. Und doch ist sie am Tag nach seiner Entlassung scheinbar spurlos verschwunden. Als sie verzweifelt auf der Suche nach einer Geschichte war, die sich verkaufen ließ.

Ich eile zur Hintertür, um Archie hereinzurufen. Mit einem Sandwich werde ich ihn vor den Fernseher setzen und dann Carly anrufen. Mal sehen, was sie von all dem hält. Hoffe, sie sagt mir, dass ich mich lächerlich mache. Selbst wenn wir uns nicht mehr nahestehen würden, würde Marie uns nicht hintergehen.

Ein neuer Blickwinkel.

Ich reiße die Hintertür auf. Schreie, als ich sie sofort auf der Stufe sehe.

O Gott, nein!

Mäuse.

Drei tote Mäuse, die wie eine Opfergabe daliegen. Dunkle, leere Höhlen, wo ihre Augen sein sollten.

Drei blinde Mäuse.

»Archie?« Hektisch schaue ich mich im Garten um.

In meinem leeren Garten.

Ich falle. Rase durch Raum und Zeit. Vergangenheit und Gegenwart überschlagen sich. Ein brennender Schmerz in meinem Kopf. In meinem Herzen.

Das Gartentürchen schwingt auf.

Das Gartentürchen meiner Eltern.

Mein Gartentürchen.

Bruno ist weg.

Unser neues Hundebaby ist weg.

Und Archie. Weg.

KAPITEL 48

Carly – Vor einer Woche

Carly war emotional ausgelaugt, als sie Maries Wohnung verließ. Auf dem Heimweg konnte sie nicht aufhören, über das angebotene Fernsehinterview nachzudenken. *Ein neuer Blickwinkel.* Zu wissen, Marie würde wollen, dass Carly vor der Nation, vor der Welt aufstand und die Schuld auf sich nahm, führte dazu, dass etwas in ihr schrumpfte wie ein Ballon, dem die Luft abgelassen worden war. Vor zwanzig Jahren hatte es YouTube noch nicht gegeben. Und Facebook auch nicht. Erst als ihr Buch erschienen war, hatte die Öffentlichkeit das Gefühl gehabt, Zugang zu den Mädchen zu bekommen, und saugte die Details auf wie ein Schwamm das Wasser.

Arme Leah.

Arme Marie.

Arme Carly.

Sie hatten nie von den Dingen erzählt, die vor der Entführung geschehen waren. Dem Streit. Wie Carly ihre Aufmerksamkeit so auf einen Jungen konzentriert hatte, an dessen Namen sie sich nicht mehr erinnern konnte, dass sie mit den Gefühlen ihrer Schwestern unachtsam umgegangen war. Mit der Sicherheit ihrer Schwestern.

Sie spürte sie noch immer. Die Sonne auf ihrer Haut. Sah das Weiße der Schulsocken der Zwillinge. Das Schwarz des vorbeihuschenden Käfers. Belanglose Einzelheiten, die sie dem Ghostwriter mitteilte. Sie sagte nie etwas darüber, dass Leah das Gartentürchen nicht ordentlich zugemacht hatte. Carly wusste, dass Leah sich ebenfalls die Schuld gab.

Carly fuhr in eine Parklücke vor ihrer Wohnung und kramte in ihrer Tasche nach dem Handy. Leah hätte inzwischen zu Hause sein sollen, und sie wollte hören, ob es ihr gut ging. Außerdem wollte sie fragen, ob Leah es sich mit dem Fernsehinterview noch einmal überlegt hatte. Vielleicht hatte Marie recht. Es konnte erlösend sein, alles herauszulassen. Eine Art Geständnis. Vielleicht würde man sie dann in Ruhe lassen, denn jedes Jahr gab es einen Jahrestag, Journalisten, die am Kadaver ihrer Vergangenheit herumpickten. Wenn es nichts mehr zu berichten gab, kein Fleisch mehr am Kadaver hing, dann gab es auch keine Wahrheit, um die sie streiten konnten, oder? Und das Geld? Blutgeld, aber Carly wusste, dass Leah und George zu kämpfen hatten, und sie hasste den Gedanken, dass es Archie an etwas fehlen würde. Ihr Neffe war das Licht ihres Lebens. Manchmal war es mehr, als sie ertragen konnte, dass Leah ihn in eine Welt hinein geboren hatte, die herzlos und grausam war.

Ihre Finger glitten über eine Rolle Polo Mints, ihr Portemonnaie, eine Packung Taschentücher, aber nicht über ihr Handy.

Carly seufzte, als sie sich daran erinnerte, dass sie bei eBay mitgeboten hatte, als Leah eingetroffen war. Sie hatte ihr Handy auf Maries Küchenarbeitsfläche geworfen, um ihre Schwester zu umarmen. Und dann hatte sie es nicht mehr in die Hand genommen. Erneut startete sie den Motor, und ein Schwall kalter Luft schoss aus den Lüftungsschlitzen, bevor ihnen wieder warme Luft entwich. Sie fuhr zurück auf die Hauptstraße. Carly überlegte, dass es gut sein konnte, allein zu Marie zurückzukehren. Eine Möglichkeit zu reden. *Ein neuer Blickwinkel.* Carly grübelte darüber nach. Sie würde Marie dazu bringen, ihr genau zu erzählen, was sie vorhatte.

KAPITEL 49

Marie – Vor einer Woche

Eine knappe halbe Stunde nachdem Leah und Carly gegangen waren, zog Marie ihr vor Schweiß triefendes Oberteil aus. Sie fror sofort in ihrem schmuddeligen, ehemals weißen Unterhemd, aber sie wusste, dass sie es durchstehen musste. Es würde nicht lange dauern, bis die Wärme wieder durch ihren Körper strömte. Vor ein paar Monaten hatte sie versucht, selbst zu entgiften. Hatte sich in ihrem Schlafzimmer eingeschlossen mit einem Eimer für das Erbrochene und einem für die Ausscheidungen, die ihr Körper wie Gift ausspucken würde. Ihre Haut kribbelte, und ihre Adern brannten, und sie war nicht damit klargekommen. In ihrem Pyjama war sie die Straße entlanggetaumelt, hatte dringend einen Schuss gebraucht, den sie sich auf dem überwucherten Parkplatz hinter der Pizzeria mit dem zerbrochenen Glas und der Ratte setzte, die hinter einem Müllcontainer hervorgetippelt kam und sie beäugte, als wäre sie das Ungeziefer.

Jetzt dachte sie, dass sie mit dem Geld, das George ihr zur Verfügung stellte, besser dran war, ihre Sucht zu stillen, bis sie die Wuchergebühr für die Entziehungskur auftreiben konnte – die Krankenkasse hatte es bereits versucht und versagt. Sie brauchte mehr, als deren Mittel ihr bieten konnten. Sie musste für längere Zeit in einen Raum eingeschlossen werden – ohne Zugang zur Außenwelt.

Erneut.

Die Ironie des Ganzen war ihr nicht entgangen.

Die Zeit verging nicht. Ohne die Ablenkung durch ihre Schwestern schien der Nachmittag endlos zu sein. Ein Blick auf ihre Uhr verriet ihr, dass es noch eine Weile dauern würde, bis George kam. Er hatte ihr mehr Geld versprochen, aber Marie wusste, dass sie sich nicht mehr darauf verlassen konnte. In den ersten paar Tagen, nachdem sie das mit ihm und Francesca herausgefunden hatte, behauptete er, dass es ein Fehler gewesen sei und er die Affäre beenden werde. Jetzt sagte er gar nichts mehr, obwohl er ihr immer noch nicht in die Augen schauen konnte. Er war nicht stolz auf sich. Das wusste Marie. Der Schamvolle konnte den Beschämten wie einen verwandten Geist erkennen.

Trotz allem glaubte sie, dass George ein guter Mann war. Er hatte ein gutes Herz. Leah war nicht einfach. Sie alle waren nicht einfach. Vor zwei Tagen, als er etwas Geld vorbeigebracht hatte, konnte Marie sehen, wie Francesca auf dem Beifahrersitz saß, die Sonnenblende herunterklappte und ihren Lippenstift im Spiegel überprüfte. Marie wusste, dass es nur eine Frage der Zeit war, bis George Leah verließ, um ein neues Leben zu beginnen, und der Gedanke an ihre zerbrechliche Schwester allein brach ihr das Herz. Wie sollte sie emotional damit fertigwerden? Finanziell? Wie würde Archie ohne seinen Vater zurechtkommen? Es war nicht einfach, sich an ein Leben mit nur einem Elternteil zu gewöhnen. Sie musste das wissen. Dann trat der egoistische Teil von ihr zutage. Wie würde sie ohne sein Geld klarkommen? Wenn es doch nur eine Möglichkeit gegeben hätte, das Fernsehinterview allein zu führen. Aber konnte sie ihre Schwestern hintergehen?

Konnte sie ihre Schwestern noch einmal hintergehen?

Es klingelte an der Tür. Marie tappte den Flur entlang, umfasste den Türgriff mit ihrer schweißnassen Hand und zögerte. War sich nicht sicher, wer auf der anderen Seite stand. Sie hatte nie unangekündigten Besuch, keine Freunde, die auf einen Kaffee vorbeikamen.

Wer war da draußen?

Marie glaubte nicht, dass ihr Dealer wusste, wo sie wohnte, aber es wäre nicht schwer für ihn gewesen, das herauszufinden. Sie schluckte schwer, und der Geschmack von ihm stieg ihr wieder die Kehle hoch. Jetzt klopfte es an der Tür.

»Marie?«, rief Carly ungeduldig.

Marie öffnete die Tür.

»Ich habe mein Handy in deiner Küche vergessen.« Carly drängte sich an ihr vorbei. Marie stand wie angewurzelt da und hoffte, Carly würde ihr Handy holen und gehen, und doch war der Gedanke überlagert von dem Wunsch, sie würde bleiben. Marie hasste es, allein zu sein. Sie war immer allein. »Ich hab's. Kann ich kurz mit dir reden?«

Carly ging ins Wohnzimmer. Marie schloss die Tür und warf wieder einen Blick auf ihre Uhr. Sie musste Carly loswerden, bevor George kam. Wer wusste, wie sie reagieren würde, wenn sie erfuhr, dass Marie ihn erpresste? Sie nahm Leah, die immer ihr Liebling gewesen war, und Archie, den sie anbetete, Geld weg.

Carly würde sie wahrscheinlich am liebsten umbringen.

KAPITEL 50

Carly – Vor einer Woche

Carly versuchte, die Gedanken und Worte in ihrem Kopf neu zu ordnen, während sie darauf wartete, dass Marie zu ihr ins Wohnzimmer kam. Es war nicht gerade so, dass sie meinte, sie sollten das Interview führen, aber jetzt, wo sie die Chance gehabt hatte, sich zu beruhigen, musste sie zugeben, dass sie immer neugieriger wurde. Doch die Mauer aus Fragen bröckelte, sobald Marie ins Wohnzimmer geschlurft kam.

»Marie? Du siehst furchtbar aus. Bist du krank?« Carly wollte aufstehen, aber Marie gab ihr ein Zeichen, sitzen zu bleiben. Zuerst dachte Carly, Marie wolle sie von irgendwelchen Bazillen fernhalten, doch dann sah sie die Einstichstellen an ihren Armen.

»O, Marie!« Carly spürte die Last der Verantwortung, die sie stets trug. Das hätte sie schon vorher bemerken müssen. Sie hätte *irgendetwas* tun können. Jetzt, da sie es wusste, konnte sie helfen. »Wolltest du deshalb das Fernsehinterview geben? Wegen des Geldes für ...«

Carlys Blick fiel auf Maries Unterarme. Sie wusste nicht, was Marie nahm. Was injizierte man sich? Kokain? Heroin? Das war eine andere Welt als die, in der Carly lebte.

Marie sank in den Sessel, ihre Beine wollten wieder aufspringen, doch ihre Hände drückten sie nieder. »Ich will das Geld für den Entzug. Ich will clean werden, Carly.«

»Wie viel brauchst du?«

Marie nannte die Summe, und Carly spürte, wie ihr die Luft wegblieb. Sie verdiente genug mit dem Verkauf von Kleinigkeiten im Internet, um ihren sparsamen Lebensstil zu finanzieren, aber so viel konnte sie nicht lockermachen. »Kann dir dein Hausarzt nicht helfen?«

»War schon bei ihm. Hab's versucht.« Marie schien vor Carlys Augen zu schrumpfen, bis sie wieder acht Jahre alt war. Eine Welle von Muttergefühlen erfasste Carly.

»Sag mir, was wir für dich tun sollen. Was will die Produktionsfirma?«

Einen neuen Blickwinkel.

Marie schüttelte den Kopf.

»Du musst etwas im Sinn gehabt haben, als du uns vorhin hierherbestellt hast. Sag's mir.«

»Du wirst ... Du wirst mich hassen, sobald du es weißt.«

»Werde ich nicht. Könnte ich gar nicht. Marie, bitte, was ist es?«

Ein neuer Blickwinkel.

War es nicht genug, dass ihr Vater die Entführung geplant hatte, um sein Geschäft zu retten? Die Gemeinde war empört gewesen, als die Wahrheit herausgekommen war. Einige konnten es nicht glauben. Es war ein ganz kleines bisschen beruhigend gewesen, als man dachte, die Mädchen seien von Fremden entführt worden, denn dann bestand nur eine geringe Wahrscheinlichkeit, dass es jemals wieder passieren würde. Die Enthüllung, dass Simon alles geplant hatte, traf die Stadt hart. Ein Monster war unter ihnen gewesen. Sie hatten mit ihm im Pub gesessen, neben ihm bei Fußballspielen gestanden und mit ihm geplaudert, wenn sie mit ihren Hunden spazieren gingen.

Sie hatten es nicht geahnt und waren entsetzt, aber so schlimm sie es auch fanden, für Carly war es eine Million Mal schlimmer.

Sie hatte sich dafür *entschieden*, ihn zu lieben, ihn als ihren Vater zu betrachten. Selbst jetzt war es unmöglich, ihn nicht so zu bezeichnen, denn für sie waren Leah und Marie ihre richtigen Schwestern. Sie hatten sich nie als etwas anderes gesehen. Einmal hatte ihr eine Journalistin ein Mikrofon vor den Mund gehalten und wollte wissen, ob Carly sich wünschte, ihre Mum hätte Simon nie kennengelernt, damit Carly nicht eine solche Tortur hätte durchmachen müssen. Der Gedanke brachte Carly auf die Palme. Ein Kloß bildete sich in ihrem Hals, und sie drängte sich an der Frau mit dem Wieselgesicht, den roten Acrylnägeln und den gedankenlosen Fragen vorbei.

Wünschte sie sich, ihre Mum hätte Simon nie kennengelernt?

Hätte sie ihn nie getroffen, wären die Zwillinge nie geboren worden, und wie hätte sie sich das wünschen können? Dieser Mann hatte ihr Leben mit einer Hand ruiniert, ihr aber mit der anderen etwas Wertvolles gegeben.

Schwestern.

Und eine Zeit lang waren sie alle glücklich gewesen. Eine richtige Familie. Leah und Marie waren sich natürlich am nächsten gewesen, aber das lag daran, dass sie Zwillinge waren, und nicht daran, dass Carly einen anderen Vater hatte. Sie hatte sich nie weniger wert gefühlt.

Ein neuer Blickwinkel.

Was war so schlimm, dass Marie sie nicht anschauen konnte?

Eine halbe Schwester.

Eine halbe Person.

Die halbe Wahrheit.

»Sag's mir«, verlangte Carly immer wieder, bis Marie zögernd zu reden begann.

KAPITEL 51

Marie – Vor einer Woche

»Ich ... Ich ...« Maries Hände zitterten, und ihre Zähne schlugen aufeinander. »Ich habe zufällig gehört, wie Mum und Dad sich unterhalten haben ... über die Planung, nehme ich an. Die Entführung ... Ich ...«

»Mum wusste das nicht!«, empörte sich Carly.

»Doch ... Ich habe sie gehört.«

»Wann? Wo waren wir?« Carlys Augen verengten sich.

»Es war spät. Du warst im Bett, und Leah schlief. Ich war hellwach, machte mir Sorgen.«

»Worüber?«

Marie kratzte sich am Arm. »Über dich, schätze ich. Ich dachte, du würdest uns nicht mehr mögen, würdest Dean Malden vorziehen ...«

»Ach, um Himmels willen«, fauchte Carly. »Erzähl mir von Mum und Dad.«

»Ich schlich also nach unten, und sie waren in der Küche. Sie wussten nicht, dass ich vor der Tür stand. Ich wollte gerade reingehen, als Mum sagte: ›Erklär es mir noch einmal.‹ Da war etwas in ihrer Stimme, was mich zögern ließ. Dann sagte Dad, dass vermisste Kinder bei der richtigen Berichterstattung in den

319

Medien eine Menge Aufmerksamkeit erregen könnten. Die Leute würden Geld spenden ...«

»Selbst wenn er das gesagt hat, hätte Mum niemals zugestimmt. Warum auch?«, unterbrach Carly sie.

»Sie hat auch Nein gesagt ... zuerst.«

»Was hat ihre Meinung geändert?« Der Ausdruck in Carlys Gesicht sagte Marie, dass sie nichts davon glaubte.

Es war die gnadenlose, ungeschminkte Wahrheit, und so sehr Marie auch davor zurückgeschreckt hatte, sie auszuplaudern, war es in gewisser Weise eine Erleichterung. Sie hatte sie so lange mit sich allein herumgeschleppt.

»Dad sagte, dass ... er sagte, dass sie das Haus verlieren würden, wenn Mum nicht einverstanden wäre ...«

»Na und? Kein Problem. Viele Leute ziehen um.«

»Und ... und dass wir nicht zusammenbleiben könnten. Er hatte einen Freund, der ihn ... und Leah und mich wahrscheinlich aufgenommen hätte, aber du und Mum, ihr wärt auf euch allein gestellt gewesen. Zurück in der Sozialsiedlung. Er sagte, du würdest wahrscheinlich drogenabhängig werden oder Schlimmeres.«

»Na ja, das ist aber verdammt ironisch, wenn ich dich anschaue.« Marie verübelte es Carly nicht, dass sie um sich schlug.

»Dad sagte, es wäre nur für ein paar Tage und würde keine bleibenden Auswirkungen haben.«

»Na klar.« Carly zeigte mit dem Finger auf Marie. »Junkie.« Sie zeigte auf sich. »Zu viel Angst, jemandem zu vertrauen, und Leah ...«

»Ich weiß.« Marie ließ den Kopf hängen.

»Mein Gott.« Carly raufte sich die Haare. »Sorry. Ich will es nicht an dir auslassen, aber ... war wirklich nicht mehr nötig, um Mum zu überzeugen?«

»Dad hat ihr richtig Angst gemacht. Er sagte, wir würden alle die Schule wechseln müssen. Dass Leah und ich wahrscheinlich sie oder dich nie wiedersehen würden. Sie war entsetzt. Er sagte zu ihr, dass wir mit der Zeit vergessen würden, dass es je passiert ist. ›Es wird einfach ein kleiner Vorfall in ihrem langen und glücklichen Leben sein‹, sagte er.«

»Ja, weil wir auch alle *so* glücklich sind.«

»Er bat sie, ihm zu vertrauen«, fügte Marie hinzu. »Und ich nehme an, das tat sie.«

Keine von beiden sagte etwas. Ein Muskel an Carlys Kiefer pulsierte schnell und wütend. Marie spürte sie wieder. Die Angst, dass sie ihre Schwestern verlieren könnte, aber dieses Mal wäre es alles ihre Schuld. Sie hätte vorher etwas sagen sollen. Ihr zog sich der Magen zusammen, die Venen schrien, der Körper sehnte sich nach einer Taubheit, die sie sich nicht leisten konnte. Im Moment gab es nur Carly und die Wahrheit.

»Warum zum Teufel hast du uns das nicht gesagt?« Marie zuckte zusammen, als Carly sie anfuhr. »Vor Gericht hat Dad behauptet, er habe allein gehandelt. Mum hat geschworen, dass sie von nichts wusste. *Sie* haben gelogen. *Du* hast gelogen. Warum hast du uns das nicht erzählt, bevor es passiert ist?«

»Ich wollte es, aber ich dachte, ich könnte es Dad ausreden. Ich habe es versucht, wirklich.«

Carly sprang auf und begann im Zimmer auf und ab zu gehen. Vier Schritte bis zum Fenster, Drehung. Fünf Schritte bis zur Tür. Marie stockte der Atem. Sie hatte Angst, dass Carly gehen würde, hoffte aber ebenso, dass sie genau das tat. Carly ging hinüber zum Bücherregal. Riesige wütende Schritte für solch einen kleinen erdrückenden Raum. »Erzähl mir *alles*.«

»Gut.« Marie schloss die Augen und erinnerte sich.

KAPITEL 52

Carly – Vor einer Woche

Carly dachte, dass nichts, was Marie ihr jetzt erzählen könnte, so schlimm sein würde wie das, was kurz zuvor enthüllt worden war.

Sie irrte sich.

KAPITEL 53

Marie – Damals

Marie schloss die Augen, als ihre Mutter den Handrücken auf ihre Stirn drückte.

»Du fühlst dich nicht heiß an, aber du bist sehr blass. Und es ist dein Bauch?«

»Ja. Er tut weh.« Marie log nicht. Seit sie gestern Abend das Gespräch ihrer Eltern belauscht hatte, zog sich der Knoten in ihrem Bauch zusammen, und sie spürte einen permanenten dumpfen Schmerz. »Ich glaube, Leah ist auch krank. Sie sollte hierbleiben.«

»Gott, wenn sie beide behaupten, krank zu sein, dann schreiben sie wahrscheinlich einen Mathetest oder so was. Mum, wir werden zu spät kommen«, sagte Carly ungerechterweise. Die Zwillinge waren oft gleichzeitig krank. Windpocken. Masern. Einmal hatte Marie ihre Stimme verloren, obwohl sie sich nicht im Entferntesten krank gefühlt hatte, nicht wissend, dass Leah wegen einer plötzlichen Mandelentzündung zur Schulkrankenschwester gegangen war.

»Leah, geht es dir auch schlecht?«, fragte Mum. Marie suggerierte ihrer Zwillingsschwester, Ja zu sagen. Wenn sie zu Hause blieb, konnte Marie ihr erzählen, was sie belauscht hatte, und sie konnten versuchen herauszufinden, was das alles bedeutete. Leah begegnete Maries Blick, und Marie wusste, dass sie die wortlose Botschaft verstand.

»Ich … Ich bin …« Leah umklammerte mit den Händen ihren Bauch. »Ähm.« Ihre Wangen röteten sich. Im Lügen war sie schon immer unfähig gewesen.

»Leah?« Mum legte den Kopf zur Seite.

»Mir … Mir geht's gut.« Sie formte *Sorry* mit den Lippen in Maries Richtung, nahm ihren Rucksack und folgte Carly aus dem Zimmer.

Mum schob die DVD »Die kleine Meerjungfrau« in den Fernseher. Dann gab sie Marie die Fernbedienung.

»Ich setze deine Schwestern an der Schule ab, und dann habe ich noch etwas vor, aber Dad arbeitet heute von zu Hause aus, und er wird …«

»Bitte lass mich nicht allein.« Marie ergriff die Hand ihrer Mutter und versuchte, sie zurückzuziehen.

»Mum!«, rief Carly von unten.

»Ich muss gehen. Bis später. Ich liebe dich.« Mum drückte Marie einen Kuss auf den Scheitel. Die Haustür schlug zu, und ein Gefühl der Trennung überkam Marie und machte sie traurig. Sie lauschte dem Geplapper ihrer Schwestern, die sich unter ihrem Fenster ins Auto drängten. Der Motor heulte auf, und Marie hatte das Gefühl, dass sie sich nicht nur vom Haus entfernten, sondern auch von ihr. Tränen liefen ihr über die Wangen und durchdrangen ihr Arielle-Pyjamaoberteil. Noch nie hatte Marie sich so allein gefühlt.

Es dauerte nicht lange, bis sie hörte, wie ihr Vater die Treppe heraufkam. »Ich habe den Befehl, dir Fiebersaft zu bringen«, dröhnte er fröhlich. Sie war acht und konnte eine Paracetamol schlucken, aber Marie bevorzugte immer noch die süße, glibberige Medizin, die nach Erdbeeren schmeckte. Doch sie wollte ihren Vater nicht sehen und schon gar nicht mit ihm sprechen. Schnell schob sie sich unter die Bettdecke und drehte ihr Gesicht zur Wand, zwang sich, langsam und gleichmäßig zu atmen, als schliefe sie.

Sie war gut im Schauspielern.

Dad stellte leise die Flasche mit dem Saft auf Maries Nachtschrank und legte den Löffel daneben. Er ließ Marie allein mit ihren vorgetäuschten Bauchschmerzen in ihrem vorge-täuschten Leben, wo sich alles plötzlich so vergänglich anfühlte wie das Bühnenbild in ihrer Schulaufführung von »Annie«. Von außen sahen die Gebäude echt und solide aus, während sie in Wirklichkeit schwach und instabil waren. Leicht umzuwerfen.

Jedes Mal, wenn die DVD das Ende erreicht hatte, surrte sie wieder zurück zum Anfang, aber Marie nahm ihren Lieblingsfilm kaum wahr. In ihrem Kopf lief eine Diashow mit Ausschnitten aus ganz unterschiedlichen Filmen, aber statt der üblichen Charaktere waren es sie und ihre Familie, die die Rollen spielten. Sie selbst und Leah, getrennt von ihrer Mutter und verlassen vom Vater in der Obhut einer grausamen Miss Hannigan, auf einen Daddy Warbucks wartend, der nie kam – *Unser Leben ist echt krass.* Carly, dünn und hungrig, einem Mann eine Schüssel hinhaltend – *Bitte, Sir, ich möchte etwas mehr.* Bruno, aus seinem geliebten Zuhause vertrieben, vor dem Hundefänger fliehend, der ihn einsperren will. Darauf angewie-sen, bei einem freundlichen italienischen Restaurantbesitzer um Spaghetti zu betteln, damit er nicht verhungert.

Es war alles zu viel. Sie musste es falsch verstanden haben. Also kletterte sie aus dem Bett und ging nach unten. Dad saß in seinem Arbeitszimmer mit dem Rücken zu ihr über seinen Laptop gebeugt. Anstatt sich wie sonst durch die Tür zu drängen und auf seinen Schoß zu klettern, zögerte sie un-sicher und ängstlich auf der Schwelle. Es war Bruno, der sie zuerst entdeckte. Er döste in der Ecke vor dem Erkerfenster, wo die Sonnenstrahlen den Teppich wärmten. Sofort lief er mit flatternden Ohren und wedelndem Schwanz zu ihr herüber. Genüsslich leckte er ihr mit seiner rauen Zunge übers Gesicht.

»Marie!« Ihr Vater drehte sich auf seinem Stuhl um. »Du hast mir aber einen Schreck eingejagt. Es muss fast Mittag sein. Hast du Hunger?«

Marie schüttelte den Kopf.

»Wie fühlst du dich?«, wollte er wissen.

Marie wusste nicht, wie sie all die Gefühle artikulieren sollte, die sich wie Würmer in ihrem Bauch herumschlängelten. Sie dachte sehr intensiv darüber nach, was sie sagen wollte – die Fragen, die sie stellen wollte –, aber ein Teil von ihr, ein großer Teil, wollte die Antworten einfach nicht hören. Sie zuckte mit den Schultern.

»Dann bringen wir dich mal zurück ins Bett.« Er streckte die Hand aus und führte sie die Treppe hinauf. Eigentlich hatte sie nicht nach seiner Hand greifen wollen, denn in diesem Moment fühlte er sich für sie an wie ein Fremder, doch dann dachte sie: *Sei brav, und er wird dich nicht wegschicken.*

»Daddy.« Sie schaute ihn ernst an, als er die Bettdecke um ihre Beine schlang. »Ich würde nie Drogen nehmen. Und Leah und Carly auch nicht.«

Sei brav, und er wird dich nicht wegschicken.

»Das will ich auch nicht hoffen! Du solltest in deinem Alter noch nicht über solche Dinge nachdenken.«

Ihr knurrte der Magen. Sie hatte seit gestern Abend nichts mehr gegessen und war völlig ausgehungert.

»Soll ich dir eine Suppe bringen? Bohnen auf Toast?«

»Was ist billiger?«

Sei brav, und er wird dich nicht wegschicken.

»Ich weiß nicht. Das ist eine merkwürdige Frage. Warum willst du das wissen?«

»Ich denke mir …« Maries Stimme schwankte. »Ich denke mir, es muss viel kosten, uns alle zu ernähren, und wir könnten weniger essen. Ich könnte das und …«

»Warum …?«

»Und ich könnte mein Abendessen mit Bruno teilen, damit er nicht in einem Käfig leben muss, wo die anderen Hunde ihn auslachen, weil er aus einem vornehmen Haus kommt.« Tränen liefen Marie über die Wangen.

»Marie.« Die Matratze sank ein, als sich ihr Vater auf die Kante setzte. »Du musst mir sagen, was los ist.«

All die Worte, die sie sagen wollte, verklumpten zu einer harten Masse und stiegen ihr in der Kehle hoch, aber sie konnte sie nicht ausspucken. Konnte nicht schlucken. Nicht atmen.

»Schh.« Dad strich ihr über den Rücken. »Beruhige dich. Ist ja gut.«

»Ist es nicht.« Marie hatte einen Schluckauf. »Ich habe dich und Mum gestern Abend gehört. Ich weiß, dass du uns alle trennen wirst, und ich werde kalten Brei essen müssen und Böden schrubben und …«

»Genug.« Ihr Vater hob die Hand. Seine Schultern hoben sich, bevor er sie wieder sacken ließ. Marie hörte den Atem aus seiner Nase entweichen. »Es scheint, als hätte ich einiges zu erklären. Aber, Marie, du musst mir fest versprechen, dass du ein Geheimnis bewahren kannst. Kannst du das?«

»Ja, Daddy.« Sein Blick war fest auf ihren gerichtet, und er wartete, dass sie weitersprach. »Ich verspreche, dass ich ein Geheimnis bewahren kann.«

Sei brav, und er wird dich nicht wegschicken.

»Wir befinden uns gerade in einer heiklen Lage«, begann er zögernd. »Finanziell … Du hast vielleicht bemerkt, dass wir schon lange nicht im Urlaub waren. Und der Kühlschrank ist nicht vollgepackt mit den üblichen Dingen, die wir gerne essen.«

»Und Carly passt auf uns auf, damit Mum nicht mehr so viel bezahlen muss?«

»Ja. So etwas in der Art. Wenn wir nicht bald wieder auf die Beine kommen, werde ich kein Geschäft mehr haben, und wir werden hier nicht mehr wohnen können.«

»Dann müssen Carly und Mum in einer Bruchbude leben, und Bruno muss ins Tierheim. Und Leah und ich können zusammenbleiben, aber drei sind trotzdem viele, um sie aufzunehmen.« Marie wiederholte das, was sie belauscht hatte, und ihre Stimme klang tränenerstickt.

»Nein. Du solltest nicht … Ich wollte nicht.« Ihr Vater ließ den Kopf in die Hände sinken. Zaghaft rutschte Marie im Bett vor und strich ihm über die Haare. Er hob den Kopf und schaute auf etwas genau hinter Maries Schulter. »Ja«, sagte er leise. »Genau das könnte passieren. Wir werden alle getrennt sein und in verschiedenen Häusern wohnen.«

»Und wir werden Lumpen tragen müssen«, meinte Marie traurig. »Und Abfälle essen.«

»Vielleicht«, gab er zu. »Wir verlieren vielleicht alle den Kontakt und werden uns nie wiedersehen.«

»Ich werde Leah *nie* nicht wiedersehen – wir sind Zwillinge. Und Carly ist meine Schwester. Wir gehören alle zusammen.«

Der Adamsapfel im Hals ihres Vaters hob und senkte sich. »Vielleicht siehst du Leah oder Carly nie wieder.«

»Nein!« Marie zitterte am ganzen Körper, während sie schluchzte. »Kannst du nicht *irgendetwas* tun, Daddy?«

»Vielleicht.«

Marie spürte einen kleinen Funken Hoffnung.

»Ich habe eine Idee, aber ich fürchte, sie ist nicht sehr schön. Mum ist allerdings auch der Meinung, dass es der einzige Weg ist, unsere Familie zu retten. Es würde ein paar schreckliche Tage bedeuten, aber dann wäre alles vorüber, und wir würden in den Urlaub fahren …«

»Nach Disneyland?« Marie erinnerte sich daran, was sie gehört hatte.

»Ja.«

»Und ich würde die richtige Arielle treffen?«

»Ja.«

»Nun, dann mach doch deine Idee, Dummerchen!«

Dad nahm Maries Hand in seine. »So einfach ist das nicht. Erstens, weil es ein Geheimnis bleiben muss, sonst funktioniert es nicht. Auch danach. Wenn das jemals herauskommt, werdet ihr alle weggebracht und in getrennte Heime gesteckt und dürft euch nie wiedersehen.«

»Okay. Daddy, ich muss dir etwas sagen …«

»Ja?«

»Ich war es, die diese M-Minkvase umgestoßen und zerschlagen hat. Als du und Mum gefragt habt, habe ich Bruno die Schuld zugeschoben, weil er damals noch ein Welpe war, und ich habe das die ganzen Jahre geheim gehalten. Du musst es jetzt auch für dich behalten und darfst es Mum nicht sagen oder mich anschreien. Ich erzähle es dir nur, damit du weißt, dass ich *gut* darin bin, Geheimnisse zu bewahren.«

»Das bist du wirklich, Marie. Es gibt aber noch ein zweites Problem. Um den Plan auszuführen, brauche ich eine wirklich brillante Schauspielerin, die dafür sorgt, dass alle zur richtigen Zeit am richtigen Ort sind.«

»Das bin ich! Erinnerst du dich nicht, ich war Annie! Und ich war so gut, dass Mrs Walters sagte, sie denke, ich werde es bis nach Hollywood schaffen!«

»Das hat sie tatsächlich gesagt. Aber, Marie, du bist erst acht.« Traurig schüttelte er den Kopf.

»Ich bin vielleicht klein, aber ich liebe euch alle sehr, und wenn es einen Weg gibt, dass wir alle zusammenbleiben können, dann will ich es tun. Das will ich wirklich.«

Ihr Vater legte den Kopf zur Seite und betrachtete sie genau. »Okay, du hast mich überredet! Ich werde dir von meiner Idee erzählen, aber nur, weil du mein bestes Mädchen bist und ich dir vertraue. Denk daran, es mag schrecklich klingen, aber es ist nicht für lange, und es ist nicht so, wie es scheint.«

»Ist es wie ein Spiel?«

»Genau, wie ein Spiel, aber nur du und ich dürfen das wissen.«

»Sonst werden wir alle getrennt und müssen hungern.«

»Ja. Und es ist es doch wert, ein kleines bisschen Unannehmlichkeit zu ertragen, wenn wir dafür für den Rest unseres Lebens als Familie zusammenbleiben können, oder?«

»Ja.«

»Gut. Dann setzen wir es morgen in die Tat um. Du musst mir versprechen, genau das zu tun, was ich sage, und es niemandem zu erzählen.«

»Ich verspreche es, Daddy.«

Sei brav, und er wird dich nicht wegschicken.

Wenn sie lügen musste, dann würde sie das tun.

KAPITEL 54

Carly – Vor einer Woche

»Du *lügst*!« Carly konnte nicht akzeptieren, was sie da hörte. Sie konnte nicht akzeptieren, dass sie von ihrer Mutter und ihrem Vater betrogen worden war. Von ihrer kleinen Schwester. »Du willst nur einen neuen Blickwinkel, damit wir unsere Geschichten wieder verkaufen können. Wie konntest du …«

»Ich denke mir das nicht aus. Ja, okay, ich brauche das Geld, aber ich denke, es ist an der Zeit, dass die Wahrheit ans Licht kommt. Es hat mich umgebracht, es all die Jahre für mich zu behalten.«

»Es ist nicht möglich …«

»Es ist wahr.«

»Wahr? Du würdest doch die Wahrheit nicht erkennen, wenn sie …«

»Es ist wahr«, sagte Marie leise.

»Und du hast nicht daran gedacht, uns zu warnen? Als wir in die Ecke gepisst haben und Angst hatten? Klar, du hattest ja keine, oder? Du warst immer die verdammte Schauspielerin, nicht wahr, Marie? Nun, das muss deine größte Rolle gewesen sein. Bravo!« Carly begann langsam zu klatschen.

»Hör auf! Du verstehst es nicht.«

»Nein, ich verstehe es nicht. Hast du eine Ahnung, was wir durchgemacht haben? Wie furchtbar ich mich all die Jahre wegen Mum gefühlt habe? Sie konnte es nicht erwarten, uns loszuwerden. Ich dachte, sie würde nicht verkraften, was wir durchgemacht hatten, aber was sie nicht verkraften konnte, war die Tatsache, dass sie es die ganze Zeit gewusst hatte. Sie muss Angst gehabt haben, dass man es herausfindet.«

»Sie konnte nicht anders. Sie hat ihn geliebt. Liebt ihn. Immer noch.«

»Woher weißt du das?«

»Ich weiß, dass sie ihn immer noch besucht.«

Carly wusste nicht, was sie sagen sollte. Sie konnte nicht verstehen, warum ihre Mutter zu ihrem Vater stand, selbst jetzt noch. Was würde sie nach seiner Entlassung tun? Ihn zurücknehmen?

»Weißt du, was das mit mir gemacht hat?« Carly ließ den Kopf in die Hände sinken.

»Ja! Ich weiß, was du durchgemacht hast. Ich war dabei.«

»Nicht damals. Seitdem. Ich habe mich *jeden einzelnen Tag* verantwortlich gefühlt für das, was passiert ist. Ich war diejenige, die die Verantwortung trug und auf euch beide aufpassen sollte. Gott ... Leah! Weiß Leah davon?«

»Nein. Ich habe es ihr nie erzählt. Ich schwöre es. Sie hätte das nicht verkraftet.«

»Und jetzt? Denkst du, sie wird jetzt damit fertigwerden, wenn das alles herauskommt?«

Diesmal ist ein Hauch von Unentschlossenheit in Maries Gesicht zu sehen. »Sie ist stärker, als wir denken.«

»Das glaube ich nicht. Sie wird daran zerbrechen. Erinnere dich, was passiert ist, als sie das letzte Mal dachte, er sei zurück. Das Fregoli-Syndrom. Wie sie überzeugt war, dass er überall war, wohin sie auch ging. Sie ist fast zwangseingewiesen worden, verdammt noch mal, und doch bist du bereit, sie für schnelles, schmutziges Geld zu verkaufen.«

»Aber siehst du das nicht? Wenn sie erst einmal heraus ist. Die Wahrheit darüber, wie ich von unserem Dad überredet wurde ...«

»*Dieser Mann ist nicht mein Vater!* Mein ganzes Leben ist von diesem verdammten Kerl ruiniert worden, und ich bin nicht einmal verwandt mit ihm. Kaum verwandt mit dir und Leah.«

»Das ist unfair.«

»Wie kannst du mit mir über *Fairness* reden? Du wusstest, dass er es geplant hatte, aber selbst als wir in diesem stinkenden Raum eingesperrt waren, hast du es uns nicht gesagt, Marie.«

»Das konnte ich nicht. Ich hatte Angst, dass wir getrennt werden. Ich dachte, es wäre das Beste. Dad hat sich so überzeugend angehört. Danach wären wir in den Urlaub gefahren, und alles wäre in Ordnung gewesen.«

»Ich kann nicht glauben, dass jemand dermaßen grausam ist, seine Töchter so etwas durchmachen zu lassen und zu meinen, ein Urlaub in Disneyland würde alles wiedergutmachen.«

»Ich wusste nicht, dass es so furchtbar werden würde, Carly. Ich hatte schreckliche Angst, aber ich dachte, wenn ich euch erzählen würde, was los war, dann würden wir getrennt werden, und das Trauma, gefesselt und in den Transporter verfrachtet zu werden, wäre umsonst gewesen. Ich wusste nicht, was ich ...«

»Du hättest es uns sagen sollen.«

»Ich war acht! Und wenn ich ehrlich sein soll, ein Teil ... ein Teil von mir ... hatte Angst vor ihm. Obwohl er mir nie gedroht hat, war es unausgesprochen klar, dass er mir etwas Schlimmes antun würde, wenn ich es jemals erzählen würde. Und ... und der Gedanke, dass mein eigener Vater mir ... mir ...« Marie brach in Tränen aus.

Carly dachte daran, wie verraten sie sich gefühlt hatte, als sie herausfand, dass Simon hinter ihrer vorgetäuschten Entführung steckte. Wie verletzt und ungeliebt – aber immerhin war sie nicht seine biologische Tochter. Wie musste sich Marie all die Jahre mit dem Wissen gefühlt haben, dass ihr leiblicher Vater sie reingelegt hatte? Carly spürte, wie sie nachsichtiger wurde.

»Ich denke, du hättest es mir sagen sollen – jemandem –, aber es kann nicht einfach für dich gewesen sein zu wissen, dass euer Dad bereit war, dich und Leah solch einem Martyrium auszusetzen … Was?« Marie hatte sich abgewandt, ließ den Kopf hängen und wischte sich wütend über die Wangen.

»Marie?« Carly berührte ihre Schwester an der Schulter. »Was ist los?« Doch dann tat sie sich vor ihr auf.

Die Wahrheit.

»O Gott.« Carly hielt sich die Hände vor den Mund. Gleich würde sie sich übergeben. Langsam schüttelte sie den Kopf. Marie schluchzte, wusste, dass Carly es herausgefunden hatte. Carly versuchte zu atmen, aber ihre Kehle brannte vor Galle, und Übelkeit stieg in ihr auf, als sie sie immer wieder hinunterschluckte. »O Gott.« Etwas anderes fiel ihr nicht ein. Sie sank in die Hocke. Den Kopf in den Händen. Sie war kurz davor, ohnmächtig zu werden. »O Gott.«

Das sah doch ein Blinder. Dass es nur zwei Männer gewesen waren, die drei Mädchen schnappen mussten. Das dürftige Essen. Eine Matratze. Eine einzige Decke. Ein einsamer Teddybär. Sie begann zu weinen.

Minuten vergingen, bis Carly ihr tränenverschmiertes Gesicht hob. Maries Gesichtsausdruck bestätigte, was sie bereits wusste, aber sie musste es von ihr hören. »Eigentlich sollte nur ich entführt werden, oder?« Carly hatte gedacht, sie hätte sich vor Schmerz verschlossen, aber der, den sie jetzt spürte, war unvorstellbar. Sie wischte sich mit dem Ärmel die Nase ab. »Du und Leah, ihr wart nie Teil des Plans.« Sie dachte an die

Zeit zurück, als sie auf dem Polizeirevier wiedervereint waren. Simon, der auf jeder Hüfte einen Zwilling balancierte – *Gott sei Dank, Gott sei Dank, Gott sei Dank.*

»Ich sollte dich aus dem Garten in die Gasse lotsen, wo ich wusste, dass sie warten würden. Ich habe den Ball aus dem Garten geworfen, aber du wolltest ihn nicht holen. Ich wusste nicht, was ich tun sollte, als du uns zum Abendessen ins Haus geschickt hast. Also tat ich so, als hätte ich meine Fleecejacke draußen vergessen, öffnete das Gartentürchen und ließ Bruno raus. Du solltest eigentlich allein gehen und nach ihm suchen, aber …«

»Ich hatte Leah bei mir, und du wolltest ihr das nicht zumuten.« Carly lächelte schief, obwohl es ihr innerlich das Herz brach. »Das ist verständlich. Sie ist deine Schwester.«

»*Du* bist auch meine Schwester«, betonte Marie. »Aber ja, als du Leah mitgenommen hast, habe ich Panik bekommen und bin euch gefolgt. Als die Männer euch beide gepackt haben, konnte ich euch das nicht alleine durchstehen lassen. Ich dachte … Ich dachte, ich könnte einen Spaß daraus machen.«

»Das ist doch ein Spiel, oder?«, hatte Marie immer wieder gesagt. Vielleicht hat sie es wirklich geglaubt, dachte Carly. Vielleicht konnte ihr Verstand nur so damit umgehen.

Aber Carlys Verstand konnte nicht mit dem umgehen, was sie jetzt gehört hatte. Sie konnte das alles einfach nicht verarbeiten. Ihr Körper war wie aus Eis, und ihre Zähne schlugen aufeinander.

»Carly, bitte. Jetzt, wo du es weißt, können wir …«

»Es gibt kein *wir*.« Carly hob ihre Tasche vom Boden auf.

»Carly, bitte geh nicht.«

Carly drehte sich um und schaute das Mädchen an, von dem sie einmal gedacht hatte, es sei ihre Schwester. Die Verzweiflung in ihrem Gesicht. Sie seufzte. »Hol deine Jacke. Du kommst mit mir.«

»Wohin?« Marie verzog vor Angst das Gesicht.

»Zum Geldautomaten. Ich gebe dir Geld. Nicht genug, aber etwas. Und wir werden dieses Fernsehinterview *nicht* machen. Wir müssen an Leah denken.«

Es kostete Marie drei Anläufe, bis sie ihren Arm in den Ärmel geschoben hatte, so sehr zitterte sie. »Danke. Kannst du mich danach irgendwo absetzen?«

»Wo?«

Marie sagte es ihr, und Carly wünschte, sie hätte nie gefragt.

KAPITEL 55

Leah – Jetzt

Archie ist verschwunden.

Ich bleibe nicht stehen, um die Hintertür abzuschließen, als ich durch die Küche renne und mir mein Handy schnappe.

Archie ist verschwunden.

Wenn ich jetzt die Polizei anrufe, wird sie wollen, dass ich zu Hause bleibe, damit man jemanden zu mir schicken kann, und wie lange würde das dauern? Bei meiner Bilanz, Dinge zur Anzeige zu bringen, die nicht stimmen, werden sie wahrscheinlich nicht mit heulenden Sirenen und Blaulicht anrücken. Alles Mögliche könnte Archie zustoßen, könnte mit Archie geschehen. Er wurde auf die gleiche Weise entführt wie wir. Es liegt nahe, dass er an denselben Ort gebracht wurde.

Ein neuer Blickwinkel.

Dramatischer geht es nicht mehr. Das offene Gartentürchen, der weggelaufene Hund, mein Sohn entführt. Ein Teil von mir möchte glauben, dass es ein Bluff ist, den Simon und Marie gemeinsam für Geld geplant haben. Wie viel würde das Fernsehen, würden die Zeitungen für einen Exklusivbericht über diese Geschichte zahlen? Eine Menge, wette ich. Wenn Marie involviert ist, wird sie Archie nicht wehtun, oder? Ich mag mich von meiner Zwillingsschwester entfernt haben, aber tief im Innern glaube ich, dass sie niemandem wehtun würde. Und doch erinnere ich mich an die Mäuse auf der Türschwelle.

Drei blinde Mäuse.

Getötet. Ihre Augen brutal ausgestochen – aber es gibt einen anderen Teil in mir, einen größeren, der schreit: *Archie wurde nicht wegen Geld entführt.* Er wurde aus Rache entführt.

Simon verbrachte all diese zusätzlichen Jahre im Gefängnis für ein Verbrechen, das er nicht begangen hat. Was, wenn er herausgefunden hat, dass ich dahinterstecke und …

Mein Herz tut tatsächlich weh. Kein dumpfer Schmerz, sondern so, als hätte es jemand mit einem Messer durchbohrt, die scharfe Klinge hindurchgezogen, es in zwei Teile zerschnitten.

Mein geliebter, geliebter Junge.

Ich werde alles tun, um ihn zurückzubekommen.

Alles.

Die Reifen meines Autos quietschen, als ich beschleunige und von unserer Einfahrt in die Straße einbiege. Zum Glück sind die Reporter, die George verjagt hatte, nicht zurückgekommen.

Was werde ich vorfinden, wenn ich dort ankomme? Ich versuche vorherzusagen, was Simon machen wird, genauso wie er versuchen wird vorherzusagen, was ich mache.

Schau, wie sie rennen.

Jedenfalls renne ich jetzt nicht.

Der Verkehr lichtet sich. Ich befinde mich auf einer Landstraße und schreibe auf meinem Handy eine SMS, während ich fahre. Eine Hupe ertönt. Ich bin über die weißen Linien gefahren. Ich werfe mein Handy auf den Beifahrersitz und konzentriere mich, bis ich fast da bin, dann werde ich langsamer. Nehme wieder mein Handy.

Archie nach Norwood entführt. Hole ihn zurück.

Ruf die Polizei.

Ich schicke die SMS an George, Tash und Carly. Einer von ihnen wird sie sofort sehen, wenn nicht alle. Ich lege die letzten paar Hundert Meter meiner Fahrt zurück und frage mich, wer drinnen auf mich warten wird. Marie? Simon? Beide zusammen?

Norwood taucht aus den Schatten auf. Ich spüre, wie ich in mich zusammensacke.

Ich bin zurück.

Erinnerungen prasseln auf mich ein. Das Gefühl des Seils um meine Handgelenke. Meine Knöchel. Die Augen verbunden, der Mund zugeklebt.

Ich bin zurück.

Manchmal, wenn man als Erwachsener wieder einen Ort besucht, den man immer nur mit den Augen eines Kindes gesehen hat, erscheint er kleiner, man fühlt sich größer. Das ist jetzt nicht der Fall. Norwood ist immer noch riesig und furchtbar, furchtbar angsteinflößend.

Ich bin zurück.

Jetzt, da ich hier bin, scheint es unvermeidlich zu sein. Das Camp hat auf meine Rückkehr gewartet. Jeder winzige Zweifel, den ich hatte, dass Archie nicht hier sein könnte, verschwindet.

Das Tageslicht verblasst. Graue Wolken saugen es ein.

Ich lasse das Auto auf dem Grünstreifen stehen, über den wir in jener rauen, stürmischen Nacht geflohen sind. Nachdem wir gefunden worden waren, wurde ein neuer Sicherheitszaun mit der Absicht errichtet, Menschen mit schaurigen Gelüsten und solche, die süchtig waren nach wahren Kriminalfällen, davon abzuhalten, sich hier zu versammeln, als wäre es ein touristischer Ort.

Das ist es nicht.

Als ich darauf zulaufe, sehe ich eine Stelle, an der der Draht durchgeschnitten und zurückgerollt wurde, gerade groß genug, damit ein Erwachsener hindurchkriechen kann.

Am Zaun sind Schilder mit der Aufschrift »ACHTUNG – WACHHUNDE« mit Kabelbindern angebracht, zusammen mit einem Hinweis, dass das Areal vierundzwanzig Stunden überwacht wird, aber ich weiß, dass das eine Lüge ist. Hier gibt es seit Jahren nichts mehr zu beschützen. Bis jetzt.

Archie.

Er muss völlig verängstigt sein. Ich zögere nicht, falle auf die Knie und krieche über den Boden. Ich kümmere mich nicht um Keime oder Kontamination oder sonst etwas, sondern nur um den kleinen Jungen, der verängstigt und verwirrt sein wird und sich nach seiner Mama sehnt. Scharfe Ränder des Drahtes zerren an meinen Haaren. Schrammen an meiner Wange entlang, die feucht wird von Blut.

Meine Beine zittern, meine Knie sind wie aus Gummi, aber ich zwinge mich aufzustehen. Die Polizei ist noch nicht hier, aber ich hoffe, dass es nicht mehr lange dauern wird. George und Carly werden außer sich sein. Tash ebenso. Sie werden wahrscheinlich alle kommen, aber im Moment bin nur ich hier.

Ich bin zurück.

Und ich werde nicht ohne meinen Sohn gehen.

KAPITEL 56

George – Jetzt

Das Display von Georges Handy leuchtet auf. Leahs Foto grinst ihn an. Er braucht die Nachricht nicht zu lesen, um zu wissen, was darinsteht. Ihm dreht sich der Magen um.

Alles spitzt sich zu, blitzschnell und genauso beängstigend.

KAPITEL 57

Leah – Jetzt

Die Welt scheint den Atem anzuhalten, sobald ich auf dem Gelände von Norwood bin. Die Stille ist perfekt.

»Archie?« Die Angst reißt seinen Namen aus meiner Kehle. »Archie!« Ein Vogelschwarm erhebt sich mit schwarzem Flügelschlag, eine Warnung krächzend, aus den Bäumen. In meinem Nacken kribbelt es.

Beobachtet mich jemand?

Ich drehe mich langsam um die eigene Achse. Es ist niemand zu sehen, aber ich spüre trotzdem einen Blick auf mir. Er wartet, wohin ich gehe. Was ich tue, wenn ich dort bin.

Es ist einfacher, als ich dachte, mich zurechtzufinden. Das Camp ist riesig – Verstecke überall –, aber Simon wird wollen, dass ich ihn finde. Sonst hätte es wenig Sinn zurückzukommen. Archie wird in dem Raum sein, in dem wir gefangen gehalten wurden.

Entschlossen laufe ich zu dem Gebäude hinüber, in das ich einst hineingetragen wurde – geknebelt und mit verbundenen Augen, völlig verängstigt –, aber der Schrecken, den ich damals empfand, verblasst im Vergleich zu dem Schrecken, den ich jetzt empfinde. Ich würde mich eine Million Mal opfern, um mein Kind zu retten.

Das Gebäude ist düster. Die Dunkelheit verschluckt mich, als ich eintrete. Ich brauche eine Taschenlampe. Zu spät merke ich, dass ich mein Handy in der Mittelkonsole des Autos vergessen habe.

Ich war noch so jung damals, dass ich mir nicht sicher war, ob ich noch wissen würde, welcher Raum als unser Gefängnis diente, aber das Böse lauert in der Dunkelheit, winkt mich zu sich. Zerbrochenes Glas knirscht unter meinen Füßen, als ich den Flur entlangschleiche.

Etwas berührt mein Gesicht. Ich unterdrücke einen Schrei und schlage danach.

Ein Spinnennetz.

Ich schaffe das.

Mein Körper fühlt sich an wie eine der Papierpuppen, die Marie und ich immer herausgeputzt haben – schwach und zerbrechlich. Ich lege mir die Hände auf die Oberschenkel, um mir zu versichern, dass meine Beine noch da sind – stabil und in der Lage, mich zu tragen.

Ich schaffe das.

Meine Zähne schlagen aufeinander, als ich den Raum erreiche.

Unseren Raum.

Im gedämpften grauen Licht, das durch das kaputte Dach hereinfällt, lasse ich meinen Blick über die Tür gleiten. Dort, wo früher die Riegel gesessen hatten, sind sechs Nagellöcher zu sehen. Auf der Außenseite steht grob mit verblichener roter Farbe »RIP Sinclair-Schwestern« geschrieben, als wären wir an jenem Tag gestorben. Ich nehme an, in gewisser Weise sind wir das auch. Wir waren hier als ganz andere Kinder herausgekommen als die, die hineingeschleppt worden waren. Ich kneife die Augen zusammen, als ich den Flur nach einer Waffe absuche.

Dort steht ein Holzpfosten, aus dessen gesplitterten Seiten rostige Nägel herausragen.

Ich hebe ihn über meinen Kopf.

Ich schaffe das.

Archie ist alles, woran ich denken kann, als ich die Tür aufstoße und so schnell ich kann in den Raum stürme.

Der Überraschungseffekt.

Doch ich bin es, die überrascht ist.

KAPITEL 58

Carly – Jetzt

Leah ist in Norwood.

   Norwood.

   Carly schiebt ihr Handy in die Tasche und beginnt zu laufen.

KAPITEL 59

Leah – Jetzt

Archie ist nicht hier.

Keiner ist hier.

Das ist nicht ganz richtig. Da sind die Geister der jungen Sinclair-Schwestern, die einst sangen und tanzten und versuchten, nicht an all dem zu zerbrechen, was in diesem Raum geschah.

Er sieht gleich aus und doch anders. Die Müllberge sind weggeräumt worden, aber es stinkt hier noch immer. Die Gitterstäbe, die einst die Fenster mit Streifen versahen, sind weg. Wahrscheinlich mitgenommen als Erinnerungsstücke an das Verbrechen. Nachdem unser Buch herausgekommen war, sah Carly die Decke, die uns Doc angeblich gegeben hatte, zum Verkauf auf eBay. Ob es die echte war oder nicht, war unmöglich zu sagen.

Auch die schmuddelige Matratze, auf der wir gelegen haben, ist verschwunden. Mir läuft es kalt den Rücken herunter, als ich daran denke, dass jemand darauf liegen könnte und seine helle Freude daran hat, sich drei kleine verängstigte Mädchen vorzustellen, die zusammengekauert um ihr Leben fürchteten. Die morbide Faszination für das Makabre ist etwas, mit dem ich nie klarkommen werde. Ich drehe mich um, und mein Herz gerät ins Stolpern beim Anblick des Gesichts, das ich nie vergessen habe.

Der Schopf orangefarbener Haare und die leuchtend rote Nase. Der rote Mund zu einem Grinsen verzogen. Der Graffito-Clown lacht.

»Du bist zurück«, scheint er zu sagen.

»Leck mich!«, entgegne ich.

Da ist ein Knarren.

Die Tür beginnt sich zu schließen.

Kapitel 60

George – Jetzt

George nimmt sein Handy von einer Hand in die andere, als
wäre es so heiß wie die Scham, die in ihm brennt. Leahs SMS
ist noch immer nicht geöffnet.

Was hat er getan?

KAPITEL 61

Carly – Jetzt

Norwood taucht größer vor ihr auf als in ihren Albträumen. Carly kann nicht glauben, dass sie hier ist, aber sie wird alles für Archie tun. Er ist wirklich das Licht ihres Lebens.

»Werden Sie je zurückgehen?«, hatte sie einmal ein Reporter gefragt.

»Nur in meinen Albträumen«, hatte sie damals geantwortet, aber hier ist sie, hellwach und völlig verängstigt.

Ein Schatten. Eine Bewegung.

»Leah?«, flüstert sie. Sie hat Angst zu rufen. Angst sich zu bewegen. Angst vor dem, was als Nächstes geschieht.

Kapitel 62

Leah – Jetzt

Ich stoße die Tür auf, die sich durch den Luftzug zu schließen begonnen hatte, und trete in den Flur. Draußen ist das Treppenhaus baufällig und morsch. Die Geländer baumeln bedenklich an ihren Befestigungen. Als wir damals aus dem Raum geflohen waren, waren wir nicht nach oben gelaufen, also verwerfe ich den Gedanken fast, aber die Was-wäre-Wenns nagen an mir.

Archie könnte dort oben sein.

Ich verteile mein Gewicht gleichmäßig und klettere in den zweiten Stock, wobei ich die Löcher in der Treppe meide. Dabei halte ich die ganze Zeit die Luft an, als würde mich das irgendwie leichter machen.

Ich bin fast oben, als ich ein Knacken höre und sich irgendetwas verschiebt. Ich stürze zu Boden.

Schmerzsalven schießen durch meine Wirbelsäule. Die Lunge ringt nach Luft. Ich rolle mich auf die Seite und warte darauf, dass das Schwindelgefühl nachlässt, denke an Carlys Tätowierung. Ein Komma, kein Punkt. Es ist noch nicht vorbei. Ich drücke mich hoch, bis ich wieder stehe. Die Muskeln in meinem unteren Rücken verkrampfen sich, als ich mich langsamer als mir lieb ist bewege, aber ich kann nicht aufgeben. Ich werde nicht aufgeben.

Ein Komma.

Ich wünschte, Carly wäre hier.

Draußen glaube ich jemanden meinen Namen flüstern zu hören. Ich horche, aber das einzige Geräusch ist das des Blutes, das in meinen Ohren rauscht.

Ich hebe den Holzpfahl auf, der sich jetzt schwerer anfühlt, und humpele weiter. Mit durch den Kopf rasenden Gedanken und nur langsam vorankommend, folge ich der unsichtbaren Spur des Kummers hinüber zum Hauptgebäude.

Das »NORWOOD ARMY CAMP«-Schild ist immer noch da. Mein Atem rasselt, als ich mich die fünf Stufen hinaufschleppe, die ich einst gerannt bin, weil ich Angst hatte, Schnauzbart und Doc könnten uns dicht auf den Fersen sein.

Mit dem geschwungenen Tresen und dem Willkommen-Graffito, das von Schwarz zu Grau verblasst ist, sieht der Empfang ziemlich genauso aus wie damals. Darüber steht geschwungen wie ein Regenbogen ein weiteres Wort, das ein Wimmern aus meinem vor Schreck zusammengepressten Mund entweichen lässt.

Heute.

Ich bin am richtigen Ort.

Da vorne, ein Geräusch. Nicht die Polizeisirenen, die ich so gern hören würde, sondern etwas anderes.

Etwas anderes?

Im Kinosaal sind einige der Bänke verbrannt, und Asche häuft sich auf dem Boden. Der Wind weht böig durch die scheibenlosen Fenster, eine leere Chipstüte fliegt knisternd aus Richtung des Festsaals.

Hot Chili.

Auf einmal habe ich wieder den Geschmack im Mund. Gallenflüssigkeit steigt mir die Kehle hoch. Noch nie hatte ich solche Angst. Ich bewege mich vorwärts. Mein Rücken schreit bei jedem noch so kleinen Schritt auf. Der Festsaal sieht schlimmer aus als damals. Zu meiner Linken ein Haufen schmutziger Decken. Ich gehe auf Zehenspitzen um zerbrochenes Glas und weggeworfene Spritzen herum, aber ich bin mir sicher, dass mein pochendes Herz zu hören ist, auch wenn es meine Schritte nicht sind. Die klaffenden Löcher in der Decke, von denen einst die Kronleuchter hingen, beobachten mich. Alle paar Sekunden schaue ich nach oben, erwarte fast, jemanden über mir zu sehen, aber da ist niemand. Ich bewege mich so leise wie möglich langsam vorwärts.

In der Mitte des Raumes befindet sich immer noch ein riesiger Müllhaufen. Ich erinnere mich an den Geruch, den ich wahrnahm, als ich mit Carly und Marie darin kauerte. Ein Lagerfeuer, das darauf wartet, angezündet zu werden. Ich gehe drum herum, und die Erinnerungen lassen mich zittern. Plötzlich sehe ich sie aus dem Augenwinkel.

Füße.

Unwillkürlich presse ich mir die Hände auf den Mund, um einen Schrei zu unterdrücken. Die Füße sind zu groß, um Archies zu sein. Aber das bedeutet nicht, dass er nicht hier ist, zusammengekauert in dem stinkenden Haufen. Ich schleiche auf die Füße zu, unfähig, meinen Blick davon loszureißen. Sie bewegen sich nicht. Wissen sie, dass ich hier bin?

Meine Gedanken überschlagen sich. Ich will meinen Pfahl nicht in den Haufen rammen, falls Archie darin ist. Also schiebe ich ihn darunter und hebe den Müll an, damit ich die Beine, den Körper und das Gesicht richtig sehen kann.

O Gott, das Gesicht!

Mich überkommt entsetzliche Übelkeit, als mich die leeren, leblosen Augen meiner Schwester anstarren.

KAPITEL 63

George – Jetzt

George bringt es nicht fertig, Leahs SMS zu öffnen. Er ist in Gedanken verloren. In Scham versunken.

Und in Reue.

Er hat sich bei Francesca immer zu Hause gefühlt. Sein Körper entspannte sich, wie sonst nirgendwo, aber jetzt fühlt es sich anders an.

Es fühlt sich falsch an.

Die cremefarbene Couch ist mit gelben Kissen übersät, ein hellgrauer Teppich verschluckt mit seinem langen Flor jeden Schritt. George versucht, sich Archie in diesem Zimmer vorzustellen, aber er kann es nicht.

»Geht's dir gut?« Francesca stellt ein Glas Wasser auf den Glastisch vor ihm. Sie mag keine heißen Getränke in der Nähe der Couch. Wäre es wirklich so anders, mit ihr zusammenzuleben anstatt mit Leah? Plötzlich fühlt sich das alles erschreckend real an. Nicht mehr nur die Ablenkung durch Sex, eine liebevolle Berührung von einer handschuhlosen Hand, sondern Alltäglichkeiten wie Rechnungen bezahlen oder eine Mahlzeit zubereiten.

»Ich habe eine SMS von Leah bekommen.«

»Was steht drin?« Ihre Augen glänzen vor Tränen. Sie findet es genauso schwer wie George.

»Ich habe sie noch nicht geöffnet.« George weiß, dass Leah den Abschiedsbrief neben dem Bett gefunden und den Kleiderschrank geöffnet hat, um nur leere Kleiderbügel vorzufinden. Er hat den feigen Weg gewählt und schämt sich.

Leah hat etwas Besseres verdient. Archie auch. George vermisst sie bereits beide mit einer Intensität, die wehtut. Er liebt Leah. Er liebt sie so sehr.

»Ich glaube, ich habe einen Fehler gemacht.« George beginnt zu weinen.

Kapitel 64

Leah – Jetzt

O Gott, nein! Bitte nicht.

Sie ist tot.

Ich weiß das mit Sicherheit, aber es hält mich nicht davon ab, sie an den Schultern zu rütteln.

»Wach auf!«, flüstere ich eindringlich. »Bitte. Wach auf!«

Doch das tut sie nicht.

Kann sie nicht.

Meine Finger wandern zu ihrem Handgelenk, tasten nach einem Puls, der nicht mehr da ist. Mein Kopf sinkt auf ihre Brust, aber das Schlagen ihres Herzens ist nicht zu hören.

Doch ich kann es immer noch nicht ganz glauben.

»Wach auf. Bitte. Du musst aufwachen.« Ich rüttele sie noch einmal an den Schultern, bevor ich mich auf die Fersen hocke, den Blick auf ihr Gesicht gerichtet, das für mich immer noch wunderschön aussieht.

Es ist, als wäre mir das Herz herausgerissen worden, und ich zerre es zurück, umklammere es vor meiner Brust, bin nicht bereit, der Taubheit nachzugeben, die flüstert, dass es hoffnungslos ist. Dass alles immer auf das hier hinausgelaufen ist.

Ich kam zu spät, um sie zu retten, und ich komme zu spät, um
…

»Archie!« Jetzt schreie ich ganz offen seinen Namen, stelle mir vor, wie er sich irgendwo versteckt, die Augen fest zusammengekniffen wie bei einem Albtraum, den er manchmal mitten in der Nacht hat. Das leblose Gesicht seiner Tante für immer in seine zarte, junge Kinderseele eingebrannt. Wie soll er sich jemals davon erholen?

»Archie!« Wild rudere ich mit den Armen, während ich mich durch den Müll wühle, Angst habe, auf ein Körperteil zu stoßen. Einen Kopf. Haare. Aber da ist nichts. Er ist nicht hier. Das ist sowohl eine Erleichterung als auch eine Enttäuschung.

Ich stehe auf, doch dann sehe ich sie wieder, und meine ohnehin schon schwachen Beine geraten außer Kontrolle. Ich schwanke heftig.

»Ich komme zurück«, flüstere ich in Ohren, die nichts mehr hören können. Unwillig reiße ich meinen Blick von ihren glasigen Augen los, die nie wieder die Schönheit der Welt sehen werden.

Oder die Schrecken.

»Ich komme zurück«, sage ich noch einmal, aber selbst für mich klingt das Versprechen zu vollmundig, leicht zu brechen.

Ich folge dem Hauch der Erinnerungen an drei Mädchen, die sich an den Händen hielten und genauso verzweifelt versuchten, im Verborgenen zu bleiben, wie ich gefunden werden möchte.

»Archie!«

Sein Name hallt durch die fensterlosen Räume. Die Geister der Vergangenheit flüstern: *Du weißt, wo er ist.*

Und das tue ich.

In der Dekontaminationskammer. Wo beim letzten Mal alles endete.

Wo jetzt alles beginnen wird.

KAPITEL 65

George – Jetzt

George schwört, dass er es bei Leah irgendwie wiedergutmachen wird. Er schlingert durch den Verkehr, überfährt Ampeln, die kurz davor sind, von Gelb auf Rot zu springen. Er biegt mit kreischenden Reifen in die leere Einfahrt ein. Leahs Auto ist nicht da.

Wo ist sie?

Es ist nicht ihre Art, abends mit Archie noch wegzufahren. Sie muss außer sich sein, dass sie seine Zubettgehrituale umgestoßen hat. Er kann sich ihren verzweifelten Gesichtsausdruck vorstellen, nachdem sie den Abschiedsbrief gelesen hatte.

Warum hat er ihn geschrieben? Er ist so ein Idiot.

Er muss Carly und Tash anrufen. Leah muss bei einer von beiden sein. Sie hat keine anderen Freundinnen. George ist ihr bester Freund, und er hat sie im Stich gelassen.

Das Haus ist kalt und dunkel. Er schleicht hinein wie ein gescholtenes Hündchen mit eingezogenem Schwanz. Kein Getrappel von Pfoten ist zu hören.

Wo ist der Hund? Hat Leah ihn mitgenommen, um Archie bei Laune zu halten, während sie ihrer Schwester oder ihrer besten Freundin das Herz ausschüttet?

Es fühlt sich nicht richtig an.

Warum sind Tash oder Carly nicht hergekommen?

Zwei Stufen auf einmal nehmend, läuft George die Treppe hinauf. Der an seine Frau gerichtete Umschlag lehnt noch immer an ihrer Nachttischlampe. Er nimmt ihn, fährt mit dem Finger über die zugeklebte Lasche und denkt, welches Glück er doch hat, zuerst hier zu sein. Dass sie ihn noch nicht gelesen hat. Er kann es wieder in Ordnung bringen.

Alles.

Aber dennoch. Wo ist sie? Archie? Der Hund? Irgendetwas stimmt nicht. Er sinkt aufs Bett. Ihr Bett. Zieht sein Handy aus der Tasche, um sie anzurufen, und sieht ihre ungeöffnete SMS.

Archie ist verschwunden.

Das Bett schwankt unter ihm, während er liest. Ihm dreht sich der Magen um. Er rennt die Treppe hinunter und springt ins Auto.

Archie ist verschwunden.

George rast nach Norwood und ruft auf dem Weg dorthin die Polizei an.

»Bitte beeilen Sie sich.« Verdreht gibt er Einzelheiten durch. Der Polizist am Telefon weist ihn an, er solle bleiben, wo er ist. Sich nicht in Gefahr bringen. George beendet das Gespräch und wirft sein Handy auf den Beifahrersitz, wo seine Frau sitzen sollte. Sein Blick huscht zum Rückspiegel. Der Anblick von Archies leerem Kindersitz fährt ihm wie ein Faustschlag in den Magen. Er hätte Leah glauben sollen, dass Simon zurück war. Er wird den Mistkerl mit eigenen Händen erdrosseln.

Ich komme – Ich komme – Ich komme.

Fest umklammert er das Lenkrad.

Er hofft, dass er nicht zu spät kommt.

Kapitel 66

Leah – Jetzt

Vor zwanzig Jahren habe ich diesen Marsch unternommen. Die Sicherheit, meine Schwestern bei mir zu haben, dämpfte meine Panik. Jetzt gibt es nur mich. Verletzt von meinem Fall protestiert mein Rücken vor Schmerzen, aber das ist mir egal. Mir ist alles egal, außer meinen Sohn zu finden. Ich stürme aus dem Hauptgebäude. Es schien unausweichlich, draußen von Blitz und Donner begrüßt zu werden, doch der Himmel präsentiert sich in einem wolkenlosen matten Grau, und das ist irgendwie schlimmer. Die Stille. Ein Gewitter würde mich nicht mehr aus der Ruhe bringen. Ich kann nicht glauben, dass ich jemals Angst vor dem Wetter hatte. Die scharfzüngige Angst, die jetzt unerbittlich an meinen Eingeweiden leckt, mein Inneres vergiftet, ist wie nichts, was ich je erlebt habe.

Mein Baby. Mein Junge.

Zumindest würde mir prasselnder Regen das Gefühl geben, nicht ganz so allein zu sein. Dass ich eine Vergangenheit nachstelle, die, wenn auch nicht mit einem Happy End, so doch zumindest befriedigend geendet hat.

Wir lebten alle.

Damals.

Es dreht mir den Magen um. Ich schiebe das Bild vom Festsaal beiseite. Gläserne Augen, die mich anstarren. Graue Haut. Blaue Lippen. Ich kann später trauern. Jetzt ist keine Zeit zusammenzubrechen. Es ist, als erinnerten sich meine Füße, wohin sie gehen müssen. Diesmal laufe ich nicht im Kreis zum Hauptgebäude zurück. Die Dekontaminationskammer ragt vor mir auf. Das rostige Schild mit der Aufschrift »GEFAHR« ist immer noch an seinem Platz. Ich habe den Holzpfahl im Festsaal zurückgelassen und fühle mich klein und verletzlich, aber unvergleichlich wütend. Mein Mutterinstinkt dröhnt lauter als mein Herzschlag, von dem ich weiß, dass er synchron mit dem Leben pocht, das ich erschaffen habe. Das Leben, das ich beschützen werde, auch wenn es mein eigenes kostet.

Gebt die Hoffnung auf, alle, die ihr hier eintretet. Das habe ich beim letzten Mal nicht bemerkt, aber jetzt tue ich es.

Simon, ich kriege dich.

Ich trete ein, wo ich einst mit Marie kauerte, während Carly draußen unsere Fußabdrücke in der nassen Erde verwischte. Hier hat Carly ihre Schuhe fallen lassen, und Schnauzbart und Doc haben sie gefunden. Ich halte die Tür auf, damit Licht hereinfällt, und suche den Boden ab. Mein Körper zuckt zusammen, als hätte er einen Stromschlag bekommen, als ich zwei kleine Turnschuhe sehe, die ich kenne. Das Gesicht von Thomas, der kleinen Lokomotive, strahlt von den Fersen.

Archie ist hier.

Ich versuche, ruhiger zu atmen, bevor ich weitergehe. Damals hat Carly nach unseren Händen getastet, und ich habe ihre fest umklammert, als wir uns in den nächsten Raum drängten. Jetzt sind meine Hände leer. Ich balle sie zu Fäusten.

Ich bin bereit.

Der Geruch des Duschraums schlägt mir entgegen. Die Wände überzieht noch immer eine schmierige Schicht. Ich suche in der Dunkelheit nach einem Stück der Rohre, die beim letzten Mal aus den Wänden gerissen und auf den Boden geworfen waren. Es gibt nichts, was ich als Waffe benutzen kann. Die Graffiti sind überall.

»Das ist das Gebäude, in dem alles ein Ende fand!!!«

»Das ist SO cool.«

»Verdammt gruselig.«

»Ich wüsste, was ich mit drei Mädchen hier drinnen machen würde!«

»Wichser«, hatte jemand daruntergeschrieben.

Schließlich, neben der offenen Tür, ein Schild. »HIER ENTLANG« neben einem Pfeil.

Menschen mit morbiden Gelüsten und Geister gibt es überall. Ich reibe mir über die Arme, um mich zu spüren. Die Wärme meines Blutes, das unter der Haut fließt.

Ich bin hier.

Ich bin wieder hier.

Ich folge dem Pfeil und versuche, nicht an die wachsende Begeisterung der True-Crime-Fans zu denken, während ich nichts als Angst empfinde. Auf dem Flur ist das Loch in der Decke größer geworden. Ich hebe den Kopf und sehe, wie Sonne und Mond um die Vorherrschaft wetteifern, ihren Schein an den Ort zu werfen, den ich nicht mehr betreten möchte, aber muss.

Den Raum, in dem die Leichen aufbewahrt wurden.

Obwohl ich mich bemühe, stark zu sein, weine ich, als ich zaghaft jedes der Fächer öffne, die zu klein sind, um einen Erwachsenen zu verstecken, aber wie damals groß genug für ein kleines Kind. Die Erinnerung drückt mich nieder, zerreißt mir das Herz und überwältigt mich. Carly, die Marie und mich hineinschob. Das Gefühl von Staub und Dreck auf meiner Haut. Das leise Klicken von Metall auf Metall, als sie die Tür schloss. Das Gefühl des Erstickens, obwohl reichlich stehende Luft vorhanden war.

Drei blinde Mäuse. Drei blinde Mäuse.

Hat Simon Archie hier eingesperrt?

Schau, wie sie rennen.

Bitte lass meinen Jungen nicht hier sein.

Ist er nicht.

Dann bleibt nur noch ein Ort.

Es fühlt sich an, als ginge ich zum Schafott, als ich mich den Schütten nähere – kontaminierte Kleidung, kontaminierte Schuhe. Sie sind größer, als ich sie in Erinnerung habe, aber ich bezweifle dennoch, dass ich hindurchpasse wie damals, so wie Archie jetzt hindurchpassen würde. Kurz überlege ich, ob ich nicht stattdessen das Ende des Tunnels ausfindig machen und mich von hinten vorarbeiten sollte, aber mein Bauchgefühl sagt mir, dass ich damit wertvolle Zeit verschwenden würde. Es gab keine Markierung, und ein Einstieg könnte unmöglich zu finden sein. Vielleicht ist das Tunnelende längst eingestürzt.

Ich ziehe die Klappe auf. Darüber hängen große Metallhaken. Ich springe und ergreife mit jeder Hand einen. Meine Oberarme brennen, als ich hilflos an den Haken baumele, mit den Füßen nach Halt suche und mein Gewicht hochzuhieven versuche, um die Beine in die Schütte zu bekommen.

Ich treffe nicht den richtigen Winkel.

Meine Arme sind nicht stark genug. Wieder hebe ich die Beine, und meine Hand gleitet vom Haken. Ich habe keine Wahl und muss mit dem Kopf voran hinein.

Archie.

Der Gedanke, in die Finsternis zu stürzen, ohne dass mich etwas auffängt, ist furchterregend, aber nicht so furchterregend wie der Gedanke, dass mein Baby dort unten ist, in der Dunkelheit, in der Kälte, bei den Käfern. Ich wappne mich, habe die Hände wie zum Gebet gefaltet, bin bereit, in eine Grube ohne Wasser zu springen. Mich packt das blanke Entsetzen.

Archie.

Ich fliege im freien Fall durch Zeit und Raum. Es dauert eine Ewigkeit und gleichzeitig überhaupt nicht lange. Ich stürze auf den Boden und höre mein Handgelenk knacken, bevor ich den stechenden Schmerz spüre.

Ich rolle mich herum.

In den Ohren habe ich vom Fall ein klingelndes Geräusch, und mein Mund ist voller Blut, weil ich mir auf die Zunge gebissen habe, aber ich kann sehen. Einen Lichtkreis, der von einer Taschenlampe stammt. Mein Kopf fühlt sich schwer an auf meinem Hals, als ich mich im Raum umschaue. Der Boden ist übersät mit leeren Schnapsflaschen, Glasscherben, zusammengedrückten Getränkedosen und Zigarettenstummeln. Was für eine Party! Ich kann die True-Crime-Fanatiker beinahe sehen, mit der Taschenlampe unterm Kinn, die Gesichter wächsern und blass, während sie unsere letzten Schritte nacherzählen. Ich wende meinen Blick ab und sehe etwas, was ein Glücksgefühl in mir auslöst, bis die Angst meine flüchtige, freudige Empfindung dämpft.

In sich zusammengerollt liegt er da. Archie. Aber er bewegt sich nicht. Ist zu still.

Und er ist nicht allein.

KAPITEL 67

Carly – Jetzt

»Leah«, sagt Carly. »Du hast uns gefunden.« Sie fängt an zu weinen.

KAPITEL 68

Leah – Jetzt

»Gott sei Dank. Du lebst. Marie ist … Ist Archie …?«

Ich will zu ihm hinüberkrabbeln, aber Carly schreit: »Halt!« Ihre Stimme klingt fremd. Verwirrt trifft mein Blick auf ihren. Er ist voller Angst und Bedauern, aber da ist noch etwas.

Wut.

Kapitel 69

Carly – Jetzt

Carly beobachtet, wie sich Leahs verwirrter Gesichtsausdruck in einen ängstlichen verwandelt, als sie das Funkeln des Messers sieht, mit dem Carly herumfuchtelt.

»Was tust du da?« Leahs Stimme ist schrill.

»Wusstest du es?«, fragt Carly, während sie Archie wie ein Bündel auf ihrem Schoß hält. Er ist warm und weich. Sie liebt ihn über alles.

»Was ist los mit Archie?« Leah bewegt sich langsam vorwärts, bleibt aber stehen, als sie sieht, wie die Klinge gefährlich nah an Archies schönem wächsernem Gesicht vorbeisaust. »Carly!«

»Ich habe ihm eine von deinen Schlaftabletten gegeben. Antworte!«

»Worauf?«

»Wegen Marie. Wusstest. Du. Es?« Jetzt schreit sie, aber es spielt auch keine Rolle, was Leah sagt. Carly weiß, dass sie ihr nicht glauben wird.

KAPITEL 70

Leah – Jetzt

»Marie?«, wiederhole ich. Weiß Carly, dass unsere Schwester tot ist? Das ist die einzige mir einfallende Begründung, die ein wenig ihr rätselhaftes Verhalten erklären würde. Doch wenn es auch nur eine winzige Chance gibt, dass sie es nicht weiß, dann möchte ich es ihr jetzt nicht sagen. Sie steht bereits am Rande des Abgrunds, und ich kann nicht diejenige sein, die ihr den letzten Schubs gibt. Ich weiß nicht, warum sie Archie eine Schlaftablette gegeben hat. Ich weiß nicht, warum sie mit einem Messer herumfuchtelt. Ich weiß nur eines: Je länger ich sie am Reden halte, desto besser. George muss meine Nachricht gelesen haben. Er klebt immer an seinem Handy. Die Polizei muss auf dem Weg sein.

Oder?

KAPITEL 71

Carly – Jetzt

»Marie wusste von der Entführung«, sagt Carly mit monotoner Stimme.

»Ich verstehe nicht. Was heißt das?«

»Bevor es passierte. Mum wusste offensichtlich auch Bescheid. Sie muss uns schon damals gehasst haben.«

Als Carly zum ersten Mal die Wahrheit zu hören bekam, hatte sie Maries Beteuerungen geglaubt, dass Leah nichts vom Plan ihrer Eltern gewusst hatte, aber je öfter sie darüber nachdachte, desto mehr war sie überzeugt, dass das eine Lüge war.

Noch eine.

Sie waren Zwillinge. Sie teilten alles.

Leah saugt scharf die Luft ein. Im schummrigen, milchigen Licht kann Carly sehen, dass ihr Gesicht kreidebleich ist. Carly denkt, sie könnte sich geirrt haben. Leah hat es vielleicht doch nicht gewusst. Sie hat ihr Herz stets auf der Zunge getragen. Marie war immer die Schauspielerin. Es scheint, als hätte sie sie beide getäuscht.

»Dein Dad …«

»Nenn ihn nicht so«, sagt Leah mit schneidender Stimme.

»Simon hat es mit Mum geplant. Marie hat das Gespräch zwischen ihm und Mum belauscht.«

»Ich kann nicht … Ich will nicht …«

»Es ist wahr. Das war der *neue Blickwinkel,* auf den sie anspielte, als sie uns vom Angebot des Fernsehinterviews erzählte.«

»Nein … Sie war meine Zwillingsschwester. Ich hätte es gewusst. Nein …«

»Doch.«

Leah rauft sich die Haare. Carly spürt ihre Verzweiflung. Sie hat immer gewusst, wie ihre Schwestern sich fühlten, oder sie dachte, sie hätte es gewusst. Sie war immer diejenige, die es besser für sie machen wollte, aber das hier kann sie nicht besser machen. Das kann keiner. Carly gibt Leah eine Minute Zeit. Der Kummer ihrer Schwester bricht ihr das Herz. In der Stille hört sie ein Rascheln. Ein sich vergrabendes Insekt. Die Erinnerung an die Käfer in ihren Haaren, in ihrem Mund kehrt mit einem Schlag zurück. So viel hat sie wegen eines einzigen Mannes durchgemacht. So vieles, das hätte verhindert werden können, wenn Marie nur die Wahrheit gesagt hätte.

Wieder wird sie wütend.

Sie legt die Hand auf Archies Brust, um sich zu beruhigen. Spürt, wie sich sein Brustkorb hebt und senkt. Sie ringt nach Worten, will fortfahren. »Erinnerst du dich an den Tag, bevor wir entführt wurden, als Marie wegen Krankheit nicht in der Schule war? Da wollte sie Simon den belauschten Plan ausreden. Er … er redete ihr ein, es sei nicht echt. Nur wie ein Spiel. Er warnte Marie, dass wir alle getrennt und an verschiedenen Orten wohnen würden, wenn es nicht funktionierte. Er war pleite. Weißt du noch, wie sie immer sagte: ›Es ist nicht echt. Es ist nur ein Spiel. Man tut nur so.‹«

Leah öffnet den Mund und schließt ihn wieder. Anstatt etwas zu sagen, nickt sie.

»Sie hatte Angst. Das verstehe ich, aber ...« Carlys Stimme bricht. »Unsere Eltern haben uns hintergangen. Doc und Schnauzbart gehörten zu den ganz Schlimmen. Die Welt ist voll davon. Aber Marie ... Wir sollten uns alle gegenseitig den Rücken stärken. Schwestern. Man kann keinem mehr vertrauen. Du wusstest wirklich nichts, Leah?«

Leah schüttelt vehement den Kopf. »Ich schwöre es, Carly. Ich schwöre es bei Archies Leben.« Carly glaubt ihr, aber das ändert nichts daran, wie sie sich im Moment fühlt.

»Bitte.« Leah streckt die Arme aus. »Bitte gib mir Archie. Lass uns nach Hause gehen, Carly.«

Carly ist völlig zerrissen. Sie weiß, dass das, was sie vorhat, das Richtige ist, aber es tut trotzdem weh.

Kapitel 72

Leah – Jetzt

»Ich kann dir Archie nicht geben«, sagt Carly. »Er ist zu gut für diese Welt. Zu rein.«

Mir gefriert das Blut in den Adern. Ich erstarre und beobachte, wie Carly den Griff des Messers streichelt. Panik ergreift mich. Sie würde doch nicht, oder? Sie liebt ihn. Sie liebt mich. Marie.

»Marie.« Bei dem Gedanken, der mir gerade gekommen ist, schnürt es mir die Kehle zu. Ich irre mich. Muss mich irren. »Marie … ist tot.« Die Worte brennen mir auf der Zunge. Ich beobachte Carlys Gesicht durch die Tränen, die meine Sicht trüben. Sie sieht nicht überrascht aus. »Ich … ich habe sie im Festsaal gefunden.«

Ich verfalle in Schweigen. So viel hängt von Carlys Reaktion ab.

»Ich *weiß*, dass sie tot ist«, sagt Carly langsam. »Sie ist seit Tagen tot.«

»Wie …« Ich möchte fragen, woher Carly das weiß, aber ich fürchte mich vor ihrer Antwort. Ich erkenne sie nicht wieder, diese Frau mit dem wilden, starren Blick und der flachen, roboterhaften Stimme. Sie verlagert Archie auf ihrem Schoß.

Die Klinge ist furchtbar nah an seiner perfekten, makellosen Haut. Was ist mit meiner Schwester geschehen? Unserer Beschützerin. Marie hat vielleicht einen Fehler begangen, weil sie uns nichts gesagt hat, aber sie war *acht*. Wir waren alle noch *Kinder*. Wie kann Carly gewusst haben, dass Marie tot ist, und hat es niemandem gesagt? Wie konnte sie Schulter an Schulter mit mir im Polizeirevier stehen, ihr Mund eine gerade, schweigende Linie, während ich versuchte, meine Zwillingsschwester als vermisst zu melden? Ich weiß, dass Carly Probleme hat. Ich habe sie letzte Woche kaum gesehen. Ich weiß, dass sie mir aus dem Weg gegangen ist, aber *das*?

Das?

Bestimmt irre ich mich.

Ich will nicht fragen, aber ich muss. »Carly …« Wie labil ist meine Schwester nur geworden? »Hast du Marie umgebracht?«

KAPITEL 73

Carly – Jetzt

Carly nickt – *Ja, ich habe Marie umgebracht* –, und dann schüttelt sie den Kopf, bevor sie wieder nickt. Hat sie sie umgebracht? Sie weiß es wirklich nicht. Irgendetwas schönt ihre Erinnerungen, glättet die raue Kante der Realität. Sie schiebt die Zunge in die Lücke, in der der Zahn saß, der am Tag ihrer Entführung ausgeschlagen wurde. Ist es ihre Schuld? Ist es wieder ihre Schuld? Sie denkt, dass es so ist.

»Hol deine Jacke. Du kommst mit mir«, hatte Carly Marie an jenem Tag in der Wohnung ihrer Schwester angewiesen, als sie erwartet hatte, mit ihrem vergessenen Handy zu gehen, stattdessen jedoch die kalte, harte Wahrheit zu hören bekam. Ihr Stiefvater hatte versucht, ein abgekartetes Spiel mit ihr zu treiben. Mit ihr allein. Ihre Mutter hatte Bescheid gewusst. Marie hatte Bescheid gewusst. Leah vielleicht auch, hatte sie gedacht. Die Welt, in der sie sich immer unsicher gefühlt hatte, fühlte sich jetzt noch dunkler an, gefährlicher, als wäre sie ohne sie besser dran. Die ganze Zeit über war es Leah gewesen, die Marie hatte retten wollen. Leah. Nicht sie.

Niemals sie.

»Wohin gehen wir?« Marie verzog ängstlich das Gesicht.

»Zum Geldautomaten. Ich gebe dir Geld. Nicht genug, aber etwas. Und wir werden dieses Fernsehinterview *nicht* machen.« Carly war schockiert und verwirrt, aber was an die Oberfläche stieg, war ein tiefes Gefühl von Scham. Sie liebte ihre Schwester über alles. Beide Schwestern. Sie war solch eine Närrin gewesen. Marie würde sie geben, was sie auf dem Konto hatte, und dann wollte sie den Kontakt abbrechen. Zu ihr und Leah.

»Danke. Kannst du mich danach irgendwo absetzen?«

»Wo?«

Marie sagte es ihr, und Carly wünschte, sie hätte nie gefragt.

»Carly. Ich liebe dich wirklich. Schwestern.« Marie hielt ihr den kleinen Finger hin. »Versprochen ist versprochen und wird nicht gebrochen. Und tust du es doch, fällst du in ein Loch …«

Carly stimmte nicht ein, hob nicht die Hand. Marie verstummte allmählich.

Schwestern.

Doch das waren sie nicht, nicht wirklich. Sie und Mum. Leah, Marie und Dad. Zwei Puzzleteile, die zusammengezwungen worden waren, um das Bild einer glücklichen Familie zu ergeben, aber sie passten nicht zusammen.

Marie ließ die Hand sinken, hatte aber immer noch die Spur eines Lächelns auf den Lippen. Wut schwelte unter Carlys Verwirrung. Marie sah anders aus. Irgendwie lockerer. Erleichtert, ihr Geheimnis geteilt zu haben, oder erleichtert, dass sie ihren Stoff bekam. Wieder einmal fühlte Carly sich unwichtig und allein.

»Sollen wir gehen?« Marie wippte auf den Fußballen, war begierig darauf, die Wohnung zu verlassen. Es gab kein Gespräch mehr. Keine Erklärung. Keine weitere Entschuldigung.

Auch tausend Entschuldigungen konnten die völlige Verzweiflung nicht auslöschen, die Carly empfand, als sie Marie die Treppe hinunter folgte.

Sie.

Nur sie hätte entführt werden sollen.

Carly erinnert sich an den strömenden Regen, als sie vor der Bank hielt. Sie erinnert sich daran, ihr Tageslimit von fünfhundert Pfund abgehoben zu haben. Auch wenn das nicht ihr Limit gewesen wäre, es war kein Geld mehr da, das sie Marie hätte geben können. Zurück im Auto, folgte sie Maries Wegbeschreibung zu einem Pub, dessen Fenster kreuz und quer mit Holzbrettern vernagelt waren und von dessen »DOG AND DUCK«-Schild, das fröhlich im Wind schaukelte, die Farbe abblätterte. Marie drehte sich zu Carly um. Es gab so viel, was Carly sagen wollte. So viel, was sie fragen wollte. Marie nickte kaum merklich und versuchte ein Lächeln. In ihren Augen schimmerten Tränen.

Sag *etwas*, schrie Carly gedanklich. Erklär mir, warum ich diejenige war, die geopfert werden sollte. Aber Marie öffnete bereits die Autotür. Der Wind wehte herein, und Regentropfen landeten auf Carlys Wangen. Carly war das Wetter egal. Ihre Wangen waren bereits nass von Tränen. Mit vor der Brust verschränkten Armen überquerte Marie schnell die Straße.

Aus der Gasse trat ein Mann. Er griff mit Daumen und Zeigefinger nach Maries Kinn, bevor er neben ihr auf den Bürgersteig spuckte. Der Regen klebte Maries Haare an den Kopf, und ihre dünne Jacke weichte durch. Carly beobachtete, wie Marie Geldscheine aus dem Bündel zog, das Carly ihr gegeben hatte. Der Mann zählte sie mit einer Hand, während er die andere zwischen Maries Beine schob und lachte, als sie zusammenzuckte und zurückwich. Er hielt ihr ein Päckchen hin, und sie schnappte es und wich weiter zurück. Dann folgte er ihr die Straße hinunter.

Carly schaute sich um und fragte sich, ob irgendjemand Marie helfen würde, aber der Blick des Mannes schnellte nach oben, und Carly sah, dass er auf die Überwachungskamera blickte. Sie sprachen weiter miteinander, aber jetzt wahrte er einen gebührenden Abstand. Carly ertrug es nicht, noch länger zuzusehen. Marie hatte ihre Wahl getroffen, genau wie

Carly ihre. Sie schaltete in den ersten Gang und fuhr los. Im Rückspiegel sah sie, wie der Mann Marie etwas hinhielt, die es sich schnappte und in ihre Tasche steckte, bevor sie ging. Carly bremste. Ihre Finger trommelten auf das Lenkrad. Wenn sie zurückfuhr, würde es nie aufhören. Sie würde sich niemals befreien. Marie war ein Wrack. Sie alle waren Wracks.

Familie.

Nur, dass sie jetzt keine mehr waren. Nicht wirklich. Sie hatten sich entschieden, Carly auszusondern. Ihre Eltern. Ihre Schwestern.

Marie hob den Arm und winkte ein vorbeifahrendes Taxi heran. Carly tröstete sich damit, dass sie wenigstens von der Straße weg war.

Sie löste die Handbremse und fuhr weiter, aber als sie eine Haltebucht erreichte, hielt sie an, legte ihre Stirn aufs Lenkrad und weinte.

Zu Hause war Wut wieder Carlys vorherrschendes Gefühl. Sie nahm den Hörer und rief im Wohnzimmer auf und ab gehend die einzige Person an, die bewirken konnte, dass sie sich besser fühlte.

»Hallo.«

»Mum«, war alles, was sie sagen konnte, bevor sie wieder weinte. Ein Wort. Drei Buchstaben, die so vieles bedeuten sollten – Liebe, Schutz, Stabilität, Stärke – und nichts davon bedeuteten.

»Carly? Was ist los?« Die Stimme ihrer Mutter klang besorgt, aber das ließ Carly nur noch mehr weinen.

Sie wischte sich mit dem Ärmel die Nase ab und versuchte, die Tränen zu unterdrücken. »Marie hat es mir erzählt.«

»Hat dir was erzählt?«

»Alles.«

Es folgte eine Pause. Das Geräusch des schneller werdenden Atems ihrer Mutter. »Es ist nicht wahr«, sagte sie schließlich.

»Du weißt also, wovon ich rede?« Carly ließ sich auf ihr Sofa fallen.

»Was? Nein, natürlich nicht. Nur … nur dass Marie zu viel trinkt, und was auch immer sie dir erzählt hat, wahrscheinlich eine Lüge ist. Was hat sie dir erzählt?«

»Dass du es wusstest«, sagte Carly leise.

»Das hab ich nicht … ich schwöre …«

»Du. Wusstest. Es«, wiederholte Carly. Dieses Mal lauter.

»Es war kompliziert. Wir waren in einer furchtbaren Lage. Ich dachte, wir würden das Richtige für euch alle tun. Wenn du Kinder hättest, würdest du das verstehen …«

»Und wessen Fehler ist es, dass ich keine eigene Familie habe? Dass ich den Gedanken nicht ertrage, wie Leah zu enden? Jedes Mal, wenn Archie aus ihrem Blickfeld verschwindet, hat sie Angst, dass jemand ihn mitgenommen hat, und ich wäre genauso. Voller Angst, dass ich ein Kind in eine Welt gesetzt habe, die voller Monster ist. Du, Mum, du bist ein Monster.«

»Sag das nicht. Ich …« Ihre Mutter weinte. Es war das erste Mal seit Jahren, dass Carly eine Gefühlsregung bei ihr wahrnahm.

»Sollte wirklich nur ich entführt werden? Nicht Leah oder Marie?«

»Ja. Nur du.« Die Stimme ihrer Mutter klang schwach.

Carly wartete. War bereit zuzuhören. Wollte unbedingt verstehen.

»Wirst du es jemandem sagen? Der Polizei?«, fragte ihre Mutter. Fragen, keine Entschuldigungen. Besorgt um sich selbst, nicht um ihre Tochter. Carly ließ das Telefon aus der Hand fallen und rollte sich zu einem Häufchen Elend zusammen.

Später surrte Carlys Handy und kündigte eine SMS an. Sie setzte sich auf und rieb sich die verquollenen Augen, bevor sie das Handy nahm, überzeugt, dass die Nachricht von ihrer Mutter kam.

Kam sie jedoch nicht.

Sie war von Marie.

Tut mir so leid, was wir dir angetan haben. Zurück an
dem Ort, an dem alles begann. Mein letzter Tanz. Du
brauchst dir keine Sorgen mehr um mich zu machen.

Carly zögerte nicht. Sie schnappte sich ihre Autoschlüssel
und raste nach Norwood. Es war dunkel, als sie dort ankam.
Mit dem Handy vor sich leuchtend, ging sie zu dem Raum,
in dem sie gefangen gehalten worden waren. Carly fühlte sich
fiebrig. Losgelöst. Als hätte sie eine Halluzination. Der Raum
war kleiner, als sie ihn in Erinnerung hatte, aber leer. Ein
Schwindelgefühl überkam sie, und sie merkte, dass sie nicht
atmete. Sie wollte diese verdammte dreckige Luft nicht einatmen und rannte wieder hinaus.

»Marie!«

Wo konnte sie sein? Hatte sie es falsch verstanden und
Marie war überhaupt nicht in Norwood? Noch einmal las sie
die SMS. Zwei Worte sprangen heraus:

Letzter Tanz.

»Marie!« Carly rannte zum Festsaal. Ihre Füße rutschten immer
wieder im Schlamm aus. Schlitterten über Stufen. Sie lief über
knirschende Glasscherben, sprang über umgestürzte Bänke im
Kino-Besprechungsraum.

Marie war im Festsaal, zusammengesunken auf einem
Haufen Decken. Der Gürtel um ihren Arm war festgezogen,
und die Nadel ragte aus einer Vene. Der Ausdruck in ihrem
Gesicht war friedlich, fast glücklich. Carly sank auf die Knie.
Finger tasteten nach einem Puls, aber das Blut in Maries Adern
stand still. Carly hielt sie lange fest. Sie liebte und hasste sie

gleichzeitig. Beneidete sie auch. Sie hatte den Frieden gefunden, nach dem sie sich alle sehnten.

Sie wusste nicht, was sie tun sollte. Wieder hatte sie das Gefühl, schuld zu sein. Trug sie die Last. Hätte sie Marie das Geld nicht gegeben, wäre sie noch am Leben gewesen. Es war immer ihre Schuld.

Immer.

Sie war wütend, dass wieder eine der Sinclairs etwas getan hatte, was sie ruinieren sollte. Sie fühlte sich wie gebrochen.

So wütend sie auch war, sie konnte Marie nicht einfach verlassen. Carly ging sanft vor, als sie ihre Hände unter Maries Achseln schob und sie zur Mitte des Raumes zog. Langsam ging sie umher, sammelte Pappe und zerbrochene Paletten zusammen und errichtete über Marie einen Haufen, ähnlich dem, der damals in diesem Raum gelegen hatte. Dort ließ sie sie zurück.

Für immer versteckt.

Für immer sicher.

»O Carly«, sagt Leah leise. »Es war nicht deine Schuld. Wenn du ihr das Geld nicht gegeben hättest, hätte sie es irgendwo anders herbekommen. Das ist so bei Süchtigen. Sie hat dich geliebt. Bitte bezweifle das nie. Wir lieben dich alle. Du *bist* unsere Schwester, und wir haben dich nie als etwas anderes betrachtet.«

»Jeder hat mich belogen.«

»Mum hat mich auch belogen.«

»Das ist nicht das Gleiche. Wusstest du, dass sie nur mir gegolten hatte?« Carly hasst es, wie leise ihre Stimme klingt. Wie bedürftig.

»Was?«

»Die Entführung. Marie sollte mich allein in die Gasse locken. Zwei Männer, um ein Mädchen zu entführen. Eine Matratze. Eine Decke. Ein Teddybär.«

»Carly, ich … ich kann mir das nicht vorstellen …« Es folgt eine kurze Pause. »Hör mal, ich bin mir sicher, es hing damit zusammen, dass du die Älteste warst …«

Aber Carly weiß, dass es damit zusammenhing, dass sie die am wenigsten Geliebte war. Ihre Finger spielen mit Archies Haaren. »Nur ich war gemeint«, sagt sie wieder traurig. »Es muss alles ein Ende haben. Jetzt.«

KAPITEL 74

Leah – Jetzt

Carly tut mir unsagbar leid. Endlich bin ich frei von der Schuld, dass es mein Fehler gewesen ist. Ich hatte das Gartentürchen wahrscheinlich richtig geschlossen, aber Marie hat es wieder geöffnet. Doch jetzt lastet das Wissen auf mir, dass der Plan meines Vaters – Simons – auf Carly gezielt hatte, als wäre sie nicht wichtig gewesen. Nach all seinem Gerede über Familie, darüber, die Mädchen gleich zu behandeln, obwohl Carly nicht von ihm war, hatte er sich nicht darum geschert. Das Wissen, dass er Marie und mich *vielleicht* geliebt hat, nachdem ich jahrelang etwas anderes geglaubt habe, tröstet mich nicht.

Wir waren Geschwister. Wir fühlten, was die andere fühlte. Das Grauen. Die Last. Den Kummer. Die Angst.

»Alles, was in den letzten Tagen passiert ist, warst das du?«, frage ich Carly – zum ersten Mal kommt es mir in den Sinn, dass Simon nichts damit zu tun haben könnte. »Hast du mir die Countdown-Briefe geschickt?«

»Ja. Mir habe ich die gleichen Briefe geschrieben, damit du mich nicht verdächtigt hast.«

»Ich habe dich nie verdächtigt … Steckst du hinter *allem*? Hinter den Mäusen? Dem Teddy? Dem Kreuz um seinen Hals?«

»Ja«, sagt sie einfach. »Ich wusste nicht, was ich tun sollte. Konnte nicht klar denken, nachdem mir Marie alles gestanden hatte. Da war dieses Brummen in meinem Kopf. Ich habe nicht nachgedacht. Bin einfach nach Hause gefahren und zu Bett gegangen. Als du mich am nächsten Tag zu Maries Wohnung mitgenommen und mit dem Ersatzschlüssel aufgeschlossen hast, schien es einfacher, in der Küche eine Nachricht von ihr zu kritzeln, aus der hervorging, dass sie auf Tournee gegangen war. Du warst im Schlafzimmer. Ich habe nicht darüber nachgedacht. Es ist einfach *geschehen*.« Carly war schon immer gut darin gewesen, Handschriften zu fälschen, Briefe von Mum an die Schule, um sich vom Sportunterricht zu befreien. »Da war dieses Gefühl, Leah, dass man mich für Maries Tod verantwortlich machen würde, wenn ich die Polizei gerufen hätte. Jeder würde mir wegen Marie die Schuld geben. Ihr wart immer die Lieblinge der Nation. Die süßen Zwillinge mit den Zöpfen. Ich war … ein unbeholfener Teenager. Jetzt bin ich eine unbeholfene Erwachsene. Ich konnte das alles rund um den Jahrestag nicht ertragen. Und …« Carly wischt sich mit der Hand, die immer noch das Messer umklammert, die Tränen von den Wangen. »Ich weiß nicht. Ich dachte, ihr wüsstet es. Ich habe euch beide dafür gehasst, dass … dass ihr geboren wurdet, nehme ich an. Mums Leben ruiniert habt. Mein Leben. Ich habe mir gewünscht, es wären wieder nur sie und ich in unserer winzigen Wohnung gewesen, und wir hätten Chicken Nuggets gegessen.«

»Ich werfe dir nicht vor, dass du dich rächen wolltest, Carly. Aber das hier … das ist nicht richtig. Archie …«

»Es tut mir sehr leid, aber Archie muss jetzt sterben, Leah. Das ist der einzige Weg.«

KAPITEL 75

Carly – Jetzt

Leah weint nicht, aber Carly spürt, wie sie in Panik gerät, als sie überlegt, wie sie ihren Sohn retten kann.

Das kann sie nicht.

Es zerreißt Carly zu sehen, wie ihre kleine Schwester – die Person, die sie immer zu beschützen versucht hat – zerbricht. Sie kann es fast hören. Die Teile auf dem Boden verstreut sehen.

»Carly …«, sagt sie, und ihre Stimme ist ein Wehklagen. Misstrauisch und schmerzerfüllt schaut sie Carly an. Als wäre sie ein Monster.

Das ist sie nicht.

Oder?

»Leah …« Carly möchte erklären. Um Leahs Schmerz zu lindern. »Es tut mir leid, dass ich dir in den letzten Tagen mit den Briefen und allem Angst gemacht habe.« Carly hat solche Gewissensbisse wegen ihres schlimmen Verhaltens. »Es ist, als wäre ich nicht ich selbst gewesen, und das ist das Problem. Ich weiß nicht, wer ich bin. Wer ich gewesen wäre, wenn es Simon nicht gegeben hätte. Wenn ich nicht entführt worden wäre.«

»Ich weiß, wer du bist! Du bist eine gute …«

»Du weißt doch nicht einmal, wer du bist, Leah.«

»Doch.« Leah greift nach dem Strohhalm, von dem sie glaubt, dass er ihr hingehalten wird. »Ich bin Archies Mutter. Georges Frau. Deine *Schwester*.«

»Das sind alles Etiketten. Namen definieren uns nicht. Das tun unsere Handlungen. Unsere Gefühle. Seitdem Marie in dem dreckigen Raum krank wurde, hast du dich mit deinem unaufhörlichen Putzen in eine Blase zurückgezogen. Mit diesen blöden Handschuhen.«

Leah hebt die Hände und starrt sie an, als hätte sie sie noch nie zuvor gesehen.

»Und dann deine Rituale. Alles muss dreimal gemacht werden, weil du das Gartentürchen dreimal hättest zuschlagen müssen. Du *lebst* nicht, nicht wirklich.«

»Tue ich doch ...«

»Du lebst in *Angst*. Erinnere dich, als Archie geboren wurde und du mit ihm nicht aus dem Haus gehen wolltest. Du hast ihn nicht zu Krabbelgruppen gelassen, weil er sich dort einen Infekt hätte holen können.«

»Ja. Aber er geht jetzt und ...«

»Und du sorgst dich um ihn jede Sekunde, in der du ihn nicht im Blick hast, oder?«

Leahs Schweigen zeigt ihre Zustimmung.

»Aber es sind keine Keime und Krankheiten und all die Dinge, die du aufzählst, oder? Du glaubst, dass ihn jemand mitnehmen könnte. Ihm wehtun könnte, weil ... weil du *Bescheid* weißt, Leah. Du und ich, wir wissen beide, dass es da draußen schlechte Menschen gibt. Die schlimmsten Menschen. Wir haben mit ihnen gelebt, du und ich. Wir haben sie *geliebt*. Wie lange glaubst du, wird es dauern, bis Archie herausfindet, dass die Welt nicht so ist, wie er dachte? Wenn er in die Schule kommt und die Kinder ihn deinetwegen hänseln, weil sie durch ihre Eltern erfahren werden, wer du bist.«

»Aber ... aber ...«

Leah fällt kein Argument ein. Carly hofft, dass sie sie überzeugen kann. Es wäre so viel einfacher, wenn sie der Sache zustimmen würde. Sie könnten jetzt einfach alle aus der Welt scheiden. Zusammen.

»Schau ihn dir an.« Carly streicht über Archies Haar. »Er ist so unschuldig. So rein. Erinnerst du dich, als wir uns so gefühlt haben? Vor dem Tag, an dem wir entführt wurden? Wäre es nicht schön, wenn er so bliebe? Weiterschlafen würde? Wir könnten uns ihm anschließen, du und ich. Uns Marie anschließen. Keine Angst mehr. Keine Schmerzen mehr. Keine …«

»Nein!«, schreit Leah. »Du irrst dich. Ich weiß, dass du ihn beschützen willst, aber das ist nicht der richtige Weg. So nicht. Es gibt Gutes auf der Welt. Güte und Liebe. Wir bringen Archie all diese Dinge bei. Wir können ihm all diese Dinge *zeigen*, und er wird ein gutes Leben haben. Ein langes Leben.«

»Was willst du ihm zeigen, Leah? Wirklich! Dass du dich immer umschaust? Dass du nichts berührst, ohne vorher deine Haut zu bedecken? Dass …«

Carly ist fassungslos über das, was als Nächstes geschieht.

Kapitel 76

Leah – Jetzt

Ich ziehe meine Handschuhe aus und schiebe meine Ärmel hoch, bevor ich mit bloßen Händen über den Boden reibe. Ich schmiere den Dreck auf meine Arme, in mein Gesicht.

»Keime sind mir egal, völlig egal. Sie haben mich nicht ins Verderben gestürzt. Uns nicht ins Verderben gestürzt.« Carly reagiert nicht, und so nehme ich eine Handvoll Dreck und stopfe sie mir in den Mund, versuche, nicht zu würgen, als mir der Schmutz in der Kehle stecken bleibt. Ich versuche, den Gedanken an Käfer zu verdrängen, die meine Luftröhre hinunterkrabbeln, ihre Eier in meinem Magen ablegen und deren Babys durch meine Haut platzen.

»Siehst du?« Ich versuche zu sprechen, aber meine Worte sind gedämpft. Ich schlucke schwer. Etwas Zackiges reißt an meiner Kehle. Ich glaube, ich habe Glas geschluckt, aber das ist mir egal. Ich nehme noch eine Handvoll und stopfe sie mir in den Mund. Spüre, wie der Dreck meine Zähne, mein Zahnfleisch bedeckt. »Es ist nicht zu spät. Es ist nie zu spät. Bitte, Carly, tu ihm nicht weh.«

Carly wiegt Archies Kopf in ihrem Schoß und zieht ihren Pullover aus, während ich in dem Sekundenbruchteil, in dem ihr Gesicht verdeckt ist, überlege, ob ich mich auf sie stürzen soll, doch meine Chance vergeht. Sie knüllt ihren Pullover zusammen und hält ihn über Archies Mund.

»Bitte.« Es bricht mir das Herz. Ich kalkuliere den Abstand zwischen uns. Wenn ich mich auf sie stürze, hat sie Zeit, sich das Messer zu schnappen und es in Archies kleinen Körper zu stoßen. Wenn er sterben muss, ist Ersticken der sanftere Tod, aber ich kann das nicht zulassen. Ich kann es einfach nicht.

»Carly, tu das nicht! Du liebst ihn doch.«

»Hast du nicht zugehört? Ich tue es, *weil* ich ihn liebe. Die Welt ist zu grausam. Zu furchtbar. Du hättest nie ein Kind bekommen dürfen. Du weißt doch, was mit Kindern passieren kann. Wir sind verletzlich.« Sie beginnt, sich vor und zurück zu wiegen. »All diese Jahre. All diese Jahre, Leah. Und ich dachte, es sei meine Schuld gewesen. Ich konnte nicht damit abschließen. Ich habe keine Freunde, keine Familie …«

»Wir sind deine Familie. Archie. George und ich.«

»George hat eine Affäre, Leah.«

»Was? Nein …«

»Marie hat es mir erzählt. Siehst du, die Menschen sind schlecht. Die Welt ist schlecht. Wir sind woanders besser dran. An einem besseren Ort.«

Ich zögere. Hat sie recht? Ich dachte, ich könnte George vertrauen, aber ich habe auch meiner Mutter vertraut. Meinem Vater. Ich vertraute meiner Zwillingsschwester. Ich werfe einen Blick auf Archie. Er regt sich. Will ich ihm wirklich all den Schmerz zumuten, den ich gespürt habe? Immer noch spüre.

»Carly …« Ich schlucke schwer.

Kapitel 77

Carly – Jetzt

Carly hat gesehen, dass sich etwas in Leahs Gesichtsausdruck verändert hat. Sie glaubt, sie überzeugt zu haben.

»Du weißt, dass ich recht habe, oder?«, fragt Carly.

KAPITEL 78

Leah – Jetzt

Carly glaubt, dass sie mich überzeugt hat. Sie weiß, wie es ist, betrogen zu werden. Angst zu haben. Doch sie weiß nicht, wie es sich anfühlt, Mutter zu sein. Wie weit ich gehen würde, um meinen Jungen zu beschützen.

Meine Finger streichen über die Erde, bis sie gegen etwas Scharfes, Spitzes stoßen. Ich manövriere die Glasscherbe in meine Hand.

In der Ferne höre ich den gedämpften Klang von Sirenen. Wenn ich sie nur weiter am Reden halten kann.

»Archie ist so jung. So unschuldig«, sage ich.

»Aber darum geht es ja. Siehst du das nicht?« Sie fleht mich an, und ich sehe es. Wir waren auch einmal so wie er. Vertrauend. Formbar. Voller Hoffnung. Aber wenn ich zugebe, ihre Logik zu verstehen, könnte sie denken, ich billige, was sie tun will, und das tue ich nicht. Obwohl die Welt manchmal ein kaputter, abstoßender, hasserfüllter Ort ist, ist sie auch voller Wärme und Güte und Lachen. Jeden einzelnen Tag überwiegt das Gute das Schlechte.

Wieder regt sich Archie auf ihrem Schoß. Sie drückt den Pullover auf seinen Mund. Ich bewege mich plötzlich und erschrecke sie. Schnell hebt sie das Messer mit der freien Hand auf und fuchtelt damit herum. »Lass ihn gehen. So ist es besser. Du kannst ihn da draußen nicht schützen … Ich kann ihn da draußen nicht schützen.« Tränen laufen ihr übers Gesicht.

Fest umklammere ich die Scherbe. Meine Handfläche ist jetzt klebrig vom Blut. Vergiftung oder Infektion sind mir egal.

Ich muss etwas tun. Ich will sie nicht verletzen, aber ich muss sie erschrecken, damit sie Archie loslässt. Sie liebt ihn über alles, aber ich weiß, dass sie tief im Innern auch mich liebt.

»Carly«, sage ich scharf. Sie hebt den Blick, und er trifft auf meinen.

Ich hebe die Scherbe. Nur einmal, nicht dreimal. Es ist keine Zeit, keine Notwendigkeit für Rituale. Ich ramme mir die Scherbe so fest ich kann in den Bauch. Da ist ein dumpfes Geräusch. Ein Nachgeben. Ein Rauschen von Blut.

Die Sirenen werden lauter. Die Spur eines Lächelns umspielt meine Lippen, als ich denke, dass es für Archie nicht zu spät sein wird, auch wenn es das für mich ist.

»Leah!«, höre ich Carly schreien. Sie schiebt Archie von ihrem Schoß und kommt zu mir herübergekrochen, genau, wie ich es geahnt habe. Ich spüre, wie sie nach meinen Händen greift. Sie nähert sich nicht der Taschenlampe, aber trotzdem wird alles dunkel.

Ich sehe nichts.

Ich fühle nichts.

Ich bin nichts.

Kapitel 79

Leah – Jetzt

George hält meine Hand, und sein Gesicht ist von Sorgen zerfurcht. Er reibt mit dem Daumen über meinen. Haut auf Baumwolle. Ich weiß, dass er derjenige war, der mir saubere Handschuhe übergestreift hat, als ich bewusstlos war. Ich würde gern sagen, dass ich sie jetzt nicht mehr brauche. Dass alles, was ich durchgemacht habe, mich gestärkt, mich gefestigt hat. Doch als George erwähnte, er wolle Archie zu Besuch mitbringen, da fühlte ich einen Anflug von Panik, und meine Kopfhaut kribbelte. So sehr ich mich auch danach sehnte, meinen Jungen zu sehen, der Gedanke, dass er hier, inmitten von Keimen und Krankheit und der Gefahr von MRSA, sein würde, ließ mich an den Rand des Abgrunds taumeln, bis George mich mit seiner beruhigenden Stimme und seinen freundlichen Worten zurückzog. Obwohl ich gern sagen würde, dass ich geheilt bin, bin ich es nicht. Aber ich möchte es sein, und der Wunsch danach ist doch immer ein Anfang, oder?

Desinfektionsmittel verstopft mir die Kehle, während die Polizei Fragen stellt. Endlose Fragen.

Es ist schwierig, sie zu beantworten. Durch den Dunst der Medikamente verschmilzt das Damals mit dem Jetzt. Wir

391

wurden entführt, Archie wurde entführt. Es ist alles ein bisschen verschwommen.

»Wann haben Sie Marie zum letzten Mal gesehen?«, fragt PC Godley.

»Das wissen Sie doch.« Ich kann die Bitterkeit nicht aus meiner Stimme verbannen. »Ich kam zum Polizeirevier, um sie als vermisst zu melden. Ich wusste, dass etwas nicht stimmte, und Sie haben es als *Gefühl* abgetan.«

»Es ist davon auszugehen, dass Marie sich die Überdosis verabreicht hat, bevor Sie sie als vermisst gemeldet haben. Also selbst wenn wir sie gefunden hätten, wäre es zu spät gewesen.« Er sieht beschämt aus. »Trotzdem tut es mir leid.«

»Danke.« Ich weiß, dass es nicht seine Schuld ist.

»Und wo ist Carly jetzt?«

Nun bin ich es, die sich schämt. Wie konnte Mum zustimmen, dass Dad Carlys Entführung plante? Zu wissen, dass Marie und ich nie entführt werden sollten, ist zu schrecklich für mich, um es zu begreifen. Kein Wunder, dass Carly dermaßen die Kontrolle verlor.

»Sie sagte, sie werde eine Weile weggehen. Es ist alles sehr traumatisch gewesen.«

Was auch immer passiert, ich werde sie beschützen. Meine Schwester. So wie sie mich letzten Endes beschützt hat. Ich wusste, sie würde mich nicht sterben lassen. George sagt, als er eintraf, fast zeitgleich mit der Polizei, stand sie draußen, balancierte einen wachen, aber angeschlagen aussehenden Archie auf der Hüfte, winkte und schrie um Hilfe. Dieses Bild ist tröstlich. Sie hätte mich allein lassen und untertauchen können, aber das tat sie nicht. Unsere Familie hat sie fast zerstört, und ich hoffe, dass sie, wo auch immer sie ist, glücklich sein kann.

Ich hoffe, dass sie zurückkommt.

»Erzählen Sie mir noch einmal, Leah, weshalb Sie nach Norwood gefahren sind.«

»Es wurde mir alles zu viel. Die Briefe. Die Journalisten. Ich dachte, wenn ich den Ort besuche, von dem ich nie wirklich losgekommen bin, könnte ich es irgendwie hinter mir lassen. Ich habe nicht klar gedacht.«

»Sie haben sich also …« Er schaut in seinen Notizen nach. »… die Kontaminationsschütte hinuntergestürzt?«

»Ja. Das ist da, wo es damals endete. Es war Pech, dass dort Glasscherben lagen, und ein solcher Schock, als ich darauf landete. Ich weiß nicht, was ich getan hätte, wenn Carly nicht gekommen wäre und mich gefunden hätte.«

»Und Sie glauben, sie hat geahnt, wo Sie waren?«

»Ja. Wir sind Schwestern. Wir haben eine besondere Verbindung.«

»Und Sie sagten, sie habe Archie dabeigehabt, weil sie gerade auf ihn aufpasste?«

»Ja. Sie hätte ihn nie allein gelassen. Sie liebt ihn.« So viel ist zumindest wahr.

Zum Glück erinnert sich Archie an nichts. Nachdem ich ins Krankenhaus gebracht worden war, hatte George Tash angerufen. Sie hat Archie abgeholt und ist mit ihm nach Hause gefahren, während ich operiert wurde. Das Glas hatte meine Leber um Millimeter verfehlt. Ich habe Glück gehabt, wurde mir erzählt.

»So.« PC Godley legt seinen Stift beiseite. »Ich nehme an, wir belassen es dann dabei. Die Besitzer des Grundstücks könnten Sie wegen Hausfriedensbruchs belangen, aber dazu werden wir sie nicht ermutigen. Jetzt, da der Jahrestag vorbei ist, werden wir hoffentlich nichts mehr von Ihnen hören.«

Ich glaube, er ist froh, wenn er mich los ist.

Es ist der erste Tag, an dem ich das Bett verlasse. Der Schmerz in meiner Seite ist scharf und schneidend, aber mit Georges Hilfe schaffe ich es bis ins Badezimmer. Eine Krankenschwester hilft mir, meine Haare zu waschen, während ich zittere und versuche, nicht zu weinen bei dem Gedanken an all diejenigen, die die Dusche bereits vor mir benutzt haben. An die Hautschuppen, die sie verloren haben. Spuren von Bakterien. Wir müssen Dinge nicht sehen können, um sie zu fürchten. Das Unsichtbare ist immer das Schlimmste. Hinterher ist um meine Haare ein steifes vergilbtes Handtuch gewickelt. Die Krankenschwester stützt meinen Ellbogen, als ich zurück in den Flur schlurfe.

»Machen Sie das Licht aus«, bittet sie mich.

Zögernd strecke ich die Finger aus und betätige den Schalter, kämpfe gegen den Drang an, es noch zweimal zu wiederholen.

Kleine Schritte.

Ich sitze mit George im Aufenthaltsraum. Ein dunkelbrauner Tee steht vor mir auf dem Tisch. Er ist in meiner eigenen Tasse, die George mitgebracht hat. Mein Mann sieht müde aus. Seine Jeans sitzen locker auf den Hüften. Sein Kinn ist übersät mit Stoppeln.

Ich muss ihm etwas sagen.

»Der Arzt hat vorgeschlagen, dass ich nach meiner Entlassung nicht nach Hause gehe, sondern mich ins Mulberry einweisen lasse.« Mir gefällt, dass sie der Einrichtung einen Namen gegeben haben, der nur aus einem Wort besteht. Das klingt nicht nach dem psychiatrischen Krankenhaus, das es eigentlich ist. »Die Ärzte dort haben Erfahrung mit Zwangs- und Panikstörungen und können mir helfen, mit … mit der eigentlichen Ursache umzugehen. Ich glaube, ich muss … ich will, dass es mir besser geht. Ich mich besser fühle. Ich weiß nicht, ob ich gehen soll. Ich werde Archie vermissen … und dich. Ich werde dich vermissen.« Die Worte purzeln aus mir heraus. »Ich weiß, dass es nicht einfach für dich gewesen ist, George, und du verdienst eine Frau, die … die …« Tränen schießen mir in die Augen, und bevor ich sie herunterschlucken und wieder reden kann, hat George nach meiner Hand gegriffen.

»Zweifele nie daran, dass ich dich liebe.« Er lächelt nicht, als er das sagt. Mit Grauen warte ich auf das Aber. Und als es kommt, ist es heftig und schmerzhaft. Ein doppelter Treuebruch. Ich hatte Carlys Enthüllung über Georges Affäre verdrängt. Wollte sie nicht glauben, aber George sagt: »Ich hatte eine Affäre ... mit Francesca.«

Es stimmt. Ich bin von zwei der Menschen betrogen worden, denen ich auf dieser Erde am meisten vertraut habe. Betrogen von zwei der Menschen, denen ich auf dieser Erde *wieder* vertraut habe. Vielleicht ist es nicht so schockierend wie der Betrug meiner Eltern, aber mich überkommt trotzdem eine überwältigende Traurigkeit. Doch das ist nicht nur Georges Schuld. Was haben wir uns gegenseitig angetan? Simon – ich werde ihn nie wieder Dad nennen – hat unser Leben geprägt, prägt es *immer noch*. Das muss aufhören.

»Ist sie vorbei?«, frage ich.

»Ja.« Dieses Mal schaut er mir direkt in die Augen.

»Warum?« Ich frage mich, ob er sie Archies wegen aufgegeben hat.

»Weil ... Du ...« Er versucht, meine Hand zu nehmen, aber ich krümme die Finger, damit er sie nicht halten kann. »Du bist alles für mich, und als ... als du anfingst, wieder Rückschritte zu machen, da konnte ich nur an die Rituale, die Panik und die Zwangsstörung denken, und ich vergaß ...«, sagt er einfach. »Ich vergaß, wie schön es mit uns sein kann und wie sehr ich dich liebe.«

»Liebst du sie?« Das ist die einzige andere Sache, die ich im Moment wissen muss.

»Ich dachte, das täte ich.« Er sieht betreten aus, als er das sagt, aber ich bin froh, dass er es getan hat. Wenn er sich einfach gedankenlos mit einem anderen Körper getröstet hätte, glaube ich, dass es schmerzhafter gewesen wäre. Die Tatsache, dass ich nicht genug für ihn war – dass jede andere es hätte sein können. Zu wissen, dass er echte Gefühle hatte, macht es zumindest verständlich, wenn auch nicht verzeihlich.

»Und jetzt?«

»Was ich für Francesca empfinde ist … etwas. Aber es ist nicht annähernd Liebe. Leah, als ich sah, wie du aus dem Tunnel getragen wurdest, kaum bei Bewusstsein und blutend …« Er nimmt sich einen Moment Zeit, um sich zu sammeln. »In den Stunden, in denen ich im Wartezimmer saß, während du operiert wurdest, hatte ich so viel Zeit, über ein Leben ohne dich nachzudenken. Die Zukunft sah so düster aus, aber die Zukunft, die ich mir immer wieder vorstellte – falls das Schlimmste eintrat und du nicht überleben würdest –, beinhaltete stets Archie und mich. Nie sie.« Wieder greift er nach meiner Hand, und dieses Mal lasse ich zu, dass er sie nimmt, auch wenn ich nicht darauf reagiere, als er sie drückt.

»Ich weiß nicht, was ich sagen soll. Es ist so viel, was ich verarbeiten muss.«

»Ich weiß, aber ich kann dir versprechen, Leah, dass mir klar ist, dass ich ein Idiot war und dass so etwas nie wieder passieren wird. Du und Archie …«

»Ich werde ins Mulberry gehen, und wir können den Rest klären, wenn ich zurück bin.« Ich sage nicht »zu Hause«. Das kann ich nicht. Zu Hause fühlt sich plötzlich kartenhausmäßig instabil an. Am Rande eines Zusammenbruchs.

Er nickt. Weiter gibt es nichts zu sagen. Die schwierigen Gespräche werden später kommen. Er drückt seine Lippen auf meine. Sie sind trocken, und sein Atem riecht nach Kaffee. Er geht, und mir bricht es das Herz.

Es fühlt sich an wie das Ende, aber gleichzeitig auch wie der Beginn von etwas.

KAPITEL 80

Leah – Jetzt

Meine Kleidung ist so dunkel wie meine Stimmung, als ich mich widerwillig für Maries Beerdigung anziehe. Heute beerdige ich meine Zwillingsschwester; die andere Hälfte von mir, von der ich trotz ihres Alkoholkonsums immer dachte, sie fühle sich leichter, glücklicher. Damals habe ich nicht gewusst, dass endlos wiederholte Sätze wie »Es hat uns zu den Menschen gemacht, die wir heute sind« und »Es war doch nicht so schlimm, wie wir dachten« nicht die Einstellung eines optimistischeren Menschen, als ich es bin, widerspiegelten, sondern ein verzweifeltes Bedürfnis, von der furchtbaren Last und Schuld freigesprochen zu werden, die sie mit sich herumtrug.

»Lassen Sie mich Ihnen helfen.« Meine Betreuerin im Mulberry schließt die Knöpfe an meinem Kleid, was meine zitternden Finger nicht ganz fertigbringen. »Ihr Mann wartet am Empfang auf Sie. Bringt er Sie danach zurück?«

»Ja.« Meine Stimme ist heiser von den Tränen, die ich bereits heute Morgen vergossen habe.

»Sind Sie sicher, dass Sie das schaffen, Leah?«

Darauf antworte ich nicht. Ich bin dem nicht gewachsen. Ist man jemals bereit, jemanden loszulassen, den man liebt?

George fragt nicht, ob es mir gut geht. Er weiß, dass das nicht der Fall ist. Wir reden nicht auf der Fahrt zur Kirche. Für Worte ist mein Kopf zu voll mit Sorgen. Hätte ich zulassen sollen, dass Archie auch mitkommt, obwohl er erst vier ist und seine Tante kaum kannte? Hätte ich bei der Prozession hinter dem Leichenwagen mitfahren sollen? Unaufhörlich denke ich an Carly. Wo ist sie? Geht es ihr gut?

Wird sie heute auftauchen?

Das Auto schlängelt sich auf der High Street durch den mittäglichen Verkehr. Ich bin erst ein paar Tage im Mulberry, aber die Welt hier draußen fühlt sich zu groß an. Zu überwältigend. Heller und lauter, als ich sie in Erinnerung habe.

Fest umklammere ich meine behandschuhten Hände auf dem Schoß und halte meinen Blick gesenkt. Ich habe im Mulberry bereits mit einer Akzeptanz- und Commitmenttherapie begonnen und möchte die geringen Fortschritte, die ich gemacht habe, nicht mit dem Anblick von *ihm*, egal ob real oder eingebildet, zunichtemachen.

Simon.

Mein Vater.

Ich habe nicht mit Mum gesprochen, aber als sie mir schrieb, dass sie heute gerne die Vorbereitungen treffen würde, versicherte sie mir, dass Simon aus Respekt vor mir nicht bei der Beerdigung dabei sein werde.

Respekt.

Wir parken. Ich brauche mehrere tiefe Atemzüge, bevor ich aus dem Auto steigen und auf die Kirche zugehen kann. Der Anblick von Maries Namen in weißen Blumen ist wie ein Schlag in den Magen, und ich sacke in mich zusammen. Hätte ich mich nicht bei George eingehakt, wäre ich gefallen.

Ich schaffe es nicht.

Ich bin gefangen zwischen Panik und völliger Verzweiflung.

»Los geht's«, hatte Marie gesagt, die Hände in die Hüften gestemmt und sich für den Tanz bereit gemacht.

Ich zähle gedanklich immer wieder *fünf, sechs, sieben, acht,* während ich mich vorwärtsschleppe und auf meine Füße starre, bis ich irgendwie in der Kirche bin. Der Geruch von Bienenwachs und Rosen steigt mir in die Nase. Ich hebe den Kopf, und mein Blick trifft auf Maries. Sie lächelt vom Foto, das auf ihrem Sarg steht. Es ist ein altes Bild, auf dem ihre Haare noch rot sind. Wir sehen identisch aus.

Ich habe ein Stück von mir verloren.

Schwer drückt das Gewicht des Kummers auf meine Brust. Es ist nicht einfach, sich zu bewegen.

George greift nach meiner Hand, als wir langsam an den Kirchenbänken vorbeigehen, die nicht so leer sind, wie ich befürchtet habe. Scharen von Theaterleuten sind gekommen, um ihren Respekt zu erweisen.

Marie wurde geliebt. Sie hat es nur nicht gewusst.

Carly wird geliebt, aber sie weiß es nicht.

Und ich? Ich nehme in einer Bankreihe neben meinem Mann Platz. Nicht einmal hat er mich losgelassen.

Der Pfarrer spricht über Maries Leben. Über ihre Erfolge. Die Rollen, die sie gespielt hat, aber er erwähnt nicht die wichtigste Rolle von allen.

Die Schwester, die sie war.

Es ist für mich unvorstellbar, dass alle gehen könnten, ohne das zu wissen, aber der Gedanke, aufzustehen und zum Rednerpult zu gehen, ist unfassbar. Das kann ich nicht.

Los geht's.

Ich kann nicht, Marie. Ich bin nicht mutig genug.

Schauspielern ist einfach. Man tut nur so.

Also gebe ich vor, mutiger zu sein, als ich mich fühle. Auf wackligen Beinen gehe ich langsam nach vorn und spüre die tränenglänzenden Blicke der Trauernden auf meinem Rücken.

»Ich möchte nur …« Ich räuspere mich. »Ich möchte nur ein paar Worte über meine Schwester sagen. Marie. Wir waren Zwillinge, aber sie hat mich ständig daran erinnert, dass sie zwölf Minuten älter war. Ihre Rolle als ältere Schwester hat sie sehr ernst genommen, genauso wie Carly, die …« Ich überfliege hoffnungsvoll die Gesichter vor mir, nur für alle Fälle. »… die heute nicht hier … ist … sein kann. Sie alle wissen, was wir vor zwanzig Jahren durchgemacht haben. Die Sinclair-Schwestern. ›Die gestohlenen Schwestern‹ hat uns die Presse genannt, aber wir waren viel mehr als das. Marie war so viel mehr als das. Ich hatte Angst. Entsetzliche Angst … so wie heute, aber Marie … Marie dachte sich Spiele aus, während wir in jenem Raum gefangen waren. Dachte sich Geschichten über Drachen und Prinzessinnen aus.« Trauer ist mein Drache mit feurigem Atem und sengender Hitze. Auf meiner Oberlippe bilden sich Schweißperlen. Ich wische sie weg. »In Maries Geschichten bekamen wir am Ende immer Tapferkeitsmedaillen, und dafür, so wünsche ich es mir, soll man sich an sie erinnern. Für ihren Mut. Ihre Liebenswürdigkeit. Die Art und Weise, wie sie immer versucht hat, die Menschen zu beschützen, die sie liebte.«

Gedanklich verspreche ich ihr, dass dies ihr Vermächtnis sein wird. Dass niemand jemals erfährt, dass sie von den Plänen meiner Eltern wusste. Fast spüre ich, wie sie ihren kleinen Finger in meinen einhakt.

> »Versprochen ist versprochen
> *und wird nicht gebrochen.*
> *Und tust du es doch,*
> *fällst du in ein Loch.*
> *Drum gelobe ich dir eilig,*
> *mein Versprechen ist mir heilig.«*

Ein geflüsterter Hauch in meinem Genick … *danke.*

Ich stolpere zurück auf meinen Platz. Die Musik beginnt. Annie, die uns verspricht, dass morgen die Sonne wieder scheinen wird.

Später haben sich die letzten Trauernden in den Pub zurückgezogen. George wartet im Auto, um mir etwas Freiraum zu geben, während ich mich endgültig verabschiede. Es ist schwer zu glauben, dass Marie unter der aufgeschütteten Erde liegt. Einmal mehr gefangen in einem kleinen dunklen Raum.

»Ist das alles meine Schuld?« Mum steht neben mir.

Ich will gerade Ja sagen, als ich den Kopf drehe und den Schmerz in ihrem Gesicht sehe. Sie hat ein Kind verloren. Ich kann mir das nicht einmal ansatzweise vorstellen.

»Ich weiß es nicht. Es gibt viele Wege, die an denselben Ort führen.« Wer sagt denn, dass Marie nicht sowieso süchtig geworden wäre? Ich denke an das kleine Mädchen mit den großen Träumen vom Ruhm, das einfach nur von allen angebetet werden wollte, und ich möchte am liebsten weinen.

»Ich hätte nicht gedacht, dass Carly das hier verpassen würde«, sagt Mum.

»Carly ist gebrochen. Sie musste so viel verkraften. Wenn sie nicht gewesen wäre ...«

»Erzähl es mir«, unterbricht mich Mum.

»Was?«

»Erzähl mir, wie es war. Was du über Maries Geschichten gesagt hast. Ihre Spiele. Ich möchte es hören. Alles.«

Also erzähle ich Mum die Einzelheiten, die sie nie wissen wollte. Dass Carly geflohen war, aber wegen mir und Marie zurückkam. Dass sie gegen Männer kämpfte, die dreimal so groß und hundertmal furchterregender waren, um uns zu befreien. Dass wir zusammen sangen und tanzten, als uns kalt war und wir Angst hatten.

»Als Marie sich übergeben musste, beruhigte Carly sie, hielt ihr die Haare zurück und machte sie sauber. Ich stand neben mir, dachte, sie würde sterben, aber Carly zeigte uns nie, dass sie sich fürchtete, nicht ein einziges Mal. Als die Tür offen stand, hätte Carly uns zurücklassen können. Allein wäre sie schneller gewesen, besonders nachdem ich mir den Knöchel verstaucht hatte, aber sie war immer … da.« Tränen sammeln sich in meinen Augen, doch ich lasse sie nicht fließen. »Sie hat uns nie im Stich gelassen. Nicht ein einziges Mal.«

»Es tut mir leid«, sagt Mum. »Alles … und eurem Dad auch.«

»Ich will nicht über *ihn* reden. Wie hast du es überhaupt fertiggebracht, ihn zu besuchen? Ich weiß, dass du das getan hast.«

»Weil … Weil es ihm leidtut. Weil Teil des Liebens Verzeihen ist und weil …«

»Wie konntest du ihm verzeihen?«

»Er hat dir verziehen.«

»Was?«

Mum hält meinem Blick stand. »All die zusätzlichen Jahre, die er im Gefängnis verbracht hat. Dass er fast täglich von anderen Häftlingen misshandelt wurde. Dass er in das Register für Sexualstraftäter aufgenommen wurde, was praktisch alle seine zukünftigen Jobaussichten ruiniert hat und bedeutet, dass er immer über seine Schulter schauen muss.«

»Wann hat er herausgefunden, dass ich es war?« Es hat keinen Sinn, es zu leugnen. Es hat genug Lügen gegeben.

»Innerhalb von ein paar Tagen nach seiner Verhaftung. Man kann das meiste im Gefängnis herausfinden. Kriminelle kennen andere Kriminelle. Es kostete ihn nur ein paar Packungen Zigaretten, um deinen Namen herauszufinden.«

»Warum hat er der Polizei nicht erzählt, dass ich es war?«

»Weil … Weil du verhaftet worden wärst und … weil er meinte, er hätte es verdient. All das und Schlimmeres. Wie ich schon sagte, es tut ihm leid.«

Mir verschlägt es für einen Moment die Sprache.

»Mum?«, sage ich. »Triffst du dich wieder mit ihm? An dem Tag, als ich zu dir kam … das Steak. Ich dachte, ich hätte jemanden drinnen gesehen.«

»Ja, das tue ich. Ich weiß, du wirst es nicht gutheißen oder verstehen, aber wir ziehen weg. Nach Schottland. Ich will nicht, dass ihr Mädchen befürchten müsst, ihn hier zu sehen.«

»Du ziehst ihn uns also wieder vor?«

»Leah …« Mums Augen glänzen. »Wenn ihr wollt, dass ich bleibe, dann bleibe ich.«

Ich denke an das Unglück, das wir alle erlitten haben. An die Aussicht auf Glück, das für sie zum Greifen nahe ist. Ich weiß nicht, ob ich jemals aufhören werde, ihr übel zu nehmen, was passiert ist. Wenn ich verhindere, dass sie mit *ihm* – Simon – zusammen ist, wird *sie* vielleicht nie aufhören, mir das übel zu nehmen.

»Mach das nur«, gebe ich ihr meinen Segen.

Sie sagt nichts, breitet jedoch die Arme aus, und obwohl ich zögere, gebe ich mich seit Jahren zum ersten Mal wieder der Umarmung hin, die sowohl eine Begrüßung als auch ein Abschied ist.

Sie lässt mich los. Ich putze mir die Nase und trockne meine Augen, während ich ihr nachschaue. Sie dreht sich nicht mehr um.

Auf dem Weg zum Auto bemerke ich einen Schatten, der hinter die Bäume schlüpft. Ein Heiligenschein aus glänzendem blondem Haar.

Ich glaube, es ist Carly, aber ich bin mir nicht sicher, und als ich zu der Stelle komme, ist sie weg.

Kapitel 81

Leah – Jetzt

George klingelt an der Tür, wenn er Archie besucht, und das fühlt sich seltsam an. Er lässt sich hier immer noch einfügen. Das letzte Puzzleteil unserer schönen, kaputten, heilenden Familie. Seitdem ich das Mulberry verlassen habe, hat George eine kleine Wohnung in der Stadt gemietet, die er monatlich kündigen kann. Während unserer Trennungszeit habe ich auf der Arbeit aufgebaut, die ich im Krankenhaus begonnen hatte. Ich habe einen neuen psychologischen Betreuer – einen Mann dieses Mal –, und langsam lerne ich wieder zu leben. Ich habe die Wahl, wer ich sein möchte, und ich möchte glücklich sein. Ich hoffe, Carly ist das auch, wo immer sie sein mag.

Ich vermisse sie.

Sie hat sich nicht gemeldet. Nicht ein einziges Mal.

Ich denke jeden Tag an sie.

In den letzten Wochen hat George seine Besuche ausgedehnt und bleibt auch noch, wenn Archie im Bett liegt. Oft sitzt er abends in dem einen Sessel und ich in dem anderen. Dampfende Tassen mit Kaffee und ein Teller mit Keksen auf dem Tisch zwischen uns, der eine Barriere bildet. Anfangs machten wir einen Bogen um die wahren Probleme und klammerten uns an das Oberflächliche, das weniger schmerzhaft war. Feuerten kleine Ärgernisse durchs Zimmer – der nicht heruntergeklappte Klodeckel, die Ungerechtigkeit, dass immer nur eine Person den Müll rausbringt oder einkauft. Wir drehten uns im Kreis – Hab dich! Du nimmst jetzt die Schuld auf dich –, bis einer von uns gähnte und ich ihn zur Tür brachte wie den Besucher, zu dem er geworden war. Ich schaute ihm nach, wenn er mit gebeugten Schultern die Einfahrt hinunterging und sein Atem Wölkchen vor dem Mund bildete, der mir keinen Gutenachtkuss gegeben hatte.

Schließlich sprachen wir über Francesca. Natürlich taten wir das.

»Hast du noch Kontakt zu ihr?«, fragte ich ihn.

»Nein.«

»Natürlich sagst du Nein. Wie kann ich dir vertrauen?« Das war meine Standardantwort.

»Ich weiß es nicht.« George sah traurig aus. »Ich kann dir nicht sagen, wie. Ich kann nur hoffen, dass du es eines Tages kannst.«

»Hast du an mich gedacht, wenn du bei ihr warst?«

»Jedes Mal. Ich habe mich furchtbar gefühlt.«

»Hast du an sie gedacht, wenn du bei mir warst?«

»Leah …«

»Also, hast du?« Ich wollte alles wissen; wann es begonnen, wie oft er sich mit ihr getroffen, wie es sich angefühlt hatte. Ich weinte jedes Mal, und er anfangs auch.

Ich hatte mit Francesca telefoniert. Nur einmal. Es tat ihr unendlich leid. Zuerst dachte ich, sie sei besorgt, ich könnte sie wegen beruflichen Fehlverhaltens anzeigen, aber als ihre Entschuldigungen aus dem Hörer purzelten, wurde mir klar, dass sie es ehrlich meinte. Auf ihre eigene Art und Weise sorgt sie sich um mich, genauso wie George. Er war einfach nur ratlos gewesen, wie er mir helfen sollte. Das ist mir klar. Ich hatte keine Ahnung, wie ich mir selbst helfen sollte.

Aber jetzt weiß ich es.

Früher dachte ich, Frauen, die Männer nach Affären zurücknehmen, seien schwach, aber obwohl ich der Meinung bin, dass es unentschuldbar ist, mit jemand anderem zu schlafen, hat es mich Kraft gekostet, meinen Teil der Verantwortung für unsere Probleme zuzugeben. Genau wie beim Glücklichsein konnte ich wählen, ob ich vergebe oder nicht. Ich hatte bereits so viel verloren. Mum, Dad, Marie und Carly.

»Du bist stärker, als ich es dir zugetraut habe«, sagte George zu mir, nachdem ich ihm erklärt hatte, was in der Dekontaminationskammer mit Carly passiert war. Dass meine Verletzungen selbst verschuldet waren.

»Wir müssen für diejenigen kämpfen, die wir lieben«, sagte ich, und genau das tun wir. Für die Liebe kämpfen. Füreinander. Ich habe Folgendes gelernt: Nichts ist irreparabel. Mein Gefühl von Sicherheit, mein Vertrauen, meine Hoffnung. Das alles mag sich so empfindlich anfühlen wie Spinnennetze, leicht zerstörbar, aber es kann wiederhergestellt werden, wenn ich es nur genug will.

Und ich will.

Wir wurden behutsamer, als wir an den Rissen in unserer Ehe herumstocherten, hineinspähten, um zu sehen, ob es eine Möglichkeit gab, sie zu füllen, und die gibt es. Mit Hoffnung und Verständnis und Liebe. Wir füllen sie mit Liebe. Nach und nach heilen wir von innen heraus.

Es hat eine Veränderung stattgefunden, eine Verschiebung. Unsere Unterhaltungen sind nicht nur tiefgründig und schwer, sondern mehr und mehr mit Leichtigkeit gespickt. Mit Lachen. Mit Weißt-du-noch-als-Erzählungen, die jeder mit einer gemeinsamen Vergangenheit kennt. Die, die man gerne teilt. Wir nippen an unserem Wein. Die Hände um die Gläser geschlungen, juckt es uns, einander zu berühren. Ich wollte es langsam angehen lassen.

Wir sitzen jetzt zusammen auf dem Sofa. Ich mit unter mir verschränkten Beinen an der Lehne abgestützt und er mit seinem Ellbogen auf der anderen Lehne. Immer noch gibt es einen Abstand zwischen uns, aber vielleicht nicht mehr ganz so groß. Ich möchte die Lücke völlig schließen.

»George.« Sein Blick trifft auf meinen. Es liegt eine unausgesprochene Frage darin, und dann ein Verstehen. Erleichterung. Er kommt näher, beugt sich zu mir.

Unsere Lippen berühren sich, und ich kann fast Marie singen hören: »Leah und George, es kam zum Kuss, also kein Verdruss.«

Wir beenden den Kuss, und er streicht mir zärtlich eine Haarsträhne hinters Ohr. Meine Haare sind immer noch lang, immer noch rot.

Ich bin immer noch ich.

Wir sind immer noch wir.

Epilog

Leah – Acht Monate später

»Mummy!« Im Gesicht meines Sohnes spiegelt sich pure Freude, als ich in die Küche komme. Archie ist mein Sonnenschein an diesem beißend kalten Herbstmorgen. »Mein Rucksack ist schon gepackt.«

»Super.« Ich gehe in die Hocke und hake die Leine ins Halsband des Hundes, während George den Reißverschluss von Archies Jacke hochzieht und ihm die Pudelmütze aufsetzt. »Du kannst mitfahren, Hündchen.«

»Bist du sicher, dass du das willst?« George schaut mich besorgt an. »Du weißt, dass wir das nicht tun müssen.«

»Für Archie wird es ein Abenteuer, und für mich ist es gut, wenn ich es sehe.«

»Können wir danach eine heiße Schokolade trinken? Mit Sahne. Bitte!«, bettelt Archie.

»Ja.« Ich zerzause sein Haar. Normalerweise würde ich solch einen Zuckerschub am Morgen nicht gutheißen, aber es handelt sich um einen besonderen Anlass.

Es ist der Tag, auf den ich gewartet habe.

Der Himmel ist trüb und grau, was passend erscheint. Die Wischer sausen in Abständen über die Windschutzscheibe,

408

obwohl sich auf ihr mehr feuchte Luft als Nieselregen sammelt. Ich schaue auf die vorbeiziehende Landschaft und fahre geistesabwesend über die neue Tätowierung von gestern, ein Komma. Ich hatte furchtbare Angst vor einer Infektion und musste mich vorher übergeben, aber ich habe sie machen lassen.

»Kannst du hier reinfahren?« Ich deute auf eine Parkbucht neben einem Café. »Ich glaube, wir könnten ein warmes Getränk mitnehmen, oder?«

Archie quietscht vor Aufregung und stürzt aus dem Auto. Ich denke, wie schön es wäre, die Welt mit den Augen eines Fünfjährigen zu sehen. Freude an etwas zu finden, was die meisten von uns als selbstverständlich ansehen – worüber sie sich sogar beschweren, denke ich, als ich die Warteschlange betrachte.

Schließlich sind wir an der Reihe.

»Dreimal heiße Schokolade, bitte.« Archie strahlt übers ganze Gesicht.

»Ich glaube, wir wollen nur zwei«, sagt George und wendet sich an mich. »Du hast doch deine Tasse nicht mitgebracht, oder?«

»Nein. Aber ich nehme trotzdem eine, danke«, sage ich zum Barista. Ich spüre, wie George mich immer noch schockiert anstarrt. Innerlich bin ich von Freude und Stolz erfüllt mit einem Hauch von Beklommenheit. Die Akzeptanz- und Commitmenttherapie, die ich anwende, scheint bei mir im Gegensatz zu anderen Methoden, die ich ausprobiert habe, zu funktionieren. Das heißt allerdings nicht, dass ich die Schokolade, auf die jetzt ein großer Sahnewirbel gesetzt wird, auch trinke, aber ich bin gewillt, es zu versuchen.

Kleine Schritte.

Es regnet richtig, als wir ankommen.

»Wir bleiben im Auto und schauen zu«, sagt George zu Archie. »Gemütlich im Warmen.«

Es sind nur eine Handvoll Zuschauer da. Ein älterer Mann im Rollstuhl in vollständiger Armeeuniform mit Orden an der Brust. Jemand – ich vermute, es ist seine Tochter – hält einen schwarzen Regenschirm über ihn.

Ein Reporter der örtlichen Zeitung schaut finster unter seiner Kapuze hervor, und sein Kameramann schirmt das Objektiv mit der Hand ab.

Am Drahtzaun hat sich eine Traube von Menschen versammelt. Ich bin mir nicht sicher, warum sie hier sind, aber sie werden einen Grund haben. Wir alle haben eine Vergangenheit, oder? Für heute Abend ist eine Party in einem der örtlichen Pubs geplant. Die Gemeinde will die Beseitigung der Gebäude feiern, die die True-Crime-Fans so lange angezogen haben. Die Beseitigung ihrer Schuldgefühle, dass Simon einer der Ihren war.

Es ist an der Zeit.

Archie klettert mit seinem Rucksack nach vorn, setzt sich auf Georges Schoß und öffnet ihn.

Vorsichtig packt er sein buntes Plastikspielzeug aus – Baggi, Buddel, Mixi, Rollo und Heppo – und stellt die Baufahrzeuge von »Bob, der Baumeister«, auf das Armaturenbrett.

»Seid ihr bereit?«, fragt er sie süß. »Die großen Maschinen da draußen werden alles plattmachen.« Er klatscht aufgeregt in die Hände, was mich aufschrecken lässt. »Und dann werden sie Häuser bauen. Die Soldaten brauchen das hier nicht mehr, oder, Mummy?«

»Nein, Archie. Keiner braucht es.«

Die Abrissbirne beginnt zu schwingen.

»Siehst du das, Mixi?«, fragt Archie seinen orangefarbenen Betonmischer und beugt sich vor, damit er die Antwort versteht. »Er sagt, er kann es sehen.«

Ich kann es sehen.

Ich kann drei junge Mädchen sehen, die traten und schrien, als sie hineingetragen wurden. Ich kann einen schmutzigen

Raum sehen, in dem die Mädchen sangen und tanzten, bewacht von einem Clown mit orangefarbenem Haarschopf. Ich kann drei Schwestern sehen, die zusammen auf einer Matratze kauerten und sich versprachen, immer füreinander da zu sein.

Ich kann alles sehen.

»Ich bin gleich zurück.« Mein Blick trifft auf Georges, und ich schüttele den Kopf, bevor er fragt. Nein, ich möchte nicht, dass er mitkommt.

»Willst du deine Handschuhe? Es ist eiskalt draußen.« Er nimmt sie von der Mittelkonsole.

»Nein.« Ich will meine Handschuhe heute nicht, auch nicht sonst irgendwann. Ich mag es zu fühlen.

Außerhalb des Autos sind der Lärm und die Vibrationen der Abrissbirne immens. Das Hauptgebäude liegt fast in Trümmern, das »NORWOOD ARMY CAMP«-Schild ist unter einer Staubwolke verschwunden. Als ich hinter dem Soldaten vorbeigehe, strecke ich eine Hand aus und drücke seine Schulter. Ich frage mich, ob er in seinen Gedanken wieder in diesem Festsaal ist – der Junge mit den blauen Augen und dem kurz geschnittenen blonden Haar, der sich am Tisch mit den Erfrischungen herumdrückt und seinen Mut zusammennimmt, um ein Mädchen zum Tanz aufzufordern, während Vera Lynn »We'll Meet Again« singt. Genau wie Carly es beschrieben hat.

An der Seite der Basis ist niemand zu sehen. Das Gelände ist so riesig, dass es Tage, ja Wochen dauern könnte, bis die Maschinen bis dorthin vorgedrungen sind, wo einst Panzer rollten. Ich schiebe meine Finger durch den Maschendrahtzaun und starre auf die Dekontaminationskammer, ohne mich darum zu kümmern, wer das Metall vor mir berührt haben könnte und welche Keime ich aufnehme. Mir dreht sich der Magen um, als ich mich daran erinnere, wie Carly Marie und mich in diese Schließfächer bugsierte, von denen ich dachte, sie seien für Rucksäcke, aber später herausfand, dass sie für Leichen gewesen waren. Ich erinnere mich, wie sie uns die Schütte hinunterstieß und uns durch den Tunnel führte. Marie schwach und krank und ich mit meinem verstauchten, geschwollenen Fußknöchel. So viele Male hätte Carly uns verlassen können, aber das hat sie nicht getan.

Wollte sie nicht.

Auch jetzt nicht.

Es wird immer kälter, während ich warte. Der Regen peitscht mir ins Gesicht.

Ich höre keine Schritte. Es gibt keine Sonne, durch die ein Schatten geworfen würde, aber ich spüre sie trotzdem.

Mein Rücken wird sofort wärmer, als sie mich vor dem Wind abschirmt.

»Ich wusste, dass du kommen würdest«, sage ich, als sie mir den Arm um die Taille legt.

»Tut mir ...«

»Schh.« Jetzt bin ich diejenige, die das Kommando übernimmt. »Es spielt keine Rolle. Nichts davon. Ich habe eine Schwester verloren, und ich werde nicht noch eine verlieren.« Jetzt bin ich an der Reihe, mich um meine große Schwester zu kümmern. Ihr die Hilfe zu besorgen, die sie braucht. Sie kann es schaffen. Wir können es beide schaffen.

Ich lehne mich an sie, und sie legt ihr Kinn auf meine Schulter.

Gleichzeitig sehe ich es. Carly saugt scharf die Luft ein. Ich weiß, dass sie es auch gesehen hat.

Eine kleine Gestalt im strömenden Regen, die sich mit den Händen über dem Kopf dreht.

Ich stelle mir vor, es ist der Geist von Marie, die singt und tanzt und von ihrer großen Karriere in Hollywood träumt.

Und einen Moment lang stelle ich mir vor, dass wir alle wieder zusammen sind.

Danksagung

Mein sechster Thriller, und es wird nie weniger aufregend. Wie immer waren Unmengen an Leuten daran beteiligt, meine Geschichte zum Leben zu erwecken. Und wie immer geht ein Dankeschön an meinen Agenten Rory Scarfe für seine fortwährende Unterstützung. Ebenso an meinen fabelhaften Herausgeber Manpreet Grawal, der die Sinclair-Schwestern vom ersten Entwurf an geliebt und mir dabei geholfen hat, die Geschichte zu ihrem vollen Potenzial zu entwickeln. Auch an Lisa Milton und die gesamte HQ-Familie, besonders an Melanie Hayes, Janet Aspey vom Marketing und Lucy Richardson von den PR sowie das Produktionsteam. Danke an Jon Appleton für das Lektorat.

Ein großes Dankeschön an all die Buchblogger, deren Zuspruch meinen Tag ungemein aufhellt, und an alle, die mich über die sozialen Medien kontaktieren. Schreiben kann eine einsame Angelegenheit sein. Deshalb ist es großartig, einen Freund zu haben, der auch in diesem Geschäft tätig ist. Obwohl ich mit Darren O'Sullivan zu viel Kaffee trinke und zu viel Hummus esse, ist es prima, dass wir uns über unser Schriftstellerleben austauschen können. Ein Dank auch an meine nichtschreibenden Freundinnen, besonders an Hilary, Sarah, Natalie, Sue und

Kuldip. Emma Mitchell – danke für deine Freundschaft und deine Unterstützung.

An meine Familie – Mum, Karen, Bekkii und Pete – ein Dankeschön dafür, dass ihr mich ein weiteres Buch hindurch unterstützt habt. Und an Glynn, die wir sehr vermissen.

Danke an meinen Mann Tim für die Umarmungen am Ende des Tages, wenn mich die herzzerreißende Geschichte der Sinclair-Schwestern wieder einmal emotional mitgenommen hatte.

An meine Kinder Callum, Kai und Finley, die alles für mich bedeuten.

Und Ian Hawley. Mit ganz viel Liebe.

FSC
www.fsc.org

MIX

Papier | Fördert
gute Waldnutzung

FSC® C083411

Zeitfracht Medien GmbH
Ferdinand-Jühlke-Straße 7
99095 Erfurt, Deutschland
produktsicherheit@kolibri360.de

Druck:
CPI Druckdienstleistungen GmbH
im Auftrag der
Zeitfracht Medien GmbH
Ein Unternehmen der Zeitfracht - Gruppe
Ferdinand-Jühlke-Str. 7
99095 Erfurt